HARLAN COBEN

Né en 1962, Harlan Coben vit dans le New Jersey avec sa femme et leurs quatre enfants. Diplômé en sciences politiques du Amherst College, il a rencontré un succès immédiat dès ses premiers romans, tant auprès de la critique que du public. Il est le premier écrivain à avoir reçu le Edgar Award, le Shamus Award et le Anthony Award, les trois prix majeurs de la littérature à suspense aux États-Unis. Il est l'auteur notamment de *Ne le dis à personne...* (Belfond, 2002) qui a remporté le prix des Lectrices de *ELLE* et a été adapté avec succès au cinéma par Guillaume Canet.

Il poursuit l'écriture avec plus d'une quinzaine d'ouvrages dont récemment *Sans laisser d'adresse* (2010), *Sans un adieu* (2010), *Faute de preuves* (2011), *Remède mortel* (2011), *Sous haute tension* (2012) et *Ne t'éloigne pas* (2013), publiés chez Belfond, ainsi que *À découvert* (2012), publié au Fleuve Noir.

Ses livres, parus en quarante langues à travers le monde, ont été numéro un des meilleures ventes dans plus d'une douzaine de pays.

Retrouvez l'actualité d'Harlan Coben sur :
www.harlan-coben.fr

SOUS HAUTE TENSION

HARLAN COBEN

SOUS HAUTE TENSION

Traduit de l'américain
par Roxane Azimi

belfond

Titre original :

LIVE WIRE

publié par Dutton, un membre de Penguin Group (USA)
Inc., New York

ISBN 978-2-266-23675-1

Pour Anne,
car le meilleur reste à venir

1

LA VÉRITÉ LA PLUS ABJECTE, avait dit jadis un ami à Myron, vaut mieux que le plus séduisant des mensonges.

Myron y repensait à présent, en regardant son père dans son lit d'hôpital. Il se rappela la dernière fois, voilà seize ans, qu'il avait menti à son père, mensonge qui avait engendré tant de souffrance et de destruction, mensonge à l'origine d'un tragique effet boule de neige qui, de désastres en catastrophes, allait les conduire ici.

Son père avait les yeux fermés, le souffle rauque et irrégulier. Des tubes lui sortaient de partout. Myron contempla son avant-bras et se souvint d'une visite qu'il lui avait rendue, lorsqu'il était enfant, dans son entrepôt de Newark. Son père trônait derrière un énorme bureau, les manches retroussées, et cet avant-bras était alors assez puissant pour tendre le tissu, transformant la manchette en une sorte de garrot autour du muscle. Aujourd'hui, le muscle paraissait flasque, raboté par l'âge. Le large torse qui lui avait inspiré un tel sentiment de sécurité était toujours là, mais il était devenu fragile, comme si en appuyant dessus on risquait de broyer la cage thoracique à la manière d'un tas de brindilles. Le visage non rasé était constellé de plaques grises au lieu de la coutumière

barbe de cinq heures ; la peau du menton pendait molle-
ment, tel un pardessus trop grand.

La mère de Myron – mariée à Al Bolitar depuis
quarante-trois ans – était assise à côté du lit. Sa main,
agitée par la maladie de Parkinson, serrait celle de son
mari. Elle aussi avait l'air terriblement frêle. Jeune, sa
mère avait été une féministe de la première heure : elle
avait brûlé son soutien-gorge au côté de Gloria Steinem,
arboré des tee-shirts avec l'inscription « La place d'une
femme est dans la Chambre… et au Sénat ». Tous deux,
Ellen et Al Bolitar (« On est El-Al, plaisantait maman,
comme la compagnie aérienne d'Israël »), se mainte-
naient malgré l'outrage des ans, plus chanceux que la
plupart des couples vieillissants… Seulement, la chance
avait une drôle d'allure, à la fin.

Dieu a un sens de l'humour bien à lui.

— Alors, dit tout bas maman à Myron. Nous sommes
d'accord ?

Myron ne répondit pas. Le plus séduisant des
mensonges face à la vérité la plus abjecte. Il aurait dû
retenir la leçon, seize ans auparavant, lorsqu'il avait
menti à cet homme formidable qu'il aimait par-dessus
tout. Mais non, ce n'était pas aussi simple. La vérité la
plus abjecte pouvait faire des ravages. Elle pouvait
ébranler un monde.

Voire tuer.

Si bien que, quand les yeux de son père papillotèrent,
qu'il regarda son aîné d'un air implorant, éperdu presque,
comme un enfant, Myron se tourna vers sa mère et hocha
lentement la tête. Puis, ravalant ses larmes, il s'apprêta à
servir un ultime mensonge à cet homme qu'il chérissait
tant.

2

Six jours plus tôt

— S'IL TE PLAÎT, MYRON, j'ai besoin que tu m'aides.

Myron croyait rêver : une sublime damoiselle en détresse qui se glissait dans son bureau comme dans un vieux film de Bogart... Sauf qu'elle avait tendance à marcher en canard car la sublime damoiselle était enceinte de huit mois, et là, c'était la fin du rêve.

Elle s'appelait Suzze T. – T. comme Trevantino – et c'était une ancienne championne de tennis. Une bombe sexy, une dévergondée, plus connue pour ses tenues provocantes, ses piercings et ses tatouages que pour son jeu à proprement parler. N'empêche, Suzze avait remporté un grand chelem et elle gagnait des fortunes en campagnes publicitaires, notamment en tant que porte-parole topless (Myron adorait ce concept) d'une chaîne de cafés du nom de La-La-Latte, où les jeunes étudiants venaient se ravitailler en « lait frais ». Le bon temps, quoi.

Myron ouvrit grand les bras.

— Je suis à toi, Suzze, vingt-quatre heures sur vingt-quatre, sept jours sur sept... Tu le sais bien.

11

Son bureau était situé dans Park Avenue, au siège de MB Reps. M comme Myron, B comme Bolitar, et Reps parce qu'il représentait des sportifs, des acteurs et des écrivains. Pas la peine d'aller chercher midi à quatorze heures.

— Dis-moi en quoi je peux t'être utile.

Suzze se mit à arpenter la pièce.

— Je ne sais pas par où commencer.

Myron allait répondre, mais elle leva la main.

— Si tu oses dire : « Par le commencement », je t'arrache un testicule.

— Un seul ?

— Tu as une fiancée, maintenant. C'est à elle que je pense, la pauvre.

Elle marchait de plus en plus vite, d'un pas lourd. Un instant, Myron craignit qu'elle n'accouche là, dans cette pièce récemment rénovée.

— Euh… la moquette, fit-il. Elle est toute neuve.

Suzze fronça les sourcils, refit plusieurs allers-retours en rongeant ses ongles outrageusement vernis.

— Suzze ?

Elle s'arrêta. Leurs regards se croisèrent.

— Raconte-moi.

— Tu te souviens de notre première rencontre ?

Myron hocha la tête. Frais émoulu de la fac de droit, il venait tout juste d'ouvrir son cabinet. À l'origine, MB Reps s'appelait MB Sports, vu qu'au début il représentait uniquement des sportifs. En élargissant sa clientèle aux artistes, écrivains et stars du show-biz, il avait troqué Sports contre Reps.

Une fois de plus, autant faire simple.

— Bien sûr, répondit-il.

— J'étais une tache, hein ?

12

— Tu étais une joueuse de tennis exceptionnellement douée.

— Et une tache. Pas la peine d'enjoliver.

Myron leva les paumes au ciel.

— Tu avais dix-huit ans.

— Dix-sept.

— Dix-sept, si tu veux.

Vision fugitive de Suzze en plein soleil : cheveux blonds noués en queue-de-cheval, sourire espiègle, tapant dans la balle comme si elle l'avait offensée.

— Tu venais de passer pro. Les ados accrochaient ton poster dans leur chambre. Tu étais censée battre les légendes du tennis. Tes parents ont repoussé les limites de la notion d'ambition. C'est un miracle que tu aies tenu le coup.

— Bien vu.

— Alors, qu'est-ce qui ne va pas ?

Suzze jeta un coup d'œil sur son ventre comme s'il venait d'apparaître.

— Je suis enceinte.

— Ben… c'est ce que je vois.

— La vie est belle, tu sais.

Sa voix se fit douce, mélancolique.

— Après toutes ces années de gâchis… je suis tombée sur Lex. Sa musique est au top. L'école de tennis marche du feu de Dieu. Enfin, tout baigne, quoi.

Myron attendait. Elle gardait les yeux sur son ventre, le tenant à deux mains comme pour bercer ce qu'il contenait. Pour relancer la conversation, il demanda :

— Tu aimes être enceinte ?

— Tu parles du fait physiologique de porter un enfant ?

— Oui.

Elle haussa les épaules.

— Je ne trouve pas que je sois spécialement épanouie. J'ai hâte d'accoucher, en fait. Mais ce n'est pas sans intérêt. Il y a des femmes qui adorent être enceintes.

— Pas toi ?

— J'ai l'impression qu'on a garé un bulldozer sur ma vessie. À mon avis, les femmes aiment ça parce qu'elles se sentent valorisées. Comme si elles étaient sur un piédestal. La plupart traversent la vie sans qu'on fasse attention à elles, mais là, les autres sont aux petits soins. Ça peut paraître cynique, mais les femmes enceintes aiment les applaudissements. Tu vois ce que je veux dire ?

— Je crois.

— Moi, j'ai déjà eu ma dose d'applaudissements.

Suzze alla à la fenêtre, regarda dehors puis se retourna vers lui.

— À propos, tu as vu mes nichons ? Ils sont énormes, hein ?

Myron se contenta d'un :

— Hmm.

— Maintenant que j'y pense, tu devrais peut-être contacter La-La-Latte pour une nouvelle séance de photos.

— Prises sous un angle stratégique ?

— Exactement. Ça ferait une nouvelle campagne géniale, ces obus.

Et elle les soupesa à pleines mains, au cas où Myron n'aurait pas compris de quels obus elle parlait.

— Qu'en penses-tu ?

— Je pense, répliqua-t-il, que tu es en train de noyer le poisson.

Elle avait les yeux humides, à présent.

— Je suis si heureuse, bordel.

— Ah oui, c'est très problématique, ça.

Elle sourit.

— J'ai mis les démons au repos. Je me suis même réconciliée avec ma mère. Lex et moi, on est totalement prêts à avoir ce bébé. Je veux que les démons me fichent la paix.

Myron se redressa.

— Tu ne t'es pas remise à consommer ?

— Mais non. Je ne parle pas de ce démon-là. Lex et moi, on a décroché définitivement.

Lex Ryder, le mari de Suzze, faisait partie d'un groupe légendaire : HorsePower... Plus comme faire-valoir, à dire vrai, du chanteur ultracharismatique Gabriel Wire. Lex était un bon musicien, quelqu'un peu tourmenté, mais, comparé à Gabriel, il serait toujours comme John Oates avec Daryl Hall, Andrew Ridgeley avec George Michael, le reste des Pussycat Dolls à côté de Nicole Scherzi-truc.

— Quelle sorte de démon, alors ?

Suzze fouilla dans son sac et en sortit quelque chose qui, de loin, ressemblait à une photo. Elle la contempla un instant avant de la passer à Myron. Il y jeta un œil et, à nouveau, attendit qu'elle parle.

Finalement, histoire de dire quelque chose, il opta pour le plus banal :

— C'est l'échographie du bébé.

— Ouais. Vingt-huit semaines.

Nouveau silence. Une fois encore, Myron le rompit le premier.

— Il y a un souci avec le bébé ?

— Aucun. Il se porte à merveille.

— Il ?

Suzze sourit.

— Je vais avoir mon petit homme à moi.

— Super.

— Oui. Oh, et l'une des raisons pour lesquelles je suis ici : Lex et moi en avons discuté. Nous voulons tous les deux que tu sois le parrain.

— Moi ?

— Ben oui.

Myron ne dit rien.

— Alors ?

À son tour d'avoir les yeux embués.

— Ce serait un honneur.

— Tu pleures ?

Il ne répondit pas.

— Tu es une vraie midinette.

— Que se passe-t-il, Suzze ?

— Peut-être rien.

Puis :

— Je crois que quelqu'un cherche à me détruire.

Myron avait les yeux rivés sur l'échographie.

— Comment ?

Elle le lui montra alors. Elle lui montra les trois mots qui allaient résonner sourdement dans son cœur pendant un très long moment.

3

UNE HEURE PLUS TARD, Windsor Horne Lockwood III
– connu de ceux qui le craignaient (c'est-à-dire à peu
près tout le monde) sous le nom de Win – fit son entrée
dans le bureau de Myron. L'arrivée de Win passait rarement inaperçue : on l'imaginait très bien en haut-
de-forme et queue-de-pie, faisant tournoyer une canne
entre ses doigts. Au lieu de quoi, il portait une cravate
Lilly Pulitzer vert et rose, un blazer bleu marine avec
une espèce d'écusson et un pantalon kaki au pli tran-
chant comme un rasoir. Ajoutez à cela une paire de
mocassins sans chaussettes, et vous avez le portrait de
quelqu'un qui semble descendre tout droit d'un yacht
amarré au port des Vieilles Fortunes.

— Suzze T. vient de passer, dit Myron.

Win acquiesça, le menton en avant.

— Je l'ai croisée en arrivant.

— Elle n'avait pas l'air trop perturbée ?

— Je n'ai pas fait attention, répondit Win en
s'asseyant.

Puis :

— Elle a les seins engorgés.

Du Win tout craché.

17

— Elle a un problème, dit Myron.

Win se laissa aller en arrière, croisant les jambes avec la nonchalance trompeuse dont il avait le secret.

— Raconte.

Myron fit pivoter l'écran de l'ordinateur vers lui. Comme Suzze T. l'avait fait un peu plus tôt. Il repensa aux trois petits mots. Inoffensifs en soi, mais dans la vie ce qui compte, c'est le contexte. Et dans ce contexte, ces trois mots glaçaient encore l'atmosphère de la pièce.

Plissant les yeux, Win fouilla dans la poche intérieure de son blazer et en tira une paire de lunettes. Il les avait depuis un mois et, aussi invraisemblable que cela puisse sembler, elles le faisaient paraître encore plus bêcheur et hautain. D'autre part, elles lui flanquaient le bourdon. Tous deux n'étaient pas vieux, loin de là, mais pour reprendre la métaphore golfique de Win lorsqu'il avait sorti les lunettes pour la première fois : « Nous sommes officiellement en train de jouer les neuf derniers trous. »

— C'est une page Facebook ? demanda Win.

— Oui. Suzze s'en sert pour promouvoir son école de tennis.

Win se pencha plus près.

— Serait-ce son échographie ?

— Oui.

— Et en quoi une échographie contribue-t-elle à promouvoir son école de tennis ?

— C'est la question que je lui ai posée. Elle dit qu'il faut une touche personnelle. Les gens, ça ne les intéresse pas de lire les messages publicitaires.

Win fronça les sourcils.

— Elle a donc posté l'échographie d'un fœtus ?

Il leva les yeux.

— Tu trouves ça logique ?

À vrai dire, non. Avec tout ça – les lunettes de Win, leurs doléances vis-à-vis du monde des réseaux sociaux –, Myron se sentit vieux une fois de plus.

— Lis les commentaires, dit-il.

Win le regarda, l'air sidéré.

— Ça se fait, de commenter une échographie ?

— Lis-les.

Win s'exécuta. Myron avait déjà mémorisé la page. Il y avait vingt-six commentaires en tout, essentiellement pour la féliciter. La mère de Suzze, parangon du parent boulimique qui pousse sa progéniture sur le devant de la scène (ou du court de tennis), écrivait : « Je vais être grand-mère, youpi, tout le monde ! » Une dénommée Amy disait : « Ooooh, trop mimi !!! » La plaisanterie « Son vieux tout craché » venait d'un batteur de studio qui avait travaillé avec HorsePower. Un certain Kelvin avait écrit : « Félicitations ! » Tami demandait : « C'est pour quand, chérie ? »

Win s'arrêta au troisième post avant la fin.

— Drôle de type.

— Lequel ?

— Une espèce d'humanoïde demeuré nommé Erik a tapé…

Win s'éclaircit la voix, se pencha vers l'écran.

— « Ton bébé ressemble à un hippocampe ! » Et ce boute-en-train d'Erik d'ajouter les lettres LOL.

— Ce n'est pas lui, le problème.

Win n'était pas convaincu.

— N'empêche, ce brave Erik vaudrait peut-être le déplacement.

— Continue à lire, s'il te plaît.

— Très bien.

L'expression faciale de Win variait rarement. Il s'était entraîné, dans les affaires comme au combat, à ne rien laisser paraître. Mais, quelques secondes plus tard, Myron vit une ombre traverser le regard de son vieil ami. Win leva les yeux. Myron hocha la tête. Il savait que Win venait de trouver les trois mots.

Ils étaient en bas de la page. Un commentaire laissé par « Abeona R. », un nom qui ne lui disait rien. L'image du profil était une sorte de symbole, peut-être une calligraphie chinoise. Et là, tout en majuscules, sans ponctuation, figuraient ces trois mots simples et dévastateurs :

PAS LE SIEN

Il y eut un silence. Puis Win fit :

— Ben, mon cochon.

— Tu l'as dit.

Win ôta ses lunettes.

— Dois-je poser la question qui s'impose ?

— À savoir ?

— Est-ce vrai ?

— Suzze jure que l'enfant est de Lex.

— Faut-il la croire ?

— Oui, répondit Myron. C'est important ?

— Du point de vue de la morale, non. Tu veux mon avis ? Ceci est l'œuvre d'un castrat fêlé.

Myron opina du chef.

— Le grand avantage d'Internet : tout le monde a voix au chapitre. L'inconvénient d'Internet : tout le monde a voix au chapitre.

— Le bastion des lâches et des anonymes, ajouta Win. Suzze ferait mieux de l'effacer avant que Lex tombe dessus.

— Trop tard. C'est une partie du problème. Lex s'est tiré.

— Je vois, dit Win. Elle veut qu'on le retrouve, c'est ça ?

— Et qu'on le ramène à la maison.

— Retrouver une célèbre rock star ne devrait pas être sorcier. Quelle est l'autre partie du problème ?

— Elle veut savoir qui a écrit ça.

— La véritable identité de M. Castrat Fêlé ?

— Suzze pense que c'est plus grave que ça. Que quelqu'un cherche délibérément à lui nuire.

Win secoua la tête.

— C'est un castrat fêlé.

— Voyons, écrire « Pas le sien » ? Il faut être malade.

— Un castrat fêlé *et* malade. Ça ne t'arrive jamais de lire tout ce fatras sur Internet ? Prends n'importe quel sujet d'actualité et vois la somme de « commentaires » racistes, homophobes et paranoïaques. (Il esquissa des guillemets avec ses doigts.) Ça te donne envie de hurler à la lune.

— Je sais, mais j'ai promis de m'en occuper.

Win soupira, remit ses lunettes et se rapprocha de l'écran.

— L'auteur de ce post est une certaine Abeona R. Peut-on raisonnablement supposer qu'il s'agit d'un pseudonyme ?

— Sûrement.

— Et la photo du profil ? C'est quoi, ce symbole ?

— Je ne sais pas.

— Tu as demandé à Suzze ?

— Ça ne lui dit rien. On croirait presque du chinois.

— Peut-être qu'on peut trouver quelqu'un pour le traduire.

Se redressant, Win joignit le bout des doigts.

— As-tu remarqué l'heure à laquelle ce commentaire a été posté ?

Myron hocha la tête.

— Trois heures dix-sept du matin.

— Drôlement tard.

— C'est ce que j'ai pensé. Il pourrait s'agir de l'équivalent d'un texto envoyé en état d'ébriété.

— Un ex à problèmes, ajouta Win.

— Tu en connais ?

— Si je me souviens bien de la jeunesse tumultueuse de Suzze, il pourrait y avoir plusieurs candidats.

— Elle ne voit personne qui aurait pu faire ça.

Win continuait à fixer l'écran.

— Alors, par quoi on commence ?

— Sérieusement ?

— Pardon ?

Myron déambula à travers son bureau rénové. Disparus, les affiches des spectacles de Broadway et les gadgets Batman. On les avait retirés pour refaire les peintures, et Myron n'était pas certain de vouloir les remettre en place. Disparus également, ses anciens trophées et récompenses du temps où il était basketteur : ses anneaux des championnats de la NCAA, ses certificats de l'équipe junior, son prix du Joueur universitaire de l'année… à une exception près. Juste avant son premier match professionnel avec les Boston Celtics, au moment même où son rêve devenait réalité, Myron s'était gravement blessé au genou. *Sports*

Illustrated avait publié sa photo en couverture, avec la légende : EST-CE FINI POUR LUI ? Le journal n'avait pas répondu à la question, mais, à l'arrivée, la réponse avait été un gros OUI bien gras. Myron ne savait pas très bien pourquoi il gardait cette couverture encadrée sur son mur. Si on le lui demandait, il disait que c'était un avertissement pour les « superstars » qui entraient dans son agence, histoire de montrer à quel point tout cela était éphémère, mais lui-même sentait qu'il y avait autre chose là-dessous.

— Ce n'est pas ton mode opératoire habituel, fit-il remarquer.

— Oh, parle, je t'en prie.

— À ce stade, tu me rappelles normalement que je suis un agent, pas un détective privé, et que tu ne vois aucun intérêt à la chose puisqu'elle ne rapporte rien du point de vue financier.

Win restait muet.

— Ensuite, tu me reproches d'avoir le complexe du héros et ce besoin permanent de sauver quelqu'un pour me sentir exister pleinement. Et enfin – ou devrais-je dire dernièrement –, tu m'as dit que mon ingérence avait fait plus de mal que de bien, et que j'avais causé plus de dégâts et provoqué plus de morts que je n'avais réalisé de sauvetages.

Win bâilla.

— Et tout ça pour dire ?

— Je croyais que c'était évident. Eh bien, voilà : pourquoi tu acceptes soudain, avec enthousiasme même, de te charger de cette mission alors que dans le passé… ?

— Dans le passé, l'interrompit Win, j'ai toujours été là pour t'aider, non ?

— La plupart du temps, oui.

Win leva les yeux, se tapota le menton avec l'index.

— Comment l'expliquer ?

Il réfléchit, hocha la tête.

— On a tendance à croire que les bonnes choses durent éternellement. C'est dans notre nature. Les Beatles, par exemple. Ah, mais ils seront toujours là. Les Soprano, on les verra toujours à la télévision. La série Zuckerman de Philip Roth. Les concerts de Springsteen. Les bonnes choses sont rares. Il faut les chérir car elles disparaissent toujours trop tôt.

Win se leva et se dirigea vers la porte. Avant de sortir, il se retourna.

— Participer à tes croisades fait partie des bonnes choses.

4

IL NE FALLUT PAS LONGTEMPS pour localiser Lex Ryder.

Esperanza Diaz, l'associée de Myron chez MB Reps, l'appela à onze heures du soir pour lui dire :

— Lex vient d'utiliser sa carte de crédit au Three Downing.

Myron se trouvait, comme souvent, chez Win, dans le mythique immeuble Dakota dominant Central Park à l'angle de la 72e Rue. Win avait bien deux ou trois chambres d'amis dans son appartement. Construit en 1884, le Dakota avait des airs de forteresse sombre, magnifique et déprimante. Un méli-mélo de pignons, balcons, épis, frontons, balustrades, demi-coupoles, fer forgé, voûtes, grilles ouvragées, chiens-assis... Drôle de mélange, mais homogène et miraculeusement harmonieux, sans être outrancier.

— C'est quoi, ça ? demanda Myron.

— Vous ne connaissez pas le Three Downing ?

— Je devrais ?

— C'est le bar le plus hype de Manhattan. Diddy, top models, fashionistas, des gens comme ça. C'est dans Chelsea.

— Ah bon.

— C'est un peu décevant, fit Esperanza.

— Quoi donc ?

— Qu'un joueur de votre calibre ne connaisse pas tous les endroits branchés.

— Quand on sort en boîte, Diddy et moi, on prend la limousine blanche et on emprunte l'accès souterrain. Les noms se confondent.

— Ou vos fiançailles vous ont fait perdre la main. Vous voulez aller le chercher ?

— Je suis en pyjama.

— Un gros joueur, oui. Votre pyjama, il a des pieds-pieds ?

Myron jeta un coup d'œil à sa montre. Il pouvait être là-bas avant minuit.

— J'y vais.

— Win est là ? s'enquit Esperanza.

— Non, il n'est toujours pas rentré.

— Vous y allez tout seul ?

— Ça vous inquiète, un morceau de choix comme moi, lâché seul dans une boîte de nuit ?

— Ce qui m'inquiète, c'est qu'on ne vous laissera pas entrer. Je vous retrouve là-bas. Dans une demi-heure. L'entrée est dans la 17e. Mettez-vous sur votre trente et un.

Et elle raccrocha. Myron n'en revenait pas. Depuis qu'elle était mère, Esperanza, bisexuelle et fêtarde impénitente, ne sortait plus jamais le soir. Elle prenait son travail très à cœur : aujourd'hui, elle possédait quarante-neuf pour cent de MB Reps, et avec les récentes tribulations de Myron, elle avait porté ces temps-ci l'agence à bout de bras. Cependant, après dix ans et quelques d'une vie de noctambule à faire pâlir Caligula, Esperanza s'était arrêtée net, avait épousé un

26

Tom ultraconventionnel et mis au monde un fils prénommé Hector.

Myron examina le contenu de sa garde-robe, se demandant ce qu'il allait mettre pour se rendre dans un lieu branché. Suivant le conseil d'Esperanza, il opta pour une tenue simple qui avait fait ses preuves – jean, blazer marine, mocassins griffés –, chic et décontractée, essentiellement parce qu'il n'avait rien d'autre pour la circonstance. Il n'y avait pas grand-chose dans sa penderie entre le jean-blazer et le costume trois pièces, à moins de vouloir ressembler à un vendeur dans un magasin d'électroménager.

Il attrapa un taxi dans Central Park Ouest. On dit communément des chauffeurs de taxi new-yorkais qu'ils sont tous étrangers et parlent à peine l'anglais. C'était peut-être vrai, mais ça faisait bien cinq ans que Myron n'avait pas parlé à un chauffeur de taxi. Équipés d'une oreillette Bluetooth, ils conversaient tous non-stop à voix basse, dans leur langue maternelle, avec un correspondant invisible. La bienséance mise à part, Myron se demandait qui de leur entourage pouvait leur tenir le crachoir toute la sainte journée. En un sens, ces gars-là avaient sacrément de la chance.

Il s'attendait à voir une longue file d'attente, un cordon de velours, mais à l'adresse indiquée il n'y avait rien qui puisse ressembler à une boîte de nuit. Il finit par comprendre que *Three* désignait le troisième étage, et que *Downing* était le nom de la tour qui se dressait en face de lui. Il n'était pas le seul à avoir fréquenté l'école MB Reps du Sens littéral.

L'ascenseur s'arrêta au troisième. Sitôt les portes ouvertes, Myron sentit le sourd martèlement des basses dans sa poitrine. La longue file des désespérés qui lorgnaient l'entrée avec convoitise débutait tout de suite. Normalement, les gens sortaient en boîte pour s'amuser, mais en vérité la plupart attendaient pour s'entendre rappeler qu'ils n'étaient toujours pas assez cool pour s'asseoir à la table des premiers de la classe. Les VIP qui passaient devant eux sans leur accorder un regard aiguisaient encore plus leur appétit. Il y avait le cordon de velours, bien sûr, soulignant leur statut d'êtres inférieurs, que gardaient trois videurs gonflés aux stéroïdes, crâne rasé et mine patibulaire de circonstance.

Myron s'approcha nonchalamment, façon Win.

— Salut, les gars.

Les videurs l'ignorèrent. Le plus grand des trois portait un costume noir sans chemise. Le veston à même la peau. Son torse soigneusement épilé offrait un impressionnant décolleté métrosexuel. Il était occupé avec un groupe de quatre filles qui avaient peut-être, ou peut-être pas, vingt et un ans. Toutes étaient perchées sur des talons ridiculement hauts – les talons étaient tendance, cette année –, si bien qu'elles vacillaient en marchant. Leurs robes étaient suffisamment légères pour qu'on puisse les taxer d'outrage aux bonnes mœurs, mais ça, ce n'était pas nouveau.

Le videur les examinait comme on inspecte le bétail. Les filles souriaient en prenant des poses. Pour un peu, elles allaient ouvrir la bouche pour qu'il puisse regarder leurs dents.

— Vous trois, ça va, déclara le Dékolleté. Mais votre amie, là, est trop balèze.

La fille balèze, qui devait faire du trente-huit, fondit en larmes. Les trois sylphides formèrent un cercle pour débattre si elles devaient entrer sans elle. La balèze s'enfuit en sanglotant. Ses copines haussèrent les épaules et pénétrèrent à l'intérieur. Les videurs ricanèrent.

— Classe, fit Myron.

Les visages ricaneurs se tournèrent vers lui. Le Dékolleté le dévisagea, une lueur de défi dans l'œil. Myron soutint son regard sans ciller. L'homme le toisa de pied en cap et décida qu'il ne faisait pas l'affaire.

— Jolie tenue, commenta-t-il. Vous allez où comme ça, au tribunal pour contester une contravention ?

Ses deux comparses, moulés dans des tee-shirts Ed Hardy, trouvèrent ça très drôle.

— C'est vrai, dit Myron en désignant le Dékolleté. J'aurais dû laisser ma chemise à la maison.

Le videur à gauche du Dékolleté arrondit la bouche, formant un « O » de surprise.

Le Dékolleté pointa son pouce, tel un arbitre.

— Terminus, mon pote. Ou, mieux encore, du balai.

— Je viens voir Lex Ryder.

— Qui dit qu'il est là ?

— Moi.

— Et vous êtes ?

— Myron Bolitar.

Silence. L'un d'eux cligna des yeux. Myron faillit ajouter : « Nananaire », mais il se retint.

— Je suis son agent.

— Votre nom n'est pas sur la liste, déclara le Dékolleté.

— Et on ne sait pas qui vous êtes, renchérit le O-Surpris.

— Alors…

Le troisième videur agita cinq doigts boudinés.

— … au revoir.

— C'est trop cocasse, dit Myron.

— Hein ?

— Vous ne voyez pas ? Vous êtes les gardiens d'un lieu où on ne vous laissera jamais entrer, mais ça ne vous rend pas plus humains… Au contraire, vous en remettez une couche, dans la connerie.

Nouveaux clignements d'yeux. Les trois s'avancèrent vers lui, muraille géante de pectoraux. Myron sentit son sang bouillonner. Il serra les poings, les desserra, respira régulièrement. Ils se rapprochèrent. Il ne broncha pas. Leur chef, le Dékolleté, se pencha vers lui.

— Vaudrait mieux partir maintenant, mec.

— Pourquoi ? Suis-je trop balèze ? Non, sérieusement, est-ce que ce jean me fait un gros cul ? Dites-le-moi, vous.

La longue file d'attente se tint coite à la vue de ce bras de fer. Les videurs échangèrent un regard. Myron s'en voulut. C'était totalement contre-productif. Il était venu chercher Lex et pas se colleter avec une bande d'allumés de la gonflette.

Le Dékolleté sourit.

— Tiens, tiens, on dirait qu'on a affaire à un comique.

— Ouais, acquiesça le O-Surpris. Un comique, ah ah.

— Ouais, enchaîna son collègue. Vous êtes un vrai comique, hein, un type marrant.

— Ma foi, répondit Myron, sans vouloir me vanter, je suis aussi doué en chant. D'habitude, je commence par *The Tears of a Clown*, puis je passe à la version épurée de *Lady*… plus Kenny Rogers que Lionel Richie. Il n'y a pas un œil de sec dans la salle.

Le Dékolleté se pencha sur l'oreille de Myron, entouré par ses acolytes.

— Vous vous rendez compte, bien sûr, que nous allons devoir vous flanquer dehors ?

— Et vous vous rendez compte, bien sûr, rétorqua Myron, que les stéroïdes vous font rétrécir les testicules.

Derrière lui, Esperanza dit :

— Il est avec moi, Kyle.

Myron se retourna, la vit et ravala une exclamation. Il connaissait Esperanza depuis une vingtaine d'années, travaillait à ses côtés ; à force de fréquenter quelqu'un tous les jours, parfois on finit par oublier la bombe atomique que c'est. Lorsqu'il l'avait rencontrée, Esperanza se produisait en tant que catcheuse professionnelle en tenue légère sous le nom de Little Pocahontas. Agile, ravissante et sexy à faire damner un saint, elle avait troqué son statut de star à la FFL (les Fabuleuses Filles de la Lutte) contre celui de son assistante personnelle, tout en suivant des cours de droit le soir. Elle avait gravi les échelons, pour ainsi dire, et était à présent l'associée de Myron chez MB Reps.

Le visage de Kyle le Dékolleté se fendit d'un sourire.

— Poca ? C'est bien toi, ma grande ? Ce que tu as l'air bonne, on en mangerait !

Myron hocha la tête.

— Joliment tourné, Kyle.

Esperanza offrit sa joue pour une bise.

— Contente de te voir, fit-elle.

— Ça fait un sacré bail, Poca.

La beauté brune d'Esperanza faisait surgir des visions de clair de lune, de promenades nocturnes sur la plage, d'oliviers dans la brise tiède. Elle portait des créoles. Sa longue chevelure noire était toujours savamment décoiffée. Son chemisier blanc transparent avait été façonné par une divinité bienveillante ; il était peut-être ouvert un bouton trop bas, mais ça fonctionnait à merveille.

Les trois gorilles s'écartèrent. L'un d'eux détacha le cordon de velours. Esperanza le gratifia d'un sourire éblouissant. Tandis que Myron lui emboîtait le pas, Kyle le Dékolleté se positionna de manière qu'ils entrent en collision. Myron banda ses muscles et fit en sorte que Kyle se prenne le plus gros de l'impact.

— Les hommes, marmonna Esperanza.

— On se retrouvera, mec, glissa Kyle le Dékolleté à Myron.

— Mais oui, pour déjeuner, répondit ce dernier. On pourrait même se faire *South Pacific* en matinée.

En franchissant le seuil, Esperanza lui décocha un regard et secoua la tête.

— Quoi ?

— Sur votre trente et un, j'avais dit. On a l'impression que vous allez à une réunion de parents d'élèves à l'école primaire.

— Avec des mocassins Ferragamo ?

— Et d'abord, pourquoi vous être pris la tête avec ces australopithèques ?

— Il a traité une fille de balèze.

— Et vous avez volé à son secours ?

— Non. Mais il lui a balancé ça en pleine figure. « Vos copines peuvent entrer, mais pas vous parce que vous êtes balèze. » Ça ne se fait pas.

La grande salle était plongée dans l'obscurité trouée par des éclats de néons. Des écrans géants se trouvaient sur un côté puisque, c'est bien connu, quand on sort en boîte, c'est pour regarder la télévision. La sono, de la taille et de l'intensité d'un concert des Who dans un stade, assaillait les sens. Le DJ jouait de la musique house, pratique qui consiste à prendre un morceau correct à la base et à le bousiller en y ajoutant des basses synthétisées ou un beat électro. Il y avait un spectacle laser, chose que Myron aurait crue passée de mode depuis les tournées de Blue Oyster Cult en 1979, et un essaim de jeunes brindilles poussaient des « Oh ! » et des « Ah ! » devant les effets spéciaux sur la piste de danse qui crachait des nuages de vapeur, comme si on ne pouvait pas voir la même chose dans la rue, à côté de n'importe quel camion de Con Edison.

Myron essaya de couvrir la musique, mais c'était peine perdue. Esperanza le conduisit dans un coin tranquille équipé, curieusement, de terminaux d'accès à Internet. Tous les postes étaient occupés. Myron secoua la tête. On sort en boîte de nuit pour surfer sur le Net ? Il se retourna vers la piste de danse. Dans l'éclairage crépusculaire, toutes les filles semblaient belles, même si elles étaient jeunes et habillées comme si elles jouaient à l'adulte. La plupart avaient un téléphone portable à la main ; les doigts maigres pianotaient sur les touches ; elles dansaient avec une langueur qui frisait la catalepsie.

Esperanza avait un petit sourire aux lèvres.

— Qu'est-ce qu'il y a ? demanda Myron.

Elle désigna le côté droit de la piste.

— Regardez-moi un peu le cul de la nana en rouge.

Myron regarda les fesses ondoyantes moulées dans du tissu cramoisi et se rappela une chanson d'Alejandro Escovedo : « Je l'aime mieux quand elle s'en va. » Cela faisait longtemps qu'il n'avait pas entendu ce genre de propos dans la bouche d'Esperanza.

— Joli, dit-il.

— Joli ?

— Mortel ?

Elle acquiesça, toujours souriante.

— Il y en a, des trucs que je pourrais faire avec un cul pareil.

En observant la danseuse à l'allure sensuelle puis Esperanza, Myron eut une vision qu'il chassa immédiatement de sa tête. Il y a des images auxquelles il vaut mieux ne pas songer quand on essaie de se concentrer sur autre chose.

— Je suis sûr que votre mari serait ravi.

— Je suis mariée, pas morte. J'ai bien le droit de me rincer l'œil.

En contemplant son visage excité, Myron eut l'étrange impression qu'elle était de retour dans son élément. À la naissance de son fils Hector, deux ans plus tôt, Esperanza s'était mise en mode maman. Son bureau s'était rempli d'un fatras de photos classiques : Hector avec un lapin en peluche, Hector avec le père Noël, Hector avec des personnages de Disney et sur des manèges à Hershey Park. Ses plus beaux tailleurs portaient souvent des traces de bave et, plutôt que de les dissimuler, elle adorait raconter comment ladite bave avait atterri sur sa personne. Elle se liait d'amitié avec des mamans poules qui lui auraient donné envie de vomir dans le passé et discutait poussettes Maclaren, écoles maternelles Montessori, transit intestinal et âge auquel leur progéniture avait commencé à ramper/marcher/parler. Son univers, comme chez beaucoup de mères avant elle – eh oui, c'était une remarque sexiste –, s'était rétréci pour tenir tout entier dans un petit corps de bébé.

— Alors, demanda Myron, où Lex pourrait-il être ?

— Sûrement dans un des salons VIP.

— Et comment on fait pour entrer là-dedans ?

— Je défais un bouton de plus, répondit Esperanza. Sérieusement, laissez-moi réfléchir une minute. Allez jeter un œil aux toilettes. Je vous parie vingt dollars que vous n'arriverez pas à pisser dans l'urinoir.

— Quoi ?

— Prenez le pari et allez-y.

Elle pointa le doigt sur sa droite. Myron haussa les épaules et s'en fut aux toilettes. Il y faisait sombre, et c'était tout en marbre noir. Il s'approcha d'un urinoir et comprit aussitôt ce qu'Esperanza avait voulu dire. Les urinoirs se trouvaient sur une paroi en glace sans tain, comme dans une salle d'interrogatoire d'un poste de police. En clair, on voyait tout ce qui se passait sur la piste de danse. Les femmes langoureuses évoluaient littéralement à quelques pas de lui, certaines profitant du côté miroir pour jeter un œil sur leur reflet, sans se douter (ou alors parfaitement conscientes) qu'elles étaient en train de fixer un homme essayant de se soulager.

Il ressortit. Esperanza l'accueillit, la main tendue. Myron déposa un billet de vingt dollars dans sa paume ouverte.

— On a une vessie délicate, à ce que je vois.

— C'est pareil dans les toilettes pour femmes ?

— Il vaut mieux que vous ne le sachiez pas.

— Et on fait quoi, maintenant ?

Esperanza désigna du menton un homme aux cheveux gominés qui ondulait dans leur direction.

Myron était sûr que dans son CV on devait lire : *Nom :
Sire. Prénom : Triste.* Il jeta un œil pour s'assurer que
l'individu ne laissait pas de traces visqueuses dans son
sillage.

Triste sourit avec des dents de furet.

— Poca, mi amor.

— Anton, dit-elle en lui abandonnant sa main qu'il
baisa avec empressement.

Myron craignit qu'il ne lui plante ses dents de furet
dans la peau pour la ronger jusqu'à l'os.

— Tu es toujours aussi splendide, Poca.

Il parlait avec un drôle d'accent, mi-arabe
mi-hongrois, comme s'il l'avait mis au point pour un
sketch. Anton n'était pas rasé ; sa barbe de plusieurs
jours luisait de manière peu ragoûtante. Malgré l'obscurité, il portait des lunettes noires.

— Je vous présente Anton, fit Esperanza. Il dit que
Lex est dans le service de bouteille.

— Ah, répondit Myron, n'ayant aucune idée de ce
qu'était le service de bouteille.

— Par ici, dit Anton.

Ils fendirent un océan de corps humains. Esperanza
marchait devant. Myron se régalait de voir les têtes se
tourner pour un second coup d'œil. Pendant qu'ils
louvoyaient à travers la foule, plusieurs femmes cher-
chèrent le regard de Myron, mais elles étaient moins
nombreuses que un, deux, cinq ans auparavant. Il se
sentait comme un lanceur vieillissant qui avait besoin
de ce type de pistolet radar pour s'apercevoir que sa
balle rapide perdait de la vélocité. Ou peut-être qu'il y
avait autre chose. Peut-être que les femmes subodo-
raient que Myron était pris, qu'il avait été retiré du

marché par la sublime Terese Collins et qu'il était donc inutile de le convoiter.

Oui, se dit-il, ce devait être ça. Forcément.

Anton ouvrit une porte avec sa clé, et ils changèrent de salle… et d'époque. Tandis que l'intérieur de la boîte était high-tech, tout en angles aigus et en surfaces lisses, ce salon VIP était aménagé façon maison close du début du siècle dernier. Canapés en velours rubis, lustres en cristal, moulures au plafond, chandelles allumées aux murs. Ici aussi il y avait un miroir sans tain, afin que les VIP puissent regarder les filles danser et peut-être en inviter quelques-unes à les rejoindre. Des créatures généreusement implantées au look porno soft, sanglées dans des corsets et des guêpières, circulaient entre les clients avec des bouteilles de champagne, d'où, déduisit Myron, le nom de « service de bouteille ».

— Vous regardez toutes les bouteilles ? s'enquit Esperanza.

— Euh… de près, oui.

Elle hocha la tête, sourit à une hôtesse particulièrement bien pourvue, en corset noir.

— Hmm… Ça me dirait bien, un petit service de bouteille, si vous voyez ce que je veux dire.

Myron réfléchit un instant. Puis :

— En fait, non. Vous êtes femmes toutes les deux, non ? Je ne suis pas certain de comprendre l'allusion à la bouteille.

— Mon Dieu, ce que vous êtes primaire.

— Vous m'avez demandé si je regardais toutes les bouteilles. Pourquoi ?

— Parce qu'ils servent du Cristal, répliqua Esperanza.

— Et alors ?

— Combien de bouteilles voyez-vous ?

Myron jeta un œil autour de lui.

— Je ne sais pas, une dizaine peut-être.

— Facturées huit mille dollars chacune, plus le pourboire.

Myron porta la main à sa poitrine, feignant des palpitations. Il repéra Lex Ryder affalé sur un canapé avec un assortiment coloré de mignonnes. Les autres clients sentaient tous à plein nez les musiciens sur le retour : cheveux longs, bandanas, pilosité faciale, bras noueux et bedaine. Myron se fraya un passage entre eux.

— Salut, Lex.

La tête de Lex roula sur le côté. Levant les yeux, il s'écria avec un peu trop d'exubérance :

— Myron !

Il voulut se lever, n'y parvint pas, si bien que Myron lui tendit la main. Lex s'y raccrocha, réussit à se mettre debout et étreignit Myron avec des effusions de poivrot.

— C'est super de te voir, vieux.

HorsePower avait débuté comme house band en Australie, à Melbourne, la ville natale de Lex et de Gabriel. Le nom du groupe venait du nom de famille de Lex Ryder (Horse Ryder [1]) et de celui de Gabriel Wire (Power Wire [2]), mais d'entrée de jeu il n'y en avait eu que pour Gabriel. Gabriel Wire avait certes une voix superbe, il était incroyablement beau avec un charisme quasi surnaturel… mais il possédait surtout cette qualité impalpable, ce je-ne-sais-quoi qui élève les grands au rang d'icône.

---

1. Cavalier. *(Toutes les notes sont de la traductrice.)*
2. Câble d'alimentation.

Il devait être difficile, pensait Myron, pour Lex – comme pour n'importe qui d'autre – de vivre dans cette ombre-là. D'accord, Lex était riche et célèbre et, techniquement parlant, toutes les chansons étaient signées Wire-Ryder, mais Myron, qui était chargé de gérer ses comptes, savait que Lex touchait vingt-cinq pour cent contre les soixante-quinze de Gabriel. D'accord, les femmes s'amourachaient encore de lui, les hommes recherchaient son amitié, mais il était aussi l'objet de toutes les blagues de fin de soirée, la chute inévitable des plaisanteries sur les seconds couteaux et les plantes d'ornement.

Le succès de HorsePower était toujours aussi énorme, plus que jamais peut-être, même si Gabriel Wire s'était complètement retiré de la scène après un drame survenu une quinzaine d'années plus tôt. Exception faite de quelques clichés de paparazzi et d'une solide dose de rumeurs, il n'avait pratiquement plus donné signe de vie depuis : pas de tournées, pas d'interviews, pas de presse, pas d'apparitions en public. Tant de mystère ne faisait qu'accroître l'adulation des foules.

— Je crois qu'il est temps de rentrer à la maison, Lex.

— Nan, Myron, dit-il d'une voix pâteuse.

Myron espérait que c'était seulement de l'alcool.

— Allez, on s'amuse bien. Pas vrai, les gars ?

Les uns et les autres exprimèrent plus ou moins bruyamment leur assentiment. Myron regarda autour de lui. Il avait peut-être déjà rencontré un ou deux de ces types, mais le seul qu'il connaissait vraiment, c'était Buzz, garde du corps et assistant personnel de Lex. Croisant son regard, Buzz haussa les épaules, l'air de dire : Que voulez-vous qu'on y fasse ?

Lex prit Myron par le cou, laissant pendre son bras façon bandoulière d'appareil photo.

— Assieds-toi, vieux pote. Bois un coup, détends-toi, décompresse.

— Suzze se fait du souci pour toi.

— Ah oui ?

Lex arqua un sourcil.

— Du coup, elle envoie son vieux garçon de courses à ma recherche.

— Normalement, je suis aussi le tien, Lex.

— Ah, les agents. Un boulot de mercenaire, s'il en est.

Lex portait un pantalon noir et un blouson de cuir noir, comme s'il venait de faire du shopping chez Rockers R Us. Ses cheveux, gris à présent, étaient coupés très courts. S'effondrant sur le canapé, il dit :

— Assieds-toi, Myron.

— Si on allait plutôt faire un tour, Lex ?

— Tu es mon garçon de courses aussi, non ? J'ai dit assis.

Il n'avait pas tort. Myron trouva une place et s'enfonça profondément dans les coussins. Lex tourna un bouton sur sa droite, et la musique baissa. Quelqu'un tendit à Myron une coupe de champagne, en en renversant un peu au passage. La plupart des demoiselles corsetées – soyons honnête, quelle que soit l'époque, l'effet reste le même – étaient parties discrètement, comme si elles s'étaient fondues dans le décor. Esperanza était en train de baratiner celle qu'elle avait repérée en entrant. Les autres clients dans la pièce regardaient les deux femmes flirter avec la fascination d'hommes des cavernes voyant le feu pour la première fois.

Buzz fumait une cigarette qui avait une drôle d'odeur. Il voulut la passer à Myron. Myron secoua la tête et se tourna vers Lex, avachi sur le canapé comme si on lui avait administré un myorelaxant.

— Suzze t'a montré le post ? demanda-t-il.

— Oui.

— Et qu'en dis-tu, Myron ?

— Un désaxé qui cherche à créer des embrouilles.

Lex but une grande gorgée de champagne.

— Tu le penses vraiment ?

— Oui, et de toute façon, on est au vingt et unième siècle.

— Autrement dit ?

— Autrement dit, il n'y a pas de quoi en faire tout un plat. Tu peux faire un test ADN, si ça te travaille à ce point… établir ta paternité avec certitude.

Lex hocha lentement la tête, but une autre gorgée. Myron tâchait d'oublier ses fonctions d'agent, mais, malgré tout, la bouteille faisait sept cent cinquante millilitres, ce qui, à huit mille dollars, faisait un millilitre à plus de dix dollars.

— Il paraît que tu t'es fiancé, dit Lex.

— Eh oui.

— Alors buvons à ça.

— Sirotons plutôt. Siroter revient moins cher.

— Détends-toi, Myron. Je suis pété de thunes.

Ce qui n'était pas faux. Ils trinquèrent.

— Bon, qu'est-ce qui te tracasse, Lex ?

Lex ignora la question.

— Comment se fait-il que je n'aie pas rencontré ta promise ?

— C'est une longue histoire.

— Et où est-elle, maintenant ?

Myron resta évasif.

— À l'étranger.

— Je peux te donner un conseil, à propos du mariage ?

— Genre « Ne crois pas les rumeurs stupides sur la paternité qu'on poste sur le web » ?

Lex eut un grand sourire.

— Touché.

— Pff, dit Myron.

— Voici mon conseil : soyez sincères l'un envers l'autre. Totalement sincères.

Myron marqua une pause. Comme Lex n'avait manifestement rien à ajouter, il finit par demander :

— C'est tout ?

— Tu t'attendais à quelque chose de plus profond ?

Myron haussa les épaules.

— Un peu, oui.

— Il y a cette chanson que j'adore, fit Lex. Ça dit : « Ton cœur est comme un parachute. » Tu sais pourquoi ?

— Il me semble que ça parle de l'esprit qui est comme un parachute… Il fonctionne seulement quand il est ouvert.

— Non, je connais ça. Celle-ci est mieux : « Ton cœur est comme un parachute… Il s'ouvre seulement quand tu tombes. »

Il sourit.

— Pas mal, hein ?

— Pas mal.

— On a tous des amis dans la vie, comme… Tiens, prends mes potes qui sont là. Je les adore, je m'éclate avec eux, on parle météo, sport et plans cul, mais si je ne les vois pas pendant un an – ou même si je ne les vois plus du tout –, ça ne change pas grand-chose à mon existence. Et c'est comme ça avec la plupart des gens qu'on connaît.

Il avala une gorgée. La porte derrière eux s'ouvrit sur un petit groupe de femmes qui pouffaient de rire. Lex fit un signe, et elles battirent en retraite.

— Mais, poursuivit-il, de temps à autre, il arrive qu'on ait un véritable ami. Comme Buzz, là. On parle de tout. On sait tout l'un de l'autre… les pires tares, les défauts les moins avouables. Tu as des amis comme ça, toi ?

— Esperanza sait que j'ai une vessie délicate, dit Myron.

— Comment ?

— Laisse tomber. Continue. Je vois ce que tu veux dire.

— Bref, les vrais amis. Tu leur dévoiles tous les trucs pas ragoûtants qu'il y a dans ta caboche. Toute la merde, quoi.

Lex se redressa, il était lancé.

— Et tu sais le plus bizarre, là-dedans ? Tu sais ce qui se passe quand on se livre complètement et qu'on laisse voir à l'autre qu'on est total dégénéré ?

Myron secoua la tête.

— Ton ami ne t'en aime que davantage. Avec les autres, on affiche une façade pour planquer l'ordure et pour se faire bien voir. Mais les vrais amis, tu leur montres l'ordure, et ils s'attachent à toi. C'est quand on fait tomber le masque qu'on crée des liens. Alors pourquoi on ne fait pas ça avec tout le monde, hein, Myron ? Je te le demande.

— Je suppose que tu vas me le dire.

— Tu crois que je le sais, bordel ?

Se laissant aller en arrière, Lex but une grande gorgée et pencha la tête, songeur.

— Le voilà, le hic : la façade est, par définition, un mensonge. La plupart du temps, ce n'est pas un problème. Mais si tu ne te livres pas à la personne que tu aimes le plus – si tu lui dissimules les failles –, il n'y a pas de lien. Tu lui caches des choses. Des secrets qui suppurent et qui font des ravages.

La porte se rouvrit. Quatre femmes et deux hommes entrèrent en titubant, hilares, avec le champagne indécemment surfacturé à la main.

— Eh bien, que caches-tu à Suzze ? demanda Myron.

Lex se borna à secouer la tête.

— C'est une route à double sens, mec.

— Dans ce cas, qu'est-ce qu'elle te cache, Suzze ?

Lex ne répondit pas. Il regardait à l'autre bout de la pièce. Myron suivit son regard.

Ce fut alors qu'il la vit.

Du moins, il crut la voir. Un coup d'œil furtif à travers le salon VIP, enfumé et éclairé aux chandelles. Il ne l'avait pas revue depuis ce fameux soir de neige, seize ans plus tôt, le ventre rond, le visage baigné de larmes, les doigts ensanglantés. Myron ne les suivait pas à la trace ; il savait juste qu'aux dernières nouvelles ils vivaient quelque part en Amérique latine.

Leurs regards se croisèrent à travers la pièce, une fraction de seconde, pas plus. Et, aussi invraisemblable que cela paraisse, Myron ne douta plus.

— Kitty ?

La musique couvrit sa voix, mais Kitty n'hésita pas. Ses yeux s'agrandirent – la peur, peut-être ? – et, pivotant sur ses talons, elle fila vers la sortie. Myron voulut se lever prestement, mais, enlisé dans les coussins du canapé, il eut du mal à s'en extirper. Le temps de se remettre debout, Kitty Bolitar, sa belle-sœur – la femme qui avait fracassé tout un pan de sa vie –, avait disparu.

5

MYRON COURUT APRÈS ELLE.

Tandis qu'il gagnait la sortie du salon VIP, une image lui traversa l'esprit : lui à onze ans, son frère Brad à six, la tignasse hirsute, jouant au basket dans la chambre qu'ils partageaient. Le panneau était en carton, le ballon une simple éponge ronde. L'anneau était fixé à la porte du placard à l'aide de deux ventouses orange qu'il fallait lécher pour qu'elles tiennent. Les deux frères jouaient pendant des heures ; ils s'inventaient des équipes, des surnoms, des personnages. Il y avait Tim le Tireur, Mark le Marqueur et Sam le Sauteur. Myron, étant l'aîné, dirigeait les opérations et faisait naître tout un univers factice avec les bons et les méchants, des drames, des matchs serrés et des paniers de dernière minute. Mais, la plupart du temps, il laissait Brad gagner à la fin. La nuit, lorsqu'ils grimpaient dans leurs lits superposés – Myron en haut, Brad au-dessous –, ils passaient les parties en revue tels des commentateurs sportifs à l'issue d'un match.

Ce souvenir raviva la vieille blessure.

Esperanza le vit piquer un sprint.

— Qu'est-ce qu'il y a ?

45

— Kitty.

— Quoi ?

Pas le temps d'expliquer. Il poussa la porte et se retrouva dans la grande salle avec sa musique assourdissante. Le vieux en lui se demanda quel plaisir il y avait à rencontrer des gens quand on ne s'entendait pas parler. Mais, à vrai dire, son obsession du moment était de rattraper Kitty.

Myron était grand, un mètre quatre-vingt-dix. En se haussant sur la pointe des pieds, il pouvait survoler la foule du regard. Aucun signe de la présumée Kitty. Que portait-elle ? Un haut turquoise. Il chercha des éclaboussures turquoise.

La voilà. Le dos tourné. Elle se dirigeait vers la sortie de la boîte.

Il fallait qu'il bouge. Avec force « Pardon ! », Myron essaya de se frayer un passage dans la mêlée, mais il y avait trop de monde. L'éclairage stroboscopique et les effets laser n'aidaient pas non plus. Kitty. Que diable Kitty fabriquait-elle ici ? Dans le temps, elle aussi avait été un jeune prodige du tennis. Elle s'entraînait avec Suzze, c'était comme ça qu'elles s'étaient connues. Les deux amies avaient peut-être repris contact, mais cela expliquait-il la présence de Kitty ici, dans cette boîte, ce soir, sans son frère ?

Ou bien Brad était-il là aussi ?

Myron pressa le pas. Il s'efforçait de ne bousculer personne, ce qui, naturellement, était impossible. Il récolta des regards noirs, des « Eh oh ! » et des « Y a pas le feu ! », mais il n'y fit pas attention et continua à jouer des coudes. Il se sentait comme dans un rêve, quand on court sur place, qu'on a soudain les jambes en coton ou qu'on patauge dans une neige profonde.

— Aïe ! glapit une fille. Tu m'as marché sur le pied, connard !

— Désolé, lança-t-il en essayant de passer.

Une grosse main s'abattit sur son épaule et le fit pivoter. Quelqu'un le poussa violemment par-derrière, manquant de le faire tomber. Myron se redressa et fit face à ce qui ressemblait à un casting pour *Bienvenue à Jersey Shore*, mélange de mousse coiffante, de faux bronzage, de sourcils épilés, de torses dépoilés et de muscles pour la frime. Ils ricanaient d'un air mauvais, drôle de contenance pour des gens qui passaient leur vie à se pomponner et à traquer le moindre poil superflu. Leur casser la figure allait faire mal ; déranger leur brushing ferait plus mal encore.

Ils étaient quatre ou cinq, voire six – une masse indistincte d'hostilité visqueuse noyée dans des effluves d'Axe –, et très excités à l'idée de prouver leur virilité en défendant l'honneur du pied d'une fille.

Malgré tout, Myron opta de nouveau pour la diplomatie.

— Désolé, les gars, c'est une urgence.

Boulet numéro Un déclara :

— Eh, y a pas le feu. Tu vois le feu quelque part, Vinny ?

Vinny :

— Ouais, où c'est qu'y a le feu ? Parce que moi, j'en vois pas. T'en vois un, Slap ?

Le temps que Slap ouvre la bouche pour répondre, Myron glissa :

— C'est bon, j'ai compris. Il n'y a pas le feu. Toutes mes excuses, encore une fois, mais là je suis vraiment pressé.

Toutefois, il fallait que Slap mette son grain de sel.

— Ben, moi non plus, je vois pas de feu.

Pas de temps à perdre. Myron voulut avancer – zut, aucun signe de Kitty –, mais les hommes resserrèrent les rangs. La main toujours sur son épaule, Boulet referma sa poigne comme un étau.

— Présente tes excuses à Sandra.

— Euh, c'est quoi, dans « toutes mes excuses », qui vous a échappé ?

— À Sandra, répéta-t-il.

Myron se tourna vers la fille qui, à en juger par sa tenue et ses fréquentations, n'avait pas eu son content d'affection paternelle. Il haussa l'épaule pour se débarrasser de la main importune.

— Toutes mes excuses, Sandra.

C'était la meilleure chose à faire. Essayer d'apaiser les esprits et poursuivre son chemin. Mais il savait. Il le lisait sur leurs visages empourprés, dans leurs yeux luisants. Les hormones étaient entrées en action. Du coup, se retournant vers le type qui l'avait poussé, Myron ne fut pas surpris de voir un poing arriver en direction de son visage.

Une bagarre, ça dure normalement quelques secondes... et ces secondes-là sont chargées à bloc de trois éléments : la confusion, le chaos et la panique. Quand les gens voient un poing arriver sur eux, leur première réaction est excessive. Ils se baissent ou bien tombent à la renverse. Ce qui est une erreur. Si vous perdez l'équilibre ou l'adversaire de vue, vous vous trouvez encore plus exposé. Un bon lutteur envoie un coup souvent dans ce seul et unique but : pas forcément pour toucher l'autre, mais pour l'obliger à se mettre dans une posture plus vulnérable.

Myron esquiva donc à peine, à quelques centimètres près. Sa main droite était déjà en l'air. Inutile de recourir au karaté pour taper sur le poing. Il suffit de le dévier légèrement.

Son objectif était simple : neutraliser l'attaquant avec un minimum d'efforts et de dégâts. Myron écarta le poing de sa trajectoire puis, dans la foulée, pointa l'index et le majeur, et les enfonça au creux de la gorge de son agresseur. En plein dans le mille. Le beau gosse émit un gargouillis. Instinctivement, il porta les deux mains à sa gorge, se retrouvant ainsi totalement exposé. Normalement, c'était là que Myron aurait dû donner l'estocade. Mais tout ce qu'il voulait, c'était sortir de là.

Il essaya de contourner le gars pour s'éloigner le plus vite possible. Mais toutes les issues étaient bloquées. Les clients de la boîte bondée s'étaient rapprochés, alléchés par la perspective d'une bagarre et le désir primaire de voir un congénère se faire molester publiquement.

Une autre main l'empoigna par l'épaule. Myron la repoussa. Quelqu'un plongea pour l'attraper par les chevilles. Il fléchit les genoux. D'une main, il se retint au plancher ; de l'autre, il assena un coup sur le nez de l'homme. Ce dernier le lâcha. La musique s'arrêta. Quelqu'un hurla. Il y eut une mêlée générale.

Mauvaise limonade.

Confusion, chaos et panique. Dans un night-club surpeuplé, ça prend vite des proportions exagérées, et c'est vite contagieux. Quelqu'un se fait bousculer et s'affole. Alors il frappe. Les gens reculent. Les spectateurs qui assistaient à la scène sans trop craindre pour leur propre sécurité réalisent qu'ils sont en danger. Ils tentent de fuir, se cognent les uns aux autres. C'est la débandade.

Quelqu'un frappa Myron à la nuque. Il fit volte-face. Un autre coup le visa au ventre. Il réagit d'instinct et agrippa le poignet de l'homme. On aura beau apprendre les meilleures techniques de lutte, se faire entraîner par les plus grands, rien ne vaut d'être né avec une remarquable coordination main-œil. Comme on disait à l'époque où il jouait au basket : « On n'apprend pas la hauteur. » On n'apprend pas non plus la coordination, ni les capacités athlétiques, ni l'instinct de compétition.

Myron Bolitar, ce sportif hors pair, fut donc capable d'immobiliser un poignet en pleine action. Il attira l'homme à lui et, profitant de l'élan, abattit son avant-bras sur son visage.

Le type s'écroula.

Ça criait de partout, maintenant. Ça paniquait. Se retournant, Myron aperçut à travers la cohue la présumée Kitty à la porte. Il se dirigea vers elle, mais elle disparut derrière une cohorte de videurs, dont les deux types qui lui avaient donné du fil à retordre à l'entrée. Les videurs – et ils étaient nombreux – marchaient droit sur lui.

Hum, hum.

— Holà, les gars, on se calme.

Myron leva les mains pour montrer qu'il n'avait pas l'intention de se battre.

— Ce n'est pas moi qui ai commencé.

L'un d'eux tenta de lui faire une clé de bras, un vrai acte d'amateur. Myron se dégagea tranquillement et dit :

— C'est fini, OK ? C'est…

Trois autres videurs bondirent sur lui. Il atterrit sur le sol avec un bruit mat. L'un des hommes qui gardaient l'entrée s'assit à califourchon sur lui. Quelqu'un lui donna un coup de pied dans les jambes. Le type perché sur lui voulut poser son bras gonflé sur sa gorge. Myron abaissa le menton pour le bloquer. Le gars poussa plus fort, lui soufflant son haleine aux vieux relents de hot-dog à la figure. Nouveau coup de pied. Le visage se rapprocha. Myron roula sur le côté, l'atteignant avec son coude au passage. L'homme lâcha un juron et recula.

Myron allait se lever lorsqu'il sentit quelque chose de dur et de métallique se planter dans ses côtes. L'espace d'un dixième de seconde, il se demanda ce que cela pouvait être. Puis son cœur explosa.

Du moins, ce fut l'effet que cela lui fit. Comme si quelque chose avait éclaté dans sa poitrine, comme si on avait placé des fils électriques sur ses terminaisons nerveuses, provoquant le spasme de tout le système parasympathique. Ses jambes se liquéfièrent. Ses bras retombèrent, incapables d'offrir la moindre résistance.

Un pistolet paralysant.

Myron tomba tel un poisson sur la jetée. Au-dessus de lui, Kyle le Dékolleté affichait un grand sourire. Il relâcha la détente. La douleur cessa, mais un instant seulement. Ses collègues videurs formant un écran entre lui et le reste de la salle, Kyle enfonça le pistolet dans les côtes de Myron et appuya à nouveau. Une main se plaqua sur sa bouche pour étouffer son cri.

— Deux millions de volts, chuchota Kyle.

Myron s'y connaissait un peu en armes paralysantes et Taser. On était censé presser la détente quelques secondes, pas plus, pour neutraliser sans causer de dommages. Mais Kyle, qui souriait comme un dément, ne lâchait pas. La douleur s'accrut, devint insoutenable. Le corps de Myron se convulsa. Kyle gardait le doigt sur la détente.

— Euh… Kyle ? se hasarda à demander l'un des videurs.

Mais Kyle persista jusqu'à ce que les yeux de Myron se révulsent, puis ce fut le néant.

6

PEUT-ÊTRE UNE POIGNÉE DE SECONDES PLUS TARD, Myron sentit qu'on le soulevait et qu'on le hissait sur une épaule, façon pompier, pour l'emporter. Il gardait les yeux fermés, les muscles relâchés. Bien qu'au bord de l'évanouissement, il était toujours conscient de l'endroit où il se trouvait, de ce qui lui arrivait. Ses terminaisons nerveuses avaient reçu une décharge électrique. Il se sentait flageolant et épuisé. L'homme qui le portait était grand et costaud. Il entendit la musique qui reprenait et une voix qui criait dans les haut-parleurs :

— OK, tout le moooonde, l'incident est clos ! La fête continuuuue !

Immobile, Myron se laissait porter. Sans résister. Il en profita pour reprendre ses esprits, récupérer, échafauder un plan. Une porte s'ouvrit et se referma, étouffant la musique. Une lumière plus vive filtra à travers ses paupières closes.

Le grand costaud qui le transportait suggéra :

— On n'a qu'à le jeter dehors, hein, Kyle ? Je crois qu'il a eu sa dose, pas toi ?

C'était la même voix qui avait dit : « Euh… Kyle ? » quand Myron avait reçu la décharge électrique. On y percevait de la peur. Myron n'aimait pas ça.

— Pose-le, Brian, répondit Kyle.

Brian s'exécuta avec une surprenante douceur. Couché sur le sol en ciment, sans rouvrir les yeux, Myron se livra à un rapide calcul et décida de la marche à suivre. Garde les yeux fermés, fais semblant d'être complètement sonné… et, discrètement, glisse la main dans la poche qui contient ton BlackBerry.

Dans les années quatre-vingt-dix, alors que les téléphones mobiles venaient d'apparaître, Myron et Win avaient bricolé un système de communication extrêmement utile en cas d'urgence. Quand l'un des deux avait des ennuis (Myron, au hasard), il appuyait sur la touche de numéro abrégé, et l'autre (Win, au hasard) décrochait, coupait le son, écoutait ou volait à son secours. À l'époque, il y avait quinze ans, c'était de la technologie de pointe. Aujourd'hui, c'était aussi à la pointe qu'un Betamax.

Il fallait donc effectuer une mise à jour. Désormais, grâce aux procédés dernier cri, Myron et Win pouvaient rester en contact de manière bien plus efficace. L'un des techniciens de Win avait équipé leurs BlackBerry d'un système de radio par satellite qui marchait même en l'absence de couverture réseau, de fonctions d'enregistrement audio et vidéo, et d'une puce GPS qui permettait de localiser l'autre à tout moment, à un mètre près… Le tout pouvant être activé simultanément par une simple pression sur une touche.

D'où la main cherchant la poche avec le BlackBerry. Les yeux fermés, Myron poussa un gémissement, histoire de se tourner suffisamment pour atteindre la poche…

— C'est ça que tu cherches ?

Kyle le Dékolleté. Myron cilla et ouvrit les yeux. Le sol de la pièce était en lino bordeaux. Les murs étaient bordeaux également. Il y avait juste une table avec ce qui ressemblait à une boîte de Kleenex dessus. Pas d'autre mobilier. Myron regarda Kyle, qui souriait.

À la main, il tenait son BlackBerry.

— Merci, dit Myron. Oui, c'est ça que je cherche. Vous n'avez qu'à me le lancer.

— Ah ça, sûrement pas.

Il y avait trois autres videurs dans la pièce, tous le crâne rasé, tous adeptes de la gonflette. Myron repéra celui qui avait l'air anxieux et en déduisit que c'était son porteur, pour ainsi dire. L'Anxieux déclara :

— Vaudrait mieux que je retourne à l'entrée, pour voir si tout va bien.

— C'est ça, vas-y, Brian.

— Sérieux, sa copine, la bombe latino, sait qu'il est ici.

— Ne t'inquiète pas pour elle, fit Kyle.

— Moi, je m'en inquiéterais, dit Myron.

— Pardon ?

Myron tenta de se redresser.

— Vous ne regardez pas beaucoup la télé, hein, Kyle ? Vous savez, la partie où ils triangulent le signal du téléphone mobile et localisent le bonhomme. Eh bien, c'est ce qui va se passer ici. Je ne sais pas combien de temps cela prendra, mais…

Kyle, l'air triomphant, brandit le BlackBerry et, pressant la touche OFF, regarda l'appareil s'éteindre.

— Tu disais ?

Myron ne répondit pas. Le Grand Anxieux quitta la pièce.

— Pour commencer, dit Kyle en lançant son porte-feuille à Myron, veuillez raccompagner M. Bolitar à la sortie. Nous vous prions de ne plus remettre les pieds ici.

— Même si je promets de venir sans chemise ?

— Mes deux collègues vont vous reconduire à l'entrée de service.

Curieux dénouement. Comme ça, ils allaient le laisser partir. Myron décida de jouer le jeu, pour voir de quoi il retournait. Il était pour le moins sceptique. Les deux hommes l'aidèrent à se relever.

— Et mon BlackBerry ?

— Il vous sera rendu à la sortie.

L'un des hommes prit Myron par le bras droit, l'autre par le bras gauche. Ils l'escortèrent dans le couloir. Kyle suivit, refermant la porte derrière eux. Une fois hors de la pièce, il déclara :

— OK, ça devrait le faire. On le ramène.

Myron fronça les sourcils. Kyle rouvrit la porte. Les deux hommes l'empoignèrent fermement et le traînè-rent dans la même pièce. Comme il résistait, Kyle lui montra le pistolet paralysant.

— Tu veux une autre décharge de deux millions de volts ?

Myron n'en voulait pas. Il retourna dans la pièce bordeaux.

— C'est quoi, ce cirque ?

— Ça, c'était pour la galerie, dit Kyle. Recule.

Myron n'obéit pas sur-le-champ, et Kyle agita le pistolet. Myron s'écarta à reculons, sans lui tourner le dos. Kyle et les deux videurs s'approchèrent de la table et, dans ce qui ressemblait à une boîte de Kleenex, prirent des gants de chirurgien. Myron les observait.

— À titre d'information, glissa-t-il, sachez que les gants en latex ont tendance à m'exciter. Faut-il que je me penche en avant ?

— Mécanisme de défense, rétorqua Kyle en enfilant les gants avec un peu trop d'empressement.

— Comment ?

— Tu utilises l'humour comme mécanisme de défense. Plus tu flippes, plus tu ouvres ton clapet.

Videur et psy en même temps, pensa Myron, apportant peut-être ainsi de l'eau à son moulin.

— Mettons les choses au clair, comme ça même toi tu pourras comprendre, dit Kyle d'une voix chantante. On appelle cette pièce la salle de tabassage. D'où la couleur bordeaux. On ne peut pas distinguer les taches de sang, comme tu auras l'occasion de le constater.

Il sourit. Myron ne broncha pas.

— Nous t'avons filmé en train de quitter cette pièce de ton plein gré. Tu t'en doutes, la caméra est éteinte, maintenant. Officiellement, tu es sorti d'ici de toi-même, sans trop de dégâts. Nous avons des témoins qui attesteront que tu les as agressés, que notre riposte a été proportionnelle au danger que tu représentais, que tu es à l'origine du grabuge. Nous avons des clients fidèles et des employés prêts à signer n'importe quelle déclaration venant de nous. Personne n'appuiera les réclamations que tu pourrais formuler. Des questions ?

— Juste une, répondit Myron. Vous avez pour de bon employé le mot « grabuge » ?

Kyle ne se départit pas de son sourire.

— Mécanisme de défense, répéta-t-il.

Les trois hommes se déployèrent, muscles bandés, poings serrés. Myron s'enfonça un peu plus dans le coin.

— C'est quoi, votre plan, Kyle ?

— C'est très simple, Myron. On va te faire mal. À quel point, ça va dépendre si tu résistes ou pas. Au mieux, tu finiras à l'hôpital. Tu pisseras le sang pendant un petit moment. On te cassera un os ou deux. Mais tu vivras et t'en remettras probablement. Si tu résistes, je me servirai du pistolet paralysant. Ce sera très douloureux. Et la raclée sera d'autant plus longue et violente. Suis-je clair ?

Ils se rapprochèrent. Pliant et dépliant les doigts. L'un d'eux fit craquer son cou. Kyle le Dékolleté ôta son veston.

— Je ne voudrais pas le salir, expliqua-t-il. Avec les taches de sang et tout.

Myron pointa le doigt plus bas.

— Et le pantalon ?

Torse nu, Kyle fit jouer ses pectoraux.

— Ne t'inquiète pas pour ça.

— Ah, mais si, dit Myron.

Alors même qu'ils l'encerclaient, il sourit et croisa les bras. Les trois hommes marquèrent une pause.

— À propos, fit-il, je vous ai parlé de mon nouveau BlackBerry ? Du GPS ? De la radio par satellite ? On active le tout à l'aide d'une seule touche.

— Ton BlackBerry, rétorqua Kyle, est éteint.

Myron secoua la tête et imita le buzzer, comme dans un jeu télévisé lorsqu'on donne la mauvaise réponse. La voix grêle de Win jaillit du haut-parleur de l'appareil :

— Eh bien, non, Kyle.

Les trois hommes s'immobilisèrent.

— Mettons les choses au clair, dit Myron, imitant de son mieux l'inflexion chantante de Kyle, comme ça même vous pourrez comprendre. La touche qu'il faut presser pour activer toutes ces fonctions à la pointe de la technologie ? Vous avez deviné : c'est la touche OFF. Bref, tout ce qui a été dit ici a été enregistré. Et le GPS est en marche. Tu es encore loin, Win ?

— J'entre dans le club. J'ai aussi activé la conversation avec toi. Esperanza est en ligne, en mode silence. Esperanza ?

Elle remit le son, et la musique de la salle se déversa à travers le haut-parleur.

— Je suis à la porte latérale par laquelle ils ont emmené Myron. Oh, et devinez quoi ? Je viens de tomber sur un vieux copain à moi, un officier de police nommé Roland Dimonte. Dites bonjour à mon ami Kyle, Rolly.

La voix d'homme dit :

— Je veux voir la sale tronche de Bolitar, intacte, dans trente secondes, espèce de trouduc.

Vingt secondes plus tard, c'était fait.

— Ce n'était peut-être pas elle, dit Myron.

Il était deux heures du matin quand Win et lui étaient rentrés au Dakota. Ils étaient assis dans ce que, chez les gens riches, on nomme un cabinet de travail, avec des meubles Louis Quelque Chose, des bustes en marbre, un grand globe terrestre antique et des étagères remplies de livres. Myron trônait dans un fauteuil lie-de-vin avec des boutons dorés aux accoudoirs. Le temps que les choses se calment au club, Kitty avait disparu, à supposer que c'était bien elle. Lex et Buzz étaient partis aussi.

Win ouvrit une fausse étagère aux éditions originales reliées cuir, révélant un réfrigérateur. Il attrapa un Yoo-Hoo au chocolat et le lança à Myron. Lequel lut les instructions – « Secouez ! C'est délicieux ! » – et les exécuta à la lettre. Win prit la carafe et se servit un cognac hors de prix curieusement appelé *The Last Drop*, La Dernière Goutte.

— J'ai pu me tromper, ajouta Myron.

Win leva son verre et l'examina à la lumière.

— Ça fait seize ans tout de même, non ? La couleur des cheveux n'était pas la même. Il faisait sombre là-dedans, et je ne l'ai vue qu'une fraction de seconde. Il est donc fort possible que ce n'était pas elle.

— Que ce ne *soit* pas elle. Présent du subjonctif. Win.

— Et c'était bien Kitty, termina-t-il.

— Comment le sais-tu ?

— Je te connais. Tu ne commets pas ce genre d'erreurs. D'autres erreurs, oui. Mais pas de cette sorte.

Win but une gorgée de cognac. Myron avala un peu de Yoo-Hoo. Un nectar sucré, chocolaté, froid. Trois ans plus tôt, il avait quasiment renoncé à sa boisson favorite au profit des cafés dans des établissements branchés qui vous attaquent la paroi interne de l'estomac. De retour chez lui après le stress du séjour à l'étranger, il avait renoué avec le Yoo-Hoo, moins pour le goût que pour le réconfort. À présent, il l'aimait à nouveau.

— D'un côté, ça n'a pas d'importance, dit Myron. Kitty ne fait plus partie de ma vie depuis un sacré bout de temps.

Win hocha la tête.

— Et de l'autre côté ?

60

Brad. C'était ça, l'autre côté, le premier, les deux côtés, tous les côtés… L'occasion, après tant d'années, de revoir son petit frère et peut-être de se réconcilier avec lui. Myron prit son temps, changea de position. Win l'observait sans mot dire. Finalement, Myron déclara :

— Ça ne peut pas être une coïncidence. Kitty dans la même boîte – le même salon VIP, en plus – que Lex.

— Cela semble peu probable, répondit Win. Alors, quelle est notre prochaine étape ?

— Retrouver Lex. Retrouver Kitty.

Myron fixa l'étiquette du Yoo-Hoo, se demandant pour la énième fois ce que « lactosérum » pouvait bien vouloir dire. L'esprit cherche à gagner du temps. Il esquive, louvoie, relève des futilités sur des canettes, tout cela dans l'espoir d'éviter l'inévitable. Myron pensa à la première fois qu'il avait goûté ce breuvage, dans leur maison de Livingston qui était maintenant à lui, à Brad qui en réclamait toujours pour faire comme son grand frère. Il pensa aux heures passées à tirer au panier dans la cour, laissant à Brad l'honneur de récupérer les rebonds afin que Myron puisse se concentrer sur le tir. Des heures et des heures à tirer, se déplacer, rattraper la balle, tirer à nouveau ; il ne le regrettait pas, non, mais il se posait des questions sur ses priorités, les priorités communes à tous les sportifs de haut niveau. Ce qu'on appelle avec admiration « détermination et ténacité » n'est rien d'autre qu'une obsession monomaniaque. Qu'y a-t-il d'admirable là-dedans ?

Une alarme – une sonnerie grinçante que chez Black-Berry on a bizarrement baptisée « Antilope » – les interrompit. Myron jeta un œil sur l'appareil et coupa le son qui leur vrillait les oreilles.

— Tu n'as qu'à répondre, fit Win en se levant. De toute façon, je dois sortir.

— À deux heures et demie du matin ? Tu ne veux pas me dire son nom ?

Win sourit.

— Plus tard, peut-être.

Étant donné la demande pour le seul et unique ordinateur sur zone, deux heures trente, heure de la côte Est – sept heures trente en Angola – était le seul moment où Myron pouvait parler à sa fiancée, Terese Collins, en tête à tête, par le biais des nouvelles technologies, s'entend.

Il se connecta à Skype et attendit. L'instant d'après, une fenêtre vidéo s'ouvrit, et Terese apparut. Il sentit son cœur bondir, se mettre à chanter dans sa poitrine.

— Dieu, que tu es belle, souffla-t-il.

— Pas mal comme entrée en matière.

— C'est celle que je préfère.

— On ne s'en lasse pas.

Terese était magnifique, assise derrière le bureau en blouse blanche, mains jointes pour qu'il puisse voir la bague de fiançailles, ses cheveux teints en noir – elle était blonde, normalement – noués en queue-de-cheval.

Au bout de quelques minutes, Myron déclara :

— J'étais avec un client, ce soir.

— Qui ça ?

— Lex Ryder.

— Le second couteau de HorsePower ?

— Je l'aime bien. C'est un bon gars. Bref, il m'a dit que le secret d'un mariage réussi, c'est d'être franc avec l'autre.

— Je t'aime, dit-elle.

— Je t'aime aussi.

— Je ne voulais pas t'interrompre, mais j'adore pouvoir placer ça au détour d'une phrase. Je n'ai jamais connu ça. Je suis trop vieille pour me conduire de cette façon-là.

— On a toujours dix-huit ans, et la vie devant nous, répondit Myron.

— C'est fleur bleue.

— Et tu aimes ça.

— C'est vrai. Alors comme ça, Lex Ryder dit qu'il faut être franc avec l'autre. C'est notre cas, non ?

— Je ne sais pas. Il a une théorie sur les failles. Qu'il faut les dévoiler à l'autre – ce qu'il y a de pire en nous – car c'est ce qui nous rend plus humains et qui nous rapproche.

Myron lui résuma brièvement leur conversation.

— Il n'a pas tort, conclut Terese.

— Je connais tes failles, moi ? demanda-t-il.

— Myron, tu te souviens quand nous nous sommes retrouvés dans cette chambre d'hôtel, à Paris ?

Il y eut un silence. Oui, il s'en souvenait.

— Alors oui, dit-elle doucement. Tu connais mes failles.

— Peut-être.

Il changea de position sur la chaise, cherchant son regard face à la caméra.

— Je ne suis pas sûr que tu connaisses les miennes.

— Des failles ? fit-elle, feignant l'effroi. Quelles failles ?

— Déjà, je ne fais pas pipi n'importe où.

— Tu crois que je ne le sais pas ?

Il rit un peu trop bruyamment.

— Myron ?

— Oui ?

— Je t'aime. J'ai hâte d'être ta femme. Tu es un homme bien, le meilleur peut-être que j'aie jamais connu. La vérité n'y changera rien. Ces choses que tu es censé me cacher. Ça va peut-être suppurer, ou quelle que soit l'expression employée par Lex. Ou peut-être pas. L'honnêteté, quelquefois, c'est surfait aussi. Cesse donc de te tourmenter. Je t'aimerai de toute façon.

Myron se redressa.

— Tu sais que tu es formidable ?

— Je m'en fiche. Dis-moi que je suis belle. J'adore ça.

7

THREE DOWNING ÉTAIT EN TRAIN DE FERMER POUR LA NUIT.
Win regardait les clients sortir en titubant, clignant des yeux dans la lumière artificielle de Manhattan à quatre heures du matin. Il attendait. Au bout de quelques minutes, il repéra le grand gaillard qui s'était servi du pistolet paralysant contre Myron. L'homme – Kyle – venait de jeter quelqu'un dehors comme s'il s'agissait d'un paquet de linge sale. Win restait calme. Il songeait au temps, pas si lointain, où Myron avait disparu pendant des semaines, où il avait été torturé vraisemblablement, sans qu'il puisse secourir son meilleur ami ni même le venger après coup. Il se souvint du terrible sentiment d'impuissance. Win n'avait pas ressenti cela depuis sa jeunesse dorée dans les beaux quartiers de Philadelphie, où ceux qui l'avaient détesté au premier coup d'œil l'avaient harcelé et battu. Il s'était juré à l'époque que ça n'arriverait jamais plus. Et il avait tout fait pour. Encore maintenant, à l'âge adulte, il suivait ce précepte à la lettre.

Si on t'agresse, tu rends coup pour coup. Mais avec discernement. Myron n'était pas toujours d'accord avec ce principe. Tant pis. Ils étaient amis, des amis proches.

65

Ils étaient prêts à tuer pour l'autre. Mais ils étaient différents.

— Salut, Kyle, lança Win.

Kyle leva les yeux et se renfrogna.

— Tu aurais une minute pour une conversation en privé ?

— Tu rigoles, ou quoi ?

— D'habitude, j'adore rigoler, je suis un vrai boute-en-train, mais ce soir, non, Kyle, je ne rigole pas. J'aimerais qu'on cause tranquillement.

Kyle se pourlécha les babines.

— Pas de téléphone portable, ce coup-ci ?

— Aucun. Ni de pistolet paralysant non plus.

Kyle jeta un œil alentour pour s'assurer que la proverbiale voie était libre.

— Et le flic est parti ?

— Depuis longtemps.

— Alors, c'est juste toi et moi ?

— Juste toi et moi, répéta Win. Rien que d'y penser, j'en ai les tétons qui se dressent.

Kyle se rapprocha.

— Je me fous de savoir qui tu fréquentes, beau gosse. Je vais t'exploser pour de bon.

Win sourit et lui fit signe de le précéder.

— Je n'en peux plus d'attendre.

Autrefois, le sommeil avait été une échappatoire pour Myron.

Plus maintenant. Il restait allongé des heures durant, à fixer le plafond, redoutant de fermer les yeux. Souvent, cela le ramenait dans un lieu qu'il était censé oublier. Il savait qu'il aurait dû réagir – consulter un psy ou autre –, mais il savait également qu'il ne le ferait pas.

C'était peut-être bateau, mais Terese était pour lui une sorte de thérapie. Dormir avec elle tenait les cauchemars à distance.

Sa première pensée lorsque la sonnerie du réveil le propulsa dans le présent fut la même que quand il avait essayé de s'endormir. Brad. C'était étrange. Quelquefois des jours, des semaines, voire des mois passaient sans qu'il pense à son frère. Leur éloignement fonctionnait un peu à la manière d'un deuil. Dans ces périodes-là, on s'entend dire souvent que le temps guérit toutes les blessures. Foutaises. En vérité, on est anéanti, on souffre, on pleure tant qu'on croit que ça ne s'arrêtera jamais... et puis, l'instinct de conservation reprend le dessus. On arrête. On ne peut plus, on ne veut plus « remettre ça » car la douleur est trop grande. On occulte. On nie. Mais on ne guérit pas vraiment.

Le fait de revoir Kitty avait fait sauter le verrou et basculer l'univers de Myron. Et maintenant ? C'était simple : parler aux deux personnes susceptibles de lui donner des nouvelles de Kitty et de Brad. Il attrapa le téléphone et composa son numéro à Livingston. Ses parents, qui vivaient à Boca Raton, étaient venus passer une semaine dans le New Jersey.

Ce fut sa mère qui répondit :

— Allô ?

— Salut, m'man. Tu vas bien ?

— Très bien, mon chéri. Et toi ?

Sa voix était presque trop tendre, comme si une réponse négative risquait de lui briser le cœur.

— Très bien aussi.

Il hésita à lui parler de Brad. C'était un sujet délicat, qui exigeait du tact.

— J'avais envie de vous emmener dîner, ce soir, papa et toi.

— Pas chez Nero, dit-elle. Je ne veux pas aller chez Nero.

— Pas de problème.

— Je ne suis pas d'humeur à manger italien.

— OK, pas chez Nero.

— Ça ne t'arrive jamais ?

— Quoi donc ?

— De n'être pas d'humeur pour un certain type de nourriture ? Regarde, moi, par exemple. Je n'ai tout simplement pas envie de manger italien.

— J'ai bien compris. Et qu'est-ce qui te plairait ?

— Si on allait au chinois ? Je n'aime pas les restaurants chinois en Floride. C'est trop gras.

— Pas de problème. Baumgart, ça te va ?

— Oh, j'adore leur poulet kung pao. Mais dis-moi, Myron, c'est curieux, ce nom, Baumgart, pour un Chinois, non ? Ça ressemble plus à un traiteur juif.

— C'en était un, dans le temps.

— Ah bon ?

Il lui avait expliqué l'origine du nom au moins une dizaine de fois.

— Je suis un peu pressé, là, m'man. Je passerai vers six heures. Dis-le à papa.

— OK. Fais attention à toi, mon chéri.

Toujours cette tendresse. Il lui dit de faire de même. Après avoir raccroché, il décida d'envoyer un texto à son père pour confirmer la soirée. Il avait un peu honte, comme s'il trahissait sa mère, mais sa mémoire… Bref, ça suffisait comme ça avec le déni, non ?

Il se doucha rapidement et s'habilla. Depuis son retour d'Angola, il avait, sur les instances d'Esperanza, pris l'habitude d'aller au bureau à pied. Il entra dans Central Park et prit la 72e Rue en direction du sud. Esperanza adorait marcher, mais Myron n'en voyait pas vraiment l'intérêt. Son tempérament ne le portait pas à s'éclaircir les idées, calmer ses nerfs, se réconforter, enfin tout ce que le fait de poser un pied devant l'autre est censé avoir comme effet bénéfique. Mais Esperanza l'avait convaincu que ça lui ferait du bien et lui avait fait promettre de tenir trois semaines. Hélas, elle s'était trompée, ou alors il s'y était mal pris. Car il passait le plus clair de son temps avec le Bluetooth dans l'oreille, à baratiner les clients et à gesticuler avec effusion comme, eh bien, la plupart des gens qu'il croisait au parc. Rien à faire, le mode multitâches lui correspondait davantage. Dans cet état d'esprit, il enfonça le Bluetooth dans son oreille et appela Suzze T. Elle décrocha dès la première sonnerie.

— Tu l'as retrouvé ?

— On l'a retrouvé. Et reperdu. Tu connais la boîte qui s'appelle Three Downing ?

— Bien sûr.

Bien sûr.

— Lex y était, hier soir.

Myron expliqua comment il l'avait trouvé dans le salon VIP.

— Il s'est mis à parler de secrets purulents et du manque de franchise.

— Tu lui as dit que le post n'était pas vrai ?

— Oui.

— Qu'est-ce qu'il a répondu ?

— On a été interrompus.

Myron passa devant les enfants qui s'ébattaient dans la fontaine. Il y avait peut-être des gosses plus heureux quelque part en cette journée ensoleillée, mais il en doutait.

— J'ai quelque chose à te demander.

— Je te l'ai déjà dit. Ce bébé, c'est le sien.

— Il ne s'agit pas de ça. Hier soir, dans le club, j'aurais juré avoir aperçu Kitty.

Silence.

Myron marqua une pause.

— Suzze ?

— Je suis là.

— Quand as-tu vu Kitty pour la dernière fois ? demanda-t-il.

— Ça fait combien de temps qu'elle a pris la tangente avec ton frère ?

— Seize ans.

— Alors la réponse est seize ans.

— J'ai donc imaginé que c'était elle ?

— Je n'ai pas dit ça. En fait, je parie que c'était elle.

— Tu veux bien expliciter ?

— Tu es à côté d'un ordinateur ?

— Non. Je suis en train de marcher dans la rue comme une bête brute. Je devrais être au bureau d'ici cinq minutes.

— Laisse tomber. Saute dans un taxi et viens me voir à l'école. J'ai quelque chose à te montrer, de toute façon.

— Dans combien de temps ?

— J'ai une leçon qui va commencer. Dans une heure ?

— OK.

— Myron ?

— Oui ?

— Il était comment, Lex ?

— Il m'avait l'air bien.

— J'ai un mauvais pressentiment. Je crois que je vais tout foirer.

— Mais non.

— C'est un don que j'ai.

— Pas cette fois. Ton agent ne le permettra pas.

— Ne le permettra pas, répéta-t-elle.

Il la vit presque secouer la tête.

— Si quelqu'un d'autre me disait ça, je trouverais ça carrément tarte. Mais venant de toi… Non, désolée, c'est toujours aussi tarte.

— À tout à l'heure.

Myron pressa le pas et pénétra dans l'immeuble Lock-Horne. Oui, le nom complet de Win était Windsor Horne Lockwood et, comme on dit à l'école, faites le calcul. Il prit l'ascenseur jusqu'au douzième étage. Les portes s'ouvrirent directement à la réception de MB Reps. Parfois, quand des enfants prenaient l'ascenseur et se trompaient d'étage, en débarquant ici, au douzième, ils se mettaient à hurler devant le spectacle qui s'offrait à eux.

Big Cyndi. La réceptionniste de choc chez MB Reps.

— Bonjour, monsieur Bolitar ! s'écria-t-elle d'une voix haut perchée de fillette qui se serait retrouvée face à son chanteur préféré.

Avec son mètre quatre-vingt-quinze, Big Cyndi sortait tout juste d'une cure d'« élimination » de quatre jours à base de jus de fruits, si bien que sa balance affichait maintenant cent cinquante-cinq kilos. Ses mains étaient chacune de la taille d'un coussin. Sa tête ressemblait à un parpaing.

— Salut, Big Cyndi.

Elle insistait là-dessus, qu'il l'appelle comme ça, et pas simplement Cyndi ou bien, euh... Big, et même si elle le connaissait depuis des années, elle aimait bien lui donner du monsieur Bolitar. Il en conclut qu'elle allait mieux, aujourd'hui. Le régime avait entamé son habituelle joie de vivre. Elle grognait plus qu'elle ne parlait. Son maquillage, qui d'ordinaire tenait plutôt d'un chapiteau de cirque, avait viré au noir et blanc quelque part entre les goths des années quatre-vingt-dix et Kiss des années soixante-dix. Ce matin, il avait repris son aspect coutumier, comme si on l'avait appliqué à l'aide d'une boîte de soixante-quatre crayons pastel avant de l'exposer à une lampe chauffante.

Big Cyndi bondit sur ses pieds, et bien que Myron ne fût plus choqué depuis belle lurette par ses tenues – bustiers, combinaisons en Lycra –, il eut un mouvement de recul. Sa robe était peut-être de la mousseline, mais on aurait dit plutôt qu'elle avait cherché à s'envelopper de serpentins. Des bandes de ce qui ressemblait à du fin papier crépon pourpre partaient de la naissance de ses seins et s'enroulaient, s'enroulaient, s'enroulaient autour de ses hanches pour s'arrêter tout en haut de la cuisse. Le tissu était déchiré par endroits et pendait comme la chemise de Bruce Banner après sa transformation en Hulk. Elle sourit en pivotant sur un pied, et la terre vacilla sur son axe. Dans le bas du dos, près du coccyx, il y avait une ouverture en forme de losange.

— Vous aimez ? demanda-t-elle.

— Pas mal.

Big Cyndi se retourna, mit les mains sur ses hanches gainées de papier crépon et fit la moue.

— Pas mal ?

— C'est magnifique.

— Je l'ai dessinée moi-même.

— Vous êtes très douée.

— Et Terese, vous croyez que ça va lui plaire ?

Myron ouvrit la bouche, la referma. Aïe.

— Surprise ! cria Big Cyndi. J'ai dessiné ces robes pour les demoiselles d'honneur, c'est mon cadeau pour vous deux.

— On n'a même pas encore fixé une date.

— La vraie mode résiste à l'épreuve du temps, monsieur Bolitar. Je suis si contente que ça vous plaise. J'avais pensé à la couleur écume de mer, mais je trouve que fuchsia, ça fait plus chaud. Personnellement, j'adore les tons chauds. Terese aussi, non ?

— Oui. Le fuchsia, c'est son truc.

Elle lui sourit lentement – des dents minuscules dans une bouche géante –, de ce sourire qui terrorisait les petits enfants. Il lui sourit aussi. Dieu qu'il l'aimait, cette grande foldingue.

Myron désigna la porte sur la gauche.

— Esperanza est là ?

— Oui, monsieur Bolitar. Dois-je lui annoncer votre arrivée ?

— J'y vais, merci.

— Vous voulez bien lui dire que je viens pour son essayage dans cinq minutes ?

— Ça marche.

Myron tambourina légèrement à la porte et entra. Assise derrière son bureau, Esperanza portait la robe fuchsia, même si dans son cas, avec les accrocs stratégiques, on songeait davantage à Raquel Welch dans *Un million d'années avant J.-C.* Myron se retint de pouffer.

— Un seul commentaire, dit Esperanza, et vous êtes mort.

— Loin de moi l'idée.

Il s'assit.

— Je pense néanmoins que l'écume de mer vous irait mieux. J'ai l'impression que vous n'adorez pas les tons chauds, vous.

— Nous avons une réunion à midi, fit-elle.

— Je serai revenu d'ici là, et j'ose espérer que vous vous serez changée. Du nouveau sur les cartes de crédit de Lex ?

— Rien.

Absorbée dans la lecture d'un document, elle évitait soigneusement de le regarder.

— Alors, s'enquit Myron avec une nonchalance forcée, à quelle heure êtes-vous rentrée, hier soir ?

— Pas de souci, papa. Je n'ai pas enfreint le couvre-feu.

— Ce n'est pas ce que je voulais dire.

— Oh que si.

Il contempla le fatras de photos de famille sur son bureau. Tellement banales, mais tellement vraies.

— Vous voulez qu'on en parle ?

— Non, docteur, je n'y tiens pas.

— D'accord.

— Et ne prenez pas cet air moralisateur. Hier soir, je n'ai pas été plus loin qu'un simple flirt.

— Ce n'est pas à moi de juger.

— Certes, mais vous le faites quand même. Où allez-vous ?

— À l'école de tennis de Suzze. Vous n'avez pas vu Win ?

— Je crois qu'il n'est pas encore arrivé.

Myron prit un taxi en direction de l'Hudson. L'école de tennis de Suzze T. était située du côté du complexe sportif de Chelsea Piers, dans ce qui ressemblait à une bulle blanche géante. D'ailleurs, c'en était peut-être une. Quand on pénétrait sur les courts, la pression de l'air qui servait à gonfler la bulle vous débouchait les oreilles. Il y avait quatre courts, tous avec des jeunes femmes/filles/ados en train de jouer au tennis avec des moniteurs. Suzze était sur le court numéro un, enceinte jusqu'aux yeux, montrant comment on monte au filet à deux blondinettes ultra-bronzées. Sur le court numéro deux, on travaillait les coups droits. Sur le numéro trois, les revers. Sur le numéro quatre, le service. Quelqu'un avait placé des hula hoops aux extrémités de la ligne de service en guise de cibles. Suzze aperçut Myron et lui fit signe de patienter.

Il retourna dans la salle qui donnait sur les courts. Les mamans étaient là, toutes en tenue de tennis blanche. Le tennis est le seul sport où les spectateurs s'habillent comme les joueurs, à croire qu'ils s'attendent à être appelés sur le terrain à l'improviste. Néanmoins – et Myron savait bien que c'était politiquement incorrect –, c'était plutôt sexy, une maman en tenue de tennis. Du coup, il regarda. Il ne matait pas, non. Il était trop raffiné pour cela. Mais il regarda.

La concupiscence, à supposer que cela en fût, se dissipa rapidement. Les mères surveillaient leurs filles trop intensément, comme si elles misaient leur vie sur chacun de leurs coups. En observant Suzze par la baie vitrée, en la voyant rire avec une de ses élèves, il se rappela la propre mère de Suzze, qui employait des termes comme « enthousiasme » ou « concentration » pour masquer ce qui aurait dû être qualifié de « cruauté mentale ». D'aucuns pensent que les parents s'emballent parce qu'ils vivent leur vie par procuration à travers leurs enfants, mais ce n'est pas vrai, car personne ne s'infligerait un traitement aussi inhumain. La mère de Suzze voulait créer une joueuse de tennis, point barre, et le meilleur moyen d'y parvenir était d'éliminer tout le reste, tout ce qui pouvait être source de joie ou de confiance en soi, pour la rendre entièrement dépendante de la manière de manier la raquette. Bats ton adversaire, tu es bonne. Perds, tu es bonne à rien. Elle ne l'avait pas seulement privée d'amour. Elle l'avait privée de toute velléité d'estime de soi.

Myron avait grandi à une époque où il était de mise d'accuser ses parents d'être la source de tous les maux. Beaucoup de ses contemporains étaient de simples pleurnichards, incapables de se regarder dans la glace et de prendre leur vie en main. La génération des victimes, qui trouvait des défauts à tout et à tous, à l'exception d'elles-mêmes. Mais le cas de Suzze T. était différent. Il l'avait vue souffrir, lutter pendant des années, se révolter contre le milieu du tennis, prête à abandonner tout en aimant le jeu pour le jeu. Le court était devenu sa chambre de torture et son unique échappatoire, et il était difficile de concilier les deux. Pour finir, presque inéluctablement, cela l'avait menée à la drogue et à un comportement autodestructeur jusqu'à ce que Suzze, qui avait toutes les raisons de se poser en victime, se regarde dans la glace et trouve sa voie.

Myron s'assit et feuilleta une revue de tennis. Cinq minutes plus tard, les gamines commencèrent à refluer des courts. Les sourires s'évanouirent tandis qu'elles quittaient l'air pressurisé de la bulle, baissant la tête sous le regard perçant des mères. Suzze sortit la dernière. Une mère l'intercepta, mais elle ne s'attarda pas. Sans ralentir le pas, elle passa devant Myron et l'invita d'un geste à la suivre. Cible mouvante, pensa-t-il. Plus difficile à toucher.

Elle entra dans son bureau et ferma la porte derrière Myron.

— Ça ne marche pas, dit-elle.

— Qu'est-ce qui ne marche pas ?

— L'école.

— J'ai l'impression que tu draines pas mal de monde, observa-t-il.

Suzze s'écroula dans le fauteuil.

— J'ai mis au point ce que je croyais être un concept génial : une école de tennis pour joueuses de haut niveau qui leur permettrait en même temps de vivre, de souffler et d'atteindre un meilleur équilibre. J'ai invoqué l'évidence – qu'un tel cadre les rendrait plus heureuses, mieux adaptées –, mais aussi qu'à long terme ça les aiderait à progresser.

— Et… ?

— Ben, qui sait ce que long terme veut dire ? La vérité, c'est que mon concept ne marche pas. Elles ne jouent pas mieux. Les jeunes qui n'ont qu'un but dans la vie, qui ne s'intéressent ni à l'art, ni au théâtre, ni à la musique, ni aux amis… ces jeunes-là arrivent au sommet. Ceux qui cherchent à t'exploser, à te démolir sans pitié, ce sont ceux-là qui gagnent.

— Tu y crois vraiment, à ça ?

— Pas toi ?

Myron ne dit rien.

— Les parents aussi s'en rendent compte. Leurs gamines sont plus heureuses ici. Elles s'useront moins vite, mais les meilleures joueuses partent pour des camps d'entraînement plus durs.

— Ça, c'est un raisonnement à court terme, fit Myron.

— Peut-être. Mais si elles brûlent leurs cartouches à vingt-cinq ans, ma foi, c'est un âge avancé dans une carrière. Il faut qu'elles gagnent maintenant. On le sait, hein, Myron ? On a reçu un don à la naissance tous les deux, mais si tu n'as pas cet instinct de tueur – ce qui te rend meilleur concurrent à défaut de meilleur être humain –, il te sera difficile d'arriver au top.

— C'est ça que nous étions, d'après toi ? s'enquit Myron.

— Non, j'avais ma maman.

— Et moi ?

Suzze sourit.

— Je me souviens t'avoir vu jouer à Duke, lors de la finale de la NCAA. La tête que tu faisais… plutôt mourir que perdre.

Pendant quelques instants, ni l'un ni l'autre ne parla. Myron fixait les trophées, les bibelots clinquants qui symbolisaient la réussite de Suzze. Finalement, elle dit :

— Tu as réellement vu Kitty, hier soir ?

— Oui.

— Et ton frère ?

Myron secoua la tête.

— Brad était peut-être là aussi, mais je ne l'ai pas vu.

— Est-ce que tu penses ce que je pense ?

Myron changea de position sur son siège.

— Tu crois que Kitty a posté ce « Pas le sien » ?

— Possible.

— Ne tirons pas de conclusions hâtives. Tu voulais me montrer quelque chose. À propos de Kitty.

— Exact.

Elle mâchonna sa lèvre inférieure, ce que Myron ne l'avait pas vue faire depuis des années. Il attendit, histoire de ne pas la brusquer.

— Hier, après notre discussion, j'ai commencé à me renseigner.

— Te renseigner sur quoi ?

— Je ne sais pas, Myron.

Une note d'impatience se glissa dans sa voix.

— Quelque chose, un indice, n'importe.

— OK.

Suzze pianota sur son ordinateur.

— Je suis allée sur ma page Facebook pour voir d'où ce mensonge a été posté. Tu sais comment faire pour devenir fan de quelqu'un ?

— Il suffit de s'inscrire, j'imagine.

— Tout à fait. J'ai donc décidé de suivre ton conseil. De regarder du côté des ex, des rivales dans le milieu du tennis, des musiciens renvoyés… quelqu'un qui voudrait nous nuire.

— Et… ?

Suzze pianotait toujours.

— Je suis allée voir les gens qui se sont inscrits récemment sur la page fan. Figure-toi que j'en ai quarante-cinq mille qui me suivent, maintenant. Alors ç'a pris du temps. Mais pour finir…

Elle cliqua avec la souris et attendit.

— Voilà, ça y est. Je suis tombée sur ce profil de quelqu'un qui s'est inscrit il y a trois semaines. J'ai trouvé ça bizarre, surtout à la lumière de ce que tu m'as dit hier soir.

Elle fit signe à Myron, qui se leva et fit le tour pour voir ce qu'il y avait sur l'écran. En découvrant le nom en caractères gras en haut de la page du profil, il ne fut pas réellement surpris.

Kitty Hammer Bolitar.

8

KITTY HAMMER BOLITAR.

De retour dans l'intimité de son bureau, Myron examina de près la page Facebook. La photo du profil ne laissait aucune place au doute : c'était bien sa belle-sœur. Elle avait vieilli, naturellement. Son visage était plus marqué, mais il avait gardé son charme et sa vivacité. Il la contempla un moment en s'efforçant de juguler la haine qui immanquablement refaisait surface chaque fois qu'il pensait à elle.

Kitty Hammer Bolitar.

Esperanza entra et, sans un mot, s'assit à côté de lui. On aurait pu croire que Myron préférait être seul. Mais Esperanza le connaissait bien. Elle regarda l'écran.

— Notre première cliente.

— Eh oui, dit Myron. Vous l'avez vue au club, hier soir ?

— Non. Je vous ai entendu l'appeler, mais le temps que je me retourne, elle était partie.

Myron consulta les posts sur le mur. Il n'y avait pas grand-chose. Des gens qui jouaient à la guerre des Gangs, à Farmville ou à des quiz. Il vit que Kitty avait quarante-trois amis.

— Pour commencer, imprimons la liste de ses amis pour voir s'il y a quelqu'un qu'on connaît là-dedans.

— OK.

Myron ouvrit l'icône d'un album photo intitulé « Brad et Kitty… une love story ». Et il entreprit de regarder les images, avec Esperanza à son côté. Pendant un bon moment, aucun des deux ne parla. Myron cliquait, regardait, cliquait. Une vie. Voilà ce qu'il avait sous les yeux. Il s'était moqué des réseaux sociaux, il n'en voyait pas l'utilité, il trouvait le phénomène lui-même bizarre, voire quasi pervers, or ce qu'il découvrait là, clic après clic, n'était rien d'autre qu'une vie, ou plutôt deux vies en l'occurrence.

Celles de son frère et de Kitty.

Myron voyait Brad et Kitty avancer en âge. On les retrouvait sur une dune en Namibie, faisant du rafting en Catalogne, visitant l'île de Pâques, aidant les indigènes à Cuzco, plongeant d'une falaise en Italie, randonnant en Tasmanie, participant à des fouilles archéologiques au Tibet. Sur certaines photos, comme dans un village de montagne au Myanmar, Brad et Kitty étaient habillés comme les autochtones. Sur d'autres, ils portaient des tee-shirts et des bermudas. Et presque toujours le sac à dos. Souvent, ils posaient joue contre joue, un sourire frôlant l'autre. Brad avait gardé sa tignasse brune emmêlée ; trop longues, ses boucles en désordre lui donnaient une allure de rasta. Il n'avait pas changé tant que ça, son frère. Myron examina son nez et le trouva un peu plus busqué… ou peut-être était-ce dû à la lumière.

Kitty avait perdu du poids. Elle paraissait plus sèche, plus fragile. Myron continua à cliquer. La vérité – une vérité qui aurait dû lui réchauffer le cœur –, c'était que Brad et Kitty rayonnaient sur chaque photo.

Comme lisant dans ses pensées, Esperanza dit :

— Ils ont l'air fichtrement heureux.

— Ouais.

— Mais ce sont des photos de vacances. Ça ne veut rien dire.

— Pas de vacances, non, répondit Myron. C'est ça, leur vie.

Noël en Sierra Leone. Thanksgiving à Sitka, en Alaska. Fête au Laos. En guise d'adresse permanente, Kitty avait écrit « Recoins obscurs de la planète Terre » et, comme profession, « Ancienne malheureuse étoile montante du tennis aujourd'hui nomade heureuse qui cherche à rendre le monde plus beau ». Pointant le doigt sur la profession, Esperanza fit mine de vomir.

Lorsqu'ils eurent fini de regarder ce premier album, Myron retourna sur la page photos. Il y avait deux autres albums, intitulés « Ma famille » et « Ce que nous avons de mieux dans la vie : notre fils Mickey ».

— Ça va ? demanda Esperanza.

— Très bien.

— Alors allons-y.

Myron cliqua sur le dossier Mickey et attendit la fin du chargement des images. L'espace d'un instant, il se borna à les regarder fixement, la main sur la souris. Esperanza ne pipait pas. Puis, presque machinalement, il se mit à cliquer sur les photos, depuis la naissance de Mickey jusqu'à une époque récente, où il devait avoir une quinzaine d'années. Esperanza se pencha pour mieux voir. Les images défilaient une à une quand soudain elle souffla :

— Mon Dieu !

Myron ne dit rien.

— Revenez en arrière, fit-elle.

— Laquelle ?

— Vous savez bien laquelle.

Il savait. Il cliqua de nouveau sur la photo de Mickey en train de jouer au basket. Il avait été pris plein de fois tirant au panier – au Kenya, en Serbie, en Israël –, mais là, c'était un tir en extension en reculant. Le poignet cassé, la balle près du front. Son adversaire, plus grand en taille, s'apprêtait à contrer, mais il n'avait aucune chance. Il y avait ce saut, oui, mais il y avait aussi le retrait, histoire de se mettre à l'abri de la main tendue. Myron devinait déjà l'envol tout en douceur, le superbe effet rétro du ballon.

— Vous permettez que j'enfonce une porte ouverte ? demanda Esperanza.

— Allez-y.

— C'est votre posture. Ça pourrait être une photo de vous.

Myron ne répondit pas.

— Sauf qu'à l'époque vous aviez cette espèce de permanente à la noix.

— Ce n'était pas une permanente.

— Mais oui, bien sûr, des boucles naturelles qui sont parties toutes seules à l'âge de vingt-deux ans.

Il y eut un silence.

— Il aurait quel âge, maintenant ? s'enquit-elle.

— Quinze ans.

— Il a l'air plus grand que vous.

— Possible.

— C'est un Bolitar, pas de doute là-dessus. Il a votre carrure, mais les yeux de votre papa. J'aime bien les yeux de votre papa. Ils sont expressifs.

Myron contemplait les photos du neveu qu'il n'avait jamais rencontré. Il s'efforçait de mettre de l'ordre dans les sentiments qui l'agitaient quand Esperanza demanda :

— Alors, que fait-on ?

— Il faut qu'on les retrouve.

— Pourquoi ?

Myron jugea la question rhétorique, ou peut-être qu'il n'avait pas la réponse, tout simplement. Après le départ d'Esperanza, il réexamina les photos de Mickey, plus lentement cette fois. Puis il cliqua sur MESSAGE. La photo du profil de Kitty s'afficha à l'écran. Il tapa un message à son intention, l'effaça, recommença. Il ne trouvait pas les mots. C'était trop long, trop de justifications, trop de ratiocinations, trop de « d'un autre côté ». Pour finir, il refit une dernière tentative, se résumant à ces quelques mots :

S'IL TE PLAÎT, PARDONNE-MOI.

Il relut le message, secoua la tête et, avant de changer d'avis, cliqua sur ENVOYER.

Win ne se manifesta pas de la journée. Normalement, ses bureaux étaient au-dessus, à l'étage des affaires, mais, lorsque Myron avait été souffrant, il était descendu chez MB Reps (au propre et au figuré) pour soutenir Esperanza et montrer aux clients qu'ils étaient toujours en de bonnes mains.

Il n'était pas rare que Win s'absente sans donner de ses nouvelles. Il disparaissait souvent, quoique moins ces derniers temps, et généralement ce n'était pas bon signe. Myron fut tenté de l'appeler, mais, comme

84

Esperanza l'avait fait remarquer, il n'était pas là pour jouer les mamans.

Ce fut une journée entièrement consacrée aux clients. L'un d'eux était contrarié parce qu'il avait été vendu récemment. Un autre était contrarié parce qu'il aurait voulu qu'on le vende. Une troisième était contrariée parce qu'elle avait dû se rendre à l'avant-première d'un film dans une voiture ordinaire, alors qu'on lui avait promis une limousine. Une quatrième était contrariée (notez la tendance) parce qu'elle était descendue dans un hôtel à Phoenix et ne trouvait plus la clé de sa chambre.

— Pourquoi utilise-t-on ces saloperies de cartes à la place des clés, Myron ? Rappelez-vous, dans le temps on avait de grosses clés avec des glands. Impossible de les perdre, celles-là. À partir de maintenant, arrangez-vous pour qu'on me mette dans des hôtels avec ce genre de clés, OK ?

— Pas de problème, promit Myron.

Un agent portait d'ordinaire plusieurs casquettes – négociateur, manutentionnaire, ami, conseiller financier (c'était plutôt la partie de Win), agent immobilier, assistant de shopping, agent de voyages, expert en avaries, VRP, chauffeur, baby-sitter, figure parentale –, mais ce que les clients appréciaient le plus, c'était que leur agent prenne plus à cœur leurs propres intérêts qu'eux-mêmes. Dix ans plus tôt, lors d'une négociation serrée avec un propriétaire de club, le client avait tranquillement déclaré à Myron :

— Je ne me sens pas concerné par ce qu'il dit.

Ce à quoi Myron avait répondu :

— Eh bien, votre agent, si.

Le client avait souri.

— C'est pour ça que je ne vous quitterai jamais.

Ce qui définit parfaitement la bonne entente entre un agent et les grands sportifs qu'il représente.

À six heures de l'après-midi, Myron s'engagea dans la rue archifamilière de ce paradis suburbain connu sous le nom de Livingston. Comme la plupart des banlieues autour de Manhattan, c'était autrefois une zone rurale, constituée en majeure partie de terres agricoles, jusqu'au début des années soixante où quelqu'un s'était rendu compte que c'était à moins d'une heure de la métropole. Du coup, les maisons à étages s'étaient mises à pousser comme des champignons. Ces dernières années, les McMansions – définition : quelle surface habitable pourrions-nous caser sur un terrain grand comme un mouchoir de poche – avaient effectué une percée considérable, mais pas dans sa rue, pas encore. Quand Myron s'arrêta devant la maison, la deuxième après le carrefour, où il avait vécu pratiquement toute sa vie, la porte s'ouvrit, et sa mère parut sur le seuil.

Il n'y avait pas si longtemps – quelques années, pas plus –, elle se serait précipitée dans l'allée cimentée comme si ç'avait été le tarmac et Myron un prisonnier de guerre rentrant chez lui. Aujourd'hui, elle resta à la porte. Il l'embrassa sur la joue et la serra fort dans ses bras. Le Parkinson la faisait trembloter. Papa, derrière elle, attendait son tour, comme d'habitude. Myron l'embrassa aussi : c'était ainsi entre eux.

Ils étaient toujours tellement heureux de le voir ; à son âge, il aurait dû dépasser ça, mais ce n'était pas le cas, et alors ? Six ans plus tôt, quand son père avait enfin pris sa retraite et que ses parents avaient décidé de migrer vers le sud à Boca Raton, il avait racheté la maison de son enfance. Un psy se serait gratté le menton et aurait parlé de retard dans le développement et de cordon ombilical intact, mais Myron trouvait que cette solution était la plus pratique. Ses parents revenaient souvent. Ils avaient besoin d'un point de chute. C'était un bon investissement : Myron ne possédait pas de logement à lui. Il pouvait venir ici quand il avait envie de fuir la grande ville, et le reste du temps loger au Dakota.

Myron Bolitar, expert en autojustification.

Enfin, bref. Il avait récemment réalisé quelques travaux de rénovation, modernisé les salles de bains, repeint les murs dans une couleur neutre, réaménagé la cuisine... et surtout, pour éviter à papa et maman de monter et descendre les escaliers, il avait transformé le séjour du rez-de chaussée en suite parentale pour eux. La première réaction de sa mère :

— Ça ne va pas diminuer la valeur à la revente ?

Myron lui avait assuré que non – en fait, il n'en savait rien –, et elle avait pris ses quartiers dans leur nouvelle chambre sans plus de chichis.

La télévision était allumée.

— Vous regardez quoi ? demanda Myron.

— Ton père et moi, on ne regarde plus rien en direct. On se sert de l'appareil DMV pour enregistrer les émissions.

— DVR, corrigea papa.

— Merci, monsieur Télévision. DMV, DVR... quelle importance ? On enregistre une émission, Myron, on la regarde et on saute les pubs. Ça fait gagner du temps.

Elle tapota sur sa tempe pour montrer qu'il y en avait là-dedans.

— Et alors, que regardiez-vous ?

— Moi, répondit papa en mettant l'accent sur le mot, je ne regardais rien.

— Eh oui, monsieur Érudition ne veut plus regarder la télé. Et ça, c'est l'homme qui aimerait acheter l'intégrale du *Carol Burnett Show* et qui regrette toujours les rosseries de Dean Martin.

Papa se borna à hausser les épaules.

— Ta mère, poursuivit maman, ravie de parler d'elle à la troisième personne, est beaucoup plus branchée, plus à la page, et regarde la téléréalité. Avec votre permission, c'est comme ça que je m'éclate, moi. D'ailleurs, j'envisage d'écrire une lettre à Kourtney Kardashian. Tu vois qui c'est ?

— Fais comme si.

— Comme si rien du tout. Je suis sûre que tu connais cette femme d'affaires très médiatisée. Il n'y a pas de honte à ça. La honte, c'est qu'elle soit toujours avec ce poivrot en costume pastel, on dirait un lapin de Pâques géant. C'est une jolie fille. Elle pourrait trouver beaucoup mieux, tu ne crois pas ?

Myron se frotta les mains.

— Alors, qui a faim ?

Ils se rendirent chez Baumgart et commandèrent du poulet kung pao, ainsi qu'un assortiment de hors-d'œuvre. Ses parents, qui autrefois mangeaient avec l'appétit de joueurs de rugby invités à un barbecue, picoraient à présent, mastiquaient lentement et faisaient montre d'une soudaine délicatesse.

— Quand est-ce qu'on va rencontrer ta fiancée ? demanda maman.

— Bientôt.

— Je trouve que tu devrais organiser un mariage en grande pompe. Comme Khloe et Lamar.

Myron regarda son père. Qui dit en guise d'explication :

— Khloe Kardashian.

— Et, ajouta maman, Kris et Bruce ont rencontré Lamar avant le mariage, et Khloe et lui se connaissaient à peine ! Toi, tu connais Terese depuis dix ans, non ?

— Quelque chose comme ça.

— Et vous allez habiter où ?

— Ellen, dit papa en prenant LA voix.

— Tais-toi. Alors où ?

— Je n'en sais rien, répondit Myron.

— Je ne veux pas me mêler de tes affaires, commença-t-elle, annonçant par là même que c'était précisément son intention, mais à ta place je ne garderais pas la maison. Enfin, je n'y vivrais pas. Ce serait trop bizarre, un attachement à ce point-là. Il te faut un chez-toi, quelque chose de neuf.

Papa :

— El…

— On verra, maman.

— C'était juste histoire de parler.

Après le dîner, Myron les ramena à la maison. Maman s'excusa, prétextant la fatigue, et déclara qu'elle allait s'allonger un moment.

— Je vous laisse discuter entre garçons.

Myron jeta un coup d'œil alarmé à son père. Papa le regarda, l'air de dire : Ne t'inquiète pas. Il leva un doigt tandis que la porte se refermait. Quelques instants après, Myron entendit une voix de crécelle, appartenant probablement à l'une des filles Kardashian, qui disait :

— Oh, mon Dieu, si cette robe était un tout petit peu plus ouverte, elle se paierait la marche de la honte.

Son père haussa les épaules.

— En ce moment, c'est obsessionnel chez elle. Mais bon, ça ne fait de mal à personne.

Ils sortirent sur la terrasse en bois à l'arrière de la maison. Il avait fallu presque un an pour l'installer, et elle était suffisamment solide pour résister à un tsunami. Ils s'emparèrent de fauteuils de jardin aux coussins élimés et s'assirent face au terrain que Myron considérait toujours comme celui de Wiffle-ball[1]. Brad et lui avaient joué à ce jeu pendant des heures. L'arbre au tronc dédoublé était la première base, le coin de pelouse perpétuellement bruni était la deuxième, et la troisième était un rocher à demi enfoui dans la terre. S'ils tapaient trop fort sur la balle, elle atterrissait dans le potager de Mme Diamond, qui surgissait vêtue de ce qu'on appelait une robe d'intérieur et leur hurlait de déguerpir de sa propriété.

Des rires leur parvinrent d'un jardin voisin, trois maisons plus loin.

— Les Lubetkin font un barbecue ? demanda Myron.

— Les Lubetkin ont déménagé il y a quatre ans, répondit papa.

— Alors c'est qui, là-bas ?

Papa haussa les épaules.

— Je n'habite plus ici.

— Tout de même. Dans le temps, on nous invitait aux barbecues.

1. Variante de base-ball conçue pour un espace réduit (intérieur ou extérieur).

— Dans le temps. Quand nos enfants étaient petits, qu'on connaissait tous les voisins, que nos gosses allaient à la même école et jouaient dans les mêmes équipes sportives. Maintenant, c'est au tour des autres. C'est dans l'ordre des choses. Il faut savoir lâcher prise.

Myron fronça les sourcils.

— Et dire que, normalement, le plus fin, c'est toi.

Papa s'esclaffa.

— Désolé. Eh bien, tant que je suis dans mon nouveau rôle, qu'est-ce qui ne va pas ?

Myron s'abstint du « Comment le sais-tu ? » car c'était une question oiseuse. Papa portait un polo blanc, même s'il ne jouait pas au golf. Les poils grisonnants de son torse dépassaient de l'encolure en V. Sachant que Myron n'était pas grand fan des regards intenses, il tourna la tête.

Myron résolut de prendre le taureau par les cornes.

— As-tu eu des nouvelles récentes de Brad ?

Si son père fut surpris de l'entendre prononcer ce prénom – pour la première fois en quinze ans et quelques –, il n'en laissa rien paraître. Il but une gorgée de son thé glacé et fit mine de réfléchir.

— On a reçu un mail… oh, il y a un mois peut-être.

— Où était-il ?

— Au Pérou.

— Et Kitty ?

— Quoi, Kitty ?

— Était-elle avec lui ?

— Je suppose que oui.

Se retournant, son père lui fit face.

— Pourquoi ?

— Je crois que j'ai vu Kitty, hier soir, à New York.

Son père se rencogna dans son fauteuil.

— À mon avis, ce n'est pas impossible.

— Ils ne vous auraient pas contactés, s'ils étaient dans le coin ?

— Si, peut-être bien. Je pourrais envoyer un mail pour lui demander.

— Tu peux ?

— Bien sûr. Tu veux me dire ce qui se passe ?

Myron préféra rester vague. Il était à la recherche de Lex Ryder lorsqu'il avait aperçu Kitty. Son père hocha la tête. Quand Myron eut terminé, il dit :

— Ils ne donnent pas souvent de leurs nouvelles. Parfois pendant des mois. Mais il va bien. Ton frère, j'entends. J'ai l'impression qu'il a été heureux.

— A été ?

— Pardon ?

— Tu dis « a été heureux ». Pourquoi ne pas dire qu'il est heureux, tout simplement ?

— Ses derniers mails, répondit son père. Ils étaient, comment dire, différents. Moins chaleureux, peut-être. Plus axés sur l'actualité. Mais bon, on n'est pas très proches, lui et moi. Ne te méprends pas. Je l'aime. Je l'aime autant que toi. Mais on n'est pas très proches.

Il but une nouvelle gorgée de thé glacé.

— Vous l'étiez autrefois, dit Myron.

— Pas vraiment. Quand il était plus jeune, évidemment, nous occupions tous une plus grande place dans sa vie.

— Qu'est-ce qui a changé, alors ?

Papa sourit.

— Tu penses que c'est la faute de Kitty.

Myron ne dit rien.

— Crois-tu que Terese et toi, vous aurez des enfants ?

Le changement de sujet le prit au dépourvu. Il ne sut pas trop comment répondre.

— C'est une question délicate, fit-il lentement.

Terese ne pouvait plus avoir d'enfants. Il ne l'avait pas dit à ses parents car, tant qu'elle n'aurait pas vu des spécialistes compétents, il n'arriverait pas à s'y résigner lui-même. De toute façon, ce n'était pas le moment d'en parler.

— On n'est plus tout jeunes, mais on ne sait jamais.

— Eh bien, je vais te dire une chose qu'on ne trouve ni dans les bouquins de développement personnel ni dans les magazines pour parents.

Papa se pencha en avant.

— Nous autres parents, nous surestimons très largement notre importance.

— Tu es trop modeste.

— Pas du tout. Je sais que tu nous prends, ta mère et moi, pour des parents exemplaires. Ça me fait plaisir. Sincèrement. Et peut-être que nous l'avons été pour toi, même si tu as occulté bon nombre de nos défaillances.

— Comme quoi ?

— Je ne vais pas ressasser mes erreurs maintenant. La question n'est pas là, d'ailleurs. Nous avons été de bons parents, je suppose. La plupart des gens le sont. Ils font de leur mieux et, s'ils commettent des erreurs, c'est parce qu'ils veulent trop bien faire. Mais en vérité, nous, les parents, sommes dans le meilleur des cas, disons, des mécanos. Nous pouvons régler le moteur et vérifier les niveaux. Nous pouvons faire tourner la voiture, nous assurer qu'elle est en bon état de marche. Mais la voiture est ce qu'elle est. Quand elle entre au garage, c'est déjà une Toyota ou une Jaguar. Tu ne peux pas transformer une Toyota en Jaguar.

Myron grimaça.

— Une Toyota en Jaguar ?

— Tu comprends ce que je veux dire. Je sais que la comparaison n'est pas bien choisie et, maintenant que j'y pense, elle ne colle pas vraiment car je donne l'impression de porter un jugement de valeur, genre la Jaguar est mieux que la Toyota. Or ce n'est pas vrai. Elles sont différentes, avec des objectifs différents. Il y a des gamins qui sont timides, d'autres expansifs, certains aiment les livres, certains le sport, que sais-je ? Et la manière dont on vous éduque n'a pas grand-chose à voir là-dedans. On peut vous inculquer des principes, mais quand on essaie de changer ce qui existe, on finit toujours par se planter.

— Quand on essaie de transformer la Toyota en Jaguar ?

— Ne fais donc pas le malin.

Il n'y avait pas si longtemps, avant de se réfugier en Angola et dans de tout autres circonstances, Terese lui avait tenu exactement le même discours. La prééminence de l'inné sur l'acquis. Son raisonnement était à la fois glaçant et réconfortant, mais dans le cas présent, avec son père assis sur la terrasse à côté de lui, Myron n'y souscrivait pas vraiment.

— Brad n'était pas fait pour se poser ni pour rester à la maison, dit son père. Il rêvait de s'échapper. C'était un vagabond dans l'âme. Un nomade, comme ses ancêtres. Alors ta mère et moi l'avons laissé partir. Petits, vous étiez tous deux extrêmement doués en sport. Toi, tu adorais la compétition. Mais pas Brad. Il avait horreur de ça. Cela ne le rend ni pire ni meilleur, juste différent. Dieu, que je suis fatigué. Assez.

94

J'imagine que tu as une très bonne raison pour essayer de joindre ton frère après toutes ces années ?

— Oui.

— Bien. Car, malgré tout ce que j'ai dit, cette querelle entre vous a été l'un des plus grands déchirements de ma vie. Je serais content que vous vous réconciliiez.

Le silence fut rompu par le vibreur du portable de Myron. Il consulta le numéro qui s'affichait : à sa surprise, c'était Roland Dimonte, le flic de la police new-yorkaise qui était venu à sa rescousse au Three Downing. Dimonte était une vieille connaissance, et leurs rapports se situaient quelque part à la frontière entre l'amitié et l'inimitié.

— Je suis obligé de répondre, dit Myron.

Son père lui fit signe de prendre l'appel.

— Allô ?

— Bolitar ? aboya Dimonte. Je croyais qu'il avait arrêté ses conneries.

— Qui ?

— Vous savez très bien qui. Où est ce taré de Win ?

— Aucune idée.

— Eh bien, trouvez-le.

— Pourquoi, que se passe-t-il ?

— On a un gros problème sur les bras, voilà ce qui se passe. Trouvez-le-moi fissa.

9

MYRON JETA UN ŒIL PAR LA VITRE GRILLAGÉE du service des urgences. Roland Dimonte se tenait sur sa gauche. Il empestait le tabac à chiquer et un after-shave des années quatre-vingt qui semblait avoir tourné depuis. Bien qu'issu du quartier défavorisé de Hell's Kitchen, Dimonte affectionnait le look cow-boy urbain. En ce moment même, il portait une chemise brillante avec des boutons-pression et des bottes tellement criardes qu'il aurait pu les avoir volées à un supporter des San Diego Chargers. Ses cheveux conservaient les traces d'une teinture bicolore, façon ancien joueur de hockey reconverti en commentateur sportif sur une chaîne de télé locale. Myron sentait son regard sur lui.

Couché sur le dos, les yeux grands ouverts et avec des tubes qui lui sortaient de partout, c'était bien Kyle le Dékolleté, videur en chef au Three Downing.

— Qu'est-ce qu'il a ? demanda Myron.

— Des tas de choses. Mais le principal, c'est un rein éclaté. Suite – et je cite le médecin – à un « grave trauma abdominal ». C'est drôle, non ?

— Drôle, comment ça ?

96

— Notre ami ici présent va pisser le sang pendant un bon bout de temps. Rappelez-vous, hier soir. C'est exactement le sort qu'il vous avait promis.

Dimonte croisa les bras pour plus d'effet.

— Donc, vous pensez que c'est moi qui ai fait ça ?

Dimonte fronça les sourcils.

— Faisons juste une seconde comme si je n'avais pas été bercé trop près du mur, hein ?

Il cracha du jus de chique dans la canette de Coca vide qu'il tenait à la main.

— Non, je ne pense pas que c'est vous. Nous savons tous les deux qui a fait ça.

Myron désigna le lit du menton.

— Et Kyle, qu'a-t-il dit ?

— Qu'il a été agressé. Une bande d'individus a fait irruption dans le club et l'a tabassé. Il n'a pas vu leurs visages, il n'est pas en mesure de les identifier, de toute façon il ne veut pas porter plainte.

— C'est peut-être vrai.

— Et peut-être qu'une de mes ex-femmes va m'annoncer qu'elle renonce à son chèque de pension.

— Que voulez-vous que je vous dise, Rolly ?

— Je croyais que vous l'aviez en main.

— Vous ne savez pas si c'est Win.

— Nous savons tous les deux que c'est Win.

Myron s'écarta de la vitre.

— Je vais le formuler autrement. Vous n'avez aucune preuve contre Win.

— Bien sûr que si. Il y a une banque à côté du club, avec une caméra de surveillance qui couvre toute la zone. Elle montre Win en train d'aborder Mr. Tablettes-de-chocolat. Ils discutent un moment avant de rentrer dans le club.

Dimonte marqua une pause, tourna la tête.

— Bizarre.

— Quoi ?

— Win est plus prudent que ça, d'habitude. Il doit baisser avec l'âge.

Ça m'étonnerait, pensa Myron.

— Et les bandes de vidéosurveillance à l'intérieur du club ?

— Eh bien ?

— Vous dites que Win et Kyle sont rentrés dans le club. Alors, que voit-on sur ces bandes ?

Dimonte cracha de nouveau dans la canette pour essayer de masquer sa réaction.

— C'est toujours en cours d'examen.

— Allez, faisons juste une seconde comme si je n'avais pas été bercé trop près du mur.

— Elles ont disparu, OK ? D'après Kyle, ses agresseurs les auraient emportées.

— Ça paraît logique.

— Regardez-le, Bolitar.

Myron obtempéra. Kyle fixait toujours le plafond. Il avait les yeux humides.

— Quand nous l'avons découvert la nuit dernière, le Taser qu'il avait utilisé contre vous était par terre à côté de lui. Complètement déchargé. Il tremblait, presque tétanisé. Il avait fait dans son froc. Pendant douze heures, il a été incapable d'articuler un mot. Je lui ai montré une photo de Win, et il a éclaté en sanglots au point que le toubib a dû lui administrer un calmant.

Myron regarda de nouveau. Il songeait au Taser, à la lueur dans l'œil de Kyle tandis qu'il pressait la détente : il s'en était fallu de peu pour que lui, Myron, finisse

98

dans un lit comme celui-ci. Il se tourna vers Dimonte. Et, d'une voix parfaitement monocorde :

— Je… le… plains… de… tout… cœur.

Dimonte secoua la tête.

— Je peux partir, maintenant ? demanda Myron.

— Vous retournez chez vous, au Dakota ?

— Oui.

— Il y a un de mes gars qui attend Win là-bas. Quand il arrivera, j'aimerais lui dire deux mots.

— Bonsoir, monsieur Bolitar.

— Bonsoir, Vladimir.

Myron passa en coup de vent devant le portier et franchit le célèbre portail en fer forgé. Il y avait une voiture de police garée à l'entrée. L'appartement de Win était faiblement éclairé.

Win était assis dans son fauteuil club en cuir avec un verre de cognac. Myron ne fut pas surpris de le voir. Le Dakota, comme bon nombre de bâtiments historiques, avait des passages souterrains. Win lui en avait montré un qui partait du sous-sol d'un gratte-ciel du côté de Columbus Avenue, un autre une rue plus loin, en bordure de Central Park. Vladimir, Myron en était sûr, savait que Win était là, mais il ne parlerait pas. Ce n'étaient pas les flics qui lui donnaient ses étrennes.

— Et moi qui croyais que tu étais sorti draguer, hier soir. Maintenant je sais que c'était pour flanquer une rouste à Kyle.

Win sourit.

— Qui a dit que je ne pouvais pas faire les deux ?

— Ce n'était pas nécessaire.

— La drague ? Certes, mais ça n'a jamais arrêté personne.

— Très drôle.

Win joignit le bout de ses doigts.

— À ton avis, tu es le premier que Kyle a traîné dans cette pièce bordeaux… ou juste le premier à t'en être tiré sans un passage à l'hôpital ?

— C'est un sale type, et alors ?

— Un très sale type. Trois plaintes pour agression, cette année… et chaque fois, des témoins au club ont aidé à le blanchir.

— Du coup, tu t'en es chargé ?

— Comme d'hab.

— Ce n'est pas ton boulot.

— Ah, mais j'aime ça.

Inutile d'insister plus longtemps.

— Dimonte veut te parler.

— Je suis au courant. Mais moi, je n'ai pas envie de lui parler. Mon avocat va le contacter d'ici une demi-heure pour lui dire que, faute d'un mandat, nous ne causerons pas. Fin de l'histoire.

— Cela servira à quelque chose si je te dis que tu n'aurais pas dû faire ça ?

— Attends, fit Win en joignant le geste à la parole. Laisse-moi le temps d'accorder mon violon imaginaire.

— Tu lui as fait quoi, au juste ?

— Ils ont retrouvé le Taser ?

— Oui.

— Où ?

— Comment ça, où ? À côté de lui.

— À côté ? répéta Win. Enfin. Au moins, il a réussi à s'en dégager.

Un silence. Myron fouilla dans le frigo et attrapa un Yoo-Hoo. Sur l'écran du téléviseur dansait le logo Blu-Ray.

— Comment il a présenté ça, notre Kyle ? reprit Win, les joues empourprées, en faisant tourner le cognac dans son verre. Il pissera le sang pendant un petit moment. Peut-être qu'il aura un os ou deux de cassés. Mais il s'en remettra.

— Et il ne parlera pas.

— Oh ! que non. Il ne parlera jamais.

Myron s'assit.

— Tu fais peur, comme garçon.

— Je n'aime pas me vanter, dit Win.

— N'empêche, ce n'était pas malin de ta part.

— Au contraire. C'était très malin.

— Comment ça ?

— Il y a trois choses que tu dois retenir. Primo...

Win leva un doigt.

— Je ne fais jamais de mal à un innocent, mais seulement à ceux qui le méritent. Et Kyle entre dans cette catégorie. Secundo...

Un autre doigt.

— Je fais ça pour nous protéger. Plus on aura peur de moi, et plus nous serons en sécurité.

Myron dissimula un sourire.

— C'est pour ça que tu t'es laissé filmer par cette caméra de surveillance. Pour que tout le monde sache que c'était toi.

— Encore une fois, je n'aime pas me vanter, mais la réponse est oui. Tertio, dit Win en brandissant le troisième doigt, j'agis toujours dans un but autre que la vengeance.

— Comme la justice, par exemple ?

— Comme recueillir des informations.

Win prit la télécommande et la pointa sur l'écran.

— Kyle a eu la gentillesse de me remettre toutes les bandes de vidéosurveillance de la soirée. J'ai passé le plus clair de ma journée à les visionner pour tenter de repérer Kitty et Brad.

Ça alors… Myron se tourna vers l'écran.

— Et… ?

— Je n'ai pas fini, déclara Win, mais pour l'instant, ça ne me dit rien qui vaille.

— Explique-toi.

— À quoi bon expliquer quand on peut montrer ?

Il remplit un autre verre de cognac et le tendit à Myron. Qui balaya l'offre d'un geste. Win haussa les épaules, posa le verre à côté de lui et appuya sur PLAY. Le logo virevoltant disparut. L'image d'une femme s'afficha à l'écran. Win pressa la touche PAUSE.

— Ceci est le meilleur aperçu de son visage.

Myron se pencha en avant. Ce qui est remarquable avec ces caméras de surveillance, c'est qu'elles sont si haut perchées qu'on a rarement l'occasion de voir un visage de près. Cela semble contre-productif, mais peut-être qu'il n'existe pas d'autre solution. Cette image en particulier était un peu floue, filmée en gros plan, comme si quelqu'un avait zoomé sur elle. Quoi qu'il en soit, elle ne laissait plus aucun doute sur son identité.

— Bon, nous savons que c'est Kitty, dit Myron. Et Brad, où est-il ?

— Aucune trace de lui.

— Alors c'est quoi – pour employer ton langage – qui ne te dit rien qui vaille ?

Win parut réfléchir.

— Tout compte fait, ce n'est peut-être pas la formule qui convient le mieux.

102

— C'est quoi, la formule qui convient le mieux ?

Win se tapota le menton avec son index.

— C'est franchement désastreux.

Glacé, Myron se tourna vers l'écran. Win appuya sur une touche. La caméra fit un zoom arrière.

— Kitty est arrivée là-bas vers vingt-deux heures trente en compagnie d'une dizaine de personnes. L'entourage de Lex, si tu préfères.

C'était bien elle, avec son haut turquoise et son teint pâle. Comme la caméra se déclenchait toutes les deux ou trois secondes, l'effet était saccadé, genre vieux film en noir et blanc.

— Ceci a été filmé dans une backroom à vingt-deux heures quarante-sept.

Peu avant leur arrivée, à Esperanza et lui, pensa Myron. À nouveau, Win arrêta l'image. Il était difficile de voir le visage de Kitty. Elle était avec une autre femme et un type aux cheveux longs noués en catogan. Myron ne les connaissait pas. Le type au catogan avait quelque chose à la main. Comme une corde. Win appuya sur PLAY, et les acteurs de cette petite pantomime s'animèrent. Kitty tendit le bras. Catogan se pencha et noua la corde… non, ce n'était pas une corde… autour de son biceps. Puis il tapota son bras avec deux doigts et sortit une seringue hypodermique. Le cœur serré, Myron le regarda planter l'aiguille d'une main experte dans le bras de Kitty, pousser le piston et dénouer le garrot.

— Tiens donc. C'est nouveau, ça. Même pour elle.

— Oui, fit Win. Elle est passée de la coke à l'héroïne. Impressionnant.

Myron secoua la tête. Il aurait dû être scandalisé, mais il ne l'était pas. Il repensa aux photographies sur

Facebook, aux grands sourires, aux voyages en famille. Il s'était trompé. Ce n'était pas une vie. C'était une façade. Une façade en trompe-l'œil. Du Kitty tout craché, quoi.

— Myron ?

— Ouaip.

— Ce n'est pas ça, le pire, dit Win.

Il scruta son vieil ami.

— Je te préviens, ce n'est pas beau à voir.

Win n'était pas du genre à dramatiser. Sans quitter la télé des yeux, Myron posa le Yoo-Hoo sur un dessous-de-verre et tendit la main. Il accepta le verre de cognac que Win lui avait servi, but une petite gorgée, ferma les yeux, sentit l'alcool lui brûler la gorge.

— J'avance de quatorze minutes, dit Win. En clair, ça se passe quelques minutes avant que tu la voies entrer dans le salon VIP.

Le décor était toujours le même : la backroom filmée d'en haut. Mais cette fois il n'y avait que deux personnes dans la pièce. Kitty et l'homme au catogan. Ils étaient en train de parler. Myron risqua un coup d'œil en direction de Win dont l'expression, comme d'habitude, ne laissait rien transparaître. À l'écran, Catogan enfouit les doigts dans les cheveux de Kitty. Myron les regardait sans ciller. Kitty embrassa l'homme dans le cou, descendit en déboutonnant sa chemise au passage, jusqu'à ce que sa tête disparaisse du cadre. L'homme se laissa aller en arrière, un sourire aux lèvres.

— Éteins ça.

Win actionna la télécommande. L'écran redevint noir. Myron ferma les yeux. Il était partagé entre une profonde tristesse et une fureur sans nom. Ses tempes se mirent à palpiter. Il laissa tomber sa tête dans ses mains.

Win était debout à présent, à côté de lui, la main sur son épaule. Il ne dit rien. Il attendit, simplement. Au bout d'un moment, Myron rouvrit les yeux et se redressa.

— Il faut qu'on la retrouve. Maintenant.

— Toujours aucun signe de Lex, dit Esperanza.

Après une nouvelle nuit de sommeil bâclé, Myron était assis derrière son bureau. Il avait des courbatures partout. La tête lui élançait. Esperanza avait pris place en face de lui. Big Cyndi se tenait adossée au chambranle de la porte, souriant d'un air que l'on aurait pu qualifier – à condition d'être atteint de troubles visuels – de modeste. Elle était moulée dans un costume violet luisant de Batgirl, version XXL de celui qu'Yvonne Craig avait rendu célèbre dans la vieille série télé. Le tissu semblait souffrir aux coutures. Derrière une oreille de chat, Big Cyndi arborait un stylo, et un Bluetooth dans l'autre.

— Zéro retrait sur sa carte de crédit, poursuivit Esperanza. Zéro coup de téléphone passé sur son portable. J'ai même demandé à notre vieux copain PT de localiser son smartphone à l'aide d'un GPS. Mais il l'a éteint.

— Je vois.

— Sinon, on a un gros plan du type à la queue-de-cheval qui, euh… a fait ami-ami avec Kitty au Three Downing. Big Cyndi va faire un saut là-bas dans quelques heures et interroger le personnel.

Myron se retourna vers Big Cyndi. Elle battit des cils. Imaginez deux tarentules sur le dos se dorant au soleil du désert.

— On s'est aussi renseignées sur votre frère et Kitty. Aux États-Unis, rien. Ni cartes de crédit, ni permis de

105

conduire, ni titres de propriété, ni droits de gage, ni abattement fiscal, ni ticket de parking, ni attestation de mariage ou de divorce, rien.

— J'ai une autre idée, dit Myron. Cherchons du côté de Buzz.

— Le roadie de Lex ?

— Il est plus qu'un roadie. Son vrai nom est Alex I. Khowaylo. Essayons ses cartes de crédit et son portable… Peut-être qu'il l'a laissé allumé.

— Excusez-moi, fit Big Cyndi. J'ai un appel.

Elle alluma son Bluetooth et prit sa voix de réceptionniste.

— Oui, Charlie ? OK, oui, merci.

Charlie était le vigile en bas. Big Cyndi éteignit son oreillette et annonça :

— Michael Davis de Shears est en train de monter dans l'ascenseur.

— C'est vous qui lui avez donné rendez-vous ? demanda Esperanza.

Myron hocha la tête.

— Faites-le entrer.

Shears, au même titre que Gillette et Schick, dominait le marché du rasoir. Michael Davis était leur directeur commercial. Big Cyndi se posta devant l'ascenseur pour accueillir le visiteur. Les visiteurs ont souvent le souffle coupé quand les portes de l'ascenseur s'ouvrent et qu'ils tombent nez à nez avec Big Cyndi. Mais pas Michael. Il passa en trombe devant elle et fonça dans le bureau de Myron.

— On a un problème, déclara-t-il.

Myron ouvrit grand les bras.

— Je suis tout ouïe.

— Dans un mois, nous retirons le Shear Delight Seven du marché.

Le Shear Delight Seven était un rasoir ou, à en croire leur service marketing, la dernière « innovation technologique en matière de rasage », dotée d'une « prise en main plus ergonomique » (qui a du mal à tenir un rasoir ?), d'un « stabilisateur professionnel de lame » (Myron n'avait pas la moindre idée de ce que cela signifiait), de « sept lames de précision plus fines » (parce que les autres lames sont grosses et imprécises) et d'un « mode opérationnel à micropulsations » (il vibre).

La marque avait comme atout publicitaire le meilleur arrière défensif de la NFL, Ricky « Doudou » Sules. Slogan : « Soyez deux fois plus doux ». Myron ne comprenait pas très bien. Dans le spot publicitaire, Ricky se rase, béat comme s'il était en train de s'envoyer en l'air, déclare que le Shear Delight Seven lui offre « un rasage de près, avec tout le confort possible », après quoi une fille sexy susurre : « Oh, Doudou... » et lui caresse la joue. Bref, toujours le même spot depuis 1968, et ce quel que soit le modèle.

— Ricky et moi avions l'impression que ça marchait du feu de Dieu.

— Mais parfaitement, répondit Davis. Les ventes ont explosé.

— Et... ?

— Ça marche trop bien.

Myron le dévisagea, mais, comme Davis ne daignait pas expliciter, il demanda :

— Et en quoi ça pose un problème ?

— Nous vendons des lames de rasoir.

— Je suis au courant.

— C'est avec ça que nous faisons du chiffre. Pas avec les rasoirs. On les a presque laissés tomber, les rasoirs. On vend des recharges... des lames, quoi.

— Tout à fait.

— Il faut donc que nos clients changent de lame, mettons, au moins une fois par semaine. Sauf que les Shear Delight marchent mieux que prévu. On nous informe que certains utilisent le même rasoir six à huit semaines d'affilée. Et ça, on ne peut pas se le permettre.

— Des lames qui marchent trop bien.

— Exactement.

— Et à cause de ça, vous allez interrompre la campagne ?

— Comment ? Bien sûr que non. Nous avons un impact-produit extraordinaire auprès du public. Les consommateurs adorent. Ce qu'on va faire, c'est proposer un nouveau produit, amélioré. Le Shear Delight Seven Plus avec une lamelle confort lubrifiante... pour le meilleur rasage de votre vie. On va l'introduire progressivement sur le marché. Avec le temps, le Plus supplantera le Shear Seven de base.

— Et – voyons si j'ai bien suivi – les nouvelles lames Plus ne dureront pas aussi longtemps que les anciennes, dit Myron.

— Sauf que...

Davis leva l'index avec un grand sourire.

— ... il y aura la lamelle confort. Qui rendra le rasage le plus confortable possible. C'est comme un spa pour votre visage.

— Un spa où les recharges devront être changées une fois par semaine plutôt qu'une fois par mois.

— C'est un excellent produit. Ricky va adorer.

Myron aurait pu faire appel au sens moral, mais bon, son job était de défendre les intérêts de son client et, dans le cas d'une campagne publicitaire, cela signifiait lui faire gagner le plus d'argent possible. Certes, il y avait toujours l'aspect éthique à prendre en considération. Il expliquerait clairement à Ricky la différence entre le modèle normal et le modèle Plus. C'était à Ricky de décider, mais s'il y avait un argument financier à la clé, nul doute qu'il dirait oui. On pouvait aussi monter au créneau pour dénoncer l'arnaque à peine déguisée, mais après tout, quelle campagne de promotion ne l'était pas ?

— Donc, dit Myron, vous désirez engager Ricky pour promouvoir le nouveau produit.

— Comment ça, engager ?

Davis avait l'air outré.

— Il est déjà sous contrat.

— Mais vous voulez qu'il tourne d'autres spots publicitaires. Pour les nouvelles lames Plus.

— Absolument.

— Je me dis, reprit Myron, que Ricky devrait toucher vingt pour cent de plus pour ces nouvelles pubs.

— Vingt pour cent par rapport à quoi ?

— Sa rémunération pour la campagne Shear Delight Seven.

— Quoi ? cria Davis, la main sur le cœur comme pour prévenir une crise cardiaque. Vous voulez rire ? C'est pratiquement un remake du premier spot. D'après nos avocats, le contrat nous autorise à lui faire tourner un remake sans débourser un dollar de plus.

— Vos avocats se trompent.

— Allez, soyons raisonnables. Nous sommes des gens généreux, n'est-ce pas ? Pour cette raison – bien que, franchement, rien ne nous y oblige –, nous lui offrons un bonus de dix pour cent sur ce qu'il touche actuellement.

— Ce n'est pas assez.

— Vous plaisantez, hein ? Je vous connais. Vous êtes un rigolo, Myron. C'est pour rigoler que vous me dites ça.

— Ricky est très content du rasoir tel qu'il est. Si vous avez besoin de lui pour un produit totalement inédit dans le cadre d'une nouvelle campagne de promotion, il voudra certainement gagner plus.

— Plus ? Vous avez perdu la tête ?

— Il a été élu homme de l'année Peau Douce de Shear. Ç'a fait grimper sa cote.

— Quoi ?

L'indignation était à son comble.

— C'est nous qui lui avons décerné ce prix !

Et ainsi de suite.

Une demi-heure plus tard, Michael Davis partit en pestant dans sa barbe. Esperanza entra dans le bureau de Myron.

— J'ai retrouvé l'ami de Lex, Buzz.

10

L'ÎLE D'ADIONA, qui mesure pile huit kilomètres de large sur trois kilomètres de long, était selon l'expression de Win « l'épicentre de la waspitude ». Située à quelques encablures de la côte du Massachusetts, d'après le bureau de recensement elle comptait deux cent onze habitants à l'année. Ce nombre était multiplié – difficile de dire précisément par combien – les mois d'été, quand le gratin du Connecticut, de Philadelphie et de New York affluait par jet ou ferry. Récemment, le golf d'Adiona avait été classé parmi les dix meilleurs parcours par *Golf Magazine*. Au lieu de s'en réjouir, les membres du club faisaient grise mine car l'île était leur chasse gardée. Ils ne voulaient pas de visiteurs, ni même qu'on soit au courant de son existence. Certes, il y avait un ferry « public », mais il était petit, avec des horaires fluctuants. Si toutefois vous parveniez à vous y rendre, les plages, comme presque toute la surface de l'île, étaient privées et gardées. Il y avait un seul restaurant à Adiona, le Teapot Lodge, et encore, c'était plus un pub qu'un lieu pour manger. Il y avait un marché, une épicerie, une église. Ni hôtel ni auberge, aucune sorte d'hébergement. Les résidences, aux noms coquets comme Tippy's Cottage, le Waterbury ou Triangle House, étaient à la fois imposantes et discrètes. Vous pouviez en acquérir une – nous sommes dans un pays libre –, mais vous ne seriez pas le bienvenu, ne seriez pas accepté au « club » ni admis sur les plages ou les courts de tennis, et on vous dissuaderait de fréquenter le Teapot Lodge. Il fallait être invité dans cette enclave privée ou se résigner à vivre en paria… Or personne n'a envie de vivre en paria. L'île était protégée moins par des gardes en chair et en os que par les regards assassins des représentants de l'ancien monde.

En l'absence de restaurant digne de ce nom, comment faisaient les nantis pour se nourrir ? Ils avaient des cuisiniers. Les invitations à dîner étaient la norme, presque par rotation, chez Bab, puis le soir chez Fletcher, peut-être sur le yacht de Conrad le vendredi, et enfin dans la propriété de Windsor le samedi. Si vous villégiaturez là-bas – ce verbe, « villégiaturer » en dit long en soi –, il y a des chances que votre père et votre grand-père aient fait de même. L'air était saturé d'embruns et de sang bleu.

À l'autre bout de l'île se trouvaient deux zones clôturées, mystérieuses. La première, du côté des courts de tennis en gazon, appartenait à l'armée. Personne ne savait exactement ce qui se passait là-bas, mais les rumeurs allaient bon train. On parlait d'opérations clandestines et de secrets style Roswell.

L'autre enclave isolée était située à la pointe sud de l'île. Elle était la propriété de Gabriel Wire, le chanteur excentrique et reclus de HorsePower. Une petite dizaine d'hectares gardés comme une forteresse par des agents de sécurité et des moyens de surveillance dernier cri. Wire était une exception dans l'île. Être coupé des autres ne le gênait pas. Au contraire, pensait Myron, c'était ce qu'il recherchait.

Au fil des ans, à en croire les rumeurs, les aristocratiques habitants de l'île avaient fini par accepter la présence du rocker solitaire. Certains prétendaient l'avoir vu faire son marché. D'autres racontaient qu'il se baignait souvent, seul ou en compagnie d'une sublime créature, en fin d'après-midi, au large d'une bande de sable tranquille. Comme toujours avec Gabriel Wire, rien de tout cela n'était vérifiable.

La seule voie d'accès à sa propriété était un chemin de terre jalonné de cinq mille panneaux « Défense d'entrer », avec une guérite équipée d'une barrière. Myron, en transgresseur impénitent qu'il était, ignora les avertissements. Arrivé par bateau privé, il avait emprunté la voiture – une vraie bombe, une Wiesmann Roadster MF5 estimée au prix modique d'un quart de million de dollars – de Baxter Lockwood, le cousin de Win qui avait une maison à Adiona. Il avait hésité à foncer droit sur la barrière, mais ce brave Bax risquait de ne pas apprécier les rayures sur la carrosserie.

Le garde leva les yeux de son livre de poche. Il avait des cheveux coupés en brosse, des lunettes d'aviateur et le port d'un militaire de carrière. Myron lui adressa un petit signe de la main et le sourire trente-trois *bis*… délicieusement timide, façon Matt Damon à ses débuts. En un mot, irrésistible.

Le garde dit :

— Faites demi-tour et partez.

Erreur. Le sourire trente-trois *bis* ne fonctionnait qu'avec les dames.

— Si vous étiez une dame, vous seriez déjà sous le charme.

— Le vôtre ? Ah, mais je le suis. Intérieurement. Faites demi-tour et partez.

— Ne devriez-vous pas appeler la maison pour voir si je ne suis pas attendu ?

— Oh…

Formant un combiné avec ses doigts, le garde fit mine de téléphoner. Puis il raccrocha ses doigts et dit :

— Faites demi-tour et partez.

— Je viens voir Lex Ryder.

— Ça m'étonnerait.

— Mon nom est Myron Bolitar.

— Dois-je me prosterner ?

— Je préférerais que vous leviez la barrière.

L'homme reposa son livre et se mit lentement debout.

— Ça m'étonnerait, Myron.

Myron n'était pas vraiment surpris. Ces seize dernières années, depuis la mort d'une jeune fille nommée Alista Snow, seuls quelques rares individus avaient croisé Gabriel Wire. À l'époque du drame, les médias s'étaient emparés de l'image du chanteur charismatique. Certains affirmaient qu'il avait bénéficié d'un traitement de faveur, qu'il aurait dû, pour le moins, être inculpé pour homicide involontaire, mais les témoins s'étaient rétractés et, pour finir, même le père d'Alista Snow avait cessé de réclamer la justice. Qu'il eût été blanchi ou qu'on eût étouffé le scandale, cette histoire avait changé Gabriel Wire à jamais. Il s'était volatilisé et, selon la rumeur, avait passé deux ans en Inde et au Tibet avant de rentrer aux États-Unis dans le plus grand secret, à faire pâlir d'envie Howard Hughes en personne.

Depuis, on ne l'avait plus jamais revu en public.

Oh, il y avait eu des tas de spéculations. Gabriel Wire avait rejoint la légende conspirationniste de l'alunissage, de l'assassinat de Kennedy et des apparitions d'Elvis. D'aucuns disaient qu'il se déguisait pour pouvoir sortir librement, fréquenter les spectacles, les clubs et les restaurants. D'autres, qu'il avait subi une opération de chirurgie esthétique, ou qu'il avait rasé ses fameuses boucles et s'était laissé pousser un bouc. D'autres encore, qu'il aimait l'isolement de l'île d'Adiona et qu'il y faisait venir des top models et des flopées de jeunes beautés. Cette dernière rumeur avait été confortée lorsqu'un tabloïd avait intercepté une conversation entre une célèbre starlette et sa mère discutant de son week-end « chez Gabriel à Adiona », mais beaucoup, Myron y compris, soupçonnaient un coup monté vu que, étrange coïncidence, cela s'était passé la semaine précédant la sortie du film de ladite starlette. Il arrivait qu'un paparazzi soit tuyauté sur la présence de Gabriel dans un lieu donné, mais les photos n'étaient jamais concluantes et paraissaient sous le titre : Serait-ce Gabriel Wire ? On racontait également que Wire passait le plus clair de son temps dans une institution, ou alors qu'il ne se montrait pas par simple vanité : son beau visage aurait été tailladé lors d'une bagarre dans un bar à Bombay.

La disparition de Gabriel Wire n'avait pas mis fin à la carrière de HorsePower. Bien au contraire. Elle n'avait fait que contribuer à sa légende. Se souviendrait-on de Howard Hughes s'il avait été juste un milliardaire parmi d'autres ? Les Beatles avaient-ils pâti des rumeurs sur la mort de Paul McCartney ? L'excentricité fait vendre. Gabriel, avec l'aide de Lex, maintenait à flot leur production musicale, et le manque à gagner dû au fait qu'ils ne donnaient plus de concerts était largement compensé par les ventes d'albums.

— Je ne suis pas ici pour voir Gabriel Wire, dit Myron.

— Tant mieux, répondit le garde, car je n'ai jamais entendu ce nom-là.

— Il faut que je voie Lex Ryder.

— Je ne le connais pas non plus.

— Vous permettez que je passe un coup de fil ?

— Une fois que vous aurez fait demi-tour, vous pouvez coucher avec un macaque rhésus, ce n'est pas moi qui vous en empêcherai.

Myron le regarda. Il avait la vague impression de l'avoir déjà vu quelque part, mais où ?

— Vous n'êtes pas un vigile lambda, vous.

— Hmm.

Le garde arqua un sourcil.

— Le charme d'abord, et maintenant la flatterie ?

— Oui, le double effet Kiss Cool.

— Si j'étais une gonzesse, je serais déjà en train de dégrafer ma robe.

Non, vraiment pas un vigile lambda. Il avait le regard, les manières, la décontraction trompeuse d'un pro. Bref, il y avait anguille sous roche.

— Comment vous appelez-vous ? demanda Myron.

— Devinez. Allez-y. Lancez-vous.

— Faites demi-tour et partez ?

— Bingo.

Myron décida de ne pas insister. Il fit marche arrière en sortant son BlackBerry truqué, équipé d'un appareil photo avec zoom. Une fois à l'entrée du chemin, il prit une photo rapide du garde et l'envoya par mail à

Esperanza. Elle saurait quoi faire. Puis il appela Buzz, qui avait dû voir que c'était lui.

— Je n'ai pas l'intention de vous dire où est Lex.

— Tout d'abord, je vais bien, fit Myron. Merci de m'avoir soutenu avant-hier soir, au club.

— Mon job, c'est de m'occuper de Lex, pas de vous.

— Ensuite, pas la peine de me dire où est Lex. Vous êtes tous les deux chez Wire à Adiona.

— Comment vous avez su ?

— Le GPS sur votre téléphone. En fait, je suis à l'entrée de la propriété.

— Quoi, vous êtes déjà sur l'île ?

— Eh oui.

— Peu importe. Vous ne pouvez pas entrer.

— Vraiment ? Si j'appelle Win, je suis sûr qu'on trouvera un moyen.

— Bon sang, ce que vous êtes casse-pieds. Écoutez, Lex n'a pas envie de rentrer chez lui. C'est son droit, non ?

— Exact.

— Vous êtes son agent, nom d'un chien. Vous êtes censé défendre ses intérêts aussi.

— Exact, encore une fois.

— Parfaitement. Vous n'êtes pas conseiller conjugal.

Peut-être, peut-être pas.

— Il faut que je lui parle. J'en ai pour deux minutes.

— Gabriel ne laisse entrer personne. Eh, même moi, je n'ai pas le droit de sortir de la maison d'amis.

— Il a une maison d'amis ?

— Deux. Je crois bien qu'il loge des filles dans l'autre et les fait venir à tour de rôle.

— Des filles ?

117

— Vous aimez mieux « femmes », c'est plus politiquement correct, hein ? Enfin quoi, c'est Wire. Je ne connais pas leur âge. De toute façon, personne ne peut accéder à la grande maison ou au studio d'enregistrement, sinon par une sorte de tunnel. C'est sinistre ici, Myron.

— Vous connaissez ma belle-sœur ?

— Qui est votre belle-sœur ?

— Kitty Bolitar. Ou, si vous préférez, Kitty Hammer. Elle était avec vous au Three Downing.

— Kitty est votre belle-sœur ?

— Oui.

Silence.

— Buzz ?

— Une petite seconde.

Après une bonne minute, Buzz reprit la communication.

— Vous connaissez le Teapot ?

— Le pub de l'île ?

— Lex vous retrouve là-bas dans une demi-heure.

Myron s'attendait à ce que le seul et unique pub de ce fief des vieilles fortunes qu'était Adiona soit à l'image du bureau de Win : boiseries sombres, cuir lie-de-vin, globe terrestre antique, carafes, cristal massif, tapis d'Orient, peut-être des tableaux de chasse à courre. En fait, pas du tout. Le Teapot Lodge avait l'air d'un troquet comme on en trouve dans les quartiers mal famés des villes de banlieue. Tout là-dedans était délabré. Les fenêtres étaient surchargées de publicités lumineuses pour des marques de bière. Il y avait de la sciure sur le plancher et un distributeur de pop-corn dans un coin. Il y avait aussi une petite piste de danse avec une boule à facettes. La sono diffusait *Mack the*

Knife dans la version de Bobby Darin. La piste était bondée. Tous les âges étaient représentés, depuis « à peine légal » jusqu'à « un pied dans la tombe ». Les hommes portaient soit des chemises en oxford bleues avec un pull noué autour du cou, soit des blazers verts que Myron avait vus seulement sur des golfeurs du Masters. Les femmes pomponnées, bien que ni liftées ni botoxées, arboraient des tuniques roses Lilly Pulitzer et des pantalons immaculés. Les visages étaient rougis par la consanguinité, l'effort physique et l'alcool.

Bizarre, cette île.

Bobby Darin céda la place à un duo Eminem-Rihanna : la chanson parlait d'un amant qu'on regarde brûler. C'est un lieu commun que les Blancs ne savent pas danser, mais en l'occurrence il était avéré et irréfutable. La musique avait changé, mais les pas de danse limités demeuraient les mêmes. Ainsi que le rythme ou l'absence de celui-ci. En dansant, beaucoup d'hommes faisaient claquer leurs doigts.

Le barman, coiffé d'une banane par-dessus un front dégarni, sourit d'un air soupçonneux.

— Vous désirez ?

— Un demi.

Banane se borna à le dévisager.

— Un demi, répéta Myron.

— Oui, j'ai entendu. C'est juste qu'on ne m'a jamais commandé ça comme ça.

— Un demi ?

— Un demi tout court. D'habitude, on dit lequel. Comme Bud ou Michelob ou autre.

— Qu'est-ce que vous avez ?

Le barman entreprit de citer environ un million de variétés de bière. Myron opta pour Flying Fish, parce que le nom – Poisson volant – lui avait plu. Pour finir, la bière se révéla goûtue, mais bon, il n'était pas vraiment connaisseur non plus. Il se glissa dans un box en bois à côté d'un groupe de jolies jeunes, euh… filles ou femmes. Il était en effet difficile de deviner leur âge. Elles parlaient un quelconque idiome scandinave ; Myron n'était pas assez bon en langues pour savoir lequel. Quelques-uns des hommes au teint rouge brique vinrent les entraîner sur la piste de danse. Des nounous, comprit Myron, ou plus exactement des filles au pair.

Quelques minutes plus tard, la porte du pub s'ouvrit à la volée. Deux types grands et costauds entrèrent en martelant le sol, comme s'ils cherchaient à éteindre des feux de brousse. Tous deux portaient des lunettes d'aviateur, un jean et un blouson de cuir, et ce malgré une température extérieure supérieure à trente-cinq degrés. Des lunettes noires d'aviateur dans une salle sombre… ils en faisaient un chouïa un peu trop. L'un des hommes fit un pas à gauche, l'autre à droite. Celui de droite hocha la tête.

Lex entra, l'air gêné – on pouvait le comprendre – par ce déploiement de force. Myron lui adressa un signe de la main. Les deux gorilles se dirigèrent vers lui, mais Lex les arrêta. Visiblement contrariés, ils restèrent à la porte.

— Les gars de Gabriel, dit Lex en guise d'explication. Il a tenu à ce qu'ils m'accompagnent.

— Pourquoi ?

— Parce qu'il est schizo et qu'il est en train de virer parano, voilà pourquoi.

— À propos, c'était qui, le type au portail ?

— Quel type ?

Myron le décrivit. La couleur déserta le visage de Lex.

— Il était au portail ? Tu as dû activer un détecteur en arrivant. Normalement, il est à l'intérieur.

— Qui est-ce ?

— Je ne sais pas. Mais il n'est pas très sympa.

— Tu l'avais déjà vu ?

— Je ne sais pas, répondit Lex un peu trop précipitamment. Écoute, Gabriel n'aime pas qu'on parle de son dispositif de sécurité. Je te l'ai dit, il est complètement parano. Laisse tomber, ça n'a aucune importance.

Pas de problème. Myron n'était pas là pour discuter du train de vie d'une rock star.

— Tu bois quelque chose ?

— Nan, on bosse tard, ce soir.

— Et pourquoi te caches-tu ?

— Je ne me cache pas. On travaille. C'est toujours comme ça. Gabriel et moi, on s'enferme dans le studio. À faire de la musique.

Il jeta un œil sur les deux énormes gorilles.

— Et toi, Myron, qu'est-ce que tu fais là ? Je t'assure que je vais bien. Ceci ne te concerne pas.

— Il ne s'agit plus seulement de Suzze et toi.

Lex soupira, se laissa aller contre le dossier de la banquette. Comme beaucoup de rockers vieillissants, il avait le visage émacié, la peau aussi rugueuse que l'écorce d'un arbre.

— Quoi, tout à coup tu veux me parler de toi ?

— J'ai besoin d'infos sur Kitty.

— Je ne suis pas chargé de la surveiller, mec.

— Dis-moi juste où elle est, Lex.

— Je n'en ai pas la moindre idée.

— Tu n'as pas une adresse, un numéro de téléphone ?

Lex secoua la tête.

— Alors que faisait-elle avec toi au Three Downing ?

— Il n'y avait pas qu'elle. On était au moins une dizaine.

— Je me fiche des autres. Je te demande ce que Kitty est venue faire là-bas.

— Kitty est une vieille amie, répondit Lex avec un haussement d'épaules théâtral. Elle m'a appelé comme ça, sans crier gare, et m'a dit qu'elle avait envie de sortir. Je lui ai dit où nous étions.

Myron le regarda.

— Tu plaisantes, j'espère.

— Hein ?

— Elle t'a appelé comme ça pour dire qu'elle avait envie de sortir ? Ben voyons.

— Enfin, Myron, pourquoi tu me poses toutes ces questions ? Pourquoi tu ne demandes pas à ton frère ?

Silence.

— Ah, fit Lex. Je vois. Tu fais ça pour ton frangin.

— Non.

— Tu sais que j'adore philosopher, n'est-ce pas ?

— Oui.

— Alors voici la pensée du jour : une relation, c'est compliqué. Surtout dans les affaires de cœur. Il faut laisser les gens régler leurs problèmes tout seuls.

— Où est-elle, Lex ?

— Je te l'ai dit. Je n'en sais rien.

— Tu lui as demandé des nouvelles de Brad ?

— Son mari ?

Lex fronça les sourcils.

— À mon tour de dire : tu plaisantes, j'espère.

Myron lui tendit la copie du plan fixe du type au catogan.

— Kitty était avec ce gars-là au club. Tu le connais ?

Lex examina le cliché et fit non de la tête.

— Il faisait partie de la bande.

— Certainement pas.

Lex poussa un soupir, prit une serviette en papier et entreprit d'en faire des confettis.

— Dis-moi ce qui s'est passé, Lex.

— Il ne s'est rien passé. Enfin, pas grand-chose.

Lex balaya la salle du regard. Un homme grassouillet en polo moulant était en train de baratiner l'une des filles au pair. La sono diffusait maintenant *Shout* de Tears for Fears, et pratiquement tout le monde au pub criait « *Shout* » au moment approprié. Les types qui claquaient des doigts sur la piste de danse continuaient à claquer des doigts.

Lex prit son temps pour répondre, et Myron ne le pressa pas.

— Écoute, Kitty m'a appelé. Elle voulait absolument me parler. Elle avait l'air à cran. On se connaît depuis des lustres. Tu te souviens de ce temps-là, non ?

Un temps où les dieux du rock fréquentaient les starlettes du tennis. Myron avait été de la fête, partiellement du moins, frais émoulu de la fac de droit et en quête de clients pour l'agence qu'il venait d'ouvrir. De même que son jeune frère Brad, qui profitait de ses vacances d'été pour faire un « stage » chez son aîné. L'été, qui s'annonçait tellement prometteur, s'était terminé par le départ de la femme de sa vie… et une rupture définitive avec Brad.

— Oui, je m'en souviens.

— Bref, j'ai cru que Kitty voulait juste me dire bonjour. Au nom de notre vieille amitié. Je la plaignais, tu sais. Sa carrière qui a explosé en vol, tout ça. Et puis j'étais curieux. Ça faisait quoi, quinze ans, qu'elle avait abandonné le tennis.

— À peu près, oui.

— Bon, alors Kitty nous rejoint au club, et là je vois tout de suite que ça ne va pas.

— À quoi tu vois ça ?

— Elle tremble de partout, elle a l'œil vitreux… Le manque, je connais ça par cœur. Moi, je ne consomme plus depuis longtemps. Suzze et moi, on est déjà passés par là. Kitty, sans vouloir t'offenser, elle consomme toujours. Elle n'était pas venue me dire bonjour. Elle était venue s'approvisionner. Quand je lui ai dit qu'elle frappait à la mauvaise porte, elle m'a demandé de l'argent. Là aussi, j'ai dit non. Du coup, elle est allée voir ailleurs.

— Voir ailleurs ?

— Ouaip.

— Comment ça ?

— Qu'est-ce qui n'est pas clair là-dedans, mec ? L'équation est simple. Kitty est une junkie, et nous avons refusé de lui fournir de la came. Elle a donc branché quelqu'un d'autre, qui a pu… euh, l'aider.

Myron brandit la photo de Catogan.

— Ce gars-là ?

— Sûrement.

— Et après ?

— Après, rien.

— Tu dis que Kitty est une vieille amie.

— Oui, eh bien ?

— Tu n'as pas cherché à lui venir en aide ?

— Et comment ?

Lex leva les paumes vers le ciel.

— Genre, organiser une intervention en direct ? La traîner de force en cure de désintoxication ?

Myron ne dit rien.

— Tu ne connais pas les junkies.

— Je me souviens quand tu en étais un. Quand Gabriel et toi claquiez tout votre pognon en blanche et en black jack.

— En blanche et en black jack.

Lex sourit.

— J'aime bien ça. Et comment se fait-il que tu n'aies pas cherché à nous venir en aide ?

— Peut-être que j'aurais dû.

— Nan, tu n'aurais rien pu faire. Chacun doit trouver sa voie tout seul.

Myron se demanda si le fait d'intervenir à temps auprès de Gabriel Wire n'aurait pas permis de sauver la vie d'Alista Snow. Il faillit même le dire tout haut, mais à quoi bon ?

— Tu veux toujours tout régler, poursuivit Lex, mais le monde a son propre rythme, son flux et reflux. Si tu t'en mêles, tu ne feras qu'empirer les choses. Ce n'est pas forcément ta bataille, Myron. Tu permets que je te donne un rapide exemple de… enfin, de ton passé ?

— Je t'en prie, dit Myron, qui regretta ces mots au moment même où il les prononçait.

— Quand je t'ai rencontré à l'époque, tu avais une relation sérieuse avec une fille. Jessica Machin-Chose. L'écrivain.

Le regret prit forme et grandit.

— Il y a eu un problème entre vous. J'ignore lequel. Tu avais quoi, vingt-quatre, vingt-cinq ans ?

— Où veux-tu en venir, Lex ?

— J'étais un fana de basket, je connaissais donc toute ton histoire. Recruté du premier coup par les Boston Celtics. En route pour devenir la prochaine superstar, tous les astres de ton côté, et soudain, paf, tu te bousilles le genou dans un match d'avant-saison. Et ta carrière s'arrête, comme ça, d'un seul coup.

Myron fit une grimace.

— Euh… et sinon ?

— Écoute-moi une seconde, OK ? Tu entres donc à Harvard, puis tu te pointes dans le camp de tennis de Nick pour recruter des joueurs. Tu n'avais aucune chance face à des grosses pointures comme IMG et TruPro. Tu es qui, toi ? Quelqu'un qui vient tout juste de décrocher son diplôme. Mais tu pécho Kitty, le top du top, et quand elle quitte la compétition, tu pécho Suzze. Tu sais comment tu as fait ça ?

— Franchement, je ne vois pas le rapport.

— Encore un peu de patience. Tu sais comment ?

— Je dois être un bon vendeur.

— Non. Tu les as pécho comme tu m'as pécho, moi, quand j'ai appris que tu ne te limitais plus au sport. Tu es un mec bien, Myron. Ça se sent tout de suite. Bon, d'accord, tu sais faire bonne impression et, ne nous voilons pas la face, avoir le soutien financier de Win te donne une sacrée longueur d'avance. Mais ce qui te distingue des autres, c'est que tu prends nos affaires à cœur. Nous savons qu'en cas de pépin on peut compter sur toi. Que tu te ferais couper un bras plutôt que de nous voler la moindre petite pièce.

— Sauf ton respect, dit Myron, je ne vois toujours pas où tu veux en venir.

— Alors quand Suzze t'appelle parce qu'on s'est chamaillés, tu rappliques en courant. C'est ton boulot. On te paie pour. Mais dans tous les autres cas de figure je m'en tiens à mon principe : les choses bougent.

— Attends, je peux noter ?

Myron fit mine de sortir un stylo et de griffonner.

— Les choses… bougent. Ça y est.

— Arrête de faire l'andouille. Ce que je dis, c'est qu'on ne doit pas interférer, même avec les meilleures intentions du monde. C'est dangereux et c'est de l'ingérence. Quand tu as eu ton gros problème avec Jessica, tu aurais voulu qu'on s'en mêle tous pour essayer de t'aider ?

Myron le regarda avec des yeux de carpe.

— Tu compares mes déboires sentimentaux avec ta disparition, alors que ta femme est enceinte ?

— Seulement sur un point : c'est insensé et franchement mégalo de croire que tu as ce genre de pouvoir. Ce qui se passe entre Suzze et moi… ce n'est plus ton problème. Il faut que tu respectes ça.

— Maintenant que je te sais sain et sauf, je le respecte.

— Bien. Et à moins que ton frère ou ta belle-sœur n'ait demandé ton aide, tu es en train d'interférer dans des affaires de cœur. Or le cœur, c'est comme une zone de guerre. Comme notre intervention en Irak ou en Afghanistan. Tu te vois en héros, en sauveur, mais en réalité tu ne fais qu'aggraver la situation.

Nouveau regard de carpe.

— Tu compares mon inquiétude pour ma belle-sœur à la guerre en Irak ?

— Comme les États-Unis, tu fais de l'ingérence. La vie est pareille à un fleuve. Si tu changes son cours, tu es responsable de la direction qu'il prend.

Un fleuve. Soupir.

— Arrête, s'il te plaît.

Lex sourit et se leva.

— Il faut que j'y aille.

— Tu ne sais donc pas où est Kitty ?

— Tu n'as pas écouté un mot de ce que j'ai dit.

— Si, j'ai écouté, répondit Myron. Mais parfois les gens ont des ennuis. Parfois ils ont besoin qu'on les sauve. Et parfois les gens qui ont besoin d'aide n'ont pas le courage de la demander.

Lex hocha la tête.

— Quand on sait tout ça, on est déjà presque un dieu.

— Il m'arrive aussi de me planter.

— Ça arrive à tout le monde. C'est pourquoi il vaut mieux s'abstenir. Mais je vais te dire ceci, si ça peut t'aider. Kitty m'a dit qu'elle repartait dans la matinée. Elle devait retourner au Pérou ou au Chili, je ne sais plus. Alors m'est avis que, pour voler à son secours, tu as un train de retard.

11

— LEX VA BIEN, DIT MYRON.

Suzze et Lex possédaient un penthouse dans un immeuble au bord de l'Hudson, à Jersey City. L'appartement occupait tout le dernier étage et dépassait en superficie une grande surface de bricolage. Malgré l'heure tardive – il était minuit quand il était revenu d'Adiona –, Suzze était habillée et l'attendait sur l'immense terrasse. Celle-ci était grandiose, avec ses ottomanes, ses fauteuils moelleux, ses statues grecques, ses gargouilles gothiques et ses arcades romanes, d'autant que la seule chose dont on avait besoin – la seule chose qu'on voyait, en fait – était la vue spectaculaire sur Manhattan.

Myron aurait préféré rentrer directement. Il n'y avait plus grand-chose à dire, maintenant qu'ils savaient Lex sain et sauf, mais Suzze lui avait paru très en demande au téléphone. Avec certains clients, les cajoleries faisaient partie du contrat. Mais cela n'avait jamais été le cas de Suzze.

— Raconte-moi ce que Lex t'a dit.

— Gabriel et lui sont en train d'enregister des morceaux pour leur prochain album.

Suzze contemplait les lumières de Manhattan à travers la brume de chaleur. À la main, elle tenait ce qui ressemblait à un verre de vin. Myron ne savait pas trop comment réagir – le vin et la grossesse –, il se contenta donc d'un petit raclement de gorge.

— Oui ? fit Suzze.

Il désigna le verre de vin. La subtilité faite homme.

— Le médecin dit qu'un seul verre, ça ne fait pas de mal.

— Ah bon.

— Ne me regarde pas comme ça.

— Loin de moi cette pensée.

Elle observa le panorama de sous l'arcade, les mains sur son ventre.

— Il nous faudra rehausser la balustrade. Avec le bébé qui arrive bientôt. Même les copains qui ont bu, je ne les laisse pas sortir ici.

— Bonne idée, répondit Myron.

Elle tournait autour du pot. Mais ce n'était pas bien grave.

— Écoute, je ne sais pas ce qui se passe dans la tête de Lex. Je reconnais qu'il a un comportement un peu bizarre, mais il m'a démontré de manière très convaincante que ça ne me regardait pas. Tu m'as chargé de m'assurer qu'il allait bien. C'est fait. Je ne peux pas l'obliger à rentrer.

— Je sais.

— Alors qu'est-ce qui nous reste ? Je peux continuer à chercher qui a posté ce commentaire « Pas le sien »…

— Je sais qui l'a posté, déclara Suzze.

Pris de court, il scruta son visage, mais, comme elle se taisait, il demanda :

— Qui ?

— Kitty.

Elle but une gorgée de vin.

— Tu en es sûre ?

— Oui.

— Comment ?

— Qui d'autre aurait voulu prendre sa revanche de cette façon-là ?

L'air moite pesait sur Myron telle une épaisse couverture. Il regarda le ventre de Suzze et se demanda comment elle faisait pour traîner ça par une chaleur pareille.

— Et pourquoi voudrait-elle prendre sa revanche ?

Suzze ignora la question.

— Kitty était une joueuse extraordinaire, tu ne crois pas ?

— Tu l'étais aussi.

— Pas comme elle. C'était la meilleure joueuse que j'aie jamais connue. Je suis passée pro, j'ai gagné quelques tournois, je suis arrivée quatre fois en finale. Mais Kitty, elle avait tout pour devenir une star.

Myron secoua la tête.

— Aucun risque de ce côté-là.

— Pourquoi tu dis ça ?

— Kitty était une calamité. La drogue, les bringues, les mensonges, la manipulation, le narcissisme, le trip autodestructeur.

— Elle était jeune. On a tous été jeunes. On a tous fait des erreurs.

Silence.

— Suzze, pourquoi as-tu tenu à me voir ce soir ?

— Pour expliquer.

— Expliquer quoi ?

131

Elle s'approcha de lui, ouvrit les bras et l'étreignit. Il la serra fort, sentant le ventre tiède tout contre lui. C'était peut-être étrange. Mais, à mesure que l'étreinte se prolongeait, il commença à ressentir un bien-être, quelque chose de quasi thérapeutique. Suzze posa la tête sur la poitrine de Myron et y resta un moment. Il ne bougea pas.

Finalement, elle dit :

— Lex a tort.

— À propos de quoi ?

— Les gens ont parfois besoin d'aide. Je me souviens de ces soirées où tu m'as sauvée. Tu m'as tenue dans tes bras comme en ce moment. Tu m'as écoutée. Sans me juger. Tu ne le sais peut-être pas, mais tu m'as sauvé la vie une centaine de fois.

— Je suis toujours là, fit Myron doucement. Dis-moi ce qui ne va pas.

Elle ne le lâchait pas, l'oreille contre son torse.

— Kitty et moi, on allait sur nos dix-sept ans. Je voulais à tout prix gagner le championnat junior, cette année-là. Aller jusqu'à l'Open. Kitty était ma principale rivale. Quand elle m'a battue à Boston, ma mère a pété un câble.

— Je me souviens.

— Mes parents m'ont expliqué que tous les moyens étaient bons dans une compétition. Tu fais ce qu'il faut pour gagner. Pour prendre une longueur d'avance. Tu connais le coup entendu tout autour du monde ? Le home run de Bobby Thomson, dans les années cinquante ?

Ce brusque changement de sujet le déconcerta.

— Oui, bien sûr, pourquoi ?

— Mon père dit qu'il a triché. Thomson. Tout le monde triche. On croit que ça arrive maintenant, avec le dopage. Mais dans le temps les New York Giants volaient des panneaux. Certains lanceurs rayaient la balle. Le président des Celtics, celui qui t'a engagé, montait intentionnellement la température dans le vestiaire de l'équipe invitée. Peut-être que ce n'est pas de la triche. Peut-être que c'est juste histoire de prendre une longueur d'avance.

— Et tu as pris une longueur d'avance ?

— Oui.

— Comment ?

— J'ai fait courir des rumeurs sur ma rivale. Je l'ai fait passer pour plus salope qu'elle ne l'était. J'ai essayé de casser sa concentration en la stressant au dernier degré. Je t'ai dit que son bébé n'était probablement pas de Brad.

— Tu n'as pas été la seule à me dire ça. Et je connaissais Kitty par ailleurs. Je n'ai pas eu besoin de toi pour me faire une opinion. Cette fille était un boulet.

— Comme moi.

— Sauf que toi, tu ne manipulais pas mon frère. Tu ne le menais pas en bateau pour aller coucher ensuite avec le premier venu.

— Mais je me faisais un plaisir de te rapporter tout ça.

Suzze se blottit tout contre sa poitrine.

— Tu sais ce que je ne t'ai pas dit ?

— Quoi ?

— Kitty aimait ton frère. Sincèrement et profondément. Quand ils ont rompu, son jeu s'en est ressenti. Le cœur n'y était plus. Je l'ai poussée à déconner encore

133

plus. Je lui disais que Brad n'était pas un mec pour elle, qu'elle devrait profiter de la vie.

Myron repensa aux images idylliques de Kitty, Brad et Mickey sur Facebook, s'efforça de les fixer dans son esprit, mais l'esprit va où bon lui semble, et là il le ramenait à la vidéo de Kitty et de Catogan dans la backroom de Three Downing.

— Kitty s'est plantée toute seule, répondit-il sans cacher son amertume. Ce que tu as pu dire ou ne pas dire n'y change rien. Elle a menti à Brad sur toute la ligne. Elle a menti sur sa consommation de drogue. Elle lui a menti sur mon rôle dans leur histoire. Elle a même menti en affirmant qu'elle prenait la pilule.

Mais, alors même qu'il terminait sa phrase, ses propres paroles firent naître un doute. À deux doigts de devenir la prochaine Martina, Chrissie, Steffi, Serena, Venus... voilà que Kitty se retrouvait enceinte. C'était peut-être bien, comme elle le prétendait, un accident. N'importe quelle collégienne savait que la pilule n'était pas efficace à cent pour cent. Mais Myron n'avait jamais accordé une once de crédit à cette éventualité.

— Lex sait tout ça ? demanda-t-il.

— Tout ? fit Suzze en souriant. Non.

— D'après lui, c'est la racine du mal. Les gens ont des secrets, ces secrets suppurent et minent la confiance. Il n'y a pas de véritable relation sans une totale transparence. On doit connaître tous les secrets de son conjoint.

— Lex a dit ça ?

— Oui.

— C'est chou. Mais encore une fois il se trompe.

— Comment ça ?

— Aucune relation ne peut survivre à une totale transparence.

Suzze leva le visage de son torse. Myron vit les larmes sur ses joues, sentit l'humidité sur sa chemise.

— Nous avons tous des secrets, Myron. Tu le sais mieux que personne.

Le temps qu'il rentre au Dakota, il était trois heures du matin. Il consulta ses mails pour voir si Kitty avait répondu à son « Pardonne-moi ». Il n'y avait rien. À supposer que Lex lui ait dit la vérité – que Kitty ait dit la vérité –, il envoya à tout hasard un mail à Esperanza pour savoir si le nom de Kitty figurait sur une liste de passagers en partance de Newark ou de JFK et à destination de l'Amérique latine. Puis il regarda si Terese était en ligne. Elle n'y était pas.

Il songea à Terese. Il songea à Jessica Culver, l'ex-femme de sa vie à laquelle Lex avait fait allusion. Après avoir clamé pendant des années – ses années avec Myron – que le mariage n'était pas sa tasse de thé, elle avait récemment épousé un dénommé Stone Norman. Stone, non mais, vous imaginez un peu ? Ses copains devaient l'appeler le « Défoncé » ou alors « Junk ». Penser à d'anciennes amours, surtout celles dont on aurait voulu partager la vie, n'étant pas très productif, Myron s'obligea à passer à autre chose.

Une demi-heure après, Win rentra à la maison. Il était accompagné de sa petite amie du moment, une grande Asiatique au physique de top model prénommée Moa. Ils n'étaient pas seuls, mais avec une autre ravissante Asiatique que Myron voyait pour la première fois.

Il regarda Win. Win remua les sourcils.

— Salut, Myron, dit Moa.

— Salut, Moa.

— Voici mon amie Tien.

Myron réprima un soupir, la salua aussi. Tien hocha la tête. Lorsque les deux femmes eurent quitté la pièce, Win lui adressa un grand sourire. Myron prit un air résigné.

— Tien ?

— Ouais.

Au tout début de sa relation avec Moa, Win avait adoré jouer avec son prénom. « Moa être trop excitée… Je veux prendre du temps pour Moa… Parfois, j'ai seulement envie de faire l'amour avec Moa. »

— Moa et Tien ? dit Myron.

Win acquiesça.

— Merveilleux, tu ne trouves pas ?

— Non. Où étais-tu passé ?

Win se pencha et, sur le ton de la confidence :

— Tu sais, quand il y en a pour Moa, il y en a pour la Tien…

— Oui ?

Win se borna à sourire.

— Ça y est, soupira Myron. J'ai compris. Elle est bonne, celle-là.

— Réjouis-toi. Avant, c'était Moa d'abord. Mais la Tien, elle m'a fait découvrir d'autres horizons.

— Ben, dans ce cas, une Tien vaut mieux que deux tu l'auras.

— Je vois que tu as saisi le principe, dit Win. Alors, c'était comment, ta virée à Adiona ?

— Tu veux savoir maintenant ?

— Attendre n'est pas un problème pour Moa.

— Tu parles de ta copine, là ?

— On s'y perd un peu, hein ?

— Et surtout ça devient scabreux.

— Ne t'inquiète pas. En mon absence, Moa a de quoi s'occuper avec la Tien.

Win s'assit, joignit le bout de ses doigts.

— Raconte-moi ce que tu as appris.

Lorsque Myron lui eut résumé la situation, son commentaire fut :

— Lex cherche à noyer le poisson.

— Tu trouves aussi ?

— Quand on raisonne autant, c'est qu'on veut brouiller la donne.

— Et cette info de dernière minute, comme quoi elle devait repartir au Chili ou au Pérou dans la matinée ?

— Pour te mettre sur une fausse piste. Il n'a pas envie que tu retrouves Kitty.

— Tu crois qu'il sait où elle est ?

— Ça ne m'étonnerait pas.

Myron repensa aux paroles de Suzze sur la transparence et le fait que tout le monde avait des secrets.

— Ah, encore une chose.

Il tâtonna à la recherche de son BlackBerry.

— Gabriel Wire a un garde au portail. J'ai l'impression qu'il ne m'est pas inconnu, mais je n'arrive pas à le remettre.

Il tendit le BlackBerry avec la photo à Win, qui l'examina brièvement.

— Ça non plus, dit-il, ça ne sent pas bon.

— Tu le connais ?

— Je n'ai pas entendu parler de lui depuis des lustres.

Win lui rendit son BlackBerry.

— Mais on dirait bien Evan Crisp. Un superpro. Un des meilleurs.

— Pour qui travaille-t-il ?

— Crisp a toujours été à son compte. Les frères Ache faisaient appel à lui en cas de gros pépin.

Les frères Ache, Herman et Frank, étaient deux ex-parrains de la Mafia à l'ancienne. L'adoption de la loi fédérale sur le racket et la corruption avait mis fin à leurs activités. Comme nombre de ses aînés, Frank Ache était en train de purger une peine dans un quartier de haute sécurité, oublié de tous. Herman, qui devait avoir dans les soixante-dix ans maintenant, avait réussi à s'en tirer et s'était servi de sa fortune mal acquise pour se racheter une conduite.

— Un homme de main ?

— En un sens, répondit Win. Crisp entrait en scène quand l'usage de la force exigeait de la subtilité. S'il fallait causer du grabuge ou mitrailler une cible, on envoyait quelqu'un d'autre. Mais si on voulait qu'un type meure ou disparaisse sans éveiller de soupçons, on s'adressait à Crisp.

— Et aujourd'hui il bosse comme vigile pour Gabriel Wire ?

— Que nenni, dit Win. L'île est petite. Crisp a été prévenu dès ton arrivée, et il est allé t'attendre. À mon avis, il se doutait que tu le prendrais en photo et que nous réussirions à l'identifier.

— Il l'a fait pour nous dissuader ?

— Oui.

— Sauf qu'on ne nous dissuade pas aussi facilement.

— En effet, répondit Win sans sourciller. Nous sommes des hommes, des vrais.

— OK, d'abord on a ce post bizarre sur la page de Suzze, qui a vraisemblablement été mis là par Kitty.

138

Ensuite, on a ce rendez-vous entre Kitty et Lex. On a Crisp qui travaille pour Wire. Plus Lex qui se planque chez Gabriel Wire et qui nous mène probablement en bateau.

— Et quand on additionne le tout, qu'est-ce qu'on obtient ?

— Peanuts, dit Myron.

— Pas étonnant que tu sois notre chef.

Se levant, Win se versa un cognac, puis lança à Myron un Yoo-Hoo. Myron ne l'agita pas, ne l'ouvrit pas. Il garda la canette froide dans sa main.

— Bien sûr, même si Lex nous mène en bateau, le message qu'il t'adresse n'est pas forcément faux.

— Quel message ?

— Tu te mêles de la vie des autres. Avec les meilleures intentions du monde, mais c'est de l'ingérence quand même. Quoi qu'il se passe entre ton frère et Kitty, tu n'as peut-être rien à faire là-dedans. Tu ne fais plus partie de leur existence depuis belle lurette.

— C'est sûrement ma faute, dit Myron, pensif.

— Oh, je t'en prie.

— Quoi ?

— Ta faute. Quand Kitty est allée raconter à Brad que tu la draguais, était-ce vrai ?

— Non.

Win écarta les bras.

— Bon, alors ?

— C'était peut-être pour se venger. J'ai dit des horreurs sur elle. Je l'ai accusée d'avoir piégé Brad, de le manipuler. Je ne croyais pas que le bébé était de lui. Elle a peut-être utilisé le mensonge comme moyen de défense.

— Bou...

Win fit mine de jouer du violon.

— ... hou.

— Je ne cherche pas à l'excuser. Mais il se peut que moi aussi je me sois planté.

— Et en quoi, je te prie, te serais-tu planté ?

Myron ne répondit pas.

— Vas-y, fit Win. J'attends.

— Que je dise : « En me mêlant de ce qui ne me regardait pas. »

— Bingo.

— Dans ce cas, c'est peut-être l'occasion de me racheter.

Win secoua la tête.

— Quoi ?

— Comment t'es-tu planté au départ ? En te mêlant de ce qui ne te regardait pas. Comment comptes-tu te racheter ? En te mêlant de ce qui ne te regarde pas.

— Il faut donc que j'oublie purement et simplement ce que j'ai vu sur la vidéo de surveillance ?

— À ta place, c'est ce que je ferais.

Win but son cognac d'un long trait.

— Mais, hélas, je sais que tu en es incapable.

— Alors qu'est-ce qu'on fait ?

— Ce qu'on fait d'habitude. Le matin, du moins. Pour ce soir, j'ai d'autres projets.

— Avec Moa et la Tien, j'imagine ?

— Je dirais bien bingo encore une fois, mais je déteste me répéter.

— Tu sais, dit Myron en choisissant soigneusement ses mots, que je n'ai pas l'intention de porter un jugement moral.

Win croisa les jambes. Le pli de son pantalon ne bougea pas d'un iota.

140

— Je crains le pire.

— Et je reconnais que Moa a fait partie de ta vie plus longtemps que n'importe quelle autre femme, pour autant que je m'en souvienne. Je suis content aussi que tu aies mis le holà à ton penchant pour les putes.

— Je préfère l'expression « call-girls de luxe ».

— Super. Dans le temps, tes conquêtes féminines, ton côté mufle…

— Canaille, dit Win avec un sourire canaille. J'adore ce mot, « canaille », pas toi ?

— Il est de circonstance, répondit Myron.

— Mais… ?

— Quand nous avions vingt ans, et même trente, c'était, disons, attendrissant.

Win se taisait.

Myron fixa la canette de Yoo-Hoo.

— Laisse tomber.

— Et maintenant, dit Win, tu trouves que, pour un homme de mon âge, mon comportement est limite pathétique.

— Ce n'est pas ce que j'avais en tête.

— Tu penses que je devrais me calmer.

— Je veux juste que tu sois heureux, Win.

Win leva les mains.

— Mais moi aussi.

Myron le considéra d'un œil torve.

— Tu veux parler de Moa, hein ?

Le sourire canaille.

— Mon idée, c'est la tienne.

— Par tienne, tu veux dire, euh… Tien ?

Win se leva.

— Ne t'inquiète pas, mon vieux pote. Je suis heureux.

Il se dirigeait vers la porte quand soudain il marqua une pause et ferma les yeux, l'air troublé.

— Mais tu as peut-être raison sur un point.

— Lequel ?

— Si ça se trouve, je passe à côté de ma chance, dit-il, l'expression lointaine et mélancolique. Comme toi de la tienne.

— Vas-y, crache, fit Myron.

— Alors, profitons de la Tien, c'est Moa qui le dit.

Il disparut. Myron continuait à fixer la canette de Yoo-Hoo. Tout était silencieux. Dieu merci, Win avait pris soin de faire insonoriser sa chambre.

À sept heures et demie du matin, une Moa décoiffée sortit en peignoir et entreprit de préparer le petit déjeuner. Elle demanda à Myron s'il voulait quelque chose. Il déclina poliment.

À huit heures, son téléphone sonna. C'était Big Cyndi.

— Bonjour, monsieur Bolitar.

— Bonjour, Big Cyndi.

— Votre dealer à la queue-de-cheval était au club, hier soir. Et je l'ai suivi.

Myron fronça les sourcils.

— Déguisée en Batgirl ?

— Il faisait noir. Je me fonds dans le décor.

L'image surgit dans son esprit et, heureusement, s'évanouit aussitôt.

— Je vous ai dit que c'est Yvonne Craig elle-même qui m'a aidée à le confectionner ?

— Vous connaissez Yvonne Craig ?

— Oh, on est de vieilles amies. Elle m'a expliqué que c'était un tissu étirable en un seul sens. Un peu comme celui qui sert à fabriquer les gaines, plus épais

142

que le Lycra, mais moins que le Néoprène. J'ai eu un mal fou à le dénicher.

— Je n'en doute pas.

— Saviez-vous qu'Yvonne avait joué la fille verte supersexy dans *Star Trek* ?

— Marta, l'esclave d'Orion, répondit Myron, incapable de se retenir.

Il essaya de ramener la conversation sur le sujet qui les intéressait.

— Et où est-il, notre dealer, en ce moment ?

— Il est prof de français au collège Thomas Jefferson à Ridgewood, New Jersey.

12

LA COUR DE RÉCRÉATION DONNAIT SUR LE CIMETIÈRE.

Qui donc avait eu cette riche idée, installer un collège plein de mômes au seuil de l'adolescence juste en face d'un lieu de repos pour les morts ? Les enfants passaient devant le cimetière, ils l'avaient sous les yeux tous les jours que Dieu fait. Est-ce que ça les dérangeait ? Pensaient-ils à leur propre condition de mortels, et au fait qu'en un souffle de l'infini eux-mêmes vieilliraient et finiraient ici ? Ou bien, plus vraisemblablement, le cimetière était-il une abstraction, quelque chose qui n'avait rien à voir avec eux, quelque chose de si banal qu'ils n'y faisaient même plus attention ?

L'école, le cimetière. La boucle était bouclée.

Big Cyndi, toujours habillée en Batgirl, était agenouillée devant une pierre tombale, tête basse, épaules rentrées, si bien que de loin on aurait pu la prendre pour une Volkswagen Coccinelle. Lorsque Myron arriva, elle le regarda du coin de l'œil, chuchota : « Je me fonds dans le décor » et se remit à sangloter.

— Où est-il exactement, Catogan ?

— À l'intérieur du collège, salle 207.

Myron se tourna vers le bâtiment.

— Un prof de français dealer ?

— Ça m'en a tout l'air, monsieur Bolitar. C'est malheureux, hein ?

— Très.

— Son vrai nom est Joel Fishman. Il habite Prospect Park, pas très loin d'ici. Marié, deux enfants. Ça fait plus de vingt ans qu'il enseigne le français. Pas de casier judiciaire à proprement parler. Une contravention pour conduite en état d'ivresse, il y a huit ans. S'est présenté au conseil municipal, il y a six ans.

— Un bon citoyen, quoi.

— Oui, monsieur Bolitar, un bon citoyen.

— Comment avez-vous obtenu toutes ces informations ?

— Au début, j'ai envisagé de le séduire pour qu'il me ramène chez lui. Confidences sur l'oreiller, tout ça. Mais le fait que je paie de ma personne, je savais que vous seriez contre.

— Jamais je ne vous aurais laissée utiliser votre corps pour la malfaisance, Big Cyndi.

— Seulement pour le péché ?

Myron sourit.

— Absolument.

— Je l'ai filé depuis le club. Il a pris les transports en commun, le dernier train à deux heures dix-sept du matin. Puis il est rentré à pied au 74 Beechmore Drive. J'ai appelé Esperanza pour lui donner l'adresse.

À partir de là, il suffisait de quelques clics pour tout apprendre sur l'individu en question. Bienvenue à l'ère de l'informatique, jeunes gens, jeunes filles.

— Autre chose ?

— Au club, Joel Fishman est connu sous le nom de Crunch.

Myron secoua la tête.

— Et la queue-de-cheval se fixe. Comme une extension.

— Vous plaisantez.

— Non, monsieur Bolitar, je ne plaisante pas. À mon avis, il porte ça comme un déguisement.

— On fait quoi, maintenant ?

— Il n'y a pas école aujourd'hui, juste des réunions parents-profs. Normalement, c'est très surveillé, mais vous pourriez vous faire passer pour un parent.

Elle leva la main pour dissimuler son sourire.

— Comme dirait Esperanza, avec ce jean et ce blazer bleu marine, vous êtes carrément dans le ton.

Myron désigna ses pieds.

— Et les mocassins Ferragamo ?

Il traversa la rue et attendit que des parents se présentent à l'entrée du collège. Puis il se joignit à eux et les salua comme s'il les connaissait. Ils firent de même. Myron tint la porte, la femme entra, le mari insista pour que Myron suive, il obtempéra avec un bon gros rire de père de famille.

Et Big Cyndi qui se vantait de savoir se fondre dans le décor !

Il y avait une feuille à signer et un agent de sécurité derrière un bureau. Myron s'approcha, signa David Pepe, s'arrangeant pour rendre le nom de famille illisible. Il prit un badge autocollant, inscrivit « David » et, dessous, « papa de Madison » en plus petits caractères. Myron Bolitar, l'homme aux mille visages, le maître du camouflage.

On dit d'une école que ça ne change pas ; on a juste l'impression que ç'a rapetissé. C'était le cas ici : même sol en lino, mêmes casiers métalliques, mêmes portes en bois aux vitres grillagées. Il arriva à la salle 207. Une pancarte sur la vitre empêchait de voir à l'intérieur. La pancarte disait : *RÉUNION EN COURS. NE PAS DÉRANGER* [1]. Myron ne parlait pas français, mais il comprit qu'on l'invitait à patienter.

Il chercha une grille horaire, avec les heures et les noms des parents. Il n'y avait rien. Il se demanda que faire. Deux chaises fatiguées étaient placées devant chaque classe. Elles avaient l'air solides, fonction-nelles et aussi confortables qu'un vieux gilet de laine. Myron hésita à en prendre une, mais si jamais des parents se pointaient pour le rendez-vous suivant ?

Il choisit donc d'arpenter le couloir tout en gardant un œil sur la porte. Il était dix heures vingt. Les rendez-vous devaient durer un quart d'heure, une demi-heure. Le minimum, c'était probablement dix minutes. D'une manière ou d'une autre, le prochain rendez-vous serait à dix heures et demie. Si personne ne se manifes-tait, mettons, à dix heures vingt-huit, il tenterait sa chance.

Myron Bolitar, l'homme qui pense à tout.

Mais des parents arrivèrent à dix heures vingt-cinq et se succédèrent en un flot ininterrompu jusqu'à midi. Pour ne pas attirer l'attention, Myron redescendait, se réfugiait aux toilettes, s'attardait dans l'escalier. Il s'ennuyait ferme. Au passage, il nota que bon nombre de pères portaient un jean et un blazer bleu marine. Il faudrait qu'il songe à réactualiser sa garde-robe.

Finalement, à midi, il y eut un semblant d'ouverture. Myron attendit à la porte, souriant aux parents qui sortaient. Jusqu'ici, Joel Fishman ne s'était pas montré.

---

1. Toutes les phrases en italique sont en français dans le texte.

Il restait dans la salle, recevant les parents les uns après les autres. Ils frappaient à la porte, et Fishman répondait :

— *Entrez.*

Myron frappa, mais cette fois n'obtint pas de réponse. Il frappa de nouveau. Toujours rien. Il poussa la porte. Assis derrière son bureau, Fishman était en train de manger un sandwich. Une canette de Coca et un paquet de Fritos étaient posés devant lui. Catogan était très différent sans son... catogan. Sa chemise jaune passé à manches courtes laissait transparaître le marcel qu'il portait en dessous. Il portait une cravate de môme UNICEF, de celles qui avaient été à la mode en 1991. Ses cheveux coupés court étaient séparés par une raie de côté. Il avait tout d'un prof de collège, et rien d'un dealer.

— Vous désirez ? s'enquit-il, visiblement agacé. Les réunions de parents reprennent à treize heures.

Encore un qui s'était fait berner par le travestissement. Myron indiqua les Fritos.

— On a un petit creux ?

— Je vous demande pardon ?

— Comme quand on plane. On a un petit creux ?

— Pardon ?

— C'est une fine allusion à... Peu importe. Mon nom est Myron Bolitar. Et j'ai deux ou trois questions à vous poser.

— Comment ?

— Myron Bolitar.

Silence. Myron se retint d'ajouter : « Coucou beuh ! » Ah, l'âge mûr.

— Je vous connais ? demanda Fishman.

— Non.

— Votre enfant n'est pas dans ma classe. Mme Parsons enseigne elle aussi le français. Vous devez avoir rendez-vous avec elle. Salle 211.

Myron referma la porte.

— Je ne viens pas voir Mme Parsons. Je viens voir Crunch.

Fishman cessa de mastiquer. Myron traversa la pièce, attrapa une chaise, la fit pivoter et s'assit à califourchon, très macho. Myron la Terreur.

— Un catogan sur un homme, ça pue la crise de la quarantaine. Mais vous, Joel, je trouve que ça vous va bien.

Fishman avala ce qu'il avait dans la bouche. Du thon, à en juger par l'odeur. Sur du pain complet. Tomate, laitue. Myron se demanda qui l'avait préparé pour lui, ou s'il l'avait préparé lui-même, puis il se demanda pourquoi il se demandait ça.

Lentement, Fishman tendit la main vers son Coca, cherchant à gagner du temps. Il but une gorgée et dit :

— Je ne vois pas de quoi vous parlez.

— Rendez-moi un service. Un tout petit service. Passons sur les dénégations stupides. Ça nous évitera de perdre du temps. Je ne veux pas retarder les parents qui ont rendez-vous à treize heures.

Myron lui lança le gros plan de la vidéosurveillance du club.

Fishman jeta un œil sur la photo.

— Ce n'est pas moi.

— Si, Crunch, c'est vous.

— Cet homme a une queue-de-cheval.

Myron soupira.

— Je vous ai demandé un tout petit service.

— Vous êtes de la police ?

149

— Non.

— Quand je vous pose la question, vous êtes tenu de me dire la vérité.

Pas forcément, mais Myron ne se donna pas la peine de le corriger.

— Je regrette, mais vous m'avez pris pour quelqu'un d'autre.

Myron eut envie de se pencher par-dessus le bureau et de lui mettre son poing dans la figure.

— Hier soir, au Three Downing, n'avez-vous pas remarqué une femme corpulente habillée en Batgirl ?

Fishman ne dit rien, mais il n'aurait pas fait un bon joueur de poker.

— Elle vous a suivi jusque chez vous. Nous savons tout de votre vie nocturne, votre trafic de drogue, votre…

Ce fut alors que Fishman sortit un pistolet du tiroir de son bureau.

La soudaineté de son geste prit Myron au dépourvu. Un cimetière, ça va aussi bien avec une école qu'un professeur qui sort une arme dans sa salle de classe. Myron avait commis une erreur. Trop sûr de lui dans ce cadre familier, il avait baissé la garde. Une grosse erreur.

Fishman se pencha en avant, le canon du pistolet à quelques centimètres du visage de Myron.

— Ne bougez pas ou je vous explose votre putain de tête.

Quand on vous menace avec une arme à feu, le monde a tendance à rétrécir jusqu'à tenir tout entier dans la gueule du canon. Pendant un moment, surtout si c'est la première fois qu'on vous colle un flingue sous le nez, vous ne voyez plus que ça. Cela vous paralyse.

L'espace, le temps, les dimensions, les sens n'entrent plus en ligne de compte. Il n'y a plus que ce trou béant.

Du calme, se dit Myron, allons-y mollo.

Le reste se passa en moins d'une seconde.

Primo : évaluer l'état d'esprit « va-t-il presser la détente ». Myron regarda Fishman dans les yeux. Ils étaient humides et dilatés ; son visage luisait. Qui plus est, il avait sorti son arme dans une salle de classe, alors qu'il y avait du monde au collège. Sa main tremblait. Le doigt était sur la détente. Additionnez le tout, et la réponse est simple : ce type-là était barjo et donc tout à fait capable de tirer.

Secundo : évaluer l'adversaire. Fishman était prof et père de famille. Jouer les dealers le soir dans une boîte branchée n'y changeait rien. Il y avait peu de chances pour qu'il soit formé aux techniques de combat. Et le fait de coller son arme à la figure de Myron, en se penchant au risque de perdre l'équilibre, dénotait un vrai amateur.

Tertio : décider de sa réaction. Se la représenter. Si votre agresseur ne se trouve pas à portée de la main, s'il est à l'autre bout de la pièce, voire à un mètre ou deux de vous, eh bien, il n'y a pas trop le choix. Vous ne pouvez pas le désarmer, malgré tous les lancers de jambe que vous avez pu voir dans les films de kung-fu. Vous devez attendre le moment propice. C'est l'option A, l'option immobile. Myron pouvait effectivement rester immobile. C'était ce qu'on lui demandait. Il pouvait essayer de le raisonner. Ils étaient dans un collège après tout, et il fallait être Barjo avec un B majuscule pour tirer un coup de feu ici.

Mais, quand on est quelqu'un comme Myron, un homme avec des réflexes de sportif professionnel et de longues années d'entraînement derrière soi, on peut envisager sérieusement l'option B : désarmer l'adversaire. Si on choisit B, on n'hésite pas. Si on choisit B, on neutralise l'autre tout de suite, avant qu'il devine vos intentions, qu'il s'écarte ou soit sur ses gardes. En ce moment même, dans la fraction de seconde où il avait sorti le pistolet et crié à Myron de ne pas bouger, Joel Fishman était toujours en pleine montée d'adrénaline, ce qui pousse à…

Quarto : passer à l'acte.

Curieusement – ou peut-être pas –, il est plus facile de désarmer un homme armé d'un pistolet que d'un couteau. Une lame, c'est difficile à saisir. On risque de s'ouvrir la paume. Il faut attraper le bras ou le poignet, et la marge d'erreur est minime.

Pour Myron, le meilleur moyen de désarmer l'adversaire se passait en deux temps. Tout d'abord, avant que Fishman ait le temps de réagir, il s'écarta promptement de sa ligne de tir. Inutile de chercher à aller loin… De toute façon, ce n'est pas possible. Il suffit de se pencher en un éclair à droite, du côté de la main dominante. Il y a des tas de techniques compliquées qu'on peut utiliser dans ce cas-là, en fonction de l'arme qu'on a en face de soi. Certains conseillent, par exemple, d'attraper le chien avec le pouce pour empêcher le coup de partir. Pour sa part, Myron n'y croyait pas. Cela nécessitait trop de précision en trop peu de temps, sans oublier qu'il fallait déterminer dans la précipitation si on avait affaire à un semi-automatique, un revolver ou que sais-je encore.

Myron opta donc pour quelque chose de plus simple, mais encore une fois, les enfants, si vous n'êtes pas des pros et si vous n'avez pas les capacités physiques, n'essayez pas de le faire chez vous. Avec sa main dominante, Myron lui arracha le pistolet. Comme ça. Comme on enlève un jouet à un sale gosse. Usant de sa force, de ses dons d'athlète, de son savoir et de l'élément de surprise, il s'empara de l'arme et, au passage, assena un coup de coude à Fishman, qui s'affala sur sa chaise.

Myron bondit par-dessus le bureau, renversant la chaise. Fishman atterrit lourdement sur le dos. Il voulut s'éloigner en rampant, mais Myron s'assit à califourchon sur son torse, lui bloquant les bras avec les genoux, comme un grand frère qui règle son compte au plus petit. La vieille école, toujours.

— Ça ne va pas la tête ? demanda-t-il.

Pas de réponse. Il lui boxa les oreilles. Fishman couina, terrifié, et tenta en vain de se protéger. Myron revit la vidéo avec Kitty, le sourire satisfait, et lui mit un coup de poing.

— Le pistolet n'est pas chargé ! glapit Fishman. Vous n'avez qu'à vérifier ! S'il vous plaît.

Pesant de tout son poids sur l'homme qui se tortillait, Myron vérifia. Fishman disait la vérité. Il n'y avait pas de balles. Il jeta l'arme à l'autre bout de la pièce et leva le poing pour lui administrer une nouvelle correction. Mais Fishman était en train de sangloter, maintenant. Pas de gémir, ni de pleurnicher, non. Il sanglotait comme cela arrive rarement à un adulte. Myron glissa à côté de Fishman en restant sur le qui-vive… Il n'était pas le seul à pouvoir attaquer par surprise.

Fishman se roula en boule, s'enfonça les poings dans les yeux et continua à sangloter. Myron attendit.

— Désolé, vieux, hoqueta Fishman entre deux sanglots. Je ne sais plus où j'en suis. Vraiment désolé.

— Vous m'avez menacé avec une arme.

— Je ne sais plus où j'en suis, répéta-t-il. Vous ne comprenez pas. Je suis en vrac.

— Joel ?

Il reniflait toujours.

— Joel ?

Myron fit glisser une autre photo dans sa direction.

— Vous voyez cette femme sur la photo ?

Il persistait à se cacher les yeux. Myron raffermit sa voix.

— Regardez, Joel.

Lentement, Fishman baissa les mains. Son visage était maculé de larmes et probablement de morve. Crunch, le caïd de Manhattan, s'essuya la figure avec sa manche et se contenta de fixer l'image.

— Il y a quelques jours, vous étiez au Three Downing avec cette femme. Si vous me dites que vous ne voyez pas de quoi je parle, je vais ôter ma chaussure et vous taper avec. Vous m'avez compris ?

Fishman hocha la tête.

— Vous vous souvenez d'elle ?

Il ferma les yeux.

— Ce n'est pas ce que vous croyez.

— Peu importe ce que je crois. Vous connaissez son nom ?

— Je ne sais pas si je dois vous le dire.

— Ma chaussure, Joel. Avec ça, j'ai de quoi vous le faire cracher.

Fishman s'essuya le visage, secoua la tête.

— Je ne pense pas que ce soit votre genre.

— Qu'entendez-vous par là ?

— Rien. Simplement, je ne crois pas que vous allez me frapper à nouveau.

Dans le temps, pensa Myron, je n'aurais pas hésité une seconde. Mais là, Fishman avait raison. Il ne le frapperait plus.

Le voyant hésiter, Fishman dit :

— Vous savez ce que c'est, l'addiction ?

Ô, Seigneur. Dans quoi s'embarquait-il ?

— Oui, Joel, je sais ce que c'est.

— Par expérience ?

— Non. Allez-vous me dire que vous êtes toxicomane ?

— Non. Enfin, oui, bien sûr, je consomme. Mais il ne s'agit pas de ça.

Il inclina la tête, le prof interrogeant un élève en classe.

— Savez-vous quand un drogué décide de se faire soigner ?

— Quand il n'a pas le choix.

Fishman sourit, comme si la réponse lui avait fait plaisir. Myron Bolitar, élève modèle.

— Exactement. Quand il touche le fond. Et c'est ce qui vient d'arriver à l'instant. Je comprends, maintenant. Je me rends compte que j'ai un problème, et j'ai l'intention de me faire soigner.

Myron faillit répondre par une vanne, mais il se retint. Quand on veut obtenir des infos, autant laisser l'autre parler.

— C'est une démarche positive, dit Myron, réprimant un haut-le-cœur.

— J'ai deux gosses. Une femme merveilleuse. Tenez, regardez.

Il plongea la main dans sa poche. Myron se rapprocha d'un bond. Fishman hocha la tête et, d'un geste lent, sortit un trousseau de clés. Le porte-clés était de ceux auxquels on accroche une photo. Une photo de famille, en l'occurrence, prise dans un parc d'attractions. Les Fishman posaient entre Bugs Bunny et Titi. Mme Fishman était jolie à croquer. Joel était agenouillé. À sa droite, il y avait une petite fille blonde, cinq ou six ans peut-être, avec un sourire tellement contagieux que Myron sentit les coins de sa bouche se relever. À la gauche de Joel, il y avait un garçon, plus jeune que sa sœur. Timide, il se cachait à moitié le visage dans l'épaule de son père.

Myron lui rendit le trousseau.

— Vous avez de beaux enfants.

— Merci.

Myron se rappela ce que son père lui avait dit un jour : les hommes sont remarquablement doués pour gâcher leur vie.

Tout haut, il déclara :

— Vous êtes très con, Joel.

— Je suis malade, rectifia Fishman. Il y a une différence. Mais j'ai envie de guérir.

— Prouvez-le.

— Comment ?

— Montrez que vous êtes prêt à changer en me parlant de la femme avec qui vous étiez, l'autre soir.

— Comment puis-je savoir que vous ne lui voulez pas de mal ?

— De la même façon que vous savez que je n'enlèverai pas ma chaussure pour vous battre.

Fishman regarda le porte-clés et se remit à pleurer.

— Joel ?

— Je voudrais sincèrement tourner la page.

— Je n'en doute pas.

— Et j'y arriverai. Je le jure devant Dieu. Je serai le meilleur père et le meilleur mari du monde. Il faut seulement me laisser une chance. Vous le comprenez, n'est-ce pas ?

Myron avait envie de vomir.

— Je comprends.

— C'est juste que… Ne vous méprenez pas. J'aime ma vie. J'aime ma famille et mes gosses. Mais ça fait dix-huit ans que je me lève et que je viens ici enseigner le français à des collégiens. Ils détestent ça. Ils n'écoutent rien. À mes débuts, je me voyais leur transmettre l'amour de cette belle langue. Mais ce n'est pas ça du tout. La seule chose qui les intéresse, c'est d'avoir des A et de passer en classe supérieure. C'est tout. Classe après classe, année après année. La ronde infernale. Amy et moi, on peine à joindre les deux bouts. Et c'est comme ça tous les jours. Toujours les mêmes corvées. Et demain ? Pareil. La même chose, jour après jour, jusqu'à… bref, jusqu'à ma mort.

Il se tut, les yeux dans le vague.

— Joel ?

— Promettez-moi, dit Fishman. Promettez-moi, si je vous aide, de ne pas cafter.

Ne pas cafter… Comme s'il était un élève qui aurait triché à l'interrogation écrite.

— Donnez-moi une chance, s'il vous plaît. Pour mes enfants.

— Si vous me dites tout ce que vous savez au sujet de cette femme, répondit Myron, je ne parlerai pas.

— Donnez-moi votre parole.

— Vous avez ma parole.

— Je l'ai rencontrée au club il y a trois jours. Elle cherchait de la came. Je me suis arrangé.

— Pour lui en procurer, c'est ça ?

— Oui.

— Autre chose ?

— Pas vraiment, non.

— Elle vous a dit son nom ?

— Non.

— Et un numéro de téléphone ? Au cas où elle aurait besoin de vos services ?

— Elle ne m'a rien dit. C'est tout ce que je sais. Désolé.

Myron ne marchait pas.

— Elle vous a payé combien ?

— Je vous demande pardon ?

— Pour la drogue, Joel. Combien d'argent vous a-t-elle donné ?

À l'expression de son visage, Myron sentit venir le mensonge.

— Huit cents dollars.

— En liquide ?

— Oui.

— Elle avait huit cents dollars sur elle ?

— Je ne prends ni la Visa ni la MasterCard, fit-il avec un petit rire de faux jeton. Oui, bien sûr.

— Et où vous a-t-elle remis cet argent ?

— Au club.

— Quand vous lui avez donné la drogue ?

Ses yeux s'étrécirent légèrement.

— Mais oui.

— Joel ?

— Oui ?

— Ces clichés que je vous ai montrés.

— Eh bien ?

— Ils proviennent de la vidéosurveillance. Vous voyez ce que je veux dire ?

Fishman blêmit.

— Pour le dire plus crûment, ajouta Myron, j'ai vu un échange de fluides, pas de cash.

Joel Fishman se remit à sangloter. Il joignit les mains en position de prière, la chaîne du porte-clés pendant entre ses doigts à la façon d'un rosaire.

— Si vous me mentez, dit Myron, je ne vois aucune raison de tenir ma promesse.

— Vous ne comprenez pas.

Voilà qu'il remettait ça.

— Ce que j'ai fait est odieux. J'ai honte. Mais il ne m'a pas semblé utile de vous raconter ça. Parce que ça ne change rien. Je ne la connais pas. Je ne sais pas comment la joindre.

Et Fishman gémit de plus belle, brandissant le porte-clés avec la photo comme une tête d'ail pour éloigner un vampire. Myron attendit, réfléchissant aux moyens d'action possibles. Il se leva, traversa la pièce et ramassa le pistolet.

— Je vais vous dénoncer, Joel.

Les pleurs cessèrent.

— Quoi ?

— Je ne vous crois pas.

— Pourtant je vous dis la vérité.

Myron haussa les épaules, posa la main sur la poignée de la porte.

— Mais vous ne m'aidez pas. Or ça faisait partie de notre accord.

— Que voulez-vous que je fasse ? Je ne sais rien. Pourquoi me punir ?

Nouveau haussement d'épaules.

— Je suis d'un naturel bilieux.

Myron tourna la poignée.

— Attendez.

Il fit la sourde oreille.

— Écoutez-moi. Juste une seconde, OK ?

— Pas le temps.

— Vous promettez de ne rien dire ?

— Vous avez quelque chose pour moi, Joel ?

— Son numéro de portable. Mais n'oubliez pas votre promesse, hein ?

13

— C'EST UN TÉLÉPHONE MOBILE PRÉPAYÉ, annonça Esperanza. Impossible de l'identifier.

Zut ! Myron sortit sa Ford Taurus du parking du cimetière. Big Cyndi était engoncée dans son siège, donnant à penser que son airbag s'était déclenché. Une Ford Taurus, parfaitement. Coloris extérieur : vert métallisé. En voyant passer Myron, les top models se pâmaient.

— Acheté dans une boutique T-Mobile à Edison, New Jersey, dit Esperanza. Payé en liquide.

Myron fit demi-tour. Il allait demander un dernier service à Joel Fishman. Ce bon vieux Crunch serait ravi de le revoir.

— Autre chose, fit Esperanza.

— J'écoute.

— Vous vous rappelez le symbole bizarre à côté du post « Pas le sien » ?

— Ouais.

— Comme vous l'avez suggéré, je l'ai mis sur la page des fans de HorsePower pour voir si ça disait quelque chose à quelqu'un. Une certaine Evelyn

Stackman a répondu, mais elle ne veut pas en parler au téléphone.

— Et pourquoi ça ?

— Elle ne m'a pas dit. Elle veut une rencontre en direct.

Myron fit la moue.

— Pour une histoire de symbole ?

— C'est ça.

— Vous vous en chargez ? demanda-t-il.

— Vous ne m'avez pas bien entendue, répondit Esperanza. J'ai dit « elle ». Elle, comme une personne de sexe féminin peu loquace.

— Ah, fit Myron. Vous pensez donc que je pourrais déployer mes artifices et mon charme viril pour qu'elle se mette à table ?

— Ben, on peut toujours essayer.

— Et si elle était lesbienne ?

— Je croyais que vos artifices et votre charme viril opéraient en toute circonstance.

— Oui, bien sûr. Au temps pour moi.

— Evelyn Stackman habite à Fort Lee. Je vais lui fixer rendez-vous pour cet après-midi.

Elle raccrocha. Myron coupa le moteur.

— Venez, dit-il à Big Cyndi. On va jouer les parents d'élève.

— Cool.

Soudain une pensée sembla lui traverser l'esprit.

— Attendez, on a un garçon ou une fille ?

— Vous préférez quoi ?

— Ça m'est égal, du moment qu'il ou elle est en bonne santé.

Ils reprirent le chemin du collège. Deux parents patientaient dans le couloir à l'entrée de la salle de classe. Big Cyndi annonça, mélodramatique, que leur « petit Sasha » avait une « urgence en français », et que ça prendrait deux secondes. Myron profita de la diversion pour pénétrer seul dans la salle. Pas la peine que Joel se tétanise à la vue de Big Cyndi.

Comme il fallait s'y attendre, Joel Fishman fut consterné de le voir réapparaître.

— Qu'est-ce que vous voulez encore ?

— Il faudrait que vous l'appeliez pour lui donner rendez-vous.

— Pour quoi faire ?

— Mettons… je ne sais pas, moi… que vous soyez un dealer qui veut savoir si elle n'a pas besoin de dope.

Joel fronça les sourcils. Il allait protester, mais Myron se borna à secouer la tête. Joel fit un rapide calcul et décida que le meilleur moyen d'en finir était de coopérer. Il sortit son téléphone portable. Elle figurait dans ses contacts en tant que « Kitty », sans nom de famille. Myron rapprocha l'oreille du téléphone. Quand il entendit l'« Allô » timide et nerveux, son visage s'allongea. Pas de doute, c'était bien la voix de sa belle-sœur.

Fishman joua son rôle avec la maestria d'un faussaire. Il lui demanda si elle voulait qu'ils se revoient. Elle dit oui. Myron lui adressa un signe de la tête. Il déclara :

— OK, cool, je passerai chez vous. Vous habitez où ?

— Ça ne marchera pas, dit Kitty.

— Pourquoi ?

La réponse murmurée de Kitty glaça le sang de Myron.

— Mon fils est dans les parages.

Fishman était fort. Il répondit que ce serait partie remise, qu'il pourrait juste déposer le « paquet », que c'était comme elle voulait, mais Kitty se montra tout aussi réticente. Ils convinrent finalement de se retrouver près du manège au centre commercial Garden State Plaza Mall de Paramus. Myron consulta sa montre. Il avait largement le temps d'aller faire un saut chez Evelyn Stackman avant de se rendre au rencard avec Kitty.

Il se demandait que faire, une fois qu'il serait là-bas. Lui sauter dessus et exiger des comptes ? La cuisiner en douceur ? Ou bien ne pas se manifester du tout ? Le mieux serait peut-être que Fishman annule le rendez-vous à la dernière seconde, afin qu'il puisse la suivre jusque chez elle.

Une demi-heure plus tard, Myron se garait devant une modeste maison en brique du côté de Lemoine Avenue à Fort Lee. Big Cyndi resta dans la voiture, à tripatouiller son iPod. Il gravit l'allée. Evelyn Stackman ouvrit la porte avant même qu'il sonne. Elle avait une cinquantaine d'années, et ses frisettes lui firent penser à Barbra Streisand dans *Une étoile est née*.

— Madame Stackman ? Je suis Myron Bolitar. Merci de me recevoir.

Elle l'invita à entrer. Dans le séjour, il aperçut un canapé vert élimé, un piano droit en merisier clair et des affiches de concerts de HorsePower. Dont une de leurs toutes premières prestations au Hollywood Bowl, il y avait plus de vingt ans. L'affiche était signée à la fois de Lex Ryder et de Gabriel Wire. La dédicace – de la main de Gabriel – disait : « À Horace et Evelyn, le couple rock'n'roll. »

— Eh ben, fit Myron.

— On m'a offert dix mille dollars pour ça. D'accord, j'ai besoin d'argent, mais…

Elle s'interrompit.

— Je vous ai googlisé. Comme je ne regarde pas le basket, votre nom ne me disait rien.

— C'est de l'histoire ancienne.

— Mais maintenant vous gérez la carrière de Lex Ryder ?

— Je suis agent. C'est un peu différent. Mais il est exact que je travaille avec lui.

Elle réfléchit quelques instants.

— Venez avec moi.

Elle le précéda dans l'escalier qui menait au sous-sol.

— Mon mari, Horace, était le vrai fan.

Le petit sous-sol aménagé était si bas de plafond que Myron ne pouvait pas se tenir debout. Il y avait là un futon gris et un vieux téléviseur sur une console en fibre de verre noire. Tout le reste était HorsePower. Une table pliante, de celles qu'on sort quand la salle à manger ne peut contenir toute la famille, était couverte de reliques : photos, pochettes d'album, partitions, annonces de concert, médiators, baguettes de tambour, chemises, figurines. Myron reconnut la chemise noire avec les boutons-pression.

— C'est ce que Gabriel a porté lors d'un concert à Houston, dit-elle.

Il y avait aussi deux fauteuils pliants. Myron vit plusieurs photos, censées être de Wire, publiées dans les tabloïds.

— Désolée pour le désordre. Cette histoire avec Alista Snow a anéanti Horace. Il passait son temps à étudier les images de Gabriel volées par les paparazzi.

Voyez-vous, Horace était ingénieur. Il était très fort en maths et en puzzles.

D'un geste, elle désigna les tabloïds.

— Elles sont toutes bidon.

— Comment ça ?

— Horace trouvait toujours le moyen de prouver que ce n'était pas Gabriel, sur les photos. Tenez, prenez celle-ci. Gabriel Wire a une cicatrice au dos de la main droite. Horace s'est procuré le négatif d'origine et l'a agrandi. La cicatrice n'y est pas. À celle-là, il a appliqué une équation mathématique – ne me demandez pas de vous expliquer comment – et en a déduit que cet homme porte des chaussures de pointure quarante-quatre. Alors que Gabriel Wire fait du quarante-six.

Myron hocha la tête en silence.

— Ça doit sembler bizarre, cette obsession.

— Pas vraiment.

— D'autres hommes soutiennent une équipe sportive, jouent au tiercé ou collectionnent des timbres. Horace, lui, avait une passion pour HorsePower.

— Pas vous ?

Evelyn sourit.

— Si, bien sûr. Mais pas comme Horace. Ça faisait partie de nos centres d'intérêt communs. On campait sur les lieux des concerts. On baissait la lumière pour écouter et essayer de percer le véritable sens des paroles. Ce n'est peut-être pas grand-chose, mais je donnerais n'importe quoi pour revivre une de ces soirées.

Une ombre passa sur son visage. Myron hésita, puis se jeta à l'eau.

— Qu'est-il arrivé à Horace ?

— Il est mort en janvier dernier, répondit-elle d'une voix entrecoupée. Crise cardiaque. En traversant la rue. Les gens ont cru qu'il avait été renversé par une voiture. Mais non, Horace est juste tombé sur le passage piéton et il est mort. Comme ça. D'un coup. Il n'avait que cinquante-trois ans. Nous nous sommes connus au lycée. Nous avons élevé deux enfants dans cette maison. Nous faisions des projets pour notre retraite. Je venais de quitter mon boulot à la poste, pour qu'on puisse voyager davantage.

Elle sourit brièvement, l'air de dire « Que voulez-vous ? », et détourna les yeux. On a tous nos cicatrices, nos tourments et fantômes. On vaque à nos occupations, on sourit, on fait comme si tout allait bien. On est poli avec des inconnus, on partage la route avec eux, on fait la queue au supermarché et on se débrouille pour masquer la douleur et le désespoir. On travaille dur, on fait des projets, et plus souvent qu'à son tour, tout ça part en fumée.

— Mes sincères condoléances, dit Myron.

— Je n'aurais pas dû en parler.

— Il n'y a pas de problème.

— Je sais que je devrais me défaire de tous ces objets. Les vendre. Mais, pour le moment, je ne m'en sens pas capable.

Ne sachant que dire, Myron opta pour le classique :

— Je comprends.

Elle eut un pâle sourire.

— Mais vous êtes là pour en savoir plus sur ce symbole, non ?

— Si ça ne vous ennuie pas.

Evelyn Stackman s'approcha d'une boîte métallique.

— Horace a essayé de le décrypter. Il a cherché du côté du sanskrit, des caractères chinois, des hiéroglyphes, tout ça. Mais il n'a jamais réussi à le situer.

— Où l'avez-vous vu pour la première fois ?

— Le symbole ?

Evelyn sortit de la boîte ce qui ressemblait à une jaquette de CD.

— Vous connaissez cet album ?

Myron l'examina. C'était une œuvre graphique, si on pouvait l'appeler ainsi, illustrant une pochette de disque. Il ne l'avait jamais vue. En haut on lisait : LIVE WIRE [1]. Au-dessous, en plus petits caractères : HORSEPOWER LIVE À MADISON SQUARE GARDEN. Mais ce n'était pas ça qui attirait l'œil. Sous le titre de l'album figurait une curieuse photo de Gabriel Wire et de Lex Ryder. Tous deux photographiés au-dessus de la ceinture, dos à dos, torse nu et bras croisés. Lex à gauche, Gabriel à droite, fixant d'un air grave l'acquéreur potentiel de leur musique.

— Juste avant l'affaire Alista Snow, ils devaient enregistrer un album live, dit Evelyn. Vous étiez avec eux à l'époque ?

Myron secoua la tête.

— Je suis arrivé plus tard.

Il avait du mal à détacher les yeux de la jaquette. Gabriel et Lex avaient souligné leurs paupières d'un trait d'eye-liner. Tous deux occupaient le même espace sur la photo – à la limite, Lex était le mieux placé car l'œil va naturellement vers la gauche –, mais le regard du spectateur était irrésistiblement attiré par Gabriel

1. Jeu de mots sur le nom Wire. *Live Wire* signifie « fil électrique sous tension ».

Wire, comme par un faisceau lumineux éclairant la moitié de l'image. Tout hétéro qu'il était, Myron le trouvait simplement sublime. Ses yeux vous brûlaient, vous interpellaient, vous enchaînaient à eux.

Les chanteurs à succès possèdent toute une gamme d'atouts, mais les grandes stars du rock, comme leurs homologues sportifs ou comédiens, ont quelque chose d'indéfinissable en plus. C'était ainsi que, de musicien, Gabriel Wire était devenu une légende du rock. Gabriel avait un charisme quasi surnaturel. Sur scène ou dans la vie, il vous subjuguait, mais ça se sentait même ici, sur cette jaquette d'un album qui n'avait jamais vu le jour. Ce n'était pas seulement une question d'apparence. On devinait dans ce regard de braise la sensibilité, le drame, la colère, l'intelligence. On avait envie de l'écouter. On avait envie d'en savoir plus.

— Magnifique, hein ? dit Evelyn.

— Oui.

— C'est vrai qu'il a été défiguré ?

— Aucune idée.

À côté de Gabriel, Lex s'appliquait à tenir la pose. Ses bras repliés étaient bandés, comme s'il s'exerçait discrètement à gonfler ses biceps. Il avait un physique banal et, à bien y regarder, on se rendait compte que c'était lui le plus sensé, le plus cohérent, le plus stable… bref, le plus rasoir. Lex était le yin terrien face au yang magnétique et versatile de Gabriel. Mais bon, tout groupe qui dure a besoin de cet équilibre-là, non ?

— Je ne vois pas de symbole là-dessus, fit Myron.

— Il n'est jamais arrivé jusqu'à la jaquette.

Evelyn fouillait à nouveau dans la boîte. Elle sortit une enveloppe kraft fermée par une ficelle et s'arrêta, tenant la ficelle entre le pouce et l'index.

— Je continue à me demander si j'ai raison de vous montrer ceci.

— Madame Stackman…

— Evelyn.

— Evelyn. Vous savez que Lex est marié avec Suzze T., n'est-ce pas ?

— Bien sûr.

— Quelqu'un cherche à lui nuire. Et à Lex aussi, j'imagine. J'essaie de découvrir qui c'est.

— Et vous pensez que ce symbole pourrait vous mettre sur une piste ?

— Oui.

— Vous m'avez l'air d'un homme bien.

Myron attendit.

— Je vous ai dit qu'Horace était un collectionneur passionné. Ce qu'il préférait, c'étaient les pièces uniques. Il y a quelques années, il a été contacté par le photographe Curk Burgess. Une semaine avant la mort d'Alista Snow, Burgess avait pris la photo que vous avez sous les yeux.

— OK.

— Il en avait pris un paquet, d'ailleurs. La séance avait été longue. À mon avis, Gabriel voulait quelque chose de plus osé, du coup ils ont posé nus. Rappelez-vous ce collectionneur privé qui a acheté un film porno de Marilyn Monroe pour que personne d'autre ne puisse le voir.

— Je me souviens, oui.

— Eh bien, Horace a fait pareil. Il a racheté les négatifs. C'était largement au-dessus de nos moyens, mais c'est pour vous dire le degré de son dévouement.

Elle désigna la jaquette dans la main de Myron.

— À l'origine, c'était un portrait en pied, mais ils l'ont coupé.

Elle tira une photo de l'enveloppe. Les deux hommes avaient été photographiés de côté. Ils étaient bel et bien nus, mais les ombres artistiques faisaient office de feuilles de vigne.

— Je ne le vois toujours pas.

— Regardez cette marque sur… euh, la cuisse droite de Gabriel.

Evelyn lui tendit une autre photo, agrandie à l'extrême. Et là, sur la cuisse droite, tout près de l'entrejambe légendaire de Gabriel Wire, il aperçut un tatouage.

Un tatouage reproduisant fidèlement le symbole dans le post malveillant sur la page Facebook de Suzze.

14

IL RESTAIT ENCORE DEUX HEURES avant son rendez-vous avec Kitty au Garden State Plaza Mall. Sur le chemin de l'arrêt de bus du côté du pont George-Washington, Myron raconta à Big Cyndi ce qu'il avait appris chez Evelyn Stackman.

— Curieux, dit-elle.

— Quoi donc ?

Elle essaya de changer de position dans son siège pour le regarder en face.

— Comme vous le savez, monsieur Bolitar, j'ai un long passé de groupie de rock.

Il ne le savait pas. À la glorieuse époque des Fabuleuses Filles de la Lutte sur Channel 11 dans la région de New York, Big Cyndi avait été connue sous le nom de Big Mama. Leur équipe, à elle et Esperanza, alias Little Pocahontas, était championne intercontinentale, quoi qu'« intercontinentale » veuille dire dans leur cas. Elles étaient les gentilles. Little Pocahontas gagnait généralement grâce à son seul mérite, jusqu'à ce que sa méchante adversaire lui joue un tour de cochon, comme lui jeter du sable dans les yeux, se servir du redouté « objet extérieur », détourner l'attention de l'arbitre pour l'attaquer à deux. Et pendant que la foule se déchaînait, protestant apparemment en vain contre la terrible injustice infligée à la petite mignonne, Big Mama sautait en rugissant par-dessus la corde pour délivrer sa ravissante partenaire. Ensemble, sous les acclamations du public en délire, Big Mama et Little Pocahontas rétablissaient l'ordre mondial et, bien sûr, préservaient leur titre du championnat par équipes.

Follement distrayant.

— Vous, groupie ?

— Oh oui, monsieur Bolitar. À fond.

Elle battit des cils. Myron hocha la tête.

— Je ne savais pas.

— J'ai couché avec plein de rock stars.

— OK.

Elle arqua le sourcil droit.

— *Plein*, monsieur Bolitar.

— J'ai bien compris.

— Dont certaines de vos préférées, même.

— OK.

— Mais je ne trahis jamais les secrets d'alcôve. Je suis un modèle de discrétion.

— Tant mieux.

— Vous savez, votre guitariste préféré chez les Doobie Brothers ?

— La discrétion, Big Cyndi.

— Très juste. Désolée. Mais voici où je veux en venir. J'ai marché dans les pas de Pamela des Barres, Sweet Connie – comme dans la chanson de Grand Funk –, Bebe Buell et celle qui a été mon mentor, Ma Gellan. Vous connaissez ?

— Non.

— Ma Gellan se considérait comme une cartographe des rock stars. Vous savez ce que c'est ?

Il se retint de lever les yeux au ciel.

— Quelqu'un qui dessine des cartes.

— Tout à fait, monsieur Bolitar. Ma Gellan dressait les cartes topographiques des corps nus des rock stars.

— Ma Gellan.

Myron, qui venait de comprendre, faillit gémir tout haut.

— Comme Magellan ?

— Vous êtes rapide, monsieur Bolitar.

Tout le monde sait faire le cake.

— Ses cartes sont une merveille de précision. Elles montrent les cicatrices, les piercings, les anomalies, la pilosité, même les zones pourvues à profusion ou de façon inadéquate.

— Sérieux ?

— Évidemment. Vous avez entendu parler de Cynthia Plaster Caster ? Elle fabriquait des moulages en plâtre de pénis. À propos, c'est vrai ce qu'on raconte des chanteurs. Ils sont tous doués. Oh, à l'exception d'un seul, leader d'un groupe anglais archiconnu, je ne dirai pas qui, mais lui, c'est plutôt genre petit chaton.

— Et ç'a un intérêt ?

— Énorme, monsieur Bolitar. Ma Gellan a dressé une carte topographique de Gabriel Wire. Un garçon magnifique… visage et corps. Mais il n'avait aucun tatouage. Aucun.

Myron réfléchit à ce qu'elle venait de dire.

— La photo d'Evelyn Stackman a été prise peu de temps avant qu'il se retire de la scène. Peut-être qu'il s'est fait tatouer après qu'elle avait… euh, étudié sa topographie.

Ils étaient arrivés à l'arrêt de bus.

— Possible, fit Big Cyndi.

Lorsqu'elle s'extirpa, la voiture craqua et tangua comme dans le générique des *Pierrafeu*.

— Voulez-vous que je pose la question à Ma ?

— S'il vous plaît. Vous êtes sûre de ne pas vouloir rentrer en taxi ?

— Je préfère prendre le bus, monsieur Bolitar.

Et elle s'éloigna pesamment tel un deuxième ligne, toujours vêtue de son costume de Batgirl. Personne ne lui prêta attention. Bienvenue dans la zone de confluence de trois États : New York, New Jersey, Connecticut. Souvent, les visiteurs trouvent les autochtones froids, indifférents ou grossiers. La vérité, c'est qu'ils sont effroyablement polis. Quand on vit dans un espace congestionné, on apprend à respecter l'intimité de l'autre. Ici on peut être entouré de gens et néanmoins jouir de la solitude.

Le Garden State Plaza Mall était un centre commercial de deux millions de mètres carrés et quelques situé au cœur du royaume du commerce de détail, à Paramus, dans le New Jersey. Le mot « Paramus » vient de la tribu amérindienne des Lenape et signifie soit « sol fertile », soit « faites de la place pour un nouveau mégastore ». Paramus se targue de posséder plus de magasins que n'importe quelle autre agglomération des États-Unis, et encore, pensait Myron, on était loin du compte.

Il se gara sur le parking et vérifia l'heure. Encore une heure à tuer avant l'arrivée de Kitty. Son estomac gargouillait. Il consulta les options de restauration et sentit ses artères se durcir : Chili's, Joe's American Bar & Grill, Nathan's Hot Dogs, KFC, McDonald's et à la fois Blimpie et Subway, ce que Myron avait toujours cru être la même enseigne. Il se décida pour California Pizza Kitchen. Le serveur enjoué essaya en vain de lui vendre un hors-d'œuvre. Myron examina le choix international de garnitures – hawaïenne à la sauce aigre-douce, poulet thaï, aubergine japonaise – et opta pour la bonne vieille pizza aux poivrons. Au grand dam du serveur.

Tous les centres commerciaux se ressemblent. Celui-ci était gigantesque, mais à part ça en tout point similaire aux autres. C'en était déprimant. Outre les grandes enseignes, il y avait des boutiques aux spécialités bizarres, comme celle qui vendait uniquement des bougies ou cette autre, qui détenait le pompon du nom ronflant : L'Art du Rasage. À se demander comment elle faisait pour subsister. Ce que Myron remarqua surtout, c'étaient les kiosques bon marché en plein milieu de la galerie. Il y avait là le Palais des Parfums et la Pagode du Piercing. Plus tous ceux qui vendaient des jouets volants télécommandés – ils étaient quatre au moins –, avec un gugusse qui envoyait délibérément un hélico dans votre direction. Franchement, avez-vous déjà vu un enfant jouer avec ça dans la vraie vie ?

Alors qu'il se frayait un passage vers le manège, Myron repéra le plus odieux, malhonnête et charlatanesque de tous les commerces : des « chasseurs de talents/mannequins » bidon qui harponnaient pratiquement tout le monde en ouvrant de grands yeux émerveillés :

— Waouh, vous avez le look que nous recherchons ! Avez-vous déjà songé au mannequinat ?

Myron s'arrêta et regarda ces artistes de l'arnaque rétribués à la commission – principalement de jolies filles âgées d'une vingtaine d'années – baratiner les passantes, cherchant moins un look que la cicatrice d'une lobotomie, une personne suffisamment naïve pour être « acceptée » dans leur « campagne » et débourser quatre cents dollars pour un « book » avant de commencer à poser pour les grands catalogues et à tourner des spots publicitaires pour la télé.

Oui, et ce spot publicitaire venait-il avec un compte bancaire au Niger ?

Myron ne savait ce qui était le plus affligeant : le fait qu'elles exploitaient sans vergogne les rêves de gloire des autres, ou que leurs victimes étaient toutes prêtes à tomber dans le panneau.

Assez. Il savait que c'était un prétexte pour oublier momentanément ce qui le préoccupait. Kitty serait là dans un quart d'heure. Il hésita à entrer en attendant chez Spencer's Gifts, leur magasin préféré, à Brad et à lui, quand ils étaient gosses, avec ses blagues sur la bière, ses verres à liqueur explicites, ses références inoffensives au sexe et d'étranges posters luminescents au fond. Il repensa à la dernière fois qu'il avait vu Brad et Kitty. Au regard peiné, désemparé de Brad. Au sang qui gouttait entre les doigts de Kitty.

Puis il chassa ces images et se posta à l'écart, de sorte qu'elle ne puisse pas le voir. Il pensa même acheter un journal pour dissimuler son visage, mais rien de tel pour attirer l'attention qu'un homme en train de lire le journal au beau milieu d'un centre commercial.

Un quart d'heure plus tard, tandis que Myron surveillait le manège de derrière un mannequin chez Foot Locker, Kitty fit son apparition.

15

LE JET PRIVÉ DE WIN ATTERRIT SUR L'UNIQUE PISTE de l'aéroport de Fox Hollow. Une limousine noire attendait sur le tarmac. Win embrassa chastement son hôtesse de l'air, Moa, et descendit les marches de la passerelle.

La limousine le déposa au pénitencier fédéral de Lewisburg, Pennsylvanie, réservé aux « pires parmi les pires » en matière de crime. Un gardien l'accueillit et l'escorta à travers l'établissement de haute sécurité jusqu'au bloc G, plus connu sous le nom de « couloir de la Mafia ». John Gotti avait été incarcéré ici. Ainsi qu'Al Capone.

Win pénétra dans le parloir de la prison.

— Je vous en prie, asseyez-vous, dit le gardien.

Il s'exécuta.

— Le règlement est le suivant : pas de poignée de main, aucun contact physique.

— Même pas le french kiss ? s'enquit Win.

Le gardien fronça les sourcils, mais ne releva pas. Win avait réussi à décrocher ce rendez-vous en un temps record. Le gardien en avait conclu qu'il devait s'agir d'une grosse légume. À Lewisburg, ceux qu'on appelle les détenus phase 1 et phase 2 n'avaient droit qu'à des visites vidéo. Les détenus phase 3 pouvaient recevoir des visiteurs, mais en dehors de tout contact physique. Seuls les phase 4 – comment on devenait un phase 4, cela n'était pas très clair – pouvaient prétendre à des « visites contact » avec leur famille. Frank Ache, un ex-parrain de la Mafia new-yorkaise, avait bénéficié de la phase 3 pour leur entrevue. Win trouvait ça parfait. Le contact physique ne l'intéressait pas.

La lourde porte pivota sur ses gonds. Quand Frank Ache arriva au parloir en traînant les pieds, vêtu de la combinaison orange fluo des prisonniers, même Win fut surpris. Dans la fleur de l'âge – c'est-à-dire pendant plus de vingt ans –, Frank avait été un redoutable et redouté chef de la Mafia. Grand et costaud, il portait alors des survêtements en velours et polyester qui auraient détonné même dans une course de monster trucks. On disait que Scorsese voulait tourner un film sur sa vie et que le personnage de Tony Soprano avait été plus ou moins calqué sur lui, sauf que Frank n'avait pas une famille aimante ni le semblant d'humanité de Soprano. Le nom de Frank Ache inspirait la crainte. C'était un dangereux tueur, quelqu'un qui avait assassiné beaucoup de gens et n'en concevait pas l'ombre d'un remords.

Mais la prison, ça vous ratatine un homme. Ache avait dû perdre vingt-cinq ou trente kilos entre ces quatre murs. Il paraissait diminué, sec comme une vieille brindille, fragile. Plissant les yeux, il scruta son visiteur et s'efforça de sourire.

— Windsor Horne Lockwood le troisième, dit-il. Qu'est-ce que tu fous ici ?

— Comment vas-tu, Frank ?

— Comme si ça pouvait t'intéresser.

— Si, si, j'ai toujours été très soucieux de ton bien-être.

Frank Ache rit un peu trop longtemps, un peu trop fort.

— Tu as de la chance que je ne t'aie pas dézingué. C'est mon frère qui m'a retenu, tu sais.

Win le savait. Il regarda les yeux noirs et n'y vit que du vide.

— Je suis sous Zoloft, maintenant, dit Frank comme lisant dans ses pensées. Ils me surveillent car ils ont peur que je me suicide. Je ne vois pas trop l'intérêt, hein ?

Win ignorait s'il parlait de l'intérêt de suivre un traitement, de se suicider ou bien de l'empêcher de se suicider. Du reste, il s'en fichait.

— J'ai un service à te demander, fit-il.

— On a déjà été potes, toi et moi ?

— Non.

— Alors ?

— Un service, répéta Win. Comme dans donnant, donnant.

Frank marqua une pause. Il renifla et, de sa main autrefois énorme, s'épongea le visage. Son crâne s'était dégarni complètement, même s'il restait de grosses touffes sur les côtés. Sa peau olivâtre avait pris le teint gris d'une rue de New York après la pluie.

— Qu'est-ce qui te fait croire que j'aurais besoin d'un service en retour ?

Win ne se donna pas la peine de répondre.

— Comment ton frère a-t-il réussi à échapper à l'inculpation ?

— C'est ça que tu voulais savoir ?

Win ne dit rien.

— Qu'est-ce que ça change ?

— Sois gentil, Frank.

— Tu connais Herman. Il a toujours été classe. Moi, j'avais une tronche de métèque.

— Gotti était classe.

— Lui ? Il avait l'air d'un plouc de rital sapé avec des fringues de luxe.

L'œil humide, Frank Ache porta de nouveau la main à son visage. Un reniflement, et les traits du dangereux criminel se décomposèrent. Il se mit à pleurer. Win attendit qu'il se ressaisisse. Mais Ache continua à pleurer.

Finalement :

— Tu n'aurais pas un mouchoir ?

— Sers-toi de ta manche orange fluo, dit Win.

— Tu sais comment c'est, ici ?

Win ne répondit pas.

— Je suis seul dans une cellule de deux mètres sur trois. Enfermé vingt-trois heures sur vingt-quatre. Tout seul. Je mange là-dedans. Je chie là-dedans. Quand je sors dans la cour pour une heure, il n'y a personne d'autre dehors. Il se passe des jours sans que j'entende le son d'une voix. Parfois, j'essaie de parler aux gardiens. Ils ne répondent pas. Jour après jour. Je reste seul. Je ne parle à personne. Et ça va être comme ça jusqu'au jour de ma mort.

Il se remit à sangloter.

Win fut tenté de sortir son violon imaginaire, mais il se retint. L'homme avait besoin de vider son sac. C'était une bonne chose. Cependant :

— Tu as tué combien de personnes, Frank ?

Il s'arrêta de pleurer momentanément.

— Moi personnellement ou sur mes ordres ?

— Comme tu voudras.

— Tu me poses une colle, là. J'ai dû refroidir, quoi, vingt ou trente mecs.

Comme s'il parlait de contraventions qu'il aurait fait sauter.

— Ma compassion pour toi grandit de minute en minute, dit Win.

Si Frank s'en offusqua, il n'en laissa rien paraître.

— Eh, Win, tu veux que je te raconte quelque chose de drôle ?

Tout en parlant, il se penchait en avant, en manque désespéré de conversation, de contact. C'est stupéfiant comme les êtres humains, même aussi dévoyés que Frank Ache, ont besoin d'autres êtres humains, quand ils se retrouvent seuls.

— La parole est à toi, Frank.

— Tu te souviens d'un de mes gars nommé Bobby Fern ?

— Hmm, peut-être.

— Un type grand et gros. Qui se faisait des gamines dans l'ancien quartier des abattoirs ?

Win s'en souvint.

— Oui, eh bien ?

— Tu me vois chialer, là. Je ne cherche plus à le cacher. À quoi bon, hein ? Tu vois ce que je veux dire. Je chiale. Et alors ? La vérité, c'est que j'ai toujours été comme ça. Je me planquais pour pleurer. Même à l'époque. Va savoir pourquoi. Faire souffrir les autres, j'aimais ça, donc c'était autre chose. Mais tiens, un jour je regardais *Sacrée famille*, tu te rappelles, la série télévisée avec le gamin qui a la tremblote, maintenant ?

— Michael J. Fox.

— Exact. J'adorais cette série. La sœur, Mallory, était une vraie bombe. Je regarde donc la télé, ça devait être la dernière saison, et le père a une crise cardiaque. C'est triste et tout, tu comprends, mon vieux, il est mort comme ça. Enfin bref, ce n'est qu'une série télévisée à la noix, et voilà que je me mets à brailler comme un bébé. Ça m'arrivait tout le temps. Je trouvais des excuses pour me planquer. Personne ne devait me voir. Tu connais le milieu, non ?

— Je connais.

— Un jour où je m'étais planqué, Bobby débarque à l'improviste et me voit chialer.

Frank souriait, maintenant.

— Il faut savoir que Bobby et moi, ça remonte à loin. Sa sœur était la première fille à m'avoir laissé accéder à la troisième base. En classe de quatrième. C'était le pied.

Le regard vague, il se perdit dans la réminiscence de ces moments heureux.

— Bref, Bobby entre, et moi, je suis en train de pleurer. Tu aurais vu sa tête. Il ne savait plus où se mettre. Il m'a juré qu'il ne le dirait à personne, que je n'avais pas à m'inquiéter, bon sang, que lui, il pleurait tout le temps. J'aimais Bobby. C'était un mec bien. Une famille sympa. Du coup, j'ai décidé de laisser pisser.

— En grand seigneur que tu as toujours été, dit Win.

— Oui, bon, j'ai essayé. Seulement, tu vois, chaque fois que j'étais avec Bobby, j'étais comme gêné. Comme si j'avais honte, ou quoi. Il ne disait rien, mais d'un seul coup il devenait nerveux. Il évitait de me regarder, tout ça. Bobby était quelqu'un qui souriait beaucoup. Il avait un grand sourire et un gros rire. Mais maintenant, quand il souriait ou riait, j'avais l'impression qu'il se moquait de moi, tu vois ce que je veux dire ?

— Alors tu l'as tué.

Frank hocha la tête.

— Je me suis servi de fil de pêche comme garrot. Un truc que j'utilise rarement. J'ai presque tranché la tête à Bobby. Mais bon, il faut me comprendre aussi, non ?

Win écarta les bras.

— Qui pourrait t'en vouloir ?

Frank rit, trop fort une fois de plus.

— C'est sympa de te voir.

— Oh oui, le bon vieux temps.

Frank rit de plus belle.

Il avait besoin de parler, pensa Win. C'était pathétique, franchement. Le colosse d'autrefois était brisé, désespéré… et c'était le moment d'en profiter.

— Tu m'as dit tout à l'heure qu'Herman avait l'air classe. Qu'il passait pour plus fréquentable que toi.

— Exact. Et alors ?

— Tu veux bien expliciter ?

— Ben, tu sais comment c'était, avec Herman et moi. Lui voulait être réglo. Il voulait aller à des soirées chic, jouer dans un club de golf sélect comme le tien, et il a installé ses bureaux dans une belle tour en plein Manhattan. Il a investi de l'argent sale dans de vraies entreprises, comme si ça pouvait le rendre propre, ou quoi. Vers la fin, Herman a choisi de ne gérer que les jeux et les prêts usuraires. Tu sais pourquoi ?

— Parce qu'il y a moins de violence ? suggéra Win.

— Non, à la limite, c'est plus violent, avec la collecte et tout.

Frank Ache se pencha en avant, et Win sentit son haleine putride.

— Pour lui, les jeux et les prêts usuraires, ç'avait un côté réglo. Les casinos font des jeux et ils sont en règle. Les banques font des prêts et elles sont en règle. Alors pourquoi pas Herman ?

— Et toi ?

— Moi, je m'occupais du reste. Les putes, la drogue, tout le bazar, mais je vais te dire une chose, si le Zoloft n'est pas une drogue et ne fonctionne pas mieux que la coke, je veux bien tailler une pipe à une hyène. Et ne commence pas avec les putes, comme quoi c'est illégal. Le plus vieux métier du monde. Et quand on y pense, quel homme ne paie pas pour coucher, à la fin ?

Win ne démentit pas.

— Alors pourquoi tu es là ?

Frank sourit, et l'effet en était toujours aussi étrange. Combien de gens étaient morts, et la dernière chose qu'ils avaient vue, c'était ce sourire ?

— Ou peut-être devrais-je demander : dans le cul de qui Myron a fourré le doigt, ce coup-ci ?

Il était temps d'abattre ses cartes.

— Dans celui d'Evan Crisp.

Frank ouvrit de grands yeux.

— Ben, mon cochon !

— Tu l'as dit.

— Myron a croisé Crisp ?

— C'est cela.

— Crisp est presque aussi chaud que toi, dit Frank.

— J'en suis flatté.

— Bon sang, toi contre Crisp. J'aimerais bien voir ça.

— Je t'enverrai le DVD.

Le regard de Frank s'assombrit.

— Evan Crisp, fit-il lentement, est l'une des raisons pour lesquelles je suis ici.

— Comment ça ?

— Vois-tu, l'un de nous – Herman ou moi – devait tomber. Tu connais la loi sur le crime organisé. Il leur fallait un bouc émissaire.

Un bouc émissaire, pensa Win. Ce type ne savait même plus combien de personnes il avait tuées de ses propres mains, y compris l'homme qui l'avait vu pleurer. Mais il se posait en bouc émissaire.

— C'était Herman ou moi. Or Crisp travaillait pour Herman. Et tout à coup, les témoins d'Herman se rétractent ou disparaissent. Pas les miens. Fin de l'histoire.

— Tu es donc tombé pour les crimes ?

Frank se pencha de nouveau.

— On m'a poussé sous le bus.

— Et pendant ce temps, Herman coule des jours heureux, en règle avec la loi, dit Win.

— C'est ça.

Leurs yeux se rencontrèrent brièvement. Frank adressa à Win un imperceptible signe de la tête.

— Evan Crisp, dit Win, travaille maintenant pour Gabriel Wire. Tu vois qui c'est ?

— Wire ? Bien sûr. Sa musique, c'est de la merde à l'état pur. Myron est son agent ?

— Non, celui de son partenaire.

— Lex Machin-Chose ? Encore un nullard.

— Pourquoi Crisp travaillerait pour Gabriel Wire, tu as une idée ?

Frank sourit avec de petites dents semblables à des Tic Tac.

— Dans le temps, Wire a tout fait. La coke, les putes… mais surtout le jeu.

Win haussa un sourcil.

— Raconte.

— Et ce service ?

— Comme si c'était fait.

Et ce fut tout. Pas un mot de plus là-dessus. Les mots étaient inutiles.

— Wire devait une fortune à Herman, dit Frank. À une époque – là, je te parle avant sa période Howard Hughes, il y a quoi, quinze, vingt ans –, son ardoise s'élevait à plus d'un demi-million.

Win réfléchit un instant.

— On dit que quelqu'un l'a défiguré.

— Pas Herman, fit Frank en secouant la tête. Il n'est pas si bête. Wire ne sait pas chanter, mais son sourire est capable de faire sauter un soutif à trente pas de distance. Non, Herman n'aurait pas abîmé la poule aux œufs d'or.

Dehors, quelque part dans le couloir, un homme poussa un cri. Le gardien à la porte ne broncha pas. Frank non plus. Les cris gagnèrent en intensité, puis s'arrêtèrent brutalement, comme si on avait coupé le courant.

— Comment expliquer que Crisp travaille pour Wire ? demanda Win.

— Oh, ça m'étonnerait qu'il travaille pour Wire. Tu veux mon avis ? Crisp est là pour Herman. Pour s'assurer que Mr. Rock'n'Roll paie ses dettes.

Win se laissa aller en arrière, croisa les jambes.

— Tu penses que ton frère entretient toujours des rapports avec Gabriel Wire ?

— Pourquoi Crisp le surveillerait, sinon ?

— Peut-être qu'Evan Crisp est devenu réglo. Qu'il a accepté un boulot lucratif pour assurer la sécurité d'un reclus.

Frank sourit à nouveau.

— Oui, je comprends que tu puisses croire ça.

— Mais je me trompe ?

— On ne devient jamais réglo, Win. On devient encore plus hypocrite, c'est tout. L'homme est un loup pour l'homme. Certains se font bouffer, d'autres pas. N'importe qui, y compris ton pote Myron, tuerait un million d'étrangers pour protéger ceux qui lui sont chers… et quiconque te dira le contraire est un menteur. On fait ça tous les jours, d'une manière ou d'une autre. Soit tu t'achètes cette belle paire de pompes, soit tu utilises cet argent pour sauver des gosses qui meurent de faim en Afrique, mais tu finis toujours par acheter les pompes. C'est la vie. On tue si on sent qu'on doit le faire. Un homme a une famille qui crie misère. S'il en tue un autre, il peut lui voler sa miche de pain et sauver ses mômes. S'il ne le tue pas, il n'a pas de pain et sa famille crève. Alors, il tue. À tous les coups. Sauf qu'un homme riche, il n'a pas besoin de tuer pour un bout de pain. Il décrète donc que tuer, c'est mal, et édicte des lois pour que personne n'aille l'emmerder et voler les millions de miches de pain qu'il garde pour lui et sa famille de gros lards. Tu entends ce que je dis ?

— La morale est une notion subjective, répondit Win, étouffant ostensiblement un bâillement. Quelle incursion dans la philosophie, Frank.

Frank s'esclaffa.

— Je n'ai pas beaucoup de visites. Alors j'en profite.

— Tu m'en vois ravi. Alors, dis-moi, Crisp et ton frère, qu'est-ce qu'ils ont derrière la tête ?

— La vérité ? Je n'en sais rien. Mais ça pourrait expliquer d'où vient l'argent d'Herman. Quand la répression du banditisme nous est tombée dessus, ils ont gelé tous nos avoirs. Herman avait une vache à lait quelque part qui lui a payé l'avocat et, ma foi, Crisp. Ça pouvait très bien être Gabriel Wire, pourquoi pas ?

— Tu peux demander ?

— Demander à Herman ?

Frank secoua la tête.

— Il ne vient pas me voir souvent.

— Comme c'est triste. Vous étiez si proches, tous les deux.

Soudain, Win sentit son portable se mettre sur double vibreur, signal exclusivement réservé aux cas de force majeure. Il sortit son téléphone, lut le message et ferma les yeux.

Frank Ache le regarda.

— Mauvaise nouvelle ?

Oui.

— Tu dois partir ?

Win se leva.

— Oui.

— Eh, Win ? Reviens me voir, OK ? Ça fait du bien de parler.

Ils savaient tous deux qu'il ne reviendrait pas. C'était pathétique. Vingt-trois heures seul dans une cellule. Aucun homme ne mérite ça, songea Win, même le pire. Mieux valait l'emmener dans la cour, lui coller un pistolet sur la nuque et lui tirer deux balles dans le crâne. Mais, avant qu'on presse la détente, l'homme, aussi pourri soit-il, supplierait pour qu'on lui laisse la vie sauve. C'était comme ça. L'instinct de survie était plus fort que tout. N'empêche, faire piquer la bête était plus rentable, plus sage et, en fin de compte, plus humain.

Win hocha la tête à l'adresse du gardien et se hâta de regagner son avion.

16

MYRON REGARDAIT KITTY traverser la galerie d'un pas hésitant, comme si la terre allait s'ouvrir sous ses pieds. Son visage était pâle. Ses taches de rousseur, autrefois bien marquées, s'étaient estompées, mais pas dans le bon sens. La tête dans les épaules, elle clignait des yeux comme quelqu'un qui s'attend à recevoir une gifle d'une minute à l'autre.

Immobile au milieu des bruits qui ricochaient, métalliques, sur ses oreilles, Myron la revit à ses débuts dans le tennis, tellement pêchue, tellement sûre d'elle qu'on ne doutait pas en la voyant qu'elle était promise à une grande carrière. Il se rappela les avoir emmenées, Suzze et elle, dans un centre commercial comme celui-ci lors d'une pause avant un tournoi à Albany. Les deux grandes stars du tennis avaient arpenté les couloirs comme deux ados qu'elles étaient, cessant momentanément de jouer les adultes, émaillant leurs phrases de « trop bien » et de « mortel » à tout bout de champ, parlant trop fort, riant pour des bêtises, comme il sied aux filles de leur âge.

Serait-ce trivial de se demander à quel moment les choses avaient mal tourné ?

Le regard de Kitty errait de gauche à droite. Sa jambe droite se mit à tressauter. Il fallait que Myron se décide. L'aborder progressivement ? Attendre et la suivre jusqu'à sa voiture ? Tenter la confrontation directe ou choisir une approche plus subtile ?

Pendant qu'elle avait le dos tourné, il s'avança vers elle. Accélérant le pas, de peur qu'elle ne se retourne et, à sa vue, ne prenne ses jambes à son cou. Il bifurqua afin de bloquer toute tentative de fuite. Il était à deux pas de Kitty lorsque son BlackBerry se mit à vibrer. Elle avait dû le sentir arriver, car elle pivota lentement sur ses talons.

— Content de te revoir, Kitty.

— Myron ?

Elle recula comme s'il l'avait frappée.

— Qu'est-ce que tu fais ici ?

— Il faut qu'on parle.

Elle le regardait, bouche bée.

— Mais que… comment m'as-tu retrouvée ?

— Où est Brad ?

— Attends, comment savais-tu que j'étais ici ? Je ne comprends pas.

Il répliqua rapidement, pressé de changer de sujet :

— J'ai retrouvé Crunch. Je lui ai dit de t'appeler et d'arranger ce rendez-vous. Où est Brad ?

— Il faut que j'y aille.

Elle voulut le contourner. Il lui barra le passage. Elle fit un pas de côté. Myron l'empoigna par le bras.

— Lâche-moi.

— Où est mon frère ?

— En quoi ça t'intéresse, hein ?

La question le prit de court. Il hésita avant de répondre.

— J'aimerais juste lui parler.

— Pourquoi ?

— Comment ça, pourquoi ? C'est mon frère.

— Et c'est mon mari, rétorqua-t-elle, se rebiffant soudain. Qu'est-ce que tu lui veux ?

— Je te l'ai dit, lui parler.

— Pour lui raconter d'autres salades sur moi ?

— Moi, raconter des salades ? C'est toi qui as dit que…

Improductif. Il s'exhorta au calme.

— Écoute, je regrette. Tout ce que j'ai dit ou fait. Je veux tourner la page. Je veux m'amender.

Kitty secoua la tête. Derrière elle, le manège se remit à tourner. Il devait y avoir une vingtaine d'enfants à bord. Certains parents les rejoignirent. Ils restaient à côté du cheval pour assurer la sécurité de leur progéniture. D'autres surveillaient de l'extérieur, décrivant de petits cercles de la tête pour pouvoir voir leur enfant, et le leur seulement. Chaque fois qu'il passait devant eux, leur visage s'éclairait.

— S'il te plaît, dit Myron.

— Brad ne tient pas à te voir.

Elle avait répondu sur le ton agressif d'une ado, mais ses paroles lui firent mal.

— Il te l'a dit ?

Elle hocha la tête. Il chercha ses yeux, mais elle s'obstinait à fuir son regard. Myron dut faire un pas en arrière et mettre ses émotions de côté. Oublie le passé. Oublie l'histoire. Tâche de renouer.

— J'aurais aimé pouvoir revenir en arrière, dit-il. Tu n'as pas idée à quel point je regrette ce qui est arrivé.

— Ça n'a plus d'importance. Il faut que j'y aille.

Le lien, pensa-t-il. Il faut renouer le lien.

— Jamais tu n'as de regrets, Kitty ? Jamais tu n'as eu envie de remonter le temps pour pouvoir changer juste une chose, une toute petite chose, de façon à donner une direction différente à ta vie ? Un peu comme tourner à droite au stop au lieu de tourner à gauche. Imagine que tu n'aies pas ramassé cette raquette de tennis à l'âge de quoi, trois ans ? Imagine que je ne me sois pas blessé au genou… je ne serais pas devenu agent et tu n'aurais pas rencontré Brad. Tu n'y penses jamais, à ces choses-là ?

C'était peut-être une tactique ou un calcul de sa part, mais cela n'en était pas moins vrai. Il se sentait vidé, à présent. L'espace d'un instant, ils se firent face, enfermés dans une bulle de silence au milieu du bruit de la foule.

Lorsque Kitty parla finalement, sa voix s'était radoucie.

— Ça ne marche pas comme ça.

— Quoi ?

— Tout le monde a des regrets, dit-elle en regardant ailleurs. Mais on n'a pas envie de revenir en arrière. Si j'avais pris à droite au lieu de prendre à gauche, si je n'avais jamais tenu une raquette, je n'aurais pas rencontré Brad. Et on n'aurait pas eu Mickey.

À la mention de son fils, ses yeux se remplirent de larmes.

— Tout ce qui est arrivé ensuite, jamais je ne pourrais revenir en arrière et prendre ce risque. Si je changeais une chose – ne serait-ce qu'un A en maths au collège au lieu d'un B –, peut-être que cette réaction en chaîne aurait modifié un ovule ou un spermatozoïde, et il n'y aurait pas eu Mickey. Tu comprends ?

En entendant parler de ce neveu qu'il ne connaissait pas, le cœur de Myron se serra, comme pris dans un lasso. Il s'efforça de parler posément.

— Comment il est, Mickey ?

La junkie, la joueuse de tennis avait disparu, et un peu de couleur revint sur ses joues.

— Il est super.

Kitty sourit, mais les ravages étaient toujours là, visibles.

— Il est fort, il est gentil, il est intelligent. Il m'épate tous les jours. Il adore jouer au basket.

Elle laissa échapper un petit rire.

— Brad dit qu'il pourrait te surpasser.

— J'aimerais beaucoup le voir jouer.

Son dos se raidit, son visage se ferma comme un portail qu'on vient de claquer.

— Ça ne risque pas.

Elle était en train de lui échapper. Il était temps de changer de cap, de lui administrer une autre décharge électrique.

— Pourquoi as-tu posté « Pas le sien » sur le mur de Suzze ?

— De quoi tu parles ? riposta-t-elle.

Mais sa voix manquait de conviction. Elle ouvrit son sac et entreprit de fouiller dedans. Se penchant, Myron aperçut deux paquets de cigarettes écrasés. Elle en sortit une et la mit dans sa bouche, le toisant comme si elle le défiait de faire le moindre commentaire. Il ne dit rien.

Elle se dirigea vers la sortie, Myron sur ses talons.

— Allons, Kitty. Je sais déjà que c'est toi.

— J'ai besoin d'en griller une.

Ils passèrent entre deux restaurants, Ruby Tuesday et McDonald's. Avec une statue tapageuse de Ronald

McDonald assis dans une cabine. Habillé de couleurs criardes, il affichait un énorme sourire ; on s'attendait presque à ce qu'il cligne de l'œil sur votre passage. Myron se demanda s'il ne donnait pas de cauchemars aux mômes : c'était le genre de questions qu'il se posait quand il ne savait pas que faire d'autre.

Kitty avait déjà son briquet à la main. Elle aspira profondément, fermant les yeux, et exhala une longue volute de fumée. Les voitures tournaient lentement autour d'eux à la recherche d'une place libre. Elle tira une nouvelle bouffée. Myron attendait.

— Kitty ?

— Je n'aurais pas dû écrire ça.

Et voilà. Elle confirmait.

— Alors pourquoi tu l'as fait ?

— Une vengeance toute bête. Quand j'étais enceinte, elle a dit à mon mari que l'enfant n'était pas de lui.

— Tu as donc voulu lui rendre la pareille ?

Pfff.

— Sur le moment, j'ai trouvé que c'était une bonne idée.

À trois heures dix-sept du matin. Pas étonnant.

— Tu étais défoncée, c'est ça ?

— Quoi ?

Erreur.

— Peu importe.

— Non, je t'ai entendu.

Kitty secoua la tête, jeta sa cigarette sur le trottoir et l'écrasa du pied.

— Ça ne te regarde pas. Je ne veux pas de toi dans notre vie. Et Brad non plus.

Son regard vacilla.

195

— Il faut que j'y aille.

Elle voulut rentrer dans le centre commercial, mais Myron posa les mains sur ses épaules.

— Qu'est-ce qui se passe, Kitty ?

— Enlève tes mains.

Il la regarda et vit que, si contact il y avait eu, il était rompu, maintenant. Elle était comme une bête traquée. Une bête traquée et venimeuse.

— Lâche… moi.

— Jamais Brad n'accepterait ça.

— Accepterait quoi ? On ne veut pas de toi. Tu préfères peut-être oublier ce que tu nous as fait…

— Écoute-moi, OK ?

— Enlève tes mains ! Tout de suite !

Il n'y avait pas moyen de la raisonner. Son côté irrationnel l'horripilait. Le sang de Myron ne fit qu'un tour. Il songea à tout le mal qu'elle avait fait, à ses mensonges, à ses efforts pour couper son frère de toute sa famille. Il pensa à sa séance de défonce au club et, aussitôt, il la revit avec Joel Fishman.

Sa voix se fit tranchante.

— Ils sont cramés à ce point, tes neurones, Kitty ?

— De quoi tu parles ?

Il rapprocha son visage du sien. Et dit entre ses dents :

— Je t'ai retrouvée grâce à ton dealer. Tu as contacté Lex dans l'espoir qu'il te fournisse de la dope.

— C'est Lex qui t'a dit ça ?

— Nom d'un chien, non mais, regarde-toi !

Il ne cachait plus son dégoût.

— Et tu vas me dire que tu ne consommes pas ?

Les yeux de Kitty débordèrent.

— Tu es Monsieur Antidrogue, ou quoi ?

— Réfléchis à la manière dont je t'ai retrouvée.

Elle plissa les yeux, déconcertée. Myron attendit. Soudain elle comprit. Il hocha la tête.

— Je sais ce que tu as fabriqué au club, fit-il en s'efforçant de garder son sang-froid. Je l'ai même sur vidéocassette.

— Tu ne sais rien du tout.

— Je sais ce que j'ai vu.

— Espèce d'enfoiré. Je comprends, maintenant.

Elle essuya les larmes de ses yeux.

— Tu veux le montrer à Brad, c'est ça ?

— Hein ? Non.

— Je n'y crois pas. Tu m'as filmée ?

— Pas moi. La boîte. C'est une cassette de vidéosurveillance.

— Et tu l'as récupérée ? Tu es vraiment un sale con, toi.

— Dis donc, explosa Myron, ce n'est pas moi qui taille des pipes en boîte de nuit pour pouvoir me payer un shoot.

Elle recula brusquement. Damned. Il avait oublié sa propre mise en garde. Les inconnus, il savait leur parler, savait les questions qu'il fallait poser. Avec la famille, ça finit toujours par tourner au vinaigre, pas vrai ?

— Je ne voulais pas… Sincèrement, Kitty, j'ai envie de me rendre utile.

— Menteur. Dis la vérité, pour une fois.

— Je dis la vérité. Je veux t'aider.

— Il ne s'agit pas de ça.

— De quoi tu parles ?

Kitty avait le sourire fou, nerveux de… bref, d'une toxicomane en quête d'un fixe.

— Que ferais-tu, si tu revoyais Brad ? Dis-moi la vérité.

Il hésita. Que cherchait-il, au fond ? Win l'avait toujours encouragé à ne pas perdre de vue le but à atteindre. Objectif numéro un : Suzze l'avait chargé de retrouver Lex. Mission accomplie. Objectif numéro deux : Suzze voulait savoir qui avait posté ce message sur sa page Facebook. Mission accomplie.

Toute junkie qu'elle était, Kitty n'avait pas forcément tort. Que dirait-il, s'il revoyait Brad ? Certes, il lui demanderait pardon et essaierait de faire la paix. Mais après ?

Passerait-il sous silence ce qu'il avait vu sur la bande de vidéosurveillance ?

— J'en étais sûre.

L'air satisfait, triomphant de Kitty lui donna envie de lui mettre une bonne paire de claques.

— Tu lui dirais que je suis une pute.

— À mon avis, je n'aurais pas besoin de lui dire quoi que ce soit. Cette vidéo parle d'elle-même, non ?

Elle le gifla à la volée. La drogue n'avait pas complètement anéanti ses réflexes d'ancienne sportive de haut niveau. La gifle sonore lui laissa une trace brûlante. Kitty voulut le contourner à nouveau. La joue rouge, Myron la saisit par le coude, peut-être un peu trop brutalement. Elle tenta de se dégager. Il resserra les doigts, appuyant sur le point de pression. Elle grimaça.

— Aïe, ça fait mal.

— Tout va bien, madame ?

Myron se retourna. Deux vigiles du centre commercial se tenaient en face de lui. Il lâcha le coude de Kitty. Elle se rua à l'intérieur. Il voulut la suivre, mais les vigiles ne bougeaient pas d'un pouce.

— Ce n'est pas ce que vous croyez, lança Myron.

Ils étaient trop jeunes pour lever les yeux au ciel devant une réplique aussi éculée, mais ils firent une tentative.

— Je regrette, monsieur, mais nous…

Pas le temps d'expliquer. Tel un milieu de terrain, Myron les esquiva et se mit à courir.

— Ohé ! Arrêtez-vous !

Il n'en fit rien. Les vigiles s'élancèrent à sa poursuite. Au croisement du manège, il marqua une pause, regarda à gauche vers Spencer's Gifts, à droite vers Starbucks. Rien.

Kitty avait disparu. Une fois de plus. C'était peut-être mieux ainsi. Il était peut-être temps de faire le point, de savoir ce qu'il voulait réellement. Les vigiles le rattrapèrent. Comme l'un des deux semblait vouloir le tacler, Myron leva les mains en signe de reddition.

— C'est bon, les gars. Je m'en vais.

Entre-temps, huit autres vigiles du centre les avaient rejoints, mais, ne voulant pas provoquer un esclandre, ils se bornèrent à le raccompagner sur le parking. Il se glissa dans sa voiture. Gagné, Myron, se dit-il. Tu t'es débrouillé comme un chef. Mais bon, avec le recul, que pouvait-il faire d'autre ? Il avait envie de voir son frère, mais fallait-il forcer le destin pour autant ? Il avait attendu seize ans. Il pouvait attendre quelques semaines de plus. Tant pis pour Kitty. Il essaierait de joindre Brad via son adresse mail ou par l'intermédiaire de leur père. Il trouverait bien.

Son téléphone bourdonna. Il adressa un petit signe aux gentils vigiles et plongea la main dans sa poche. Le nom affiché sur l'écran était LEX RYDER.

— Allô ?

— Oh, mon Dieu…

— Lex ?

— S'il te plaît… viens vite.

Il éclata en sanglots.

— Ils sont en train de l'emmener…

— Lex, calme-toi.

— Ma faute. Oh, mon Dieu. Suzze…

— Quoi, Suzze ?

— Tu n'aurais pas dû intervenir.

— Suzze va bien ?

— Pourquoi es-tu intervenu ?

Nouvelle crise de larmes. Myron sentit une main de glace lui enserrer la poitrine.

— Je t'en prie, Lex, écoute-moi. Il faut que tu te calmes pour pouvoir me dire ce qui se passe.

— Viens vite.

— Où es-tu ?

Il sanglota de plus belle.

— Lex ? Il faut que je sache où tu es.

Il y eut un son étranglé, de nouveaux sanglots, puis ces mots :

— Dans l'ambulance.

Il était difficile de lui arracher plus d'informations.

Myron réussit à comprendre que Suzze était transportée d'urgence à l'hôpital St. Anne. Ce fut à peu près tout. Il envoya un texto à Win et appela Esperanza.

— Je m'en occupe, dit-elle.

Myron essaya de rentrer l'hôpital sur son GPS, mais sa main tremblait, et puis le GPS prenait trop de temps. Il démarra, mais ce maudit dispositif de sécurité ne lui permit pas d'entrer d'autres données.

Pris dans la circulation sur le New Jersey Turnpike, il klaxonna comme un malade et agita la main pour qu'on le laisse passer. La plupart des automobilistes ne lui prêtèrent pas attention. Certains, d'après ce qu'il put voir, sortirent leur portable, sans doute pour appeler les flics et les avertir qu'un détraqué venait de péter un plomb dans les embouteillages.

Myron rappela Esperanza.

— Du nouveau ?

— L'hôpital ne donne aucune info par téléphone.

— OK, prévenez-moi si jamais vous apprenez quelque chose. Je devrais y être d'ici dix minutes, un quart d'heure.

Ce fut un quart d'heure. Il s'engagea sur le parking bondé et passablement labyrinthique de l'hôpital. Il fit le tour plusieurs fois avant de se dire : Oh, et puis zut. Il se gara donc en double file, laissant les clés sur le tableau de bord, et courut vers l'entrée des urgences, flanquée de petits groupes de fumeurs en blouse blanche. Il s'arrêta à l'accueil, avec trois personnes devant lui, se dandinant d'un pied sur l'autre comme un enfant de six ans pris d'un besoin pressant.

Son tour arriva enfin. Il expliqua la raison de sa visite. La réceptionniste leva sur lui un regard blasé.

— Vous êtes de la famille ? s'enquit-elle d'une voix que seule une assistance technologique aurait pu rendre plus monocorde.

— Je suis son agent et ami intime.

Soupir de circonstance. Myron se rendit compte qu'il était en train de perdre son temps. Il fouilla le hall du regard à la recherche de Lex ou de la mère de Suzze. À sa surprise, dans un coin il aperçut Loren Muse, enquêteur principal du comté. Myron l'avait rencontrée lors de l'affaire de la disparition d'une adolescente, Aimee Biel, quelques années plus tôt. Occupée à parler à quelqu'un qui était caché dans le coin, elle prenait des notes sur son petit calepin.

— Muse ?

Elle se tourna vers lui. Myron fit quelques pas à droite. Ça alors. Il voyait maintenant qu'elle était en train d'interroger Lex. Lex, qui avait une mine épouvantable, le visage exsangue, hagard, à moitié affaissé contre le mur. Muse referma son calepin d'un coup sec et se dirigea vers Myron. Elle était toute petite, un mètre cinquante à peine, alors que Myron faisait un mètre quatre-vingt-dix. Elle s'arrêta en face de lui ; son expression ne lui disait rien qui vaille.

— Comment va Suzze ?

— Elle est morte, répondit Muse.

OVERDOSE D'HÉROÏNE.

Muse l'expliqua à Myron qui, la vue brouillée, secouait la tête encore et encore. Lorsqu'il eut enfin recouvré sa voix, il demanda :

— Et l'enfant ?

— Il est en vie. Né par césarienne. Un garçon. Apparemment, il se porte bien, mais il a été placé en soins intensifs dans le service de néonatologie.

Myron aurait dû ressentir quelque soulagement en apprenant cette nouvelle, mais il était toujours trop sonné, trop abasourdi.

— Suzze ne se serait pas suicidée, Muse.

— Ça peut être un accident.

— Elle ne consommait pas.

Muse hocha la tête comme le font les flics quand ils n'ont pas envie de discuter.

— On va ouvrir une enquête.

— Elle était clean.

Autre hochement de tête condescendant.

— Je vous le dis, Muse.

— Que voulez-vous que je vous réponde, Myron ? Nous allons enquêter, mais pour le moment tous les signes laissent penser à une overdose. Il n'y a pas eu d'effraction. Aucune trace de lutte. Et elle avait un lourd passif en matière d'usage de drogue.

— Un passif. Du passé, donc. Elle attendait un enfant.

— Les hormones, dit Muse. Elles nous poussent à commettre des actes irréfléchis.

— Allons, Muse. Combien de femmes enceintes de huit mois mettent fin à leurs jours ?

— Et combien de toxicomanes décrochent complètement et définitivement ?

Il songea à sa chère belle-sœur, encore une qui n'avait pas réussi à décrocher. Soudain il se sentait rompu de fatigue. Bizarrement – ou pas –, il se mit à penser à sa fiancée. La belle Terese. Et il eut envie de partir, là, tout de suite. De tout plaquer. Au diable la vérité. Au diable la justice. Au diable Kitty, Brad, Lex et consorts. Sauter dans le premier avion pour l'Angola afin de retrouver la seule personne capable de conjurer la folie ambiante.

— Myron ?

Il se concentra sur Muse.

— Je peux la voir ? demanda-t-il.

— Vous parlez de Suzze ?

— Oui.

— Pourquoi ?

Il ne savait pas trop lui-même. Peut-être pour s'assurer que c'était bien vrai, peut-être pour pouvoir tourner la page. Il pensa à la queue-de-cheval bondissante de Suzze quand elle jouait au tennis. Il pensa aux publicités hilarantes pour La Latte, à son rire contagieux, à sa manie de mâcher du chewing-gum sur le court, à l'expression de son visage quand elle lui avait demandé d'être le parrain.

— Je lui dois ça, dit-il.

— Vous comptez mener des investigations de votre côté ?

Il secoua la tête.

— C'est votre affaire.

— Pour le moment, il n'y a pas d'affaire à proprement parler. Elle est morte d'une overdose.

Ils longèrent le couloir et s'arrêtèrent devant une porte du service de maternité. Muse dit :

— Attendez ici.

Elle se glissa à l'intérieur, puis ressortit en déclarant :

— Le légiste de l'hôpital est là. Il l'a... euh, arrangée après la césarienne.

— OK.

— Je fais ça, ajouta Muse, parce que je vous dois toujours une faveur.

— Considérez que nous sommes quittes.

— Je ne veux pas qu'on soit quittes. Je veux que vous soyez honnête avec moi.

Elle ouvrit la porte et le précéda dans la pièce. L'homme à côté du chariot – le légiste, supposa Myron – portait une tenue stérile et se tenait parfaitement immobile. Suzze était allongée sur le dos. La mort ne vous rajeunit pas, ne vous vieillit pas, ne vous donne pas un air paisible ou tourmenté. Elle vous rend vide, comme une maison abandonnée dont tous les occupants auraient fui. La mort transforme un corps en chose... une chaise, une armoire, un rocher. Retour à la poussière, quoi. Myron était prêt à tout gober, comme quoi la vie continuait et une partie de Suzze allait vivre à travers son enfant, mais en cet instant précis il n'y croyait pas.

— Vous connaissez quelqu'un qui aurait souhaité sa mort ? demanda Muse.

Il opta pour la réponse la plus simple :

— Non.

— Le mari a l'air pas mal secoué, mais j'en connais qui auraient pu jouer la mort de Juliette après avoir assassiné leur épouse. De toute façon, Lex affirme qu'il est venu en jet privé depuis l'île d'Adiona. À son arrivée, on était en train de la transporter vers l'ambulance. Nous pouvons vérifier son emploi du temps.

Myron ne dit rien.

— Tout l'immeuble leur appartient... à Lex et à Suzze, poursuivit Muse. On n'a pas encore contrôlé les entrées ou les sorties, mais visiblement ils ne sont pas très à cheval sur la sécurité, là-dedans. On pourra étudier ça de plus près, si besoin est.

Myron s'approcha, posa la main sur la joue de Suzze. Rien. Comme si on posait la main sur une chaise, une armoire.

— Qui a prévenu les secours ?

— C'est ça qui est curieux, répondit Muse.

— Comment ça ?

— Un homme avec un accent espagnol a téléphoné de son penthouse. Quand l'ambulance est arrivée, il était déjà parti. Nous pensons qu'il pourrait s'agir d'un sans-papiers qui travaillait dans l'immeuble et qui ne voulait pas se faire remarquer.

Ça n'avait aucun sens, mais Myron n'insista pas.

— Ou alors, reprit Muse, quelqu'un qui se shootait avec elle. Voire son dealer. Encore une fois, on va regarder ça de près.

Myron se tourna vers le légiste.

— Je peux voir ses bras ?

Le légiste jeta un coup d'œil à Muse. Elle hocha la tête. Il rabattit le drap. Myron examina les veines.

— À quel endroit s'est-elle piquée ?

Le légiste désigna un bleu dans la saignée du coude.

— Vous voyez d'anciennes marques quelque part ? demanda Myron.

— Oui, dit le légiste. Très anciennes.

— Rien de récent ?

— Pas sur les bras, non.

Myron regarda Muse.

— C'est parce qu'elle ne se droguait plus depuis des années.

— Les gens se piquent à des endroits différents, dit Muse. Du temps où elle était en pleine gloire, avec les tenues de tennis et tout, on racontait que Suzze se piquait les parties du corps… euh, les moins exposées.

— Voyons ça.

Pour quoi faire ? fit Muse.

— Je veux que vous constatiez par vous-même qu'elle ne se droguait pas.

Le légiste s'éclaircit la voix.

— Ce ne sera pas utile, dit-il. J'ai déjà procédé à un examen superficiel du corps. J'ai trouvé en effet quelques vieilles cicatrices, près du tatouage en haut de la cuisse, mais rien de récent.

— Rien de récent, répéta Myron.

— Ça ne prouve toujours pas que ce n'était pas voulu de sa part, rétorqua Muse. Peut-être qu'elle avait décidé de frapper un grand coup, Myron. Peut-être qu'elle était clean et qu'elle a forcé la dose, délibérément ou non.

Myron écarta les bras, mimant l'incrédulité.

— À huit mois de grossesse ?

— Bon, très bien, alors dites-moi : qui aurait eu intérêt à la tuer ? Et surtout, comment ? Comme je vous l'ai dit, aucune trace de lutte. Aucun signe d'effraction. Montrez-moi un indice qui prouve que ce n'est pas un suicide ni une overdose accidentelle.

Myron hésita quant à ce qu'il devait dire ou pas.

— Elle a eu un post sur Facebook.

Il s'interrompit brusquement. Un frisson glacé courut le long de son échine. Muse s'en aperçut.

— Quoi ? fit-elle.

Myron se tourna vers le légiste.

— Vous dites qu'elle se piquait à l'endroit de son tatouage ?

Une fois de plus, l'homme interrogea Muse du regard.

— Attendez une minute, dit Loren Muse. C'est quoi, cette histoire de post sur Facebook ?

Myron ne perdit pas de temps. Il avait beau se répéter que ce n'était pas Suzze, cette fois il sentit les larmes lui monter aux yeux. Suzze avait survécu à tant de choses, et maintenant qu'elle tenait le bon bout… bref, c'était à lui de jouer. On s'en fout, des excuses. Suzze avait été son amie. Elle lui avait demandé de l'aider. Il lui devait bien ça.

Il repoussa le drap avant que Muse ait eu le temps de protester. Son regard se posa sur le haut de la cuisse. Le tatouage. Le même que celui du post. Le même que celui qu'il avait vu sur la photo de Gabriel Wire.

— Qu'est-ce que c'est ? s'enquit Muse.

Myron contemplait fixement le haut de la cuisse. Suzze et Gabriel Wire avaient le même tatouage. L'implication était évidente.

Muse :

— Ça représente quoi ?

Myron s'efforça de ralentir le tourbillon dans sa tête. Le tatouage figurait dans le message en ligne… Comment Kitty avait-elle eu vent de son existence ? Pourquoi l'avait-elle mis dans son post ? Et bien sûr, Lex ne pouvait ignorer que sa femme et son partenaire s'étaient fait tatouer exactement le même motif.

Faites le calcul. Les mots « Pas le sien ». Un symbole qui ornait à la fois la cuisse de Suzze et celle de Gabriel Wire. Pas étonnant que Lex ait été ébranlé par ce post.

— Où est Lex ? demanda Myron.

Muse croisa les bras.

— Vous avez réellement l'intention de me cacher des choses ?

— Ce n'est probablement rien. Il est avec le bébé ?

Elle fronça les sourcils.

— Qui plus est, je ne peux rien dire, ajouta Myron. Du moins, pas pour l'instant.

— Qu'est-ce que vous racontez ?

— Je suis avocat, Muse. Je travaille en même temps pour Lex et pour Suzze.

— Vous êtes agent.

— Et avocat.

— Oh non. Vous n'allez pas brandir votre diplôme de Harvard. Pas maintenant, alors que je vous ai laissé voir le corps.

— J'ai les mains liées, Muse. Il faut que je parle à la personne que je représente.

— La personne que vous représentez ?

Se plantant devant lui, Muse pointa le doigt sur le corps de Suzze.

— Eh bien, allez-y, mais je doute qu'elle vous entende.

— Ne faites pas la maligne. Où est Lex ?

— Vous êtes sérieux ?

— Parfaitement.

— C'est vous qui avez avancé l'hypothèse d'un homicide, dit Muse. Alors répondez à ma question : si Suzze a été assassinée, qui est mon suspect numéro un ?

Myron se taisait. Elle mit la main en cornet autour de son oreille.

— Je ne vous entends pas, mon grand. Allons, vous connaissez la réponse car dans ces cas-là c'est toujours la même : le mari. Le mari est le suspect numéro un. Eh bien, Myron ? Que faire si l'un de vos clients a assassiné l'autre ?

Myron jeta un dernier regard sur Suzze. Morte. Il se sentait tout engourdi, comme si son sang s'était figé dans ses veines. Suzze, morte. Cela dépassait son entendement. Il eut envie de se laisser tomber, de marteler le sol et de donner libre cours à ses larmes. Quittant la pièce, il suivit les flèches, direction la pouponnière.

— Que disiez-vous à propos de ce post sur Facebook ?

— Pas maintenant, Muse.

La flèche indiquait à gauche. Il regarda par la vitre et aperçut six nouveau-nés dans des berceaux en Altuglas, tous coiffés de petits bonnets et emmaillotés dans des couvertures à rayures roses et turquoise. Alignés comme pour une inspection, ils étaient déjà catalogués, chacun avec une fiche, rose ou bleue, comportant le nom et l'heure de naissance.

L'unité de soins intensifs était séparée de la pouponnière par une cloison en Plexiglas elle aussi. Il y avait un seul bébé là-dedans, et un seul parent. Lex était assis dans un fauteuil à bascule, mais le fauteuil ne bougeait pas. Affublé d'une blouse jaune, il berçait son fils au creux de son bras droit, lui maintenant la tête de la main gauche. Son visage était baigné de larmes. Myron l'observa un long moment. Muse se joignit à lui.

— Nom d'une pipe, Myron, que se passe-t-il, à la fin ?

— Je ne le sais pas encore.

— Vous imaginez un peu le barouf médiatique autour de tout ça ?

Alors là, c'était le cadet de ses soucis. Il voulut entrer. Une infirmière l'intercepta et l'obligea à se laver les mains. Puis elle le revêtit d'une blouse chirurgicale jaune et d'un masque assorti. Myron poussa la porte avec son dos. Lex ne réagit pas.

— Lex ?

— Pas maintenant.

— Je crois qu'il faut qu'on parle.

Il finit par lever les yeux. Ils étaient injectés de sang. Doucement, il dit :

— Je t'avais demandé de ne pas intervenir, pas vrai ?

Silence. Plus tard, Myron en était certain, ces paroles allaient faire mal. Plus tard, lorsqu'il essaierait de trouver le sommeil, le remords s'insinuerait et broierait son cœur comme un gobelet en plastique.

— J'ai vu son tatouage, fit-il. Le même que dans le post.

Lex ferma les yeux.

— Suzze est la seule femme que j'aie vraiment aimée. Et elle est partie. Pour toujours. Je ne la reverrai plus jamais. Je ne la tiendrai plus jamais dans mes bras. Ce garçon, ton filleul, ne connaîtra jamais sa mère.

Myron sentit quelque chose frémir dans sa poitrine.

— Il faut qu'on parle, Lex.

— Pas ce soir.

Sa voix était étonnamment tendre.

— Ce soir, j'ai juste envie de rester ici pour protéger mon fils.

— Le protéger de quoi ?

Il ne répondit pas. Le portable de Myron vibra. Il risqua un rapide coup d'œil et vit que c'était son père. Il sortit dans le couloir, colla le téléphone à son oreille.

— Papa ?

— J'ai appris pour Suzze à la radio. C'est vrai ?

— Oui. Je suis à l'hôpital.

— Je suis vraiment désolé.

— Merci. Je suis un peu occupé, là…

— Quand tu auras fini, crois-tu que tu pourras faire un saut à la maison ?

— Ce soir ?

— Si possible.

— Ça ne va pas ?

— Je voudrais juste te parler de quelque chose, dit papa. Ne t'inquiète pas pour l'heure. Je ne dormirai pas.

18

AVANT DE QUITTER L'HÔPITAL, Myron joua les avocats,
enjoignant à Loren Muse de ne pas parler à son client,
Lex Ryder, en l'absence d'un représentant de la loi. Elle
lui conseilla d'aller prendre l'air, quoique pas tout à fait
dans ces termes. Win et Esperanza arrivèrent. Win lui
raconta son entrevue en prison avec Frank Ache. Myron
ne savait qu'en penser.

— Peut-être, suggéra Win, qu'on devrait rencontrer
Herman Ache.

— Peut-être, dit Myron, qu'on devrait rencontrer
Gabriel Wire.

Il se tourna vers Esperanza.

— Voyons aussi du côté de notre prof de français
préféré, pour connaître son emploi du temps au moment
de la mort de Suzze.

— OK.

— Je peux te ramener chez toi, dit Win.

Myron déclina. Il avait besoin d'un temps mort. Il
avait besoin de prendre du recul. Si ça se trouve, Muse
avait raison. Si ça se trouve, c'était une overdose. La
veille, sur la terrasse au-dessus de Manhattan, toutes ces
histoires de secrets, de remords vis-à-vis de Kitty et du

passé, auraient très bien pu faire resurgir de vieux démons. Si ça se trouve, c'était aussi simple que ça.

Myron monta dans sa voiture et prit la direction de Livingston. En chemin, il appela son père pour le prévenir de son arrivée.

— Sois prudent, fit son père.

Myron s'attendait à ce qu'il l'éclaire sur le sujet dont il voulait discuter avec lui, mais il n'en dit pas davantage. La radio AM diffusait déjà la nouvelle de la mort de « l'ex-championne de tennis Suzze T., connue pour sa vie tumultueuse », et une fois de plus Myron pesta contre ces raccourcis des médias.

Il faisait nuit lorsqu'il s'arrêta devant la maison familiale. La lumière dans la chambre du haut – celle qu'il avait partagée avec Brad quand ils étaient petits – était allumée. Myron leva les yeux vers la fenêtre. On y apercevait le contour de l'autocollant défraîchi, de ceux que les pompiers de Livingston avaient distribués au tout début de l'administration Carter. L'image représentait un valeureux soldat du feu, le menton en l'air, portant un enfant aux cheveux longs dans ses bras. À présent, la pièce était un bureau.

Les phares de sa voiture balayèrent le panneau À VENDRE sur la pelouse des Nussbaum. Myron était allé au lycée avec leur fils Steve, que tout le monde appelait soit « Nuss » soit « Baum », un garçon sympa qu'il aimait bien, mais avec lequel il n'avait jamais été vraiment ami. Les Nussbaum avaient été parmi les premiers à s'installer ici, quarante ans plus tôt, quand les terres agricoles avaient été vendues à des promoteurs immobiliers. Ils étaient heureux, ici. Ils adoraient jardiner, bricoler et travailler à construire la tonnelle dans leur jardin. Ils offraient aux Bolitar des tomates de leur potager, et qui n'a pas goûté une tomate de Jersey en août n'a rien vu de la vie. Maintenant, même les Nussbaum étaient en train de déménager.

Myron se gara dans l'allée. Il distingua du mouvement derrière la fenêtre. Son père devait guetter son arrivée, sentinelle silencieuse et fidèle au poste. Adolescent, Myron n'avait pas connu le couvre-feu : sa maturité était telle, lui avait expliqué son père, qu'il n'en avait pas besoin. Al Bolitar avait pour habitude de ne dormir que d'un œil ; Myron ne se souvenait pas d'une seule fois, quelle que soit l'heure à laquelle il rentrait, où son père ne l'avait pas attendu. Il fallait que tout soit à sa place avant qu'il accepte d'aller au lit. Myron se demanda s'il en était toujours ainsi, et quelles avaient été les répercussions sur son sommeil quand Brad, son plus jeune fils, avait pris la clé des champs avec Kitty pour ne jamais revenir.

Il descendit de voiture. Suzze était morte. Le déni, ce n'était pas trop son truc, mais là, ç'avait du mal à passer. Elle était sur le point d'écrire une autre grande page de sa vie : la maternité. Souvent, il imaginait le jour où ses propres parents étaient arrivés ici, papa trimant à l'usine à Newark, maman enceinte. Il se représentait El-Al jeunes, se tenant par la main comme ils le faisaient toujours : ils remontaient l'allée, contemplaient la maison et décidaient que oui, c'était là qu'ils allaient installer leur foyer tout neuf, leurs rêves et leurs espoirs. Il se demanda si aujourd'hui, avec le recul, ces rêves s'étaient réalisés ou bien s'il y avait des regrets.

Bientôt Myron serait marié aussi. Terese ne pouvait pas avoir d'enfants. Toute sa vie, il avait aspiré à fonder une famille selon le modèle américain : la maison, la palissade, le garage pour deux voitures, les deux virgule quatre enfants, le barbecue dans le jardin, le panier de basket au-dessus du garage… Bref, comme toutes les familles du voisinage, les Nussbaum, les Brown, les Lyon, les Fontera et les El-Al Bolitar. Mais manifestement ce n'était pas au programme.

Maman, avec sa franchise coutumière, n'avait pas eu tort d'aborder la question de la vente de la maison. Il voulait Terese chez lui, auprès de lui, car à la fin seul l'être aimé est capable de vous faire oublier le reste du monde… C'était tarte, d'accord, il le savait.

Myron longea l'allée en traînant les pieds, perdu dans ses pensées ; c'était peut-être pour ça qu'il n'avait pas flairé le danger. Ou alors l'agresseur était trop fort, patient, tapi dans l'obscurité en attendant le moment propice pour bondir.

D'abord, il y eut un éclair. Vingt ans plus tôt, papa avait installé des détecteurs de mouvement devant la maison. Un miracle de technologie aux yeux de ses parents, au même titre que la découverte de l'électricité ou la télévision par câble. Des semaines durant, El-Al avaient testé le nouveau dispositif, s'efforçant de marcher, voire de ramper, de façon à duper le détecteur. Papa et maman arrivaient de deux côtés, à une vitesse différente, et riaient aux éclats chaque fois que la lumière s'allumait, ce qui se produisait à tous les coups. Les simples plaisirs de la vie.

Quiconque avait bondi hors des buissons avait été repéré par le détecteur de mouvement. Myron aperçut un éclair, entendit un bruit, un souffle de vent, une sorte d'ahan, des paroles peut-être. Il pivota et vit un poing qui lui arrivait direct au visage.

Pas le temps de se baisser, pas le temps de parer avec l'avant-bras. Myron tourna la tête. Ce n'était pas bien sorcier comme science. Il faut bouger dans le sens de l'attaque, pas en sens inverse. Le fait de tourner la tête réduisit l'impact, mais le coup puissant, porté par un homme visiblement doté d'une grande force physique, l'assomma quand même. L'espace d'un instant, Myron vit des étoiles. Il secoua la tête, tenta de reprendre ses esprits.

Un grognement, furieux :

— Fiche-nous la paix.

Nouveau coup de poing. Le seul moyen d'y échapper, comprit Myron, était de se laisser tomber sur le dos. Il ne perdit pas une seconde, et les jointures frôlèrent le sommet de son crâne. Il allait rouler sur le flanc pour se mettre à l'abri, se laisser le temps de récupérer, lorsqu'il entendit un nouveau bruit. Quelqu'un ouvrait la porte. Et une voix affolée :

— Myron !

Zut. C'était papa.

Myron allait lui crier de ne pas sortir, d'aller plutôt téléphoner à la police, de ne surtout pas bouger de la maison, mais c'était peine perdue.

Le temps qu'il ouvre la bouche, papa se précipitait déjà.

— Espèce de salopard ! s'écria-t-il.

Myron finit par recouvrer sa voix.

— Papa, non !

En vain. Son fils avait des ennuis et, comme il l'avait toujours fait, son père volait à son secours. Toujours sur le dos, Myron leva les yeux sur la silhouette de son agresseur. C'était un homme de haute taille, mais il commit l'erreur de se retourner à l'approche d'Al Bolitar. Son attitude changea du tout au tout. Ses mains retombèrent. En un éclair, Myron crocheta du pied la

217

cheville droite de son adversaire. Il s'apprêtait à pivoter brusquement pour lui briser la cheville ou arracher les tendons jusqu'au dernier lorsqu'il vit son père bondir – littéralement bondir, à soixante-quatorze ans – sur l'agresseur. Il ne faisait pas le poids, et il le savait. Mais ça n'avait pas d'importance.

Le père de Myron tendit les bras en avant comme un défenseur de première ligne fondant sur le quarterback. Myron resserra la prise autour de la cheville, mais l'homme ne leva même pas la main pour se défendre. Il se laissa bousculer sans résister.

— Laisse mon fils tranquille ! glapit papa en le ceinturant.

Tous deux s'écroulèrent.

Myron roula vivement sur les genoux, prêt à abattre sa paume sur le nez ou la gorge. Il s'agissait de papa, maintenant… Il n'y avait pas une minute à perdre. Il devait neutraliser ce type, et vite. L'attrapant par les cheveux, il le tira de l'ombre et s'assit à califourchon sur sa poitrine. Il allait lui mettre son poing en pleine figure quand la lumière tomba sur le visage de l'agresseur. Et ce qu'il vit lui fit suspendre son geste. La tête tournée, l'homme regardait d'un air inquiet le père de Myron. Son visage, ses traits… tout cela était drôlement familier.

L'homme coincé sous lui – c'était un gamin, en fait – prononça un seul mot :

— Grand-père ?

La voix était jeune. Sans une once d'agressivité, maintenant.

Papa se rassit.

— Mickey ?

Myron regarda son neveu, qui se retourna vers lui. Leurs yeux se rencontrèrent, d'une couleur tellement semblable ; plus tard, Myron devait jurer que ça lui avait fait un choc. Mickey Bolitar, le neveu de Myron, repoussa sa main de ses cheveux et roula sur le côté.

— Dégage, bordel.

Papa était hors d'haleine.

Sortant de leur torpeur, Myron et Mickey l'aidèrent à se relever. Son visage s'était empourpré.

— Ça va, fit-il avec une grimace. Lâchez-moi.

Mickey se campa devant Myron. Ils faisaient à peu près la même taille, dans les un mètre quatre-vingt-dix. Le jeune homme était large d'épaules et solidement charpenté – de nos jours, tous les mômes pratiquent l'haltérophilie –, mais c'était un gamin quand même. Il planta son doigt dans la poitrine de Myron.

— Ne t'approche pas de ma famille.

— Où est ton père, Mickey ?

— J'ai dit…

— J'ai entendu, répliqua Myron. Où est ton père ?

Mickey recula et lança un regard à Al Bolitar.

— Je suis désolé, grand-père.

Il avait l'air tellement, tellement juvénile.

Papa avait les mains sur les genoux. Myron voulut l'aider, mais il l'écarta. Il se redressa ; son visage respirait presque la fierté.

— C'est bon, Mickey. Je comprends.

— Comment ça, tu comprends ?

Myron se tourna vers Mickey.

— C'est quoi, ce cirque ?

— Fiche-nous la paix, c'est tout.

Voir son neveu pour la première fois – dans de telles circonstances – avait quelque chose d'irréel et de bouleversant.

— Si on allait discuter à l'intérieur ?

— Même pas en rêve.

Mickey jeta un dernier coup d'œil inquiet sur son grand-père. Al Bolitar hocha la tête comme pour dire que tout allait bien. Alors Mickey fusilla Myron du regard et disparut dans l'obscurité. Myron allait le suivre, mais son père posa la main sur son avant-bras.

— Laisse-le partir.

Al Bolitar était rouge et essoufflé, mais il souriait.

— Ça va, Myron ?

Myron toucha sa bouche. Sa lèvre était en sang.

— Je survivrai. Pourquoi tu souris ?

Papa regardait la route où Mickey s'était évanoui dans le noir.

— Le petit a du cran.

— Tu rigoles, ou quoi ?

— Allez, dit papa. Entre, on va causer.

Ils allèrent dans le salon télé du rez-de-chaussée. Du temps de l'enfance de Myron, papa avait un Barcalounger qui lui était exclusivement réservé, le genre de fauteuil relax préhistorique qui avait fini rafistolé avec du gros Scotch. Depuis, Myron l'avait remplacé par un « Multiplex II », composé de cinq éléments avec sièges inclinables et compartiment pour boissons. Il l'avait acheté dans un magasin appelé Chez Bob, meubles discount, non sans avoir résisté pendant un bon moment car les pubs radiodiffusées de Bob étaient énervantes au plus haut point.

— Je suis sincèrement désolé pour Suzze, dit papa.

— Merci.

220

— Tu sais ce qui est arrivé ?

— Pas encore. J'y travaille.

Papa était encore tout rouge.

— Tu es sûr que ça va ? demanda Myron.

— Mais oui.

— Où est maman ?

— Elle est sortie avec tante Carol et Sadie.

— J'ai bien envie d'un verre d'eau, dit Myron. Pas toi ?

— Si. Et mets de la glace sur ta lèvre pour éviter qu'elle enfle.

Myron gravit les trois marches qui menaient à la cuisine, attrapa deux verres, les remplit à la fontaine à eau qui avait coûté les yeux de la tête. Il y avait des sachets de glaçons dans le freezer. Il en sortit un et retourna dans le salon télé. Il tendit un verre à son père et s'assit dans le fauteuil de droite.

— J'ai du mal à réaliser ce qui vient de se passer. La première fois que je vois mon neveu, et il me saute dessus.

— Tu lui en veux ? s'enquit papa.

Myron se redressa.

— Pardon ?

— J'ai eu Kitty au téléphone. Elle m'a raconté votre engueulade au centre commercial.

Il aurait dû s'en douter.

— Et c'est pour ça que Mickey m'a agressé ?

— N'as-tu pas laissé entendre que sa mère était quelqu'un de… ?

Papa s'interrompit, chercha le mot, ne trouva pas.

— … quelqu'un de pas fréquentable ?

— C'est quelqu'un de pas fréquentable.

— Et si on t'avait dit ça de ta propre mère ?
Comment aurais-tu réagi ?

Papa souriait à nouveau. Était-ce la décharge d'adrénaline ou parce qu'il était fier de son petit-fils ? En tout
cas, il semblait en grande forme. Né dans une famille
pauvre de Newark, Al Bolitar avait grandi dans un quartier mal famé. Il avait commencé à travailler chez un
boucher de Mulberry Street alors qu'il n'avait que onze
ans. Adulte, il avait dirigé une fabrique de lingerie dans
le nord de Newark, sur les rives du fleuve Passaic. Son
bureau, entièrement vitré de sorte qu'on puisse le voir
et qu'il puisse voir ses employés, surplombait la chaîne
de montage. Il avait essayé de sauver l'entreprise lors
des émeutes de 1967, mais les pillards y avaient mis le
feu, et même s'il l'avait fait reconstruire, papa n'avait
plus regardé ses employés ni la ville tout à fait du même
œil.

— Réfléchis, reprit-il. Réfléchis à ce que tu as dit à
Kitty. Et imagine qu'on dise ça à ta mère.

— Ma mère n'est pas Kitty.

— Tu crois que ça change quelque chose pour
Mickey ?

Myron secoua la tête.

— Pourquoi lui avoir répété ce que j'ai dit ?

— Quoi, une mère devrait mentir à son fils ?

Quand il avait huit ans, Myron avait bousculé Kevin
Werner à la sortie de l'école élémentaire de Burnet Hill.
Ses parents avaient eu droit à un sermon en règle dans
le bureau du directeur, M. Celebre, sur les méfaits de la
violence. De retour à la maison, maman était montée
sans dire un mot. Papa s'était installé avec lui dans cette
même pièce. Myron s'attendait à une sévère punition.

Au lieu de quoi, son père s'était penché et l'avait regardé droit dans les yeux.

— Tu n'auras jamais de problème avec moi à cause d'une bagarre. Si tu te trouves dans une situation qui exige d'aller dehors pour régler ça d'homme à homme, je ne remettrai pas ton jugement en cause. S'il faut te battre, vas-y. Ne fuis jamais. Ne recule jamais.

Aussi surprenant et insensé que ce conseil puisse sembler, Myron avait reculé devant plus d'une bagarre dans sa vie, au nom du principe de « précaution », mais la vérité – qui expliquait sans doute ce que ses amis nommaient son « complexe de héros » –, c'est que les coups qu'on prend font beaucoup moins mal qu'une reculade.

— C'est de ça que tu voulais qu'on discute ? demanda Myron.

Papa hocha la tête.

— Il faut que tu me promettes de les laisser tranquilles. Et, chose que tu sais déjà, tu n'aurais pas dû parler comme tu l'as fait à la femme de ton frère.

— Je voulais juste voir Brad.

— Il n'est pas là, dit papa.

— Où est-il ?

— Il participe à une sorte de mission humanitaire en Bolivie. Kitty n'a pas voulu me donner de détails.

— Peut-être qu'il y a de l'eau dans le gaz.

— Entre Brad et Kitty ?

Papa but une gorgée.

— Peut-être. Mais cela ne nous regarde pas.

— Si Brad est quelque part en Bolivie, que font Kitty et Mickey ici ?

— Ils envisagent de revenir vivre aux États-Unis. Et ils hésitent entre ici et la Californie.

Encore un mensonge, Myron en était certain. Comment manipuler le vieil homme, Kitty. Débrouillez-vous pour que Myron nous fiche la paix, et peut-être que nous viendrons habiter à côté de chez vous. Qu'il continue à nous harceler, et nous partirons à l'autre bout du pays.

— Pourquoi maintenant ? Pourquoi sont-ils revenus après toutes ces années ?

— Je ne sais pas. Je n'ai pas demandé.

— OK, papa, tu n'aimes pas te mêler de la vie privée de tes enfants, mais là je trouve que tu pousses cette non-ingérence un peu trop loin.

Son père rit doucement.

— Il faut bien qu'on vous laisse vivre, Myron. Je ne t'ai jamais dit, par exemple, ce que je pensais de Jessica.

Encore elle.

— Attends, je croyais que tu l'aimais bien.

— C'était une mauvaise pioche.

— Mais tu n'as jamais rien dit.

— Je n'avais pas à dire quoi que ce soit.

— Peut-être que tu aurais dû, fit Myron. Ça m'aurait évité de souffrir.

— Je ferais n'importe quoi pour te protéger…, répondit papa.

Sur ce, il jeta presque un œil dehors.

— … mais le meilleur moyen de le faire, c'est de te laisser libre de commettre tes propres erreurs. Une vie à l'abri des erreurs ne vaut pas la peine d'être vécue.

— Je lâche l'affaire, alors ?

— Pour le moment, oui. Brad sait que tu as cherché à le joindre… Kitty le lui dira. Moi aussi, je lui ai envoyé un mail. S'il souhaite réagir, il le fera.

Un autre souvenir revint à la mémoire de Myron : Brad, sept ans, malmené dans un camp de vacances. Il le revit, assis tout seul en bordure du terrain de softball. Brad avait été le dernier à être out, et les petits caïds de la bande s'étaient moqués de lui. Myron avait voulu s'asseoir à côté de lui, mais Brad n'avait fait que pleurer et lui dire de s'en aller. Dans ces moments-là, on se sent tellement impuissant qu'on tuerait pour chasser la douleur. Une autre fois, toute la famille était allée à Miami durant les vacances de février. Myron et Brad avaient partagé la même chambre d'hôtel, et un soir, après une journée remplie de distractions à Parrot Jungle, Myron lui avait parlé de l'école. Brad avait fondu en larmes, disant qu'il détestait l'école, qu'il n'avait pas d'amis, et le cœur de Myron s'était mis à saigner. Le lendemain, au bord de la piscine, il avait demandé à papa ce qu'il fallait faire. Le conseil de son père avait été simple :

— Évite d'aborder le sujet. Ne lui fais pas de peine maintenant. Laisse-le profiter de ses vacances.

Brad avait été gauche, dégingandé, il avait mis du temps à trouver ses marques. Ou peut-être était-ce le fait d'avoir grandi dans l'ombre de Myron.

— Je croyais que tu voulais qu'on se réconcilie, dit Myron.

— Exact. Mais on ne peut pas les forcer. Laisse-les décider.

Son père respirait toujours laborieusement après l'altercation dans l'allée. Inutile de le contrarier davantage. Cela pouvait attendre le lendemain matin. Puis soudain :

— Kitty se drogue.

Papa haussa un sourcil.

225

— Tu en es sûr ?

— Oui.

Il se frotta le menton, réfléchissant à ce qu'il venait d'entendre. Finalement, il dit :

— Il faut quand même les laisser tranquilles.

— Tu parles sérieusement ?

— Savais-tu qu'à une époque ta mère était accro aux antalgiques ?

Stupéfait, Myron ne répondit pas.

— Il commence à se faire tard, dit papa.

Il se souleva de son fauteuil.

— Tu te sens bien ?

— Attends, tu me balances ça de but en blanc et tu t'en vas ? fit Myron.

— Il n'y a pas de quoi en faire un plat. C'est ça que je voulais te dire. Nous avons réglé le problème.

Myron ne savait que dire. Il se demanda comment son père réagirait s'il lui parlait de la prestation de Kitty dans le night-club. Pourvu que papa ne lui rétorque pas que maman avait fait pareil !

La nuit porte conseil, pensa-t-il. Pas la peine de précipiter les choses. Il ne se passerait rien de plus d'ici l'aube. Ils entendirent une voiture s'arrêter dans l'allée. Une portière claqua.

— Ça doit être ta mère.

Al Bolitar se leva péniblement. Myron se leva aussi.

— Ne lui parle pas de ce soir. Je ne veux pas qu'elle s'inquiète.

— OK. Au fait, papa…

— Oui ?

— Joli tacle, tout à l'heure.

Papa esquissa un sourire. Myron contempla le visage vieillissant et éprouva une bouffée de mélancolie,

226

comme chaque fois qu'il se rendait compte que ses parents prenaient de l'âge. Il voulut en dire plus, le remercier, mais tout cela, son père le savait déjà ; en parler plus longtemps serait déplacé, ou inutile. Laisse filer, Myron. De l'air, de l'air.

19

À DEUX HEURES TRENTE DU MATIN, Myron monta dans la chambre qu'il avait, enfant, partagée avec Brad, celle avec l'autocollant sur la vitre, et alluma l'ordinateur.

Il se connecta à Skype. L'écran s'ouvrit sur le visage de Terese et, comme toujours, il sentit son cœur bondir et, parfaitement, se mettre à chanter dans sa poitrine.

— Dieu, que tu es belle.

Terese sourit.

— Je peux parler franchement ?

— Mais je t'en prie.

— Tu es l'homme le plus sexy que j'aie jamais connu, et là, rien que le fait de te regarder me fait grimper au plafond.

Myron se redressa légèrement. S'il existait un remède miracle...

— Je fais de mon mieux pour éviter de me rengorger, répondit-il. Et je ne suis même pas sûr de ce que se rengorger veut dire.

— Je peux continuer à être franche ?

— Je t'en prie.

— J'essaierais bien quelque chose, euh… par l'intermédiaire de la vidéo, mais je ne vois pas très bien comment m'y prendre. Et toi ?

— J'avoue que moi non plus.

— Ça voudrait dire qu'on est vieux jeu ? Moi, le sexe virtuel ou par téléphone, ce n'est vraiment pas mon truc.

— J'ai testé une fois le sexe par téléphone, dit Myron.

— Et ?

— Je ne me suis jamais senti aussi empoté. J'ai piqué un fou rire au moment le plus inopportun.

— Nous sommes d'accord, alors.

— Ouaip.

— Tu ne dis pas ça comme ça ? Parce que… enfin, je sais qu'on est loin l'un de l'autre et tout…

— Je ne dis pas ça comme ça.

— Tant mieux, fit Terese. Alors, quoi de neuf ?

— Tu as combien de temps devant toi ?

— Encore une vingtaine de minutes.

— Si on en passait dix à bavarder simplement, et ensuite je te raconte tout ?

Même à travers l'écran d'ordinateur, Terese le regardait comme s'il était le seul homme au monde. Tout le reste s'évanouit. Il n'y avait plus qu'eux deux.

— À ce point-là ? dit-elle.

— Oui.

— OK, beau gosse. Tu donnes le ton, et je te suis.

Mais cela ne marcha pas. D'entrée de jeu, il lui parla de Suzze. Lorsqu'il eut terminé, Terese demanda :

— Que comptes-tu faire ?

— J'ai envie de tout bazarder. Je suis trop fatigué.

Elle hocha la tête.

— Je veux retourner en Angola. Je veux t'épouser et rester là-bas.

— C'est ce que je veux, moi aussi.

— Je sens poindre un « mais ».

— Pas vraiment, dit Terese. Rien ne me rendrait plus heureuse. J'aimerais être avec toi plus que tu ne saurais l'imaginer.

— Mais ?

— Mais tu ne peux pas partir. Ce n'est pas dans ton caractère. Déjà, tu ne peux pas abandonner Esperanza et l'agence.

— Je pourrais lui vendre mes parts.

— Sûrement pas. Et même si c'était possible, tu dois découvrir la vérité à propos de Suzze. Tu dois savoir ce qui se passe avec ton frère. Tu dois t'occuper de tes parents. Tu ne peux pas tout laisser tomber pour venir ici.

— Et toi, tu ne peux pas rentrer, dit Myron.

— Pas encore.

— Autrement dit ?…

Terese haussa les épaules.

— On l'a dans l'os. Mais pas pour longtemps. Tu vas trouver ce qui est arrivé à Suzze et tout remettre en ordre.

— Tu as l'air sûre de toi.

— Je te connais. Tu iras jusqu'au bout. Et après, une fois que tout sera réglé, tu viendras me voir, n'est-ce pas ?

Elle arqua un sourcil et lui sourit. Il sourit aussi. Et sentit les muscles de ses épaules se détendre.

— Absolument.

— Myron ?

— Oui ?

— Fais vite.

Il appela Lex dans la matinée. Pas de réponse. Il appela Buzz. Pareil. L'enquêteur principal du comté Loren Muse répondit néanmoins sur son téléphone portable... Il avait conservé son numéro depuis la dernière fois qu'ils avaient travaillé ensemble. Il la persuada de le retrouver dans l'immeuble de Lex et Suzze, sur la scène de l'overdose.

— Si ça peut aider à boucler l'enquête, dit Muse, je suis partante.

— Merci.

Une heure plus tard, elle le rejoignit dans le hall d'entrée. Ils prirent l'ascenseur pour monter au dernier étage.

— D'après les résultats préliminaires de l'autopsie, fit Muse, Suzze T. est morte d'un arrêt respiratoire provoqué par une surdose d'héroïne. Je ne sais pas si vous vous y connaissez un peu, mais, normalement, une surdose d'opiacé diminue la capacité respiratoire de la victime jusqu'à l'arrêt complet. Souvent, la victime a un pouls et survit quelques minutes sans respirer. À mon sens, c'est ce qui a permis de sauver l'enfant, mais, bon, je ne suis pas médecin. Il n'y avait pas d'autres substances dans son organisme. Personne ne l'a estourbie... aucune trace d'agression physique.

— En clair, dit Myron, rien de nouveau.

— Si, une chose. J'ai retrouvé le post dont vous parliez, hier soir. Sur la page Facebook de Suzze. Celui qui dit : « Pas le sien. »

— Et vous en pensez quoi ?

— Je pense, répondit Muse, que c'est peut-être vrai.

— Suzze a juré que non.

Muse leva les yeux au ciel.

— Et bien sûr, aucune femme ne mentirait sur la paternité. Voyons, réfléchissez-y. Admettons que l'enfant ne soit pas de Lex Ryder. Elle aurait pu culpabiliser. Ou avoir peur de se faire démasquer.

— Vous pourriez toujours faire pratiquer un test en recherche de paternité, pour en avoir le cœur net, dit Myron.

— Je pourrais, oui, si j'enquêtais sur un meurtre. Si j'enquêtais sur un meurtre, il me serait possible de demander une commission rogatoire. Mais, comme je vous l'ai dit, ce n'est pas mon cas. Je vous donne une raison pour laquelle une femme aurait pu faire une overdose. Point barre.

— Peut-être que Lex vous laissera faire le test ADN.

Alors qu'ils arrivaient à l'étage, Muse dit :

— Tiens, tiens.

— Quoi ?

— Vous n'êtes pas au courant.

— Au courant de quoi ?

— Je croyais que vous étiez l'avocat de choc de Lex.

— Ce qui veut dire ?

— Que Lex est déjà parti avec le bébé, répliqua Muse.

— Comment ça, « parti » ?

— Par ici.

Ils s'engagèrent dans l'escalier en colimaçon qui menait à la terrasse sur le toit.

— Muse ?

— Comme vous, brillantissime ténor du barreau, le savez déjà, je n'ai aucune raison de retenir Lex Ryder. Tôt ce matin, contre l'avis du médecin, il a sorti son fils nouveau-né de l'hôpital… Du reste, c'était son droit. Il a laissé son copain Buzz et engagé une infirmière en pédiatrie pour l'accompagner.

— Où ça ?

— Dans la mesure où il n'y a ni meurtre ni même soupçon de meurtre, je n'avais pas à me préoccuper activement de sa destination.

Muse atteignit la terrasse. Myron suivit. Elle s'approcha de l'ottomane près de l'arcade, s'arrêta et pointa le doigt.

— Ici.

Sa voix était redevenue sérieuse. Myron scruta les coussins ivoire. Pas de sang, pas de rides, aucun signe de mort. On se serait attendu à ce qu'un siège garde la trace de ce qui s'était passé dessus.

— C'est là qu'on l'a trouvée ?

Muse hocha la tête.

— La seringue était par terre. Elle était évanouie, totalement inerte. Les seules empreintes sur la seringue sont les siennes.

Myron regarda à travers l'arcade. Les gratte-ciel de Manhattan se profilaient à l'horizon. L'eau était calme. Le ciel était gris et mauve. Fermant les yeux, il se revit deux soirs plus tôt. Et, quand le vent souffla sur la terrasse, il crut entendre les paroles de Suzze : « Les gens ont parfois besoin d'aide… Tu ne le sais peut-être pas, mais tu m'as sauvé la vie une centaine de fois. »

Oui, mais pas cette fois-ci. Cette fois-ci, à la demande de Lex, il avait reculé, non ? Il avait rempli sa mission – ils connaissaient l'auteur du post, ils savaient où était Lex –, et Myron avait choisi de se retirer, de laisser Suzze toute seule.

Il gardait les yeux sur la ligne d'horizon.

— Vous dites que c'est un gars avec l'accent espagnol qui a composé le 911 ?

— Oui. Il a utilisé l'un de leurs portables. Nous l'avons retrouvé par terre, en bas. Il a dû le laisser tomber en s'enfuyant. Nous avons relevé les empreintes, mais c'est une vraie bouillie. Il y a celles de Lex, celles de Suzze, et c'est à peu près tout. Quand les secours sont arrivés, la porte était ouverte. Ils sont entrés et l'ont découverte ici.

Myron enfouit ses mains dans ses poches. La brise lui cingla le visage.

— Vous vous rendez compte que votre histoire de travailleur sans papiers ne tient pas debout ?

— Et pourquoi ça ?

— Un gardien ou ce que vous voulez passe par là, voit – quoi ? – la porte entrebâillée, pénètre dans l'appartement et monte sur le toit ?

Muse réfléchit un instant.

— Ce n'est pas faux.

— Il est plus vraisemblable que la personne qui a appelé se trouvait avec elle quand elle s'est piquée.

— Et alors ?

— Comment, et alors ?

— Une fois de plus, je suis là pour enquêter, pas par curiosité. Si elle se shootait avec un ami et s'il a pris la fuite, je ne tiens vraiment pas à suivre cette piste. Si c'était son dealer, OK, si je le retrouve et si j'arrive à prouver qu'il l'approvisionnait en drogue, mais franchement, ce n'est pas ma préoccupation première.

— J'étais avec elle la veille, Muse.

— Je sais.

— Ici même, sur ce toit. Elle était perturbée, mais pas suicidaire.

— C'est ce que vous m'avez dit, rétorqua Muse. Seulement, réfléchissez un peu : perturbée, mais pas suicidaire. Subtil comme distinguo. Et, pour votre gouverne, je n'ai jamais dit qu'elle était suicidaire. Perturbée, hein ? C'est peut-être ça qui l'a fait dérailler... et elle est tombée du train.

Nouvelle rafale de vent. Et la voix de Suzze – étaient-ce les derniers mots qu'elle lui avait dits ? – : « Nous avons tous des secrets, Myron. »

— Autre chose qui donne à réfléchir, reprit Muse. Si c'est un meurtre, c'est complètement débile comme façon de procéder. Admettons que vous vouliez la mort de Suzze. Admettons que vous lui fassiez prendre de l'héroïne sans recourir à la force. Sous la menace d'une arme, n'importe. Vous me suivez ?

— Continuez.

— Eh bien, si vous voulez la tuer, pourquoi ne pas la tuer tout simplement ? Pourquoi appeler le 911 et courir le risque qu'elle soit encore en vie à l'arrivée des secours ? Tant qu'on y est, avec la quantité de drogue qu'elle a absorbée, pourquoi ne pas l'entraîner sous cette arcade et s'arranger pour qu'elle tombe dans le vide ? D'une manière ou d'une autre, vous n'appelez *pas* l'ambulance et ne laissez *pas* la porte ouverte pour qu'un gardien ou n'importe qui d'autre puisse entrer. Vous voyez ce que je veux dire ?

— Je vois, fit Myron.

— Ça vous paraît logique comme raisonnement ?

— Tout à fait.

— Avez-vous un élément de contradiction à me proposer ?

— Strictement aucun, dit Myron, s'efforçant de remettre de l'ordre dans ses idées. Donc, si on vous suit, elle aurait contacté son dealer, hier. Vous n'avez pas d'idée sur son identité ?

— Pas encore. Nous savons qu'elle a pris sa voiture hier. On a un relevé d'E-Z Pass sur Garden State Parkway du côté de la route 280. Elle a pu aller à Newark.

— Vous avez fouillé sa voiture ?

— Sa voiture ? Non. Pourquoi ?

— Vous permettez que je jette un œil ?

— Vous avez les clés ?

— Oui.

Elle secoua la tête.

— Les agents, je vous jure. Allez-y. Il faut que je retourne travailler.

— Encore une question, Muse.

Elle leva les yeux vers lui.

— Pourquoi me montrer tout ça, alors que je vous ai fait le coup de l'avocat, hier ?

— Parce que, pour le moment, le dossier est vide, répondit-elle. Et parce que, si jamais quelque chose m'échappe – si jamais il s'agit d'un meurtre –, peu importe qui vous êtes censé défendre. Vous aimiez bien Suzze. Vous ne laisserez pas courir son assassin.

Ils reprirent l'ascenseur en silence. Muse sortit au rez-de-chaussée. Myron descendit au parking. Il actionna la commande à distance et guetta le bip. Suzze avait une Mercedes S63 AMG. Il ouvrit la portière, se glissa sur le siège du conducteur. Fugace, une fragrance fleurie lui fit penser à Suzze. Dans la boîte à gants, il trouva la carte grise, l'attestation d'assurance et le manuel de la voiture. Il fouilla sous les sièges sans bien savoir ce qu'il cherchait. Un indice quelconque. Tout ce qu'il découvrit, ce furent quelques pièces de monnaie et

236

deux stylos. Sherlock Holmes en aurait probablement déduit où Suzze était allée, mais Myron en était incapable.

Il alluma le moteur, mit en route le GPS embarqué. Dans « destinations récentes », il vit s'afficher la liste des endroits que Suzze avait rentrés pour consulter l'itinéraire. Sherlock Holmes pouvait aller se rhabiller. Le dernier de la liste était Kasselton, New Jersey. Hmm. Pour s'y rendre, il fallait emprunter le Garden State Parkway et prendre la sortie 146 en payant avec l'E-Z Pass.

L'avant-dernière entrée était un carrefour à Edison, New Jersey. Myron sortit son BlackBerry et entreprit de taper les adresses répertoriées. Il les envoya par mail à Esperanza. Elle pourrait les rechercher sur le Net pour voir si elles présentaient un quelconque intérêt. Comme il n'y avait aucune date, si ça se trouve, Suzze était allée là-bas des mois plus tôt. Si ça se trouve, elle utilisait rarement le GPS.

Cependant, tout portait à croire qu'elle s'était rendue à Kasselton récemment, peut-être même le jour de sa mort. Cela valait donc le coup d'aller y faire un saut.

20

L'ADRESSE À KASSELTON était celle d'une galerie marchande arrimée à un Kings Supermarket. Les autres commerces étaient une pizzeria Renato, un marchand de glaces à l'enseigne de SnowCap et un coiffeur pour hommes à l'ancienne dont le salon, avec la tradition-nelle colonnette rayée de rouge et de blanc, portait le nom de « Sal et Shorty Joe ».

Qu'est-ce que Suzze était venue faire ici ?

Il y avait nombre de supermarchés, de marchands de glaces et de pizzerias beaucoup plus près de chez elle, et il était peu probable qu'elle se fasse coiffer par Sal ou par Shorty Joe. Alors pourquoi avoir fait tout ce chemin ? Planté là, Myron attendit l'illumination. Deux minutes passèrent. L'illumination ne vint pas, et il décida de lui donner un petit coup de pouce.

Il commença par le Kings Supermarket. Faute de mieux, il brandit une photo de Suzze T. et demanda si quelqu'un ne l'aurait pas vue. La bonne vieille méthode. Comme chez Sal et Shorty Joe. Certains reconnurent l'ex-championne de tennis. D'autres l'avaient vue aux infos de la veille et crurent que Myron était flic, impression qu'il se garda bien de démentir.

Mais, pour finir, personne ne l'avait croisée au supermarché.

Score zéro.

Myron ressortit, balaya le parking du regard. L'explication la plus plausible ? Suzze était venue ici acheter de la drogue. Les trafiquants, en banlieue surtout, opéraient souvent dans les parkings publics. On se gare côte à côte, on baisse la vitre, quelqu'un jette l'argent d'une voiture à l'autre, quelqu'un jette la drogue.

Il essaya de se représenter la scène. Suzze, la femme qui lui avait parlé de secrets, la femme enceinte de huit mois qui avait débarqué dans son bureau en clamant : « Je suis si heureuse, bordel »... cette Suzze-là serait venue dans cette galerie marchande acheter de l'héroïne en dose suffisante pour se fiche en l'air ?

Désolé, ça ne tenait pas debout.

Peut-être qu'elle avait rendez-vous non pas avec un dealer, mais avec quelqu'un d'autre, sur ce parking. Peut-être, peut-être pas. Excellent travail de détective jusqu'ici. Mais bon, il y avait encore du pain sur la planche. La pizzeria Renato était fermée. Le coiffeur, en revanche, ne chômait pas. Par la vitrine, on voyait des papis qui discutaient sec, se chamaillaient avec bonhomie, l'air satisfait. Myron se tourna vers le marchand de glaces. Quelqu'un était en train d'accrocher une banderole : BON ANNIVERSAIRE, LAUREN ! Des fillettes âgées de huit ou neuf ans affluaient avec des cadeaux. Leurs mères les tenaient par la main, harassées, épuisées, heureuses.

La voix de Suzze : « Je suis si heureuse, bordel. »

Cela, pensa-t-il en regardant les mères, aurait dû être la vie de Suzze. Ç'aurait été. C'était ce qu'elle voulait. Les gens sont bizarres quelquefois. Ils jettent le bonheur comme un vieux Kleenex usagé. C'était peut-être le cas ici : Suzze, si près de la vraie plénitude, avait tout foiré comme à l'accoutumée.

Par la baie vitrée, il vit les petites filles se détacher de leurs mères et se saluer par des baisers et des cris stridents. La salle n'était plus qu'un tourbillon de couleurs et de mouvement. Les mères se retirèrent dans un coin avec le distributeur à café. Myron, à nouveau, tentait d'imaginer Suzze parmi elles lorsqu'il aperçut un homme qui le dévisageait derrière le comptoir. Un homme plus âgé, dans les soixante-cinq ans, avec une brioche directoriale et une mèche plaquée sur le haut du crâne. Il fixait Myron à travers des lunettes un peu trop mode, style architecte urbain branché, qu'il n'arrêtait pas de redresser du bout du doigt.

Le gérant, pensa Myron. Qui devait toujours regarder par la vitre, monter la garde, surveiller tout ce qui passait. Parfait. Il s'approcha de l'entrée avec la photo de Suzze T. à la main. Le temps qu'il arrive à la porte, l'homme l'avait déjà ouverte.

— Que puis-je pour vous ? s'enquit-il.

Myron lui montra la photo. L'homme la regarda et ferma les yeux.

— Vous avez vu cette femme ?

Sa voix semblait venir de très loin.

— Je lui ai parlé hier.

Ce type n'avait pas l'allure d'un trafiquant de drogue.

— Et de quoi avez-vous parlé ?

L'homme déglutit, se détourna.

— De ma fille. Elle m'a posé des questions sur ma fille.

— Suivez-moi.

240

Ils passèrent devant le présentoir à glaces. La femme qui le tenait était en fauteuil roulant. Souriante, elle était en train d'expliquer à une cliente les parfums aux noms bizarres et tous les ingrédients possibles dont on pouvait les agrémenter. Myron jeta un œil sur la gauche. La fête battait son plein. Chacune à son tour, les gamines malaxaient les crèmes glacées pour créer leurs propres mélanges. Deux adolescentes les aidaient à puiser dans les bacs, tandis qu'une troisième y rajoutait de la pâte à cookies, des biscuits Oreo, des pastilles en chocolat, des vermicelles multicolores, des oursons en guimauve, des noisettes et même du muesli.

— Vous aimez les glaces ? demanda l'homme.

Myron écarta les bras.

— Qui n'aime pas les glaces ?

— Peu de gens, touchons du bois.

L'homme tapota en passant le plateau d'une table en Formica.

— Quel parfum puis-je vous servir ?

— Ça ira, merci.

Mais il ne voulut rien entendre.

— Kimberly ?

La femme en fauteuil roulant leva les yeux.

— Prépare un fondant SnowCap à notre visiteur.

— Tout de suite.

La salle était tapissée de logos des glaces SnowCap. Cela aurait dû le mettre sur la piste. SnowCap. Snow. Myron scruta le visage de l'homme. Les quinze dernières années ne lui avaient été ni clémentes ni cruelles – il avait vieilli comme tout le monde –, mais à présent Myron commençait à y voir clair.

— Vous êtes Karl Snow, dit-il. Le père d'Alista.

— Vous êtes de la police ?

Myron hésita.

— Peu importe. Je n'ai rien à dire, fit l'homme.

Myron décida de l'aider.

— Vous avez l'intention de contribuer à couvrir un autre meurtre ?

Il s'attendait à une réaction choquée ou indignée, mais Karl Snow se borna à secouer fermement la tête.

— J'ai lu les journaux. Suzze T. est morte d'une overdose.

Il fallait peut-être enfoncer le clou un peu plus.

— C'est ça, et votre fille est tombée toute seule par la fenêtre.

Il regretta aussitôt sa sortie. C'était trop, et trop tôt. Mais l'éclat attendu ne vint pas. Le visage de Karl Snow s'affaissa.

— Asseyez-vous, fit-il. Dites-moi qui vous êtes.

Myron prit place en face de lui et se présenta. Dans le dos de son interlocuteur, la fête d'anniversaire de Lauren avait joyeusement gagné en volume sonore. Le contraste était saisissant : un homme organisait une fête pour une petite fille alors que lui-même avait perdu la sienne.

— D'après les médias, c'était une overdose, reprit Karl Snow. Ce n'est donc pas vrai ?

— Je ne sais pas, répondit Myron. C'est pour ça que je mène mon enquête.

— Je ne comprends pas. Pourquoi vous ? Pourquoi pas la police ?

— Pouvez-vous me dire simplement pourquoi elle est venue ici ?

Se laissant aller en arrière, Karl Snow remonta ses lunettes sur l'arête de son nez.

— Avant d'aller plus loin, permettez-moi de vous poser une question. Avez-vous la moindre preuve comme quoi Suzze T. a été assassinée... oui ou non ?

— Pour commencer, elle était enceinte de huit mois et pressée de fonder une famille.

Cela ne parut pas l'impressionner.

— Ce n'est pas vraiment une preuve, ça.

— En effet, concéda Myron, mais une chose est sûre. Suzze est venue ici hier. Elle vous a parlé. Et, quelques heures plus tard, elle était morte.

Il jeta un regard par-dessus son épaule. La jeune femme en fauteuil roulant arrivait vers eux avec une montagne de glace. Myron s'apprêtait à se lever pour l'aider quand Karl Snow lui fit un signe. Il se rassit.

— Et un fondant SnowCap, dit la femme en le posant devant lui. Bon appétit.

Ce fondant-là, on aurait eu du mal à le caser dans le coffre d'une voiture. Myron crut que la table allait s'effondrer sous son poids.

— C'est pour une personne ? demanda-t-il.

— Eh oui.

Il la regarda.

— Et l'angioplastie est comprise dans le prix, ou alors une piqûre d'insuline ?

Elle leva les yeux au ciel.

— Ça alors, on ne me l'a encore jamais faite, celle-là.

Karl Snow dit :

— Monsieur Bolitar, je vous présente ma fille Kimberly.

— Enchantée, fit Kimberly, le gratifiant d'un large sourire.

Ils bavardèrent à bâtons rompus pendant quelques minutes – elle était la gérante de la boutique, Karl n'en était que le propriétaire –, puis elle se propulsa de nouveau derrière le comptoir.

Sans quitter sa fille des yeux, Karl dit :

— Elle n'avait que douze ans quand Alista...

Il s'interrompit, comme s'il ne savait quel mot employer.

— Leur mère était morte deux ans plus tôt d'un cancer du sein. Je n'ai pas été à la hauteur. Je me suis mis à boire. Kimberly est née avec une infirmité motrice cérébrale. Son état nécessitait des soins constants. Je crois qu'Alista... enfin, je crois qu'elle est un peu passée à la trappe.

Comme un fait exprès, un grand éclat de rire monta derrière lui. Myron regarda Lauren, l'héroïne du jour. Elle aussi souriait, une moustache chocolatée sur la lèvre supérieure.

— Je ne vous veux aucun mal, ni à vous ni à votre fille, dit Myron.

— Si j'accepte de parler, répondit lentement Karl Snow, vous devez me promettre que je ne vous reverrai plus. Je refuse que les médias reviennent se mêler de notre vie.

— Promis.

Karl Snow se frotta le visage avec les deux mains.

— Suzze voulait en savoir plus sur la mort d'Alista.

Myron attendait qu'il poursuive. Mais Karl Snow se tut.

— Elle voulait savoir quoi ?

— Elle voulait savoir si Gabriel Wire avait tué ma fille.

— Que lui avez-vous dit ?

— J'ai dit qu'après une entrevue privée avec M. Wire, je ne croyais plus à sa culpabilité. Je lui ai dit que c'était un accident tragique et que cette conclusion me satisfaisait. Et aussi que notre accord était confidentiel et que je ne pouvais pas lui en dire plus.

Myron le dévisagea. Tout cela avait été débité sur un ton monocorde, comme une leçon apprise par cœur. Snow évitait de le regarder. Il ajouta tout bas :

— Je n'arrive pas à croire qu'elle soit morte.

Parlait-il de Suzze ou bien d'Alista ? Karl Snow cligna des yeux, se tourna en direction de Kimberly. Sa vue parut lui redonner des forces.

— Avez-vous déjà perdu un enfant, monsieur Bolitar ?

— Non.

— Je vous épargnerai les poncifs. D'ailleurs, je vous épargnerai tout court. Je sais l'image que je donne : un père sans cœur qui a empoché un gros chèque en laissant courir l'assassin de sa fille.

— Et ce n'est pas le cas ?

— Parfois, il faut aimer un enfant en secret. Et parfois, il faut le pleurer en secret.

Myron n'était pas sûr d'avoir bien compris ce qu'il entendait par là.

— Mangez votre glace, dit Karl, ou Kimberly va s'en apercevoir. Cette fille a des yeux derrière la tête.

Myron prit la cuillère et la plongea dans la première couche surmontée de chantilly. C'était divin.

— C'est bon ?

— C'est divin.

Karl eut un sourire sans joie.

— C'est Kimberly qui a inventé le fondant.

— Votre fille est un génie.

— C'est une bonne fille. Et elle aime cet endroit. J'ai échoué avec Alista. Cette erreur, je ne la referai plus.

— C'est ce que vous avez dit à Suzze ?

— En partie. J'ai essayé de lui faire comprendre ma position à cette époque-là.

— À savoir ?

— Alista adorait HorsePower… et, comme toutes les filles de son âge, elle était complètement folle de Gabriel Wire.

Une ombre traversa son regard. Il semblait loin, perdu dans le passé.

— C'était bientôt son anniversaire. Seize printemps. Je n'avais pas les moyens de lui organiser une grande fête, mais je savais que HorsePower allait jouer à Madison Square Garden. Ils ne donnaient pas beaucoup de concerts, je crois… enfin, je ne suivais pas ça de près, mais je connaissais la billetterie au sous-sol d'un grand magasin sur la route 4. Du coup, je me suis levé à cinq heures du matin et je suis allé faire la queue. Vous auriez dû voir ça. L'âge maximum, dans cette file d'attente, c'était trente ans, et moi, j'ai attendu deux heures pour acheter des places de concert. Quand je suis arrivé au guichet, la femme a pianoté sur son ordinateur et m'a dit d'abord que c'était complet, puis : « Non, attendez, il m'en reste encore deux. » Jamais un achat ne m'avait rendu aussi heureux. Comme si c'était écrit. Comme si ça devait arriver, vous comprenez ?

Myron acquiesça d'un air aussi neutre que possible.

— Je suis rentré chez moi. L'anniversaire d'Alista était la semaine d'après, j'ai donc décidé d'attendre. J'en ai parlé à Kimberly. On n'en pouvait plus, tous les deux. Ces billets me brûlaient la poche. Vous avez déjà connu ça ? Quand on achète quelque chose de tellement précieux qu'on a hâte de l'offrir ?

— Tout à fait, dit Myron doucement.

— Eh bien, c'était pareil pour Kimberly et moi. Finalement, on est allés chercher Alista au lycée. J'ai sorti le fauteuil de Kimberly et, quand Alista est arrivée, on souriait comme deux chats qui viennent de boulotter le canari. Alista a fait une tête, vous savez, comme toutes les ados, et a dit : « Quoi ? » Alors j'ai brandi les billets, et là…

Il s'interrompit, revivant ce jour lointain comme si c'était hier.

— … elle a hurlé et m'a sauté au cou, elle m'a presque étranglé…

Sa voix se brisa. Il tira une serviette en papier du présentoir, voulut la porter à ses yeux, se ravisa et fixa la table.

— Alista est allée au concert avec sa meilleure copine. Après, elles étaient censées rentrer dormir chez la copine. Vous connaissez le reste.

— Je suis désolé.

Karl Snow secoua la tête.

— C'est de l'histoire ancienne.

— Et vous n'en voulez pas à Gabriel Wire ?

— Si je lui en veux ?

Il sembla réfléchir quelques secondes.

— La vérité, c'est que je n'ai pas suffisamment surveillé Alista après la mort de sa mère. Alors, à y regarder de près… Le roadie qui a repéré Alista dans la foule ? C'était un inconnu. L'agent de sécurité qui l'a laissée pénétrer dans les coulisses ? Un inconnu. Gabriel Wire ? Un inconnu, lui aussi. J'étais son père, et

247

j'ai été incapable de la protéger. Comment aurais-je pu leur demander ça, à eux ?

Il cligna des yeux et coula un regard à droite.

— Et c'est ce que vous avez dit à Suzze ?

— Je lui ai dit qu'il n'y avait aucune preuve contre Gabriel Wire… Du moins, la police n'a rien trouvé. On me l'a signifié très clairement. Oui, Alista s'est rendue dans la suite d'hôtel de Wire. Oui, elle est tombée de son balcon… du trente-deuxième étage. Mais de là à faire inculper un personnage célèbre et influent, et surtout à le faire condamner…

Il haussa les épaules.

— Il fallait que je pense à mon autre fille. Je n'avais pas d'argent. Savez-vous combien il est difficile d'élever un enfant handicapé ? Le prix que ça coûte ? SnowCap est une petite chaîne, maintenant. Où, à votre avis, ai-je trouvé la mise de fonds initiale ?

Myron avait beau essayer de se mettre à sa place, sa voix se fit plus coupante qu'il ne l'aurait voulu :

— Chez l'assassin de votre fille ?

— Vous ne comprenez pas. Alista était morte. Morte comme morte. Je ne pouvais plus rien pour elle.

— Mais vous pouviez quelque chose pour Kimberly.

— Ne croyez pas qu'il s'agisse d'un calcul froid. Supposons que j'aie refusé cet argent. Wire s'en serait tiré de toute façon… et Kimberly serait toujours dans la panade. Comme ça, au moins, elle était à l'abri.

— Sauf votre respect, cela m'a tout l'air d'un calcul froid.

— Vu de l'extérieur, sûrement. Je suis père. Et un père, au fond, n'a qu'un rôle. Protéger son enfant. C'est tout. Et puisque j'ai failli, que j'ai laissé ma fille aller à ce concert, que je ne me suis pas assuré qu'elle était en sécurité… Ça, rien ne pourra le racheter.

Il essuya une larme au coin de son œil.

— Enfin, vous vouliez savoir pourquoi Suzze était venue ici. C'était pour me demander si je pensais que Gabriel Wire avait tué Alista.

— Et pourquoi ça l'intéressait, elle vous l'a dit ? Après tant d'années, j'entends.

— Non.

Il battit des paupières, évitant le regard de Myron.

— Qu'y a-t-il ?

— Rien. J'aurais dû lui dire de ne pas s'en mêler. Alista a eu affaire à Gabriel Wire… et voyez où ça l'a menée.

— Vous croyez que… ?

— Je ne crois rien. Les médias ont parlé d'overdose d'héroïne. Elle avait l'air hagarde en partant d'ici, ça ne m'étonne donc pas vraiment.

Derrière lui, une des amies de Lauren se mit à pleurer… Quelque chose à voir avec quelqu'un qui n'aurait pas eu la bonne pochette-surprise. Karl Snow entendit le remue-ménage et se hâta vers les filles, les filles des autres, des filles qui grandiraient trop vite et se pâmeraient devant les rock stars. Mais en attendant elles étaient ici, à l'anniversaire d'une petite camarade, et tout ce qu'elles voulaient, c'était une glace et la bonne pochette-surprise.

21

WIN CONNAISSAIT LE MOYEN de décrocher un rendez-vous immédiat avec Herman Ache.

Windsor Horne Lockwood III, tout comme Windsor Horne Lockwood II et Windsor Horne Lockwood, était né avec un club de golf en argent dans la main. Sa famille comptait parmi les membres fondateurs de Merion Golf Club à Ardmore, du côté de Philadelphie. Win était aussi membre de Pine Valley, communément reconnu comme le roi des parcours (malgré le voisinage d'un parc aquatique ringard dans le sud du New Jersey), et, quand il voulait se faire un golf dans les environs de New York, il se rendait au club de Ridgewood, un paradis de vingt-sept trous dessiné par A. W. Tillinghast qui rivalisait avec les meilleurs terrains paysagers du monde.

Herman Ache – le gangster rangé des voitures – aimait le golf plus que ses propres enfants. Enfin, peut-être pas tout à fait, mais, à la lumière de la récente visite de Win à la prison fédérale, Herman Ache devait certainement préférer le golf à son frère Frank. Win appela donc Herman à son bureau et l'invita à venir jouer à

Ridgewood le jour même. Herman Ache accepta sans hésitation.

Il était trop soupçonneux pour ne pas se douter que Win avait une idée derrière la tête, mais il s'en moquait. Jouer à Ridgewood était un véritable privilège, même pour les plus riches et les plus puissants parrains de la Mafia. Il bataillerait sec, quitte à se jeter dans un piège tendu par les fédéraux, si cela pouvait lui permettre de taper dans une balle sur l'un des parcours mythiques de Tillinghast.

— Merci encore de m'avoir invité, dit Herman.

— Tout le plaisir est pour moi.

Ils en étaient au premier trou connu sous le nom d'Un Est. Les téléphones portables étaient interdits sur le parcours, mais Win avait parlé à Myron juste avant de partir et était donc au courant de son entrevue avec Karl Snow. Il ne savait pas trop qu'en penser. Il se reprit et s'approcha de la balle. Exhalant son souffle, il coupa le fairway en deux d'un drive de deux cent quatre-vingt-dix mètres.

Herman Ache, qui jouait comme un manche, prit son tour et expédia la balle loin par-dessus les arbres, presque jusqu'à la route 17.

Fronçant les sourcils, il contempla son club, prêt à l'incriminer pour la faute commise.

— Vous savez quoi ? J'ai vu Tiger faire le même coup sur ce trou au Barclays Open.

— Mais oui, dit Win. Vous et Tiger, vous êtes pratiquement interchangeables sur un tee.

Herman Ache sourit de toutes ses couronnes. Malgré son grand âge, il portait un polo Nike jaune et, suivant une mode récente et ce nonobstant mal inspirée, un pantalon blanc moulant évasé aux chevilles et retenu

251

par une grosse ceinture noire avec une boucle en argent de la taille d'un enjoliveur.

Il demanda à prendre un mulligan – autrement dit à rejouer son coup, chose que Win ne faisait jamais quand il était invité – et posa une autre balle sur le tee.

— Je peux vous poser une question, Win ?

— Mais je vous en prie.

— Comme vous devez le savoir, je suis un vieil homme.

Ache sourit à nouveau. Il essayait de se la jouer papi gâteau, mais avec les couronnes ça faisait plutôt lémure. Son bronzage était plus orange que brun, et son abondante crinière argentée avait dû coûter une fortune… En clair, c'était une superbe moumoute. Son visage était entièrement dénué de rides et de mimiques. Botox. En très grande quantité. Avec sa peau grasse, luisante, il ressemblait à quelque chose que Mme Tussaud aurait conçu un jour de relâche. C'était le cou qui le trahissait. Maigre et flasque, il pendouillait comme un scrotum de vieillard.

— Je suis au courant, répondit Win.

— Et, comme vous devez le savoir, je possède et dirige un vaste empire d'entreprises légales.

Si quelqu'un se croit obligé de vous préciser que ses entreprises sont « légales », c'est qu'à l'évidence elles ne le sont pas.

Win émit une vague onomatopée.

— Je me demande si vous accepteriez de me parrainer pour être membre du club, dit Herman Ache. Avec votre nom et vos relations, un parrainage comme le vôtre, c'est l'admission garantie.

Win eut toutes les peines du monde à ne pas blêmir. Il se retint également de porter la main à son cœur et de tituber en arrière.

— Ça peut se discuter.

Planté derrière la balle, Herman plissa les yeux et étudia le fairway comme s'il cherchait l'entrée du Nouveau Monde. Se rapprochant du tee, il enchaîna quatre swings d'entraînement lents et laborieux. Les caddies échangèrent un regard. Herman scruta de nouveau le fairway. Si ç'avait été un film, on aurait vu les aiguilles de l'horloge tourner à toute allure, les jours du calendrier voler au vent, les feuilles jaunir, la neige tomber, puis le soleil revenir et le paysage reverdir.

Règle n° 12 au golf selon Win : il est tout à fait acceptable de jouer comme un pied. Mais il n'est pas acceptable de jouer comme un pied lentement.

Herman tira enfin... encore un crochet de gauche. La balle heurta un tronc d'arbre et revint sur le terrain. Les caddies eurent l'air soulagés. Win et Ache réussirent à jouer les deux premiers trous en échangeant des paroles totalement dénuées de sens. Le golf, par définition, est un sport merveilleusement égocentré. On se préoccupe de son score et pratiquement de rien d'autre. C'est une bonne chose à bien des égards, excepté l'art de la conversation.

Arrivés au troisième trou, le fameux trou en montée de par 5, ils balayèrent du regard le paisible panorama noyé dans la végétation. La vue était spectaculaire. Aucun des deux ne bougea ni ne parla. Win respira régulièrement, fermant presque les yeux. Un parcours est un sanctuaire. Il était facile d'en rire et, certes, le golf était le plus déroutant des exercices, un casse-tête pour les joueurs les plus chevronnés, mais par une journée comme celle-ci, dans ce cadre de silence et de verdure, il y avait des instants où même lui, agnostique impénitent, se sentait presque béni.

— Win ?

— Oui.

— Merci, dit Herman Ache.

Il avait la larme à l'œil.

— Merci pour tout ceci.

Win le regarda. Le charme était rompu. Ce n'était pas le genre d'individu avec lequel il avait envie de partager un moment pareil. D'un autre côté, Herman Ache lui tendait une perche, et il décida de la saisir.

— À propos de cette histoire de parrainage…

Herman le regarda avec la ferveur d'un prosélyte.

— Oui ?

— Que dois-je dire au conseil d'administration concernant vos… euh, activités professionnelles ?

— Je vous le répète, je suis totalement en règle avec la loi.

— Ah, mais ils seront forcément au courant de votre passé.

— D'abord, c'est le passé. Et de toute façon, ce n'était pas moi. Dites-moi une chose, Win : quelle est la différence entre l'Herman Ache d'aujourd'hui et l'Herman Ache d'il y a cinq ans ?

— Dites-le-moi, vous.

— Mais très volontiers. La différence, c'est que Frank Ache n'est plus dans les parages.

— Je vois.

— Toutes les opérations criminelles, toute cette violence… ce n'était pas moi. C'était mon frère Frank. Vous le connaissez, Win. C'est un dur. Une brute épaisse. J'ai fait de mon mieux pour le cadrer. C'est lui qui est à l'origine de nos ennuis. Vous pourrez le dire au conseil.

Vendre son frère pour une carte de membre d'un club de golf. La grande classe.

— Je doute que le fait d'accabler votre propre frère passe très bien auprès du conseil d'administration. Ils sont très attachés aux valeurs familiales, ici.

Changement de ton, changement de vitesse.

— Ah, mais il n'est pas question de l'accabler. J'aime Frank, voyons. C'est mon petit frère, et il le sera toujours. Je prends soin de lui. Vous savez qu'il est en train de purger une peine de prison, n'est-ce pas ?

— Il paraît, fit Win. Il vous arrive d'aller le voir ?

— Tout le temps. Le plus drôle, c'est qu'il adore être là-bas.

— En prison ?

— Vous connaissez Frank. Il a pratiquement pris la place du directeur. Je vais être honnête avec vous. Je ne voulais pas qu'il soit le seul à plonger, mais c'est lui qui a insisté. Il tenait à épargner le reste de la famille. Alors, vous comprenez, le moins que je puisse faire, c'est de veiller à son bien-être.

Win étudia le visage et le langage corporel du vieil homme. Rien. Les gens s'imaginent qu'on peut savoir si quelqu'un vous ment… qu'il y a des signes qui ne trompent pas. Ceux qui croient ça se font avoir d'autant plus facilement. Herman Ache était un asocial. Il avait dû liquider – ou, plus exactement, faire liquider – bien plus de gens que son frère Frank. Frank Ache était sans surprise, une violence frontale, donc aisément repérable. Herman, lui, tenait davantage du serpent dans l'herbe, du loup déguisé en agneau : des deux, c'était lui le plus dangereux.

Les tees du septième trou avaient été rehaussés ; Win troqua donc le driver contre le bois 3.

— Puis-je vous poser une question concernant une de vos activités en particulier ?

Herman Ache coula un regard dans sa direction. En fait, le serpent n'était pas si caché que ça.

— Parlez-moi de vos relations avec Gabriel Wire.

Même un individu asocial peut manifester sa surprise.

— Pourquoi diable me demandez-vous ça ?

— Myron représente son partenaire.

— Et alors ?

— Je sais que dans le passé vous avez géré ses dettes de jeu.

— Et vous pensez que c'est illégal ? Le gouvernement peut bien vendre des billets de loterie. Las Vegas, Atlantic City ou une bande d'Indiens peuvent prendre les paris, mais pour un respectable homme d'affaires, ce serait un crime ?

Win se retint de bâiller.

— Vous continuez donc à vous occuper de Gabriel Wire en matière de jeu ?

— Je ne vois pas en quoi cela vous regarde. Wire et moi entretenons des rapports professionnels en règle. C'est tout ce que vous avez à savoir.

— Des rapports professionnels en règle ?

— Parfaitement.

— Il y a quelque chose qui m'intrigue, dit Win.

— À savoir ?

— En quoi ces rapports professionnels impliquent-ils la présence d'Evan Crisp au domicile de Wire à l'île d'Adiona ?

Ache se figea. Il remit le driver au caddie et arracha le gant blanc de sa main gauche. Puis, se rapprochant de Win :

— Écoutez-moi bien, fit-il tout bas. Vous et Myron feriez mieux de rester à l'écart. Faites-moi confiance. Vous connaissez Crisp ?

— De réputation seulement.

Herman hocha la tête.

— Alors vous savez que ça n'en vaut pas la peine.

Il fusilla Win du regard et rejoignit son caddie. Renfilant le gant, il demanda son driver. Le caddie le lui rendit et se dirigea vers le bosquet sur la gauche car, visiblement, c'était là le domaine de prédilection des balles d'Herman Ache.

— Je n'ai aucun intérêt à me mêler de vos affaires, rétorqua Win. Et je n'ai aucun intérêt pour Gabriel Wire non plus.

— Dans ce cas, pourquoi ces questions ?

— Je veux des informations sur Suzze T. Sur Alista Snow. Et sur Kitty Bolitar.

— Je ne vois pas de quoi vous parlez.

— Vous voulez mon avis ?

— À propos de ?…

— Revenons seize ans en arrière, dit Win. Gabriel Wire vous doit une considérable somme d'argent à titre de dettes de jeu. Il se drogue, court après les jupes plissées…

— Plissées ?

— Il les aime jeunes, expliqua Win.

— Ça y est, j'ai compris. Plissées.

— Vous m'en voyez ravi. Gabriel Wire est également – et c'est ça qui vous importe – accro au jeu. Bref, ce type est une calamité, mais une calamité rentable. Il a de l'argent et un énorme potentiel en matière de gains ; du coup, vous vous êtes arrangés à l'amiable pour le paiement des intérêts. Vous me suivez ?

Herman Ache ne dit rien.

— Mais un jour, Wire pousse le bouchon trop loin. Après un concert à Madison Square Garden, il invite Alista Snow, une ingénue de seize printemps, dans sa suite. Il lui file du Rohypnol, de la cocaïne et toutes les drogues qu'il a sous la main, et la gamine finit par sauter du balcon. Il panique. Ou peut-être, compte tenu de ce qu'il vous rapporte, vous avez déjà quelqu'un sur place. Peut-être Crisp. Vous rattrapez le coup. Vous intimidez les témoins et achetez même la famille Snow... tout pour dédouaner votre protégé. Il vous est encore plus redevable, à présent. J'ignore la nature de vos « rapports professionnels », mais j'imagine que Wire doit vous verser facilement la moitié de ses gains. Ce qui nous fait plusieurs millions de dollars par an, au bas mot.

Herman Ache se borna à le regarder ; il fulminait intérieurement.

— Win ?

— Oui ?

— Je sais que Myron et vous aimez à vous considérer comme des gros durs. Mais aucun de vous deux n'est imperméable aux balles.

— Tss-tss.

Win écarta les bras.

— Où est passé Monsieur Légal ? Monsieur le Respectable Homme d'Affaires ?

— Je vous aurai prévenu.

— Au fait, je suis allé voir votre frère en prison.

Le visage d'Herman s'allongea.

— Il vous transmet le bonjour.

22

CHEZ MB REPS, BIG CYNDI ÉTAIT AU TAQUET.

— J'ai des tuyaux sur le tatouage de Gabriel Wire, monsieur Bolitar.

— Voyons ça.

Elle était tout en rose aujourd'hui, avec assez de blush sur les joues pour repeindre une camionnette.

— D'après l'étude approfondie de Ma Gellan, Gabriel Wire avait un seul tatouage. Sur la cuisse gauche, pas sur la droite. Ça peut paraître bizarre, mais attendez la suite.

— Je vous écoute.

— C'était un tatouage en forme de cœur. Un tatouage permanent, c'est le prénom qui changeait à l'intérieur.

— Je ne vous suis pas très bien.

— Vous voyez comment il est, Wire ?

— Oui.

— Rock star et beau comme un dieu, mais il avait un certain penchant.

— Lequel ?

— Les filles mineures.

— Il était pédophile ?

— Je ne crois pas, non. Ses proies étaient parfaitement nubiles. Mais elles étaient jeunes. Seize, dix-sept ans.

Comme Alista Snow, par exemple. Et, maintenant qu'il y pensait, Suzze T. à l'époque.

— Mais même beau et célèbre, Wire devait souvent convaincre une fille qu'elle comptait pour lui.

— Je ne vois pas le rapport avec les tatouages.

— C'était un cœur rouge.

— Et alors ?

— Il n'y avait rien dedans. Rien que du rouge. Wire prenait un marqueur et inscrivait le prénom de la fille qu'il était en train de draguer. Puis il faisait comme s'il s'était spécialement fait tatouer pour elle.

— Ben dites donc.

— Eh oui.

— Machiavélique, hein ?

Big Cyndi poussa un soupir.

— Vous n'imaginez pas ce dont les hommes sont capables pour nous séduire. J'en sais quelque chose.

Myron s'efforçait de digérer l'information.

— Mais comment ça marchait, exactement ?

— Ça dépend. S'il voulait conclure immédiatement, Gabriel emmenait la fille chez le tatoueur le soir même. Il lui disait d'attendre, et il allait à côté écrire son prénom. Des fois, il le faisait avant le deuxième rendez-vous.

— Genre « Je tiens tellement à toi, regarde, que je me suis fait tatouer ton prénom » ?

— C'est ça.

Myron secoua la tête.

— Reconnaissez, fit Big Cyndi, que c'est une trouvaille de génie.

— Plutôt de pervers.

— Oh, il doit y avoir de ça. Gabriel Wire pouvait avoir toutes les filles qu'il voulait, même les plus jeunes. Du coup, je me demande : pourquoi se donner tant de peine ? Pourquoi tout simplement ne pas passer à la suivante ?

— Et ?

— À mon avis, comme beaucoup d'hommes, il voulait que la fille tombe amoureuse de lui. Il les aimait jeunes. Pour moi, il avait un retard de croissance, côté affectif. Il était bloqué au stade où un gars prend son pied à briser le cœur d'une fille. Comme au lycée.

— Possible.

— Ce n'est qu'une hypothèse, dit Big Cyndi.

— OK, tout cela est fort intéressant, mais quid de l'autre tatouage… le même que celui de Suzze ?

— Le motif a tout l'air d'être une œuvre originale. Ma Gellan en a déduit que Suzze et Gabriel avaient été amants. Suzze s'était fait tatouer et – pour la bluffer ou la gruger – Gabriel avait fait pareil.

— C'était donc provisoire ?

— On ne peut jurer de rien, mais compte tenu de son passif il y a des chances.

Esperanza se tenait dans l'encadrement de la porte. Myron jeta un coup d'œil dans sa direction.

— Une idée ?

— Une évidence plutôt, répondit-elle. Suzze et Gabriel étaient amants. Quelqu'un a posté le tatouage qu'ils portaient tous les deux avec un message sur la paternité de l'enfant.

— Kitty a avoué que c'était elle, dit Myron.

— Quelque part, ça tombe sous le sens.

— Ah bon, pourquoi ?

Le téléphone sonna. Big Cyndi retourna à son bureau et prit une voix sirupeuse.

— MB Reps.

Elle écouta un moment, puis secoua la tête à leur intention et pointa le doigt sur sa poitrine pour signifier qu'elle gérait.

Esperanza fit signe à Myron de la suivre dans son bureau.

— J'ai les factures détaillées du téléphone portable de Suzze.

À la télé, il semble très difficile d'obtenir ces factures ; quelquefois, pour les besoins de l'intrigue, cela peut prendre plusieurs jours, voire plusieurs semaines. En réalité, c'est une question de minutes. Et, dans le cas présent, encore moins. Comme bon nombre de leurs clients, Suzze faisait régler toutes ses factures par l'agence. Autrement dit, ils avaient son numéro de téléphone, son adresse, ses mots de passe, son numéro de Sécurité sociale. Esperanza pouvait accéder à ses appels en ligne comme si c'était son propre téléphone.

— Son dernier appel était pour le portable de Lex, mais il n'a pas répondu. À mon avis, il devait déjà être dans l'avion du retour. Mais il l'avait appelée plus tôt dans la journée. Juste après ça – le matin avant sa mort –, Suzze a appelé sur un mobile jetable. À tous les coups, la police va croire qu'elle téléphonait à son dealer pour qu'il lui livre de la drogue.

— Et ce n'est pas ça ?

— Le numéro correspond à celui que ce cher vieux Crunch vous a donné pour joindre Kitty, expliqua Esperanza.

— Ça alors.

— D'ailleurs, c'est peut-être comme ça que Suzze s'est procuré de la drogue.

— Par l'intermédiaire de Kitty ?

— Oui.

Myron avait l'air sceptique.

— Je n'y crois toujours pas.

— Vous ne croyez pas à quoi ?

— Suzze. Vous l'avez bien vue ici. Elle était enceinte. Elle était heureuse.

Se calant dans son siège, Esperanza le dévisagea l'espace de quelques battements de cils.

— Vous vous rappelez quand Suzze a gagné l'US Open ?

— Bien sûr. Quel rapport ?

— Elle s'était acheté une conduite. Elle s'est consacrée exclusivement au tennis, et paf, la voilà qui remporte un titre. Je revois encore ce coup croisé de la victoire, sa mine extatique. Je la revois lancer sa raquette en l'air, se retourner et vous montrer du doigt.

— Nous montrer, fit Myron.

— Oh, je vous en prie. Vous étiez son agent et ami, mais regardons les choses en face. Pensez à ce qui est arrivé ensuite.

Myron fouilla dans sa mémoire.

— Il y a eu une énorme fête. Suzze a apporté son trophée. Nous avons bu dedans.

— Et après ?

Il hocha la tête. Maintenant, il voyait où elle voulait en venir.

— Suzze a sombré.

— Elle a touché le fond, oui.

Quatre jours après la plus grande victoire de sa carrière – après qu'on l'avait invitée sur le plateau des émissions les plus regardées –, Myron avait trouvé Suzze, en pleurs, dans son lit à deux heures de l'après-midi. On dit qu'il n'y a rien de pire qu'un rêve qui se réalise. Suzze avait cru que le trophée de l'US Open allait la rendre heureuse sur-le-champ. Elle croyait que son petit déjeuner serait meilleur le matin, que le soleil brillerait davantage, qu'en se regardant dans le miroir elle verrait quelqu'un de plus beau, plus intelligent, plus digne d'être aimé.

Elle croyait que cette victoire allait la changer.

— Au moment même où tout allait pour le mieux, fit Esperanza, elle s'est remise à consommer.

— Et vous pensez que c'est encore ce qui s'est passé ?

Esperanza leva une main puis l'autre, comme pour mimer une balance.

— Bonheur, chute. Bonheur, chute.

— Et sa visite chez Karl Snow après toutes ces années ? Vous croyez que c'est une coïncidence ?

— Non. Mais cela a dû réveiller un tas d'émotions. Ce qui expliquerait pourquoi elle a replongé. Entre-temps, j'ai vérifié les adresses qu'elle avait rentrées dans son GPS. La première, vous l'avez trouvée… la boutique de Karl Snow. Tout le reste est facile à comprendre, sauf la deuxième. Alors là, je ne vois pas du tout.

— Le carrefour à Edison, New Jersey ?

Puis :

— Attendez. Vous ne m'avez pas dit que le portable de Kitty avait été acheté chez T-Mobile à Edison ?

— Exact.

Esperanza pianota sur son ordinateur.

— Voici l'image satellite de Google Earth.

Myron s'approcha. Des magasins. Une station-service.

— Pas de T-Mobile, dit Esperanza.

Néanmoins, il décida d'aller voir sur place.

23

LE BLUETOOTH DE LA VOITURE RELAYAIT LES APPELS sur le portable de Myron. Il avait passé la première demi-heure au téléphone avec des clients. La mort n'arrête pas la vie. Si vous voulez une preuve, retournez au boulot.

Quelques minutes avant d'arriver, il eut un coup de fil de Win.

— Tu es armé ? demanda ce dernier.

— Tu as indisposé Herman Ache, je présume.

— En effet.

— Il est donc en relation avec Gabriel Wire ?

— Il semblerait que oui, à un détail près.

— Lequel ?

— Je lui ai exposé notre théorie, comme quoi ils tiendraient Wire au moyen du chantage et des dettes de jeu.

— Oui ?

— Au bout de quelques minutes, M. Ache a fini par admettre qu'on ne s'était pas trompés.

— Ce qui veut dire ?

— Herman Ache mentirait sur le menu de son déjeuner, dit Win.

— Alors, il y a quelque chose qui nous échappe.

— Oui. Entre-temps, arme-toi.

— Je verrai ça en rentrant, répondit Myron.

— Inutile d'attendre. Tu as un trente-huit sous ton siège.

Super. Myron se pencha sous son siège, palpa la bosse.

— Autre chose que je devrais savoir ?

— J'ai fait un birdie au dernier trou. Deux coups sous le par en une seule partie.

— Comme moyen de noyer le poisson…

— J'essayais d'être modeste.

— Je trouve, dit Myron, qu'à un moment ou un autre il faudra qu'on parle à Gabriel Wire en direct.

— Ça voudra dire prendre d'assaut le château fort. Ou du moins sa propriété à l'île d'Adiona.

— Tu crois qu'on pourra franchir le cordon de sécurité ?

— Je ferai comme si je n'avais pas entendu la question.

Arrivé au carrefour à Edison, Myron se gara sur le parking d'une autre galerie marchande. Il chercha à voir s'il y avait un marchand de glaces – cette fois, il commencerait par là –, mais non, c'était juste un centre commercial lambda, avec un Best Buy, un Staples et un magasin de chaussures nommé DSW de la taille d'une petite principauté européenne.

Alors, pourquoi ici ?

Il s'efforça de reconstituer dans sa tête la dernière journée de Suzze, dans l'ordre chronologique. D'abord, elle reçoit un coup de fil de son mari Lex Ryder. La conversation dure quarante-sept minutes. Une demi-heure après avoir raccroché, Suzze appelle Kitty sur son téléphone jetable. Cet appel-là est plus bref : quatre minutes. Bon, très bien, et après ? Il y a un trou dans son emploi du temps, mais quatre heures plus tard Suzze va voir Karl Snow pour lui parler de sa fille Alista.

Il fallait tâcher de découvrir ce qui s'était passé durant ces quatre heures.

Suivant la logique du GPS, Suzze s'était rendue ici, à ce carrefour à Edison, New Jersey. Elle n'avait pas entré d'adresse dans son GPS, comme elle l'avait fait avec la boutique de Karl Snow. Il n'y avait que ce carrefour. Avec une galerie marchande d'un côté. Une station-service en face. Un concessionnaire Audi. Le reste était une zone boisée.

Alors pourquoi ? Pourquoi pas d'adresse exacte ?

Premier indice : Suzze était venue ici juste après avoir parlé avec Kitty. Compte tenu de l'ancienneté et de la complexité de leurs rapports, une conversation de quatre minutes, cela semblait affreusement court. Conclusion possible : elle avait téléphoné juste pour convenir d'un rendez-vous. Autre conclusion possible : elles s'étaient donné rendez-vous ici, à ce carrefour.

Myron chercha des yeux un café ou un restaurant, mais il n'y en avait pas. Comme il était peu probable que deux ex-championnes de tennis aient décidé d'aller acheter des chaussures, des fournitures de bureau ou de l'électronique, il élimina d'emblée ce côté-ci du carrefour. Il regarda à droite, à gauche. Et là, derrière le concessionnaire Audi, un panneau ouvragé attira son attention. On y lisait en caractères tarabiscotés à l'ancienne : *DOMAINE DE GLENDALE – RÉSIDENCES MOBILES.*

C'était, constata Myron après avoir traversé la route, un parc de mobile homes. Même les campings avaient emboîté le pas à Madison Avenue et au discours publicitaire, d'où le panneau artistement décoré et l'appellation de « domaine », comme s'il s'agissait d'une étape de prestige sur la route des Relais & Châteaux. Les mobile homes étaient disposés le long d'un réseau de voies avec des noms tels que venelle du Verger ou allée du Vieux Chêne, même s'il n'y avait pas trace d'un verger ni d'un chêne, vieux ou pas, et Myron ne savait pas très bien ce qu'était une venelle.

Depuis la route, on apercevait déjà plusieurs pancartes À LOUER. Nouvelle conclusion : Kitty et Mickey devaient loger ici. Peut-être que Suzze ne connaissait pas l'adresse exacte. Peut-être qu'un GPS était incapable de localiser la venelle du Verger ou l'allée du Vieux Chêne ; du coup, il avait fourni à Suzze l'intersection la plus proche.

Myron n'avait pas de photo de Kitty à montrer aux habitants, mais, même si cela avait été le cas, ç'aurait semblé bien trop suspect. Il ne pouvait pas non plus aller frapper à toutes les portes. Finalement, il opta pour la bonne vieille méthode de la planque. Il remonta dans la voiture et se gara à côté du bureau de la direction, d'où il pouvait voir pratiquement tous les mobile homes. Mais combien de temps devrait-il rester là à attendre ? Une heure, deux heures ? Il appela son amie Zorra, ancien agent du Mossad qui était toujours partante pour planquer. Zorra viendrait le relayer dans deux heures.

Il se cala dans son siège et en profita pour passer des coups de fil à ses clients. Chaz Landreaux, son plus ancien joueur de la NBA et un ex-All Star, espérait grignoter une année de plus chez les pros. Myron faisait le tour des directeurs techniques pour qu'ils laissent une chance au vétéran, mais, malgré sa cote auprès du public, ils n'étaient pas intéressés. Chaz était effondré.

— Je ne peux pas m'arrêter maintenant, dit-il à Myron. Tu comprends ?

Myron comprenait.

— Continue à t'entraîner, lui recommanda-t-il. L'occasion finira bien par se présenter.

— Merci, vieux. Je sais que je peux filer un coup de pouce à une jeune équipe.

— Je le sais aussi. Une question… le scénario du pire. Si la NBA n'est pas sur les rangs, que dirais-tu d'aller jouer un an en Chine ou en Europe ?

— Ça ne me branche pas trop.

En regardant par le pare-brise, Myron vit s'ouvrir la porte d'un mobile home. Cette fois, Mickey, son neveu, en sortit. Il se redressa.

— Je continue à y travailler, Chaz. On en reparle demain.

Il raccrocha. Mickey n'avait toujours pas lâché la porte. Il scruta longuement l'intérieur du mobile home avant de la laisser se refermer. C'était un solide gaillard, ainsi que Myron l'avait constaté la veille : un mètre quatre-vingt-dix et dans les cent kilos. Il marchait la tête haute, les épaules en arrière. Comme tous les Bolitar. Le père de Myron se tenait comme ça. Brad aussi. Sans parler de Myron.

On n'échappe pas à ses gènes, petit.

Et maintenant ?

Il y avait certes une vague possibilité que Suzze ait parlé à Mickey. Mais, franchement, c'était peu probable. Mieux valait rester là et attendre le départ de Mickey pour aller jeter un œil dans le mobile home. Et, si Kitty n'y était pas, il ne lui serait pas difficile de retrouver Mickey. Son neveu portait le polo rouge des vendeurs de chez Staples. On pouvait donc supposer qu'il se rendait à son travail.

Ils employaient des mineurs, maintenant, chez Staples ?

Myron rabattit le pare-soleil. Il savait que Mickey ne pourrait pas le voir à contre-jour. Le garçon se rapprocha, et il réussit à lire le prénom brodé sur son polo. Bob.

De plus en plus bizarre.

Il attendit que Mickey se soit éloigné pour descendre de voiture. Revenu vers la route, il jeta un rapide coup d'œil. En effet, Mickey se dirigeait vers le Staples. Myron retourna dans la venelle du Verger. Le parc était propre et bien entretenu. Il y avait des transats devant certains mobile homes. D'autres avaient agrémenté leur pelouse de pâquerettes en plastique et de moulins à vent multicolores. Le vent jouait dans les carillons. Il y avait aussi toutes sortes d'ornements de jardin, dont le plus prisé était incontestablement Madonna.

Myron frappa à la porte. Pas de réponse. Il frappa plus fort. Toujours rien. Il tenta de regarder à l'intérieur, mais les stores étaient baissés. Il fit le tour du mobile home. Tous les stores étaient baissés en plein jour. Il revint à la porte et essaya la poignée. La porte était verrouillée.

C'était une clenche à ressort, probablement fatiguée. Myron n'était pas expert en matière d'effraction, mais à dire vrai, forcer un vieux loquet à ressort était un jeu d'enfant. Il s'assura que personne ne le voyait. Des années plus tôt, Win lui avait appris à se servir d'une carte plus fine qu'une carte de crédit. Il avait gardé la carte dans son portefeuille, au cas où, comme un adolescent qui se balade avec une capote, mais sans trop

271

d'espoir. Il la sortit et, discrètement, la glissa entre la porte et le chambranle pour faire sauter le pêne. Si c'était un verrou à bouton, c'était perdu d'avance. Par chance, le loquet était bon marché et peu résistant.

La porte pivota sur ses gonds.

Myron s'empressa d'entrer et de refermer derrière lui. Il n'y avait pas de lumière à l'intérieur, et les stores baissés laissaient filtrer une clarté livide.

— Il y a quelqu'un ?

Pas de réponse.

Il appuya sur l'interrupteur. Les ampoules mirent du temps à se mettre en route. La pièce était conforme à ce qu'on peut attendre d'un mobile home de location. Il y avait là un de ces « coins loisirs » à quatre-vingt-dix-neuf dollars, archicompliqués à monter, avec une poignée de livres de poche, un petit téléviseur et un ordinateur portable usé. Une table basse face à un canapé-lit, table qui n'avait pas vu de dessous-de-verre depuis que l'homme avait posé le pied sur la Lune. Et canapé-lit parce qu'il y avait un oreiller et une pile de couvertures posés dessus. Mickey devait dormir là, et sa mère dans la chambre.

Sur la tablette du fond, Myron repéra une photo. Il alluma la lampe et la prit pour mieux voir. Mickey en tenue de basket, échevelé, des frisottis collés au front par la sueur. Et Brad, tenant son fils par le cou, comme pour le cravater affectueusement. Le père et le fils avaient tous deux un sourire jusqu'aux oreilles. Brad couvait Mickey d'un œil si tendre que Myron eut presque l'impression d'envahir leur intimité. Le nez de Brad était très clairement de travers. Qui plus est, il avait vieilli ; son front commençait à se dégarnir, et à la pensée de tout ce temps perdu, le cœur de Myron se serra de nouveau.

Entendant du bruit derrière lui, il se retourna vivement. Cela venait de la chambre. Il s'approcha, jeta un regard à l'intérieur. Si la pièce principale était propre et rangée, la chambre semblait avoir été ravagée par une tornade, et là, dans l'œil du cyclone, couchée sur le dos, dormait (ou pire) Kitty.

— Eh !

Elle ne bougea pas. Sa respiration était rauque, saccadée. La chambre sentait la cigarette froide et la sueur aux relents de bière. Myron décida de fouiner un peu avant de la réveiller. Son téléphone mobile jetable était posé sur la table de chevet. Il le consulta, reconnut les appels de Suzze et de Joel « Crunch » Fishman. Il y avait trois ou quatre autres appels, dont un numéro à l'étranger. Il les nota sur son BlackBerry et les expédia par mail à Esperanza. En fouillant dans le sac de Kitty, il trouva son passeport et celui de Mickey. Il y avait des dizaines de tampons : tous les continents étaient représentés. Myron les parcourut en essayant de s'y retrouver dans les dates. Bon nombre de ces tampons étaient à demi effacés. Cependant, il semblait que Kitty soit entrée sur le territoire des États-Unis en venant du Pérou huit mois plus tôt.

Il remit les passeports dans le sac à main et continua à explorer son contenu. Pas de surprises à première vue, mais, en palpant la doublure – tiens, tiens –, il sentit un renflement sous ses doigts. Il écarta l'ourlet et sortit un sachet en plastique avec une pincée de poudre brunâtre à l'intérieur.

L'héroïne.

La moutarde lui monta au nez. Myron était à deux doigts de la réveiller d'un coup de pied dans le sommier lorsqu'il aperçut un objet par terre et cilla, incrédule. C'était là, à côté de la tête de Kitty, à l'endroit où, en s'endormant, on fait tomber un livre ou un magazine. Il se pencha pour mieux voir. Il ne voulait pas le toucher pour ne pas laisser ses empreintes.

C'était un pistolet.

Myron regarda autour de lui, trouva un tee-shirt par terre et s'en servit pour ramasser l'arme. Un calibre 38, comme celui qu'il portait maintenant à la ceinture grâce aux bons offices de Win. Que diable ?... Il fut presque tenté d'alerter les services sociaux et de la laisser se débrouiller avec eux.

— Kitty ?

Il avait parlé plus fort, plus durement. Pas de réaction. Elle ne dormait pas. Elle était inconsciente. Il donna un coup de pied dans le lit. Rien. Il hésita à lui jeter de l'eau au visage. Pour finir, il lui tapota les joues. Se baissant, il sentit son haleine fétide. Il revit l'époque où, ado craquante, elle avait régné sans partage sur le court central, et son dicton yiddish favori lui revint fugitivement à l'esprit : l'homme prévoit, Dieu rit.

Et ce rire-là ne présageait rien de bon.

— Kitty ? répéta-t-il brutalement.

Elle ouvrit les yeux d'un seul coup et roula sur le côté. Myron reculait, pris au dépourvu, lorsqu'il se rendit compte de son intention.

— C'est ça que tu cherches ?

Il brandit le pistolet. Elle porta ses mains à son front malgré la pénombre et battit des paupières.

— Myron ?

24

— MAIS QU'EST-CE QUE TU FABRIQUES, bon sang, avec une arme chargée ?

Kitty sauta du lit et regarda sous le store baissé.

— Comment tu m'as retrouvée ?

Elle avait les yeux qui lui sortaient de la tête.

— Mon Dieu, tu n'as pas été suivi ?

— Quoi ? Non.

— Tu en es sûr ?

Panique totale. Elle se précipita vers une autre fenêtre pour vérifier.

— Comment tu m'as retrouvée ?

— Calme-toi, s'il te plaît.

— Je ne me calmerai pas. Où est Mickey ?

— Je l'ai vu partir travailler.

— Déjà ? Quelle heure est-il ?

— Une heure de l'après-midi.

Myron s'efforça de lui remettre les idées en place.

— Tu as vu Suzze, hier ?

— C'est comme ça que tu m'as trouvée ? Elle avait promis de ne rien dire.

— À quel sujet ?

— En général. Mais surtout l'endroit où j'habite. Je lui ai expliqué.

Continue à la faire parler, se dit Myron.

— Expliqué quoi ?

— Le danger. Mais elle avait déjà compris.

— Kitty, sois claire. Quel est ce danger qui te menace ?

Elle secoua la tête.

— Je n'y crois pas, que Suzze m'ait balancée.

— Elle ne t'a pas balancée. Je t'ai retrouvée grâce à son GPS et sa facture de téléphone.

— Quoi ? Comment ?

Inutile de s'éterniser là-dessus.

— Tu dors depuis combien de temps ?

— Je ne sais pas. Je suis sortie, hier soir.

— Pour aller où ?

— Ça ne te regarde pas.

— Tu as été te shooter ?

— Fiche le camp !

Il recula, leva les mains comme pour montrer que ses intentions n'étaient pas hostiles. Il fallait qu'il arrête de l'agresser. Pourquoi a-t-on tendance à tout gâcher dès qu'il s'agit de notre famille ?

— Tu es au courant pour Suzze ?

— Elle m'a tout raconté.

— Elle t'a raconté quoi ?

— C'est confidentiel. Elle a ma parole. Et j'ai la sienne.

— Kitty, Suzze est morte.

Tout d'abord, il crut qu'elle n'avait pas entendu. Kitty le dévisagea fixement, le regard clair pour la première fois. Puis elle se mit à secouer la tête.

— Overdose, dit Myron. Hier soir.

Elle continuait à secouer la tête.

— Non…

— Où, d'après toi, aurait-elle pu se procurer de la drogue, Kitty ?

— Elle n'aurait pas fait ça. Elle était enceinte.

— C'est toi qui lui as fourni la poudre ?

— Moi ? Mon Dieu, mais pour qui me prends-tu ?

Pour quelqu'un qui dort avec une arme à côté de son lit. Quelqu'un qui planque de la drogue dans son sac à main. Quelqu'un qui taille des pipes à des inconnus en boîte de nuit afin de se payer un shoot. Tout haut, il demanda :

— Elle est venue ici hier, n'est-ce pas ?

Kitty ne répondit pas.

— Pourquoi ?

— Elle m'a appelée.

— Comment a-t-elle eu ton numéro ?

— Elle a envoyé un mail sur ma page Facebook. Comme toi. Elle disait que c'était urgent. Qu'elle avait des choses à me dire.

— Donc tu lui as envoyé ton numéro de téléphone.

Kitty fit signe que oui.

— Suzze a appelé. Et tu lui as donné rendez-vous ici.

— Pas ici, non. J'avais encore un doute. Je ne savais pas si je pouvais lui faire confiance. J'avais peur.

Myron comprenait mieux, maintenant.

— Alors, au lieu de lui donner cette adresse, tu lui as juste indiqué le carrefour.

— C'est ça. Je lui ai dit de se garer devant le Staples. Comme ça, je pouvais la surveiller. Pour m'assurer qu'elle était venue seule, que personne ne l'avait suivie.

— Mais qui l'aurait suivie, selon toi ?

Kitty secoua fermement la tête. De toute évidence, elle mourait de peur. Myron décida de ne pas insister, s'il voulait qu'elle continue à parler. Il ramena donc la conversation sur un terrain plus sûr.

— Comme ça, Suzze et toi, vous avez eu une discussion ?

— Oui.

— À propos de quoi ?

— Je te l'ai dit. C'est confidentiel.

Myron se rapprocha. Passant outre à l'aversion viscérale qu'elle lui inspirait, il posa doucement la main sur son épaule, plongea son regard dans le sien.

— Écoute-moi bien, OK ?

Les yeux de Kitty étaient redevenus vitreux.

— Suzze est venue te voir hier, dit-il comme s'il s'adressait à un enfant attardé. Après ça, elle est allée voir Karl Snow à Kasselton. Tu vois qui c'est ?

Fermant les yeux, elle acquiesça.

— Ensuite elle est rentrée chez elle et elle a pris de la drogue, en quantité suffisante pour se tuer.

— Elle n'aurait pas fait ça. Pas au bébé. Je la connais. Elle a été assassinée. Ils ont eu sa peau.

— Qui, « ils » ?

Nouveau geste de dénégation, genre « Je ne parlerai pas ».

— Kitty, il faut que tu m'aides à comprendre ce qui a pu se passer. De quoi avez-vous parlé ?

— Nous avons promis toutes les deux.

— Elle est morte. Vos promesses ne sont plus d'actualité. Tu ne trahis la confiance de personne. Qu'est-ce qu'elle t'a dit ?

Kitty tendit la main vers son sac et en tira un paquet de cigarettes Kool. Pendant quelques instants, elle ne fit que le contempler.

— Elle savait que c'était moi qui avais posté ce commentaire, « Pas le sien ».

— Et elle t'en voulait ?

— C'était plutôt l'inverse. Elle voulait que je lui pardonne.

Myron réfléchit brièvement.

— À cause des rumeurs qu'elle avait fait courir sur toi quand tu étais enceinte ?

— C'est ce que je croyais. Qu'elle regrettait d'être allée raconter partout que je couchais à droite et à gauche et que l'enfant n'était pas de Brad.

Kitty soutint le regard de Myron.

— Suzze te l'a bien dit, non ?

— En effet.

— C'est pour ça que tu me prenais pour une salope ? Que tu as dit à Brad que le bébé n'était sans doute pas de lui ?

— Pas seulement.

— Mais ça n'a pas dû aider.

— Je suppose que non, répliqua-t-il, ravalant sa colère. Tu ne vas pas me dire que Brad était le seul homme avec qui tu couchais à l'époque, hein ?

Erreur. Myron s'en rendit compte aussitôt.

— Quelle importance ? rétorqua-t-elle. De toute façon, tu es prêt à croire le pire. Comme d'habitude.

— Je voulais juste que Brad se renseigne, c'est tout. Je suis son grand frère. C'est normal que je veille sur lui.

La voix de Kitty était empreinte d'amertume.

— Que c'est noble de ta part.

Elle était en train de lui échapper. De perdre le fil.

— Donc Suzze est venue s'excuser pour avoir fait courir ces rumeurs ?

— Non.

— Mais tu viens de dire…

— C'est ce que j'ai cru. Au début. Et elle s'est excusée. Elle a dit qu'elle s'était laissé avoir par son esprit de compétition. Ce n'est pas ton esprit de compétition, j'ai dit. C'est ta garce de mère. Vaincre ou mourir. Pas de quartier. Elle était tarée. Tu te souviens d'elle ?

— Oui.

— Je ne soupçonnais pas à quel point elle était cinglée. Tu te rappelles cette jolie patineuse olympique dans les années quatre-vingt-dix… Comment s'appelait-elle, déjà ? Celle qui s'est fait agresser par un ex de sa rivale ?

— Nancy Kerrigan.

— C'est ça. Je voyais bien la mère de Suzze concocter un plan du même genre, engager quelqu'un pour me péter la jambe avec un démonte-pneu, par exemple. Mais Suzze a dit que ce n'était pas sa mère. Peut-être qu'elle lui avait mis la pression et que Suzze a craqué, mais la responsable, c'était Suzze, et pas elle.

— Responsable de quoi ?

Le regard de Kitty pivota vers la droite. Un petit sourire jouait sur ses lèvres.

— Tu veux entendre un truc marrant, Myron ?

Il attendit.

— J'adorais le tennis. Le jeu en tant que tel.

Son visage avait pris un air rêveur, et Myron la revit déambuler à travers le court comme une panthère.

— Je n'étais pas une vraie battante, contrairement aux autres filles. Bien sûr, j'avais envie de gagner. Mais en fait, depuis toute petite, j'aimais jouer, tout simplement. Je ne comprends pas les gens qui veulent la victoire à tout prix. Je les trouve odieux, surtout en tennis. Tu sais pourquoi ?

Il fit signe que non.

— Un match de tennis, ça se joue à deux. À la fin, il y a un vainqueur et un perdant. Et, à mon avis, le plaisir ne vient pas du fait d'avoir gagné. Le plaisir vient du fait d'avoir battu quelqu'un.

Elle plissa le visage comme un enfant perplexe.

— Pourquoi est-ce quelque chose qu'on admire ? On les appelle vainqueurs, mais quand on y pense, ils tirent leur fierté de la défaite d'un autre. Qu'y a-t-il d'admirable là-dedans ?

— C'est une bonne question.

— Je voulais être joueuse professionnelle parce que… enfin, n'est-ce pas merveilleux de gagner sa vie en pratiquant le sport qu'on aime ?

Myron entendit la voix de Suzze : « Kitty était une joueuse extraordinaire, tu ne crois pas ? »

— Tout à fait.

— Mais quand tu es vraiment bon, vraiment doué, tout le monde se ligue pour te gâcher le plaisir. Pourquoi ?

— Je ne sais pas.

— Pourquoi, dès qu'on nous découvre le moindre potentiel, adieu la beauté et bonjour la compétition ? On nous expédie dans des écoles qui sont de véritables paniers de crabes. On nous monte contre nos amies. Il ne suffit pas de réussir… il faut que vos amies échouent. Suzze m'a expliqué tout ça comme si je n'étais pas au courant. Moi qui ai dû abandonner ma carrière. Elle savait mieux que personne à quel point le tennis comptait pour moi.

Myron n'osait pas ciller, de peur de rompre le charme. Mais Kitty se tut.

— Donc Suzze est venue s'excuser ?

— Oui.

— Et qu'est-ce qu'elle t'a dit ?

— Elle m'a dit…

Le regard de Kitty glissa sur lui pour se poser sur le store de la fenêtre.

— … qu'elle était désolée d'avoir brisé ma carrière.

Myron s'efforça de garder un air neutre.

— Et comment a-t-elle fait pour briser ta carrière ?

— Tu ne m'as pas crue, Myron.

Il ne dit rien.

— Tu pensais que j'avais fait exprès de tomber enceinte. Pour mettre le grappin sur ton frère.

Elle souriait bizarrement, à présent.

— C'est stupide, si tu y réfléchis deux secondes. Pourquoi aurais-je fait ça ? J'avais dix-sept ans. Je voulais être joueuse professionnelle et pas maman. Pourquoi serais-je tombée volontairement enceinte ?

Myron ne s'était-il pas fait la même réflexion ?

— Désolé, dit-il. J'aurais dû y penser. La pilule, ça ne marche pas à cent pour cent. On l'apprend dès la cinquième, non ?

— Mais tu n'y as pas cru, n'est-ce pas ?

— Sur le moment, non. Et je le regrette.

— Encore des excuses, fit-elle. Et trop tard, comme toujours. Mais bon, tu te trompes.

— À propos de quoi ?

— De la pilule. Vois-tu, c'est ça que Suzze est venue me dire. Au début, elle a fait ça comme une blague. Mais réfléchis un peu. Suzze savait que j'étais croyante… que jamais je n'aurais avorté. Alors quel était le meilleur moyen de m'éliminer, moi, sa principale concurrente ?

La voix de Suzze sur la terrasse : « Mes parents m'ont expliqué que tous les moyens étaient bons dans une compétition. Tu fais ce qu'il faut pour gagner… »

— Mon Dieu.

Kitty hocha la tête comme pour confirmer.

— Voilà ce que Suzze est venue me dire. Elle avait interverti mes pilules contraceptives. C'est comme ça que je me suis retrouvée enceinte.

Cela tombait sous le sens. C'était peut-être stupéfiant, mais tout se tenait. Myron mit une seconde à digérer l'information. Suzze avait été perturbée lorsqu'ils avaient parlé tous les deux, sur sa terrasse. Maintenant il comprenait pourquoi – les histoires de remords, le danger de vouloir gagner coûte que coûte, les regrets vis-à-vis du passé –, les choses s'éclaircissaient.

— J'étais à mille lieues de l'imaginer, dit-il.

— Je sais. Mais au fond ça ne change pas grand-chose, hein ?

— Probablement pas. Tu lui as pardonné ?

— Je l'ai laissée parler. Je l'ai laissée vider son sac. Sans l'interrompre. Sans poser de questions. Et, quand elle a eu terminé, je me suis levée, j'ai traversé cette même pièce et je l'ai serrée dans mes bras. Je l'ai serrée très fort. Et longtemps. Puis je lui ai dit : « Merci. »

— De quoi ?

— C'est ce qu'elle m'a demandé. Vu de l'extérieur, ça peut se comprendre. Regarde ce que je suis devenue. Qu'aurait été ma vie, hein, si elle n'avait pas interverti les pilules ? Peut-être que j'aurais été la championne de tennis que tout le monde attendait, j'aurais collectionné les trophées et les voyages de luxe, tout ça. Peut-être que Brad et moi serions restés ensemble ; on aurait vécu heureux et eu des enfants après ma retraite, à peu près à cette époque-ci. Peut-être. Mais une chose est sûre : si Suzze n'avait pas interverti les pilules, on n'aurait pas eu Mickey.

Ses yeux s'embuèrent.

— Quoi qu'il soit arrivé par la suite – tous les malheurs qu'on a pu connaître depuis –, Mickey le rachète au centuple. Peu importe la motivation de Suzze, Mickey est là à cause d'elle. Le plus beau cadeau que Dieu m'ait fait… Alors non seulement je lui ai pardonné, mais je l'ai remerciée car tous les jours, même si j'ai la tête en vrac, je m'agenouille et remercie Dieu de m'avoir donné ce garçon magnifique.

Myron était frappé de stupeur. Kitty alla dans la pièce principale, ouvrit la porte du frigo. Il n'y avait pas grand-chose, mais c'était rangé avec soin.

— Mickey a fait les courses, dit-elle. Tu veux boire quelque chose ?

— Non.

Puis :

— Et toi, qu'as-tu confessé à Suzze ?

— Rien.

Kitty mentait. Son regard se remit à errer à travers la pièce.

— Alors pourquoi, en sortant d'ici, est-elle allée voir Karl Snow dans sa boutique ?

— Je ne sais pas.

Le bruit d'une voiture la fit sursauter.

— Oh, mon Dieu.

Elle claqua la porte du frigo et jeta un œil sous le store baissé. La voiture passa, mais Kitty ne se détendit pas. Ses yeux s'étaient à nouveau agrandis de terreur. Elle battit en retraite dans un coin et regarda autour d'elle comme si les meubles allaient l'attaquer de concert.

— Il faut qu'on fasse nos valises.

— Pour aller où ?

Elle ouvrit un placard. Les affaires de Mickey... suspendues à des cintres, les chemises pliées sur l'étagère. Dieu, que ce gamin était soigneux !

— Rends-moi mon pistolet.

— Kitty, que se passe-t-il ?

— Si tu nous as retrouvés... on n'est pas en sécurité ici.

— Pourquoi ? Où est Brad ?

Kitty sortit une valise de sous le canapé. Elle entreprit d'y empiler les habits de Mickey. En regardant cette héroïnomane flippée – on ne pouvait pas dire ça autrement –, Myron prit conscience d'une chose étrange, et cependant évidente.

— Brad ne ferait pas ça aux siens.

Voilà qui la coupa dans son élan.

— Quoi qu'il se passe – j'ignore si tu es réellement en danger, Kitty, ou si tu traverses une crise aiguë de paranoïa –, je connais mon frère. Il ne vous aurait pas abandonnés ainsi, toi et son fils... avec toi à cran, dans cet état de frayeur, réelle ou imaginaire.

Le visage de Kitty se décomposa à vue d'œil. Sa voix était pleurnicharde, presque enfantine :

— Ce n'est pas sa faute.

Aïe. Myron savait qu'il marchait sur des œufs. Il fit un pas vers elle, un tout petit pas, et lui parla avec toute la douceur dont il était capable :

— Je le sais.

— J'ai si peur…

Il hocha la tête.

— Mais Brad ne peut rien pour nous.

— Où est-il ?

Tout le corps de Kitty se raidit.

— Je ne peux pas te le dire. S'il te plaît. Je ne peux pas.

— OK.

Il leva les mains. Tout doux, Myron. N'insiste pas.

— Mais peut-être que moi, je pourrais vous aider.

Elle le regarda d'un air méfiant.

— Comment ?

Enfin une ouverture, bien que minuscule. Il voulait lui proposer une cure de désintoxication. Il connaissait un endroit pas loin de la maison de Livingston. C'était là qu'il pensait la conduire pour tenter de la faire décrocher. Lui pendant ce temps hébergerait Mickey, jusqu'à ce qu'ils arrivent à joindre Brad, jusqu'à ce qu'il revienne.

Mais ses propres paroles ne cessaient de le hanter : Brad ne les aurait pas abandonnés ainsi. Alors de deux choses l'une. Soit Brad ignorait l'état de sa femme. Soit il était dans l'incapacité de leur venir en aide.

— Kitty, fit-il lentement, est-ce que Brad est en danger ? Est-ce la raison pour laquelle tu as si peur aujourd'hui ?

— Il reviendra bientôt.

Elle se mit à se gratter les bras, avec force, comme si elle avait eu des puces sous la peau. Son regard vagabondait, incapable de se fixer. Tiens, tiens, se dit Myron.

— Ça ne va pas ? demanda-t-il.

— Il faut que j'aille dans la salle de bains. Où est mon sac ?

Mais oui, bien sûr.

Elle se rua dans la chambre, attrapa son sac et ferma la porte de la salle de bains. Myron tapota sa poche arrière. Son magot était bien là. De la salle de bains provenaient les bruits d'une fouille frénétique.

— Kitty ? appela-t-il.

Des pas sur le perron lui firent tourner la tête. À travers la porte de la salle de bains, Kitty cria :

— Qui est là ?

Gagné par sa panique, Myron sortit le pistolet, le pointa sur la porte. Celle-ci s'ouvrit sur Mickey. Myron abaissa vivement son arme.

Mickey regarda son oncle.

— Nom d'un…

— Salut, Mickey.

Myron désigna son badge.

— Ou dois-je t'appeler Bob ?

— Comment tu nous as trouvés ?

Mickey avait peur aussi. Ça s'entendait dans sa voix. Il y avait la colère, certes, mais surtout il y avait cette peur.

— Où est ma mère ?

— Dans la salle de bains.

Il courut vers la porte, posa la main sur le battant.

— Maman ?

— Tout va bien, Mickey.

Appuyant le front sur la porte, il ferma les yeux. Sa voix se chargea d'une tendresse poignante :

— Maman, sors, s'il te plaît.

— Ça va aller, dit Myron.

Les poings serrés, Mickey fit volte-face. Quinze ans, et déjà prêt à tenir tête au monde entier. Ou, du moins, à son oncle. Il était brun, sportif, avec cet air maussade, presque mauvais, qui fait craquer les filles. Myron se demanda d'où ça lui venait, puis, regardant la porte de la salle de bains, se dit qu'il connaissait la réponse.

— Comment tu nous as trouvés ? répéta Mickey.

— Ne t'inquiète pas pour ça. J'avais quelques questions à poser à ta maman.

— À propos de quoi ?

— Où est ton père ?

— Ne lui dis pas ! glapit Kitty.

Il se retourna vers la porte.

— Maman ? Tu veux bien sortir de là ?

D'autres échos d'une recherche fébrile et – ainsi que Myron le savait – infructueuse. Kitty se mit à jurer. Mickey se tourna vers Myron.

— Va-t'en.

— Non.

— Quoi ?

— Tu es le gamin de quinze ans. Je suis l'adulte. La réponse est non.

Kitty pleurait, maintenant. Ils l'entendaient tous les deux.

— Mickey ?

— Oui, maman.

— Comment je suis rentrée, hier soir ?

Mickey lança un regard noir à Myron.

— Je t'ai ramenée.

— C'est toi qui m'as mise au lit ?

288

À l'évidence, Mickey ne tenait guère à poursuivre cette conversation devant Myron. Il chuchota à travers la porte, comme si Myron pouvait ne pas entendre :

— Oui.

Myron se contenta de secouer la tête.

La voix de Kitty monta dans les aigus :

— Tu as fouillé dans mon sac ?

Cette fois, ce fut Myron qui répondit :

— Non, Kitty, c'est moi.

Mickey se tourna pour faire face à son oncle. Myron plongea la main dans sa poche arrière, en tira l'héroïne. La porte de la salle de bains s'ouvrit. Kitty sortit en trombe.

— Donne-moi ça.

— Sûrement pas.

— Non mais, pour qui tu te prends…

— Ça suffit, maintenant, rétorqua Myron. Tu es une junkie. Lui, c'est un gamin. Vous allez venir avec moi, tous les deux.

— Tu n'as pas à nous dire ce qu'on doit faire, siffla Mickey.

— Mais si, Mickey, justement. Je suis ton oncle. Que ça te plaise ou non, je ne te laisse pas ici avec une maman junkie prête à se shooter devant son fils.

Mickey restait campé entre sa mère et Myron.

— On se débrouille très bien tout seuls.

— Non, Mickey. Tu travailles illégalement, à tous les coups, sous un faux nom. Tu vas la chercher dans les bars ou bien elle rentre en titubant, et tu la couches. Tu conserves un aspect humain à ce logement. Tu remplis le frigo pendant qu'elle traîne au lit et se shoote.

— Tu ne peux rien prouver.

— Bien sûr que si, mais peu importe. Voici ce qui va se passer, et si ça ne te plaît pas, tant pis. Kitty, je vais te placer en cure de désintoxication. Dans un très bon établissement. J'ignore s'ils pourront t'aider – à supposer qu'on puisse t'aider –, mais ça vaut le coup d'essayer. Toi, Mickey, tu viens avec moi.

— Compte là-dessus.

— Mais parfaitement. Tu peux loger à Livingston avec tes grands-parents, si tu ne veux pas vivre chez moi. Ta maman se fera soigner. Nous contacterons ton père pour le tenir au courant de la situation.

Mickey faisait rempart de son corps devant sa mère qui se ratatinait de minute en minute.

— Tu ne peux pas nous obliger à te suivre.

— Si, je peux.

— Tu crois que tu me fais peur ? Si grand-père ne s'était pas interposé…

— Cette fois, dit Myron, tu ne vas pas me sauter dessus dans le noir.

Mickey essaya de sourire.

— N'empêche, je peux encore me mesurer à toi.

— Non, Mickey. Tu es fort, tu es courageux, mais tu n'as aucune chance. Ça n'a aucune importance, d'ailleurs… Ou tu fais ce que je dis, ou j'appelle les flics. La mise en danger d'un enfant : ta mère pourrait finir en prison.

Kitty cria :

— Non !

— Je ne vous laisse plus le choix, de toute façon. Où est Brad ?

Kitty émergea de derrière son fils. Elle tenta de se redresser et, l'espace d'une seconde, Myron crut voir l'ancienne sportive. Mickey dit :

— Maman ?

— Il a raison, déclara Kitty.

— Non…

— Nous avons besoin d'aide. Nous avons besoin de protection.

— Nous pouvons nous débrouiller seuls.

Elle prit le visage de son fils entre ses mains.

— Ça va aller. Il a raison. Je pourrai me faire soigner. Toi, tu seras en sécurité.

— Pourquoi ? redemanda Myron. Qu'est-ce qu'il risque ? Bon, ça suffit. Je veux savoir où est mon frère.

— Nous aussi, dit Kitty.

Mickey répéta :

— Maman ?

Myron fit un pas en avant.

— Mais de quoi vous parlez ?

— Brad a disparu il y a trois mois, répondit Kitty. C'est pour ça que nous nous cachons. Aucun de nous n'est en sécurité.

25

PENDANT QU'ILS RANGEAIENT leurs maigres possessions dans les valises, Myron appela Esperanza et lui demanda d'organiser le séjour de Kitty à la clinique de Coddington. Puis il téléphona à papa.

— Ça ira si Mickey loge à la maison pendant quelque temps ?

— Évidemment, dit papa. Qu'est-ce qui se passe ?

— Beaucoup de choses.

Papa écouta sans interrompre. Myron lui parla des problèmes de drogue de Kitty, du fait qu'elle était toute seule avec Mickey, de la disparition de Brad. Quand il eut fini, papa observa :

— Ton frère n'aurait pas abandonné sa famille comme ça.

Il pensait la même chose que Myron.

— Je sais.

— Ça veut dire qu'il a des ennuis. D'accord, vous avez eu des différends dans le passé, mais…

Il ne termina pas sa phrase. Papa était ainsi. Quand Myron était jeune, papa le poussait à réussir sans en avoir l'air. Il ne cachait pas qu'il était fier des exploits de son fils, mais jamais il ne les présentait comme la raison principale de sa fierté. Cette fois encore, papa s'abstint de demander… mais il n'en avait pas besoin.

— Je le retrouverai, dit Myron.

Durant le trajet, il essaya d'en savoir plus.

Kitty était assise à l'avant, à côté de lui. Mickey, à l'arrière, les ignorait royalement. Il regardait par la vitre, les oreillettes blanches de son iPod bien enfoncées… Image même de l'ado mal embouché, ce qu'il était, du reste.

Le temps qu'ils arrivent au centre de désintoxication de Coddington, il avait appris ceci : huit mois plus tôt, à en juger par le tampon sur le passeport, Brad, Kitty et Mickey Bolitar étaient venus s'installer à Los Angeles. Voilà trois mois, Brad était reparti de toute urgence en « mission secrète » au Pérou en leur recommandant de n'en parler à personne.

— Qu'entendait-il par là ?

Kitty affirma qu'elle n'en savait rien.

— Il a juste dit de ne pas s'inquiéter pour lui et de ne pas en parler. Il nous a dit aussi de faire attention.

— À quoi ?

Kitty se borna à hausser les épaules.

— Une idée, Mickey ?

Le garçon ne broncha pas. Myron réitéra la question à tue-tête pour se faire entendre. Mais soit Mickey n'entendit pas, soit il choisit de le snober. Myron se retourna vers Kitty.

— Je croyais que vous bossiez tous deux pour une organisation humanitaire.

— C'est exact.

— Eh bien ?

Nouveau haussement d'épaules. Myron posa d'autres questions, mais elle ne lui apprit pas grand-chose. Des semaines avaient passé sans aucune nouvelle de Brad. À un moment donné, Kitty avait eu l'impression qu'on les surveillait. Le téléphone sonnait, et on leur raccrochait au nez. Un soir, quelqu'un l'avait agressée sur le parking d'un supermarché, mais elle avait réussi à s'enfuir. Elle avait alors décidé de déménager avec Mickey et d'éviter de se faire remarquer.

— Pourquoi ne pas m'avoir dit tout ça plus tôt ? demanda Myron.

Kitty le dévisagea en haussant les sourcils.

— À toi ? Tu veux rire ?

Myron n'avait pas envie de déterrer la vieille hache de guerre.

— Ou à quelqu'un d'autre. Brad a disparu depuis trois mois. Combien de temps comptais-tu attendre ?

— Je viens de te l'expliquer. Brad m'a recommandé de n'en parler à personne. Il a dit que ce serait dangereux pour nous tous.

Myron n'était toujours pas convaincu – quelque chose ne collait pas là-dedans –, mais lorsqu'il insista, Kitty se tut et fondit en larmes. Puis, quand elle fut sûre que Mickey n'écoutait pas (Myron, lui, était sûr qu'il écoutait), elle le supplia de lui rendre son magot, « une petite dernière, s'il te plaît », arguant qu'elle allait entrer en cure de désintoxication, de toute façon… alors qu'est-ce que ça changeait, hein ?

Le panneau était petit, et on y lisait : CENTRE DE DÉSINTOXICATION DE CODDINGTON. Myron franchit le portail et s'engagea dans l'allée. De l'extérieur, l'établissement avait des faux airs de bed and breakfast victorien. À l'intérieur, dans le hall d'accueil du moins, c'était un mélange intéressant d'hôtel de luxe et de prison. Les enceintes au plafond diffusaient de la musique classique. Il y avait un grand lustre, mais les fenêtres en ogive étaient équipées de barreaux.

La réceptionniste avait un badge à son nom, CHRISTINE SHIPPEE. Myron savait toutefois qu'elle était plus qu'une réceptionniste. Christine était en fait la fondatrice du centre. Elle les salua à travers une sorte de vitre pare-balles, à supposer qu'on puisse appeler cela « saluer ». Christine avait une tête comme un panneau de sens interdit. Ses lunettes de lecture se balançaient au bout d'une chaîne. Elle les toisa, ne les trouva visiblement pas à son goût et soupira. Puis elle leur glissa des formulaires par une ouverture semblable à celles des guichets de banque.

— Remplissez ces papiers et revenez me voir ensuite, dit-elle en guise de présentation.

Myron alla se mettre dans un coin. Il s'apprêtait à écrire son nom lorsque Kitty l'arrêta.

— Marque Lisa Gallagher. C'est le nom que j'utilise. Je ne veux pas qu'ils me retrouvent.

Une fois de plus, Myron demanda qui étaient ces « ils », et, une fois de plus, elle prétendit ne rien savoir. Mais l'heure n'était pas aux tergiversations. Il remplit les formulaires et les rapporta à l'accueil. La réceptionniste chaussa ses lunettes et entreprit de tout vérifier. Kitty se mit à trembler de plus belle. Mickey l'enlaça pour tâcher de l'apaiser. En vain. Elle paraissait toute petite, toute frêle dans ses bras.

— Vous avez des bagages ? lui demanda Christine.

Mickey souleva la valise pour lui montrer.

— Laissez-la ici. Nous examinerons son contenu avant de la monter dans votre chambre.

Christine reporta son attention sur Kitty.

— Allez, dites au revoir. Puis attendez devant cette porte, nous allons vous ouvrir.

— Minute, fit Mickey.

Le regard de Christine se posa sur lui.

— Je peux l'accompagner ?

— Non.

— Mais je veux voir sa chambre.

— Et moi, je veux me rouler dans la boue avec Hugh Jackman. Ni l'un ni l'autre n'est envisageable. Dites au revoir et on y va.

Mickey insista :

— Quand puis-je venir lui rendre visite ?

— On verra. Ta mère a besoin de se faire soigner.

— Et ça va prendre combien de temps ?

Christine regarda Myron.

— Pourquoi est-ce que je discute avec un gamin ?

Kitty continuait à trembler comme une feuille.

— Je ne suis pas sûre…

— Si tu ne veux pas y aller…, dit Mickey.

— Mickey, l'interrompit Myron. Tu n'aides pas, là.

Baissant la voix, Mickey rétorqua rageusement :

— Tu ne vois pas qu'elle a peur ?

— Je sais bien qu'elle a peur. Mais tu n'aides pas. Laisse les gens d'ici faire leur boulot.

Kitty se cramponna à son fils.

— Mickey ?

D'un côté, Myron éprouvait de la compassion pour elle. De l'autre, il avait très envie de l'arracher à son fils et d'expédier d'un coup de pied sa petite personne égoïste à travers la porte.

Mickey se tourna vers lui.

— Il doit y avoir un autre moyen.

— Il n'y en a pas.

— Je ne la laisse pas ici.

— Tu n'as pas le choix, Mickey. C'est ça ou j'appelle les flics, les services sociaux et tout le bataclan.

À présent, il se rendait compte que Kitty n'était pas la seule à être angoissée. Au fond, Mickey n'était encore qu'un enfant. Myron revit les photos de la petite famille : papa, maman, fils unique. Le père de Mickey avait disparu quelque part en Amérique du Sud. Sa mère était sur le point de franchir une lourde porte de sécurité pour entrer dans l'univers dur ct solitaire de la désintoxication et de la désaccoutumance à la drogue.

— Ne t'inquiète pas, ajouta Myron en s'efforçant de parler gentiment. Nous prendrons soin de toi.

Mickey grimaça.

— Tu es sérieux, là ? Tu crois que j'ai besoin de ton aide ?

— Mickey ?

C'était Kitty. Il se tourna vers elle, et soudain les rôles s'inversèrent, ou plutôt les choses reprirent leur place : Kitty était redevenue la mère, et Mickey son enfant.

— Ça va aller, déclara-t-elle d'une voix raffermie. Toi, va chez tes grands-parents. Tu reviendras me voir dès que tu pourras.

— Mais…

Elle prit à nouveau son visage dans ses mains.

— Tout va bien. Je te le promets. On se voit bientôt.

Mickey enfouit son visage dans son épaule. Kitty le serra contre elle tout en regardant Myron. Il la rassura d'un signe de la tête. Sauf qu'elle n'avait pas l'air rassurée du tout. Elle finit par se détacher de son fils et se dirigea vers la porte. Là, elle attendit sans un mot que la réceptionniste presse le bouton pour lui ouvrir.

— Tout ira bien, dit Christine Shippee à Mickey avec, enfin, un peu de douceur dans la voix.

Mickey tourna les talons et sortit en trombe. Myron lui emboîta le pas. Il actionna la commande à distance pour déverrouiller les portières. Mickey allait ouvrir la portière arrière quand Myron rappuya sur la télécommande.

— Ça ne va pas, non ?

— Monte devant, ordonna Myron. Je ne suis pas un chauffeur de maître.

Mickey se glissa sur le siège du passager. Myron mit le contact et se tourna vers lui, mais il avait déjà son iPod sur les oreilles. Myron lui tapota l'épaule.

— Enlève ça.

— Ah oui ? Je fais ce que je veux, moi.

Néanmoins, il finit par s'exécuter et regarda par la vitre, présentant sa nuque à Myron. Ils n'étaient qu'à une dizaine de minutes de la maison de Livingston. Myron aurait voulu le faire parler, l'obliger à s'ouvrir davantage, mais peut-être que c'en était assez pour aujourd'hui.

Sans se retourner, Mickey déclara :

— Tu n'as pas le droit de la juger.

Myron gardait les deux mains sur le volant.

— Je veux juste aider.

— Elle n'a pas toujours été comme ça.

Il aurait eu dix mille questions à poser à son neveu, mais il préféra ne pas le brusquer. Quand Mickey reprit la parole, il était à nouveau sur la défensive :

— C'est une mère super.

— Je n'en doute pas une seconde.

— Ne te fous pas de moi, Myron.

Il n'avait pas tout à fait tort.

— Alors, qu'est-ce qui est arrivé ?

— Comment ça ?

— Tu dis qu'elle n'a pas toujours été comme ça. Tu veux dire une junkie ?

— Arrête d'employer ce mot.

— OK, choisis le terme qui te convient.

Silence.

— Explique-moi ce que tu entends par « elle n'a pas toujours été comme ça », reprit Myron. Qu'est-il arrivé ?

— Comment ça, qu'est-il arrivé ?

Mickey se tourna vers le pare-brise, fixant intensément la route devant lui.

— Papa, voilà ce qui est arrivé. Tu ne peux pas lui en vouloir.

— Je n'en veux à personne.

— Elle était super-heureuse avant. Tu ne t'imagines pas. Elle riait tout le temps. Puis papa est parti et…

Sa voix se brisa. Il cilla, déglutit.

— Et elle s'est écroulée. Tu n'as pas idée de ce qu'ils représentaient l'un pour l'autre. Tu crois que grand-mère et grand-père forment un couple formidable, mais eux ont des amis, des voisins, de la famille. Maman et papa n'avaient personne d'autre.

— Si, toi.

Il fronça les sourcils.

— Ça y est, tu recommences.

— Désolé.

— Si tu les voyais ensemble, tu comprendrais. Quand on s'aime à ce point-là…

Mickey hésita, ne sachant comment poursuivre.

— Certains couples ne supportent pas la séparation. Ils forment une seule et même personne. Alors quand il en manque un…

Il ne termina pas sa phrase.

— Et quand s'est-elle remise à consommer ?

— Il y a quelques mois.

— Après la disparition de ton père ?

— Oui. Avant ça, elle était clean depuis ma naissance. Je sais ce que tu vas dire… Oui, je suis au courant qu'elle s'est droguée, il y a longtemps.

— Comment tu sais ça ?

— Je sais beaucoup de choses.

Un sourire triste, sournois se dessina sur ses lèvres.

— Je sais ce que tu as fait. Je sais que tu as essayé de casser leur relation. Je sais que tu as dit à mon père que ma mère s'était fait mettre en cloque par un autre mec. Qu'elle couchait avec tout le monde. Qu'il ne devait pas abandonner ses études pour être avec elle.

— Qui t'a appris ça ?

— Maman. Elle ne me ment jamais.

Ben voyons.

— Et elle t'a dit quoi d'autre ?

Mickey croisa les bras.

— Je ne vais pas te raconter ces quinze dernières années.

— Elle t'a dit que je l'avais draguée ?

— Quoi ? Non. C'est relou. Tu as fait ça ?

— Non. Mais c'est ce qu'elle a dit à ton père pour semer la discorde entre nous.

— Alors là, franchement, c'est trop relou.

— Et ton père ? Il t'a dit quelque chose ?

— Que tu les as poussés à partir.

— Ce n'était pas mon intention.

300

— On s'en tape, de tes intentions. Tu les as poussés à partir.

Mickey soupira.

— Tu les as poussés à partir, et voilà où nous en sommes, aujourd'hui.

— Que veux-tu dire par là ?

— À ton avis ?

Il voulait dire que son père avait disparu. Il voulait dire que sa mère était toxicomane. Que tout ça était la faute de Myron, et qu'il se demandait comment ils auraient vécu si Myron s'était montré plus tolérant à l'époque.

— C'est une bonne mère, répéta-t-il. La meilleure.

Mais oui, l'héroïnomane avait tout pour prétendre au titre de la Maman de l'Année. Comme l'avait dit le propre père de Myron, les enfants ont le don d'évacuer tout ce qui est négatif. Sauf que, dans ce cas précis, cela tenait presque de l'illusion. D'un autre côté, comment estimer le travail accompli par un parent ? Si on jugeait Kitty à l'arrivée – au résultat final, si vous préférez –, il n'y avait qu'à regarder ce garçon. Il était magnifique. Fort, courageux, intelligent, prêt à se battre pour défendre les siens.

Alors peut-être que, toute cinglée, junkie et menteuse qu'elle était, Kitty avait réellement fait du bon boulot.

Une autre minute passa. Myron décida de relancer la conversation en glissant nonchalamment :

— Comme ça, tu touches ta bille au basket, paraît-il ?

Tu touches ta bille au basket ? Au secours.

— Myron ?

— Oui ?

— On n'est pas copains, toi et moi.

301

Mickey remit les oreillettes, monta le son sûrement jusqu'à la limite de l'acceptable et s'absorba de nouveau dans la contemplation du paysage. Ils firent le reste du trajet en silence. Lorsqu'ils s'arrêtèrent devant la vieille maison de Livingston, Mickey éteignit son iPod et regarda droit devant lui.

— Tu vois cette fenêtre, là-haut ? demanda Myron. Celle avec la décalco ?

Mickey leva les yeux sans mot dire.

— Quand on était petits, on partageait cette chambre, ton papa et moi. On jouait au basket, on échangeait nos cartes de base-ball et on avait inventé un jeu de hockey avec une balle de tennis et la porte du placard.

Mickey marqua une pause, puis se tourna vers son oncle.

— Avec vous, les mecs, ça devait être de la pure balle.

À malin, malin et demi.

Malgré toutes les horreurs de ces dernières vingt-quatre heures – ou peut-être à cause d'elles –, Myron ne put s'empêcher de s'esclaffer. Mickey descendit et s'engagea dans l'allée, celle-là même où il avait attaqué Myron, la veille. Myron suivit. Un instant, il fut tenté de tacler son neveu pour rire. Curieux, les idées qu'on peut avoir dans les moments les moins opportuns.

Maman était à la porte. Elle étreignit Mickey en premier, comme seule maman savait le faire. En se mettant tout entière dans son étreinte… sans retenue. Mickey ferma les yeux et s'abandonna. Myron s'attendait à ce qu'il pleure, mais le garçon n'était pas du genre guimauve. Finalement, maman le relâcha pour saluer

302

son fils. Puis elle s'écarta et, leur barrant le passage, darda sur eux un regard meurtrier.

— Qu'est-ce qui vous arrive, à vous deux ?

— Comment ça ? demanda Myron.

— Pas de « comment ça » avec moi. Ton père vient de me dire que Mickey va habiter chez nous. Point. Comprends-moi bien. Je suis ravie, Mickey, de t'avoir chez nous. Il était temps, si tu veux mon avis, avec tous ces voyages à la gomme. Ta place est ici. Avec nous. Parmi les tiens.

Mickey se taisait.

— Où est papa ? fit Myron.

— Au sous-sol, en train de préparer ton ancienne chambre pour Mickey. Alors, que se passe-t-il ?

— Si on allait chercher papa pour en parler tous ensemble ?

— D'accord, dit maman en le menaçant du doigt comme… eh bien, comme une mère. Mais pas de blagues, hein ?

Des blagues ?

— Al ? Les enfants sont là.

Ils pénétrèrent dans la maison. Maman ferma la porte.

— Al ?

Pas de réponse.

Ils échangèrent un regard. Personne ne bougea. Puis Myron se dirigea vers le sous-sol. La porte de son ancienne chambre – la future chambre de Mickey – était grande ouverte. Il appela :

— Papa ?

Toujours rien.

Myron se retourna vers sa mère. Elle avait l'air plus perplexe qu'autre chose. Il réprima un début de panique

303

et, moitié courant, moitié bondissant, descendit l'escalier, Mickey sur ses talons.

Arrivé en bas des marches, Myron s'arrêta net. Mickey se cogna à lui, le propulsant légèrement en avant. Mais Myron n'avait rien senti. Il regardait fixement devant lui tandis que son univers tout entier volait en éclats.

26

QUAND MYRON AVAIT DIX ANS ET BRAD CINQ, papa les avait emmenés au Yankee Stadium voir un match contre les Red Sox. C'est un souvenir propre à bon nombre de petits garçons : un grand match de base-ball avec papa, un mois de juillet radieux, l'instant vertigineux où l'on émerge d'un tunnel et l'on découvre le stade pour la toute première fois, la pelouse qui semble avoir été repeinte en vert, le soleil qui brille comme au premier jour, et vos idoles en maillot s'échauffant avec l'aisance des demi-dieux.

Mais ce match-ci ne devait pas être comme les autres.

Papa avait pris des places tout en haut, dans les gradins supérieurs, mais à la dernière minute une relation d'affaires lui avait donné deux billets trois rangées au-dessus du banc des Red Sox. Pour une raison inexpliquée – et au grand dam du reste de la famille –, Brad était un supporter des Red Sox. En fait, il y avait une explication. Carl « Yaz » Yastrzemski avait été sa première carte de base-ball. Ce n'était peut-être pas grand-chose, mais Brad faisait partie de ces mômes qui restent farouchement fidèles à leur première fois.

Une fois qu'ils s'étaient installés, papa avait brandi les places magiques avec un panache de prestidigitateur.

— Surprise !

Il les avait remises à Myron. Lui-même resterait en haut pendant que ses deux fils iraient s'asseoir dans la loge. Myron était descendu, tenant un Brad survolté par la main. Ils étaient si près du terrain qu'il n'en croyait pas ses yeux. En un mot, c'était un miracle.

Lorsque Brad avait repéré Yaz à quelques mètres à peine, son visage s'était fendu d'un sourire qu'en fermant les yeux Myron revoyait encore aujourd'hui. Il l'avait acclamé comme un fou. Et, quand Yaz avait pris sa place de batteur, Brad s'était complètement déchaîné.

— Yaz ! Yaz ! Yaz !

Le type assis devant eux s'était retourné, fronçant les sourcils. Il devait avoir dans les vingt-cinq ans et avait une barbe emmêlée. Encore une chose que Myron n'oublierait jamais. Cette barbe.

— Ça suffit, avait dit le barbu à Brad. Calme-toi.

Il s'était tourné vers le terrain. Brad avait l'air de quelqu'un qui venait de recevoir une gifle.

— Ne l'écoute pas, avait dit Myron. Tu as le droit de crier.

C'est alors que les choses s'étaient gâtées. Le barbu avait empoigné Myron – qui était grand pour ses dix ans, mais qui n'avait que dix ans quand même – par son tee-shirt. Ramassant le tissu orné du logo des Yankees dans son poing d'adulte, il l'avait attiré si près que Myron avait senti l'odeur fétide de bière dans son haleine.

— Il est en train de soûler ma copine, avait-il déclaré. Alors il ferme sa gueule.

Sidéré, Myron avait senti les larmes lui monter aux yeux, mais il les avait retenues. Son visage s'était convulsé de peur et, étrangement, de honte. L'homme l'avait maintenu ainsi encore deux ou trois secondes avant de le repousser sur son siège. Puis il s'était tourné vers le match et avait passé un bras autour des épaules de sa petite amie. Myron, qui craignait de se mettre à pleurer, avait saisi Brad par la main et s'était hâté de remonter. Il n'avait rien dit au début, mais papa était perspicace, et un garçon de dix ans, ça ne sait pas jouer la comédie.

— Qu'est-ce qui ne va pas ?

La gorge nouée, Myron avait réussi à lui parler du barbu. Al Bolitar s'était efforcé de garder son calme. Il avait posé la main sur l'épaule de son fils et hoché la tête, mais il tremblait de tout son corps, et son visage s'était empourpré. Quand Myron en était arrivé au moment où le barbu l'avait saisi au collet, le regard d'Al Bolitar avait viré à l'orage.

D'une voix blanche, il avait dit :

— Je reviens.

Myron avait observé le reste à travers une paire de jumelles.

Quelques minutes plus tard, papa avait descendu les marches des tribunes inférieures et s'était glissé au troisième rang, derrière le barbu. Il avait mis ses mains en porte-voix et entrepris de crier à tue-tête. Son visage, déjà rouge, était devenu écarlate. Le barbu n'avait pas bronché. Papa s'était penché de façon que sa bouche soit à quatre ou cinq centimètres de l'oreille du barbu.

Et il avait continué à s'époumoner.

Le barbu avait fini par se retourner, et papa avait alors fait quelque chose qui avait arraché un hoquet à Myron. Il avait poussé le barbu. L'homme avait écarté les mains, l'air de dire : Mais quelle mouche l'a piqué ? Papa l'avait poussé de plus belle et, du pouce, lui avait indiqué la sortie. Le barbu avait refusé, et papa l'avait à nouveau poussé.

Dans le public, des gens avaient commencé à se lever. Deux agents de sécurité vêtus de gilets jaunes avaient descendu les marches à la hâte. Même les joueurs les regardaient à présent, y compris Yaz. Les vigiles avaient mis fin à l'altercation. Papa avait été escorté jusqu'en haut. Les spectateurs l'avaient acclamé. Il leur avait adressé un signe de la main en sortant.

Dix minutes plus tard, papa était de retour dans les gradins supérieurs.

— Vous pouvez redescendre, avait-il dit. Il ne vous ennuiera plus.

Mais Brad et Myron avaient secoué la tête. Ils préféraient rester là, à côté de leur véritable héros.

À présent, trente et quelques années plus tard, leur héros gisait, mourant, sur la moquette du sous-sol.

Des heures passèrent.

Dans la salle d'attente de l'hôpital St. Barnabas, maman se balançait d'avant en arrière. Assis à côté d'elle, Myron s'efforçait de garder la tête froide. Mickey faisait les cent pas.

Maman raconta que papa avait été essoufflé toute la journée, « depuis hier soir, en fait », et qu'elle l'avait même vanné – « Al, pourquoi tu halètes comme ça, on dirait un satyre ? » –, mais il avait répondu que ce n'était rien, pourtant elle aurait dû appeler le médecin, mais tu connais ton père, il est têtu comme une mule, tout va toujours très bien, mais pourquoi, pourquoi l'avait-elle écouté ?

En l'entendant dire qu'il était essoufflé depuis la veille, Mickey eut l'air de recevoir un coup de poing à l'estomac. Myron lui adressa un regard qui se voulait rassurant, mais le garçon s'enfuit dans le couloir.

Myron allait le suivre lorsque le médecin fit enfin son apparition. Sur son badge, on lisait MARK Q. ELLIS. Il portait la tenue bleue de chirurgien nouée à la taille par un cordon rose. Son masque froissé lui pendait sous le menton. Il avait les yeux rouges et hagards et une barbe de quarante-huit heures. En un mot, il était éreinté. Il semblait avoir l'âge de Myron, un peu jeune pour un cardiologue de renom. Myron avait chargé Win de lui trouver le meilleur spécialiste et de le faire rappliquer sous la menace d'une arme, s'il le fallait.

— Votre père a été victime d'un grave infarctus du myocarde, dit le Dr Ellis.

Crise cardiaque. Myron sentit ses jambes se dérober sous lui. Maman poussa un petit gémissement. Mickey revint et se joignit à eux.

— Il respire à nouveau, mais ce n'est pas gagné. L'occlusion est de taille. J'en saurai plus dans un petit moment.

Il s'apprêtait à repartir lorsque Myron l'interpella :

— Docteur ?

— Oui ?

— Je crois que je sais comment mon père est arrivé à ce stade.

« Je crois que je sais »… et non pas « Je crois » ou « Je sais », balbutié nerveusement, d'une voix de gosse apeuré.

— Hier soir…

Myron ne savait comment le formuler.

— … mon neveu et moi avons eu une altercation.

Il expliqua que son père avait couru pour les séparer. En parlant, il sentit les larmes lui picoter les yeux. Le remords et – oui, exactement comme quand il avait dix ans – la honte le submergèrent. Du coin de l'œil, il vit maman qui l'observait. Avec une expression qu'il ne lui connaissait pas jusqu'ici. Ellis écouta, hocha la tête.

— Merci pour l'information.

Et il s'éloigna dans le couloir.

Maman continuait à le dévisager. Son regard laser se posa sur Mickey avant de revenir sur son fils.

— Vous vous êtes battus, tous les deux ?

Myron faillit pointer le doigt sur Mickey en criant : « C'est lui qui a commencé ! » Au lieu de quoi, il baissa la tête en un acquiescement muet. Mickey ne broncha pas – image même du stoïcisme –, mais la couleur avait déserté son visage. Maman ne quittait pas Myron des yeux.

— Je ne comprends pas. Tu as laissé ton père se mêler à votre bagarre ?

Mickey dit :

— C'était ma faute.

Maman se tourna vers son petit-fils. Myron voulut défendre le garçon, mais d'un autre côté il n'avait pas envie de mentir.

— Il a réagi à quelque chose que j'avais dit. La responsabilité est partagée.

Ils guettaient tous deux la réaction de maman, mais elle ne dit rien, ce qui fut encore pire. Elle alla se rasseoir et porta sa main tremblante – Parkinson ou angoisse ? – à son visage, luttant pour ne pas pleurer. Myron fit un pas vers elle, puis se ravisa. Ce n'était pas le moment. Il revit la scène de l'arrivée imaginaire de ses parents à Livingston marquant le début du périple familial d'El-Al. Et se demanda s'ils n'en étaient pas au dernier chapitre.

Mickey alla à l'autre bout de la salle d'attente et s'installa devant une télé fixée sur un support. Myron arpenta la pièce. Il avait froid jusqu'aux os. Fermant les yeux, il se mit à négocier avec les instances supérieures, quelles qu'elles soient : tout ce qu'il ferait, donnerait, échangerait et sacrifierait, pourvu que son père soit sauvé. Vingt minutes plus tard, Win, Esperanza et Big Cyndi firent leur entrée. Win informa Myron que le Dr Mark Ellis était un cardiologue très réputé, mais que son ami, la grande sommité Dennis Callahan du New York-Presbyterian, n'allait pas tarder à arriver. Tout le monde passa dans une salle d'attente privée, excepté Mickey, déterminé à faire bande à part. Big Cyndi prit la main de maman et versa des larmes théâtrales. Cela eut l'air de faire du bien à maman.

L'heure s'écoula au ralenti, une heure de pur supplice. On envisage toutes les possibilités. On accepte, on se révolte, on fulmine, on pleure. La moulinette des émotions ne s'arrête jamais. Une infirmière vint plusieurs fois les informer qu'il n'y avait rien de nouveau.

Tout le monde sombra dans un silence épuisé. Myron était en train d'errer dans le couloir quand Mickey se précipita vers lui.

— Qu'est-ce qu'il y a ?

— Suzze T. est morte ? demanda Mickey.

— Tu n'étais pas au courant ?

— Non. Je viens de le voir aux infos.

— C'est pour ça que j'étais venu voir ta mère, dit Myron.

— Attends, qu'est-ce que ma mère vient faire là-dedans ?

— Suzze lui a rendu visite quelques heures avant sa mort.

Mickey fit un pas en arrière.

— Tu crois que c'est maman qui lui a fourni de la drogue ?

— Non. Ou plutôt, je n'en sais rien. Elle dit que ce n'est pas elle. Apparemment, Suzze et elle ont eu une grande conversation à cœur ouvert.

— Quel genre de conversation ?

Myron se rappela ce que Kitty avait dit à propos de l'overdose de Suzze : « Elle n'aurait pas fait ça. Pas au bébé. Je la connais. Elle a été assassinée. Ils ont eu sa peau. » Et il y eut comme un déclic dans un recoin de son cerveau.

— Ta mère semble convaincue que Suzze a été tuée.

Mickey ne dit rien.

— Et elle s'est affolée encore plus quand je lui ai parlé d'overdose.

— Donc ?

— Donc tout est lié, Mickey. Votre cavale. La mort de Suzze. La disparition de ton père.

Mickey haussa les épaules d'un geste un peu trop ostensible.

— Je ne vois pas comment.

— Les garçons ?

312

Ils se retournèrent. La mère de Myron était là, les joues maculées de larmes. Un mouchoir roulé en boule dans la main, elle se tamponna les yeux.

— Je veux savoir ce qui se passe.

— Où ?

— Pas de ça avec moi, rétorqua-t-elle sur un ton que seule une mère peut employer avec son fils. Tu te bagarres avec Mickey… et tout à coup, le voilà qui vient habiter chez nous. Où sont ses parents ? Je veux savoir ce qui se passe. Maintenant. Tout de suite.

Alors Myron la mit au courant. Elle écouta, tremblante, en pleurs. Il ne lui épargna rien. Il lui parla de Kitty en cure de désintoxication et même de la disparition de Brad. Quand il eut terminé, maman se rapprocha d'eux. Elle se tourna d'abord vers Mickey, qui soutint son regard sans ciller. Elle lui prit la main.

— Ce n'est pas ta faute, déclara-t-elle. Tu m'entends ?

Il hocha la tête, ferma les yeux.

— Ton grand-père ne t'en aurait jamais voulu. Moi, je ne t'en veux pas. Vu comment elle était bouchée, son artère, si ça se trouve, tu lui as sauvé la vie. Et toi…

Elle regarda Myron.

— … arrête de broyer du noir et va-t'en. Je t'appellerai s'il y a du nouveau.

— Je ne peux pas partir.

— Bien sûr que si, tu peux.

— Et si papa se réveille ?

Elle se rapprocha encore plus, se démanchant le cou pour le regarder en face.

— Ton père t'a demandé de retrouver ton frère. Peu m'importe qu'il soit malade ou pas. Fais ce qu'il t'a dit.

27

ET MAINTENANT ?

Myron prit Mickey à part.

— J'ai aperçu un ordinateur portable dans votre mobile home. Vous l'avez depuis combien de temps ?

— Deux ans à peu près. Pourquoi ?

— C'est le seul ordinateur que vous ayez eu ?

— Oui. Encore une fois, pourquoi ?

— Si ton père l'a utilisé, il y a peut-être quelque chose là-dessus.

— Papa n'était pas très branché nouvelles technologies.

— Il avait bien une adresse e-mail. Il écrivait à tes grands-parents, non ?

Mickey haussa les épaules.

— Possible.

— Tu connais son mot de passe ?

— Non.

— OK, alors qu'est-ce qui vous reste de lui ?

Le garçon cligna des paupières. Se mordit la lèvre. Myron repensa à ce qu'était sa vie à cet instant : père disparu, mère en cure de désintoxication, grand-père victime d'une crise cardiaque, peut-être même par sa faute, qui plus est. Et il n'avait que quinze ans. Il voulut le toucher, mais Mickey se raidit.

— On n'a rien.

— Très bien.

— On n'a jamais eu beaucoup d'affaires, déclara Mickey, sur la défensive. On voyage léger. Que veux-tu qu'on ait ?

Myron leva les deux mains.

— OK, c'était juste une question.

— Papa a dit de ne pas le chercher.

— C'était il y a longtemps, Mickey.

— Lâche l'affaire.

Inutile de perdre son temps à se justifier devant un gamin de quinze ans.

— Tu veux bien me rendre un service ?

— Lequel ?

— J'aimerais que tu t'occupes de ta grand-mère pendant quelques heures, OK ?

Mickey ne se donna pas la peine de répondre. Il retourna dans la salle d'attente et s'assit en face d'elle. Myron fit signe à Win, Esperanza et Big Cyndi de le suivre dans le couloir. Il fallait essayer de joindre l'ambassade américaine au Pérou pour voir s'ils n'avaient pas de nouvelles de son frère. Il fallait alerter leurs contacts au Département d'État et les lancer sur la piste de Brad Bolitar. Il fallait dégoter un génie de l'informatique pour qu'il accède à la messagerie de Brad ou retrouve son mot de passe. Esperanza allait regagner New York. Big Cyndi tiendrait compagnie à maman et tenterait éventuellement de glaner d'autres informations auprès de Mickey.

— Je peux être très enjôleuse quand je le veux, leur assura-t-elle.

Une fois seul avec Win, Myron rappela Lex sur son portable. Sans succès.

— Tout cela est lié, dit-il. D'abord mon frère qui disparaît. Ensuite Kitty qui s'affole et prend la fuite. Elle atterrit ici. Elle poste ce « Pas le sien » avec le tatouage commun à Suzze et à Gabriel Wire. Elle rencontre Lex. Suzze se rend chez elle, puis chez le père d'Alista Snow. Il doit y avoir un lien quelque part.

— Je ne dirai pas « il doit », rectifia Win, mais il est vrai que tout semble tourner autour de Gabriel Wire. Il était là au moment de la mort d'Alista Snow. Il a été l'amant de Suzze T. Il travaille toujours avec Lex Ryder.

— Il faut qu'on le voie, décréta Myron.

Win joignit le bout de ses doigts.

— Tu suggères qu'on pénètre chez une rock star qui vit cloîtrée sur une petite île gardée vingt-quatre heures sur vingt-quatre ?

— À l'évidence, c'est lui qui a les réponses.

— Super, dit Win.

— Comment fait-on ?

— Il faut un minimum d'organisation. Donne-moi quelques heures.

Myron consulta sa montre.

— Ça marche. Je vais retourner dans le mobile home pour jeter un œil sur leur ordinateur. Je trouverai peut-être quelque chose.

Win offrit de lui fournir une voiture avec chauffeur, mais Myron préférait conduire, espérant s'éclaircir ainsi les idées. Comme il n'avait pas beaucoup dormi ces temps-ci, il mit le volume à fond, brancha son iPod sur le jack de la voiture et fit beugler de la musique à l'eau de rose. Les Weepies chantaient que « le monde continue à tourner follement ». Keane voulait disparaître avec ce quelqu'un de particulier dans « un lieu qu'on est les seuls à connaître ». Snow Patrol, dans leur recherche de l'amour perdu, avaient « mis le feu au troisième bar ».

Tout à fait ce qu'il fallait.

Quand Myron était jeune, son père n'écoutait que les stations de la radio AM. Il conduisait avec les poignets tout en sifflotant. Le matin, pour se raser, il mettait les infos.

Myron guettait la sonnerie du téléphone. Au moment de quitter l'hôpital, il avait failli changer d'avis. Imagine, avait-il dit à sa mère, que papa ne se réveille qu'une seule fois. Et que son fils rate ainsi sa dernière chance de lui parler.

Maman avait répondu d'un ton égal :

— Et que dirais-tu qu'il ne sache pas déjà ?

Très juste. Tout compte fait, il s'agissait de respecter les volontés de son père. Aurait-il préféré que Myron reste à se morfondre dans la salle d'attente ou qu'il consacre ce temps à rechercher son frère ? Posée en ces termes, l'équation était simple.

Arrivé dans le parc, Myron coupa le moteur. La fatigue pesait sur ses épaules. Il descendit en titubant à moitié, se frotta les yeux. Il aurait bien eu besoin d'une tasse de café, tiens. Ou de quelque chose. L'adrénaline commençait à refluer. Il poussa la porte. Elle était verrouillée. Avait-il réellement oublié de demander la clé à Mickey ? Il fouilla dans son portefeuille et sortit la même carte magnétique.

La porte s'ouvrit exactement comme la première fois. L'ordinateur portable était toujours dans la pièce principale, à côté du clic-clac de Mickey. Myron l'alluma et, le temps qu'il démarre, explora les lieux. Son neveu n'avait pas menti. Ils avaient très peu d'effets personnels. Les vêtements étaient déjà rangés dans les valises. Le téléviseur avait dû être loué en même temps que le mobile home. Myron trouva un tiroir rempli de photos et de vieux papiers ; il le vidait sur le canapé quand il entendit un *ding* signalant que l'ordinateur était en marche.

Il s'assit à côté de la pile de papiers, rapprocha l'ordinateur et ouvrit l'historique de la navigation sur le Net. Il y avait là Facebook, et des recherches sur Google Earth portant sur le Three Downing à Manhattan et le Garden State Plaza Mall. Un autre site web donnait des indications pour se rendre aux deux adresses en transports en commun. Bref, rien d'intéressant. De toute façon, Brad était absent depuis trois mois. Alors que l'historique remontait à quelques jours seulement.

Son téléphone sonna. C'était Win.

— J'ai tout arrangé. Nous partons pour Adiona dans deux heures de Teterboro.

Teterboro était un aéroport privé dans le nord du New Jersey.

— OK, j'y serai.

Myron raccrocha et regarda l'ordinateur. L'historique d'Internet ne lui avait fourni aucun indice valable. Que faire, maintenant ?

Essayons les autres applications, se dit-il. Il les ouvrit l'une après l'autre. Personne n'utilisait le calendrier ni le carnet d'adresses : les deux programmes étaient vides. PowerPoint contenait quelques devoirs scolaires de Mickey ; le plus récent portait sur l'histoire des Mayas. Le diaporama était en espagnol. Impressionnant mais hors de propos. Il ouvrit le fichier Word. Là encore, il y avait un paquet de devoirs scolaires. Myron allait le refermer quand il repéra un document vieux de huit mois intitulé « Lettre de démission ». Il cliqua sur l'icône et lut :

À : Refuge Abeona

Cher Juan,
C'est le cœur lourd, mon vieil ami, que je démissionne de mon poste dans notre merveilleuse organisation. Kitty et moi vous soutiendrons toujours. Nous croyons tant en cette cause, nous lui avons tant donné. Mais en vérité nous avons reçu bien davantage que les jeunes que nous avons aidés. Vous le comprenez. De cela, nous serons toujours reconnaissants.
Il est temps cependant, pour les Bolitar errants, de se poser. J'ai trouvé un travail à Los Angeles. Kitty et moi aimons jouer les nomades, mais aucun de nos séjours n'a été suffisamment long pour nous permettre de prendre racine. Or je pense que Mickey, notre fils, a besoin de cela. Il n'a pas choisi cette existence-là. Il a passé sa vie à voyager, à se faire et à perdre des amis, et nulle part il ne s'est senti chez lui. Il a besoin de stabilité et de pouvoir s'adonner à ses passions, notamment le basket. Alors, après mûre réflexion, Kitty et moi avons décidé de lui offrir un lieu de résidence fixe pour ses trois dernières années de lycée, après quoi il pourra aller à l'université.
Et ensuite, qui sait ? Moi-même, jamais je n'aurais imaginé mener cette vie-là. Mon père citait toujours un proverbe yiddish : l'homme prévoit, Dieu rit. Kitty et moi espérons pouvoir revenir un jour. Je sais qu'on ne quitte jamais vraiment le refuge Abeona. Je sais que je

vous demande beaucoup. Mais j'espère que vous comprendrez. Entre-temps, nous ferons notre possible pour que cette transition se passe en douceur.

Fraternellement,
Brad

Le refuge Abeona. Kitty avait posté son message sur Facebook en signant « Abeona R. ». Myron tapa vite « Refuge Abeona » sur Google. Rien. Hmm. Il entra juste le nom Abeona et découvrit que c'était une obscure déesse romaine qui protégeait les enfants lorsqu'ils quittaient le foyer familial. Que fallait-il penser de tout cela ? En principe, Brad avait toujours travaillé pour des organisations humanitaires. Le refuge Abeona en faisait-il partie ?

Il téléphona à Esperanza, lui donna l'adresse de Juan et le nom du refuge Abeona.

— Contactez-le. Voyez s'il sait quelque chose.

— OK. Myron ?

— Oui.

— J'aime beaucoup votre papa.

Il sourit.

— Je sais.

Silence.

— Vous connaissez le dicton, reprit Esperanza. Ce n'est jamais le bon moment pour annoncer une mauvaise nouvelle.

Aïe.

— Qu'est-ce que c'est ?

— J'hésite, répliqua-t-elle. Je pourrais attendre que ça aille mieux pour vous le dire. Ou je pourrais le balancer sur la pile et, avec tout ce qui nous tombe dessus, ça passerait inaperçu.

— Allez-y, balancez.

— Thomas et moi allons divorcer.

— Oh, zut.

Il pensa aux photos sur son bureau, les touchantes photos de famille avec elle, Thomas et le petit Hector. Son cœur se serra.

— Je suis vraiment triste de l'apprendre.

— J'espère que ce sera pacifique, ajouta Esperanza, mais j'en doute. Thomas prétend que je suis une mère indigne à cause de mon passé glauque et de mes horaires de travail. Il compte réclamer la garde exclusive d'Hector.

— Il ne l'obtiendra jamais, dit Myron.

— Comme si c'était vous qui décidiez.

Elle émit un son qui aurait pu passer pour un rire.

— Mais j'adore quand vous énoncez des choses sur ce ton catégorique.

Myron repensa à sa récente conversation avec Suzze :

« J'ai un mauvais pressentiment. Je crois que je vais tout foirer.

— Mais non.

— C'est un don que j'ai.

— Pas cette fois. Ton agent ne le permettra pas. »

Ne le permettra pas. Et maintenant, elle était morte.

Myron Bolitar, la grande gueule, l'homme qui sait toujours tout.

Sans lui laisser le temps de battre sa coulpe, Esperanza dit :

— Je m'en occupe.

Et elle raccrocha.

Myron contempla fixement le téléphone. Le manque de sommeil commençait à se faire sentir. Ses tempes palpitaient à un point tel qu'il se demanda si Kitty n'avait pas de l'aspirine dans l'armoire à pharmacie. Il se levait déjà pour aller vérifier quand quelque chose attira son regard.

C'était dans le tas de papiers sur le canapé. Juste un coin qui dépassait. Un coin bleu roi. Les yeux de Myron s'étrécirent. Se penchant, il le sortit de la pile.

C'était un passeport.

La veille, il avait trouvé les passeports de Kitty et de Mickey dans le sac à main de Kitty. Brad était reparti au Pérou, à en croire Kitty. Avec son passeport, forcément. Alors à qui était ce passeport-ci ?

Myron l'ouvrit à la page de l'état civil et tomba sur la photo de son frère. Il se sentit perdu ; sa tête endolorie se mit à tourner.

Ce fut alors qu'il entendit des murmures.

Parfois, cela sert d'avoir les nerfs à fleur de peau. Au lieu d'attendre ou d'essayer de savoir d'où cela venait, Myron réagit d'instinct. Il bondit du canapé, éparpillant papiers et photos. Dans son dos, la porte du mobile home s'ouvrit à la volée. Se laissant tomber, il roula derrière le canapé.

Deux hommes armés firent irruption dans la pièce.

Ils étaient pâles tous les deux, maigres et manifestement drogués... ce qu'on appelait jadis le look « chic héroïne ». Celui de droite avait un énorme tatouage alambiqué qui émergeait de l'encolure de son tee-shirt et lui remontait telle une flamme dans le cou. L'autre avait le bouc classique du mauvais garçon.

— Mais qu'est-ce qui... ? souffla-t-il. On l'a bien vu entrer, bordel !

— Il doit être dans l'autre pièce. Vas-y, je te couvre.

Toujours tapi derrière le canapé, Myron remercia intérieurement Win d'avoir pensé à lui procurer une arme. Il n'avait pas beaucoup de temps. Le mobile home n'était pas immense. C'était une question de secondes avant qu'ils le trouvent. Il hésita à sortir de sa cachette en criant : « Personne ne bouge ! » Mais ils étaient armés, et il était impossible de prédire leur réaction. Aucun des deux n'avait l'air particulièrement fiable ; il y avait de fortes chances pour qu'ils ouvrent le feu.

Non, mieux valait semer la confusion. Se débrouiller pour les faire fuir.

Myron prit une décision. En espérant que c'était la bonne, dictée par la raison et non par les émotions, par le besoin viscéral de se défouler parce que son père était peut-être mourant et son frère… Il revit le passeport. En fait, il ignorait totalement où était Brad, ce qu'il faisait, s'il courait un grave danger.

Garde la tête froide. Sois rationnel.

Le Barbichu fit deux pas en direction de la porte de la chambre. Recroquevillé sur lui-même, Myron se rapprocha du bord du canapé. Il laissa passer une seconde, visa le genou du Barbichu et, sans crier gare, pressa la détente.

Le genou explosa.

Le Barbichu poussa un cri et s'abattit sur le sol. Son pistolet valdingua à travers la pièce. Mais Myron n'y prêta pas attention. Blotti dans sa cachette, il attendit la réaction du Tatoué. S'il ouvrait le feu, Myron l'avait dans sa ligne de mire. Mais le Tatoué hurla lui aussi et, comme Myron l'avait escompté, prit ses jambes à son cou.

À peine s'était-il rué dehors que Myron bondit de derrière le canapé. Le Barbichu se roulait par terre, terrassé par la douleur. Myron se pencha, lui souleva le menton et lui planta son pistolet au visage.

— Arrête de brailler ou je te tue.

Le Barbichu geignit comme un animal blessé.

Myron ramassa promptement son arme et jeta un coup d'œil par la fenêtre. Le Tatoué était en train de grimper dans une voiture. Il scruta la plaque d'immatriculation. New York. Rapidement, il nota le numéro sur son BlackBerry et l'envoya à Esperanza. Puis il revint vers le Barbichu.

— Pour qui travailles-tu ?

Entre deux gémissements, celui-ci lâcha d'une voix de petit garçon :

— Tu m'as tiré dessus !

— Je sais. Pour qui travailles-tu ?

— Va te faire foutre.

Myron s'accroupit et pressa le canon de son pistolet contre l'autre genou, le genou valide.

— Je n'ai pas beaucoup de temps, là.

— S'il te plaît…

La voix de l'homme monta de plusieurs octaves.

— Je ne sais pas.

— C'est quoi, ton nom ?

— Hein ?

— Ton nom. Peu importe. Je t'appellerai le Barbichu. Voici ce qui va se passer, le Barbichu. Je vais t'éclater l'autre genou. Puis je m'occuperai des coudes.

Le Barbichu se mit à pleurer.

— S'il te plaît…

— Tu finiras bien par cracher le morceau.

— Je n'en sais rien ! Je le jure.

Quelqu'un dans le parc avait dû entendre le coup de feu. Le Tatoué pouvait revenir avec des renforts. D'une manière ou d'une autre, le temps était compté. Il devait montrer qu'il ne plaisantait pas. Avec un petit soupir, Myron posait le doigt sur la détente – il en était là ! – quand le bon sens reprit le dessus. À supposer qu'il soit capable de tirer sur un homme désarmé et à terre, son geste se retournerait contre lui. Sous le coup de la douleur, le Barbichu s'évanouirait ou serait trop choqué pour parler.

Néanmoins, Myron hésitait toujours quand il dit :

— Je te laisse une dernière chance…

Le Barbichu vint à sa rescousse.

— Il s'appelle Bert ! C'est tout ce que je sais. Bert !

— Son nom de famille ?

— Connais pas ! C'est Kevin qui a tout arrangé.

— Qui est Kevin ?

— Le gars qui vient de me planter là, mec.

— Et quelle était votre mission ?

— On t'a suivi, mec. Depuis l'hôpital. Bert a dit que tu nous mènerais jusqu'à Kitty Bolitar.

Myron sut alors qu'il était en train de perdre la main pour de bon. Ces deux abrutis l'avaient pris en filature, et il n'avait rien remarqué ? La honte.

— Et une fois que vous auriez retrouvé Kitty, vous étiez censés faire quoi ?

Le Barbichu se remit à pleurer.

— S'il te plaît…

Myron colla le pistolet sur sa tête.

— Regarde-moi dans les yeux.

— S'il te plaît…

— Cesse de pleurer et regarde-moi dans les yeux.

Il finit par obtempérer. Il reniflait, luttant pour ne pas craquer. Son genou était salement amoché. Il allait sûrement boiter le reste de sa vie. Un jour peut-être cela pourrait gêner Myron, mais il en doutait.

— Dis-moi la vérité et ce sera terminé. Tu n'iras probablement même pas en prison. Mais si tu me mens, je te tire une balle dans la tête, sans témoins. Suis-je clair ?

Curieusement, l'homme soutint son regard sans ciller.

— Tu vas me tuer de toute façon.

— Non. Tu veux savoir pourquoi ? Parce que je suis le gentil dans l'histoire. Et je tiens à le rester. Alors dis-moi la vérité et nous serons sauvés : qu'étiez-vous censés faire une fois que vous auriez retrouvé Kitty ?

Tandis que les sirènes annonçaient l'arrivée de la police, le Barbichu donna à Myron la réponse qu'il attendait :

— On devait vous buter tous les deux.

Myron ouvrit la porte du mobile home. Les sirènes se rapprochaient.

Il n'avait pas le temps de regagner sa voiture. Il prit donc à gauche, à l'opposé de l'entrée du domaine de Glendale, au moment même où deux voitures de patrouille franchissaient le portail. Un puissant faisceau de lumière le balaya au passage.

— Arrêtez-vous ! Police !

Myron fit la sourde oreille. Les flics le prirent en chasse – du moins, il le supposait –, car il courait sans se retourner. Les gens sortaient des mobile homes pour voir d'où venait ce tapage. Personne toutefois ne se mit en travers de son chemin. Myron avait glissé le pistolet dans sa ceinture. Il se garda bien de le dégainer. Pas question de fournir aux flics une excuse pour ouvrir le feu. Tant qu'il ne représentait pas une menace physique, ils ne tireraient pas.

Ou bien ?

Le haut-parleur de la voiture de patrouille grésilla :

— Ici la police. Arrêtez-vous et levez les mains en l'air.

Il faillit le faire. Il pouvait s'expliquer avec eux. Mais cela prendrait des heures, voire des jours, et il n'en avait tout simplement pas le temps. Win avait trouvé le moyen de se rendre à l'île d'Adiona. Toutes les pistes convergeaient là-bas, chez l'insaisissable Gabriel Wire, et il serait malheureux qu'il leur file entre les doigts à la dernière minute.

Le parc aboutissait à une forêt de broussailles. Myron repéra un sentier et s'y engagea. La police renouvela sa sommation. Il bifurqua sur la gauche. Derrière lui, il entendit craquer des branches. Ils le poursuivaient jusque dans la brousse. Myron accéléra le pas, essayant de les semer. Il pensa à se dissimuler derrière un rocher ou un arbre pour les laisser passer, mais était-ce la bonne solution ? Car le but était de sortir de là et de se débrouiller pour se rendre à l'aéroport de Teterboro.

Les cris résonnaient encore, mais plus faiblement. Myron risqua un coup d'œil derrière lui. Il distingua la lueur d'une torche électrique, mais au loin maintenant. Parfait. Sans s'arrêter, il réussit à attraper le Bluetooth dans sa poche et à l'enfoncer dans son oreille.

Puis il appuya sur la touche du numéro de Win.

— Articule.

— J'ai besoin qu'on vienne me chercher.

Myron lui résuma rapidement la situation. Win écouta en silence. Inutile de fournir des indications, le GPS sur le BlackBerry de Win lui permettrait de le localiser. Il suffisait de rester à couvert jusqu'à son arrivée. Lorsqu'il eut terminé, Win déclara :

— Tu es à une centaine de mètres à l'ouest de la grande route. Remonte vers le nord et tu tomberas sur une zone commerciale. Trouve un endroit pour te planquer ou mêle-toi à la foule. Je vais envoyer une limousine pour te récupérer et te conduire à l'aéroport.

28

MYRON ENTRA DANS UNE BOULANGERIE-SALON DE THÉ. Le riche arôme de viennoiserie lui rappela qu'il n'avait pas mangé depuis une éternité. Il commanda un café avec un croissant aux amandes et s'assit près de la fenêtre à côté d'une entrée latérale, au cas où il devrait partir précipitamment. De son poste d'observation, il pouvait voir tous les véhicules qui pénétraient dans le parking. Si l'un d'eux s'avérait être une voiture de patrouille, en cinq sec il filerait dans les bois. Il sirota son café et huma le croissant aux amandes. Il se mit à penser à son père. Papa mangeait toujours trop vite. Le samedi matin, à la même époque lointaine, il les emmenait, Brad et lui, au café Seymour dans Livingston Avenue pour un milk-shake, une assiette de frites et parfois un paquet de cartes de base-ball. Perchés sur les tabourets, Myron et Brad les faisaient tourner. Papa restait debout, comme il seyait à un homme. Quand les frites arrivaient, il se penchait et les enfournait en moins de deux. Sans avoir été gros, il était toujours du mauvais côté de son « poids de forme ».

Était-ce l'une des raisons ? Et si papa s'était nourri mieux ? S'il avait fait de l'exercice, s'il avait eu un boulot moins stressant, s'il n'avait pas eu un fils dont les frasques l'empêchaient de fermer l'œil, la nuit ? S'il n'avait pas volé récemment au secours dudit fils ?

Assez.

Myron remit le Bluetooth dans son oreille et appela l'enquêteur principal du comté, Loren Muse. Lorsqu'elle répondit, il annonça :

— J'ai un problème.

— Dites-moi.

— Vous avez des contacts à Edison, New Jersey ?

— C'est dans le comté de Middlesex. Moi, je couvre Essex et Hudson. Mais la réponse est oui.

— Il y a eu une fusillade là-bas, ce soir.

— Ah bon ?

— Et, en théorie, j'aurais pu ouvrir le feu en guise de légitime défense.

— En théorie ?

— Je ne voudrais pas que cela puisse être retenu contre moi.

— Oh, vous, les juristes ! Continuez.

Pendant qu'il lui relatait l'incident, une limousine noire passa lentement devant la boulangerie. Sur la vitre, on lisait : DOM DELUISE. Win. Myron sortit à la hâte, sans cesser de parler, et se faufila sur la banquette arrière. Le chauffeur le salua. Il lui rendit un salut muet et désigna l'oreillette, signalant par là qu'il était à la fois au téléphone et un parfait goujat.

Loren Muse n'était pas ravie.

— Que voulez-vous que je fasse de cette information ?

— Prévenez votre contact.

— Pour lui dire quoi ? Que le tireur vient de m'appeler et qu'il n'a pas l'intention de se rendre ?

— Quelque chose comme ça.

— Et quand pensez-vous avoir le temps de nous honorer de votre présence ? s'enquit Muse.

— Bientôt.

— Voilà qui devrait lui convenir.

— Je veux juste leur épargner une prise de tête, Muse.

— Vous pouvez faire ça en vous présentant à la police.

— Je ne peux pas.

Il y eut un silence. Puis Muse demanda :

— Cela a quelque chose à voir avec l'overdose de Suzze ?

— Je pense que oui.

— Ces gars dans le mobile home, seraient-ce ses dealers ?

— C'est possible.

— Vous croyez toujours que la mort de Suzze est un homicide ?

— Il y a des chances, oui.

— Et, pour finir, comptez-vous me mener en bateau encore longtemps ?

Myron hésita à lui donner un os à ronger en lui parlant de l'entrevue entre Suzze et Kitty. Mais cela entraînerait d'autres questions, voire une visite à la clinique de Coddington ; il préféra donc s'abstenir.

Du coup, il répondit par une question :

— Avez-vous trouvé quelque chose qui contredirait la thèse de l'overdose ?

— Ah, je vois, fit Muse. Moi, je vous donne des infos, et vous, rien. Un marché de dupes, quoi.

— Je n'ai vraiment pas grand-chose, pour l'instant.

— Vous me prenez pour une quiche, Myron. Mais bon, ça m'est égal. Pour répondre à votre question, il n'y a pas l'ombre d'une preuve indiquant que Suzze T. serait morte de mort violente. Ça vous va ?

Pas vraiment.

— Et vous êtes où, là ? interrogea Muse.

Myron fronça les sourcils.

— Vous parlez sérieusement ?

— Vous n'allez pas me le dire, hein ?

— Je ne vais pas vous le dire, non.

— Votre confiance est limitée.

— Vous êtes tenue, en tant que représentante des forces de l'ordre, de faire état de tout ce que je vous dirai. Mais vous ne pourrez pas répéter ce que vous ne savez pas.

— Et l'identité de l'occupant de ce mobile home ? Je le trouverai, de toute façon.

— Oui, mais…

Il aurait bien un os à lui jeter, même s'il avait donné sa parole.

— Mais quoi ?

— Demandez un mandat contre un professeur de collège à Ridgewood du nom de Joel Fishman. Il revend de la drogue.

Myron avait promis à ce vieux Crunch de ne pas le dénoncer, mais quand on sort une arme dans une salle de classe… et puis, il n'avait pas invoqué « croix de bois, croix de fer ».

Une fois qu'il lui eut fourni toutes les indications pour épingler Fishman, Myron raccrocha. Les téléphones mobiles n'étant pas autorisés à l'hôpital, il appela le standard. On le transféra de poste en poste, jusqu'à ce qu'il tombe sur une infirmière qui l'informa que l'état de son père était stationnaire. Super.

La limousine s'engagea directement sur le tarmac et s'arrêta à côté de l'avion. Pas d'enregistrement, pas de carte d'embarquement, pas de contrôle de sécurité où le type devant vous oublie de sortir la monnaie de ses poches malgré quarante-sept injonctions en ce sens et fait sonner le portique de détection. Avec un vol privé, on arrive sur le tarmac, on gravit la passerelle et c'est parti.

Comme Win le soulignait souvent, il y avait du bon à être riche.

Il était déjà à bord avec un couple, qu'il présenta comme étant « Sassy et Sinclair Finthorpe », et ses deux ados, les jumeaux « Billings et Blakely ».

Et dire que les nantis se moquent des prénoms afro-américains !

Sassy et Sinclair étaient tous deux vêtus de vestes en tweed. Sassy portait des jodhpurs et des gants de cuir. Ses cheveux blonds étaient tirés en arrière en une austère queue-de-cheval. Elle avait la cinquantaine bien sonnée et des rides profondes dues à une exposition prolongée au soleil. Sinclair était chauve, bedonnant, et portait une sorte de lavallière connue sous le nom d'ascot. Il riait de bon cœur pour un oui ou pour un non et répondait « Tout à fait » à pratiquement tout ce qu'on lui disait.

— C'est tellement excitant, fit Sassy entre ses dents. N'est-ce pas, Sinclair ?

— Tout à fait.

— Un peu comme si on aidait James Bond dans une mission secrète.

— Tout à fait.

— Les garçons ? N'est-ce pas excitant ?

Billings et Blakely la regardèrent avec aversion.

— Ça s'arrose ! décréta Sassy.

Ils offrirent un verre à Myron. Il déclina. Billings et Blakely continuaient à afficher un air hautain, ou peut-être était-ce congénital, comme une sorte d'expression faciale par défaut. Les jumeaux avaient les cheveux ondulés façon Kennedy et portaient une tenue de tennis avec un pull noué autour du cou. Le monde de Win.

Tout le monde prit place et, cinq minutes après l'embarquement, ils avaient déjà décollé. Win s'assit à côté de Myron.

— Sinclair est un cousin. Ils ont une maison à Adiona et ils comptaient y aller demain. Je leur ai juste demandé d'avancer leur départ.

— Pour que Crisp ne sache pas qu'on est sur ce vol ?

— Exactement. Si nous avions pris mon avion ou un bateau, il aurait été alerté. Il a peut-être déjà quelqu'un qui surveille l'aéroport. On laissera les cousins descendre d'abord, puis on sortira en catimini.

— Tu as un plan pour accéder à la résidence de Wire ?

— Oui. Mais cela nécessite une assistance sur place.

— Qui ça ?

— Je m'en occupe, répondit Win avec un petit sourire. Il n'y a pas de réseau de téléphonie mobile sur l'île, mais j'ai un téléphone satellite, au cas où l'hôpital chercherait à nous joindre.

Myron hocha la tête, se cala dans le siège et ferma les yeux.

— Autre point important, dit Win.

— Je t'écoute.

— Esperanza s'est renseignée sur la plaque minéralogique dans le parc de mobile homes. La voiture a été vendue en leasing à une société de location appelée Regent Rental Associates. Esperanza s'est ensuite penchée sur l'historique de la boîte. Devine à qui elle appartient.

Sans rouvrir les yeux, Myron dit :

— Herman Ache.

— Faut-il applaudir ?

— J'ai raison ?

— Oui. Comment le sais-tu ?

— Simple déduction. Tout est lié.

— Et tu as une explication ?

— En partie seulement.

— Dis-moi.

— C'est bien ce qu'on pensait. Frank Ache t'a dit que Wire avait d'énormes dettes de jeu, n'est-ce pas ?

— En effet.

— Donc, commençons par là : Gabriel Wire et peut-être Lex doivent de l'argent à Herman Ache. Mais, à mon avis, Herman a réellement mis le grappin sur Wire à l'occasion de l'affaire Alista Snow.

— En le soustrayant aux charges qui pesaient sur lui ?

— En les faisant disparaître. Quoi qu'il se passe aujourd'hui, tout cela remonte au soir de la mort d'Alista Snow.

Win réfléchit.

— Ce qui expliquerait la visite de Suzze chez Karl Snow.

— Eh oui, encore un indice, dit Myron. D'une façon ou d'une autre, Suzze est impliquée là-dedans. Par le biais de Lex, peut-être. Ou de son amant caché, Gabriel

335

Wire. Va savoir. Quoi qu'il en soit, elle éprouvait le besoin de se mettre à table. Elle est allée voir Kitty pour confesser qu'elle avait interverti ses pilules contraceptives. Puis elle est allée voir Karl Snow. Il est possible qu'elle lui ait dit ce qui est réellement arrivé à sa fille.

Myron s'interrompit. Quelque chose ne collait toujours pas. Win le formula tout haut.

— Et une fois en paix avec sa conscience, Suzze T., enceinte de huit mois, s'est procuré de l'héroïne, est rentrée chez elle et a mis fin à ses jours ?

Myron secoua la tête.

— On s'en fiche, des preuves. Ça ne tient pas debout.

— Tu vois une autre hypothèse ?

— Oui. Herman Ache l'a fait assassiner. C'est très clairement un travail de professionnel… Pour moi, c'est Crisp qui a fait ça. Puisqu'il est doué pour maquiller un meurtre en mort naturelle.

— Mobile ?

Myron hésita.

— Suzze savait quelque chose. Probablement quelque chose de préjudiciable pour Gabriel Wire, et qui risquait de faire rouvrir le dossier Alista Snow. Du coup, Ache l'a fait liquider. Après quoi, il a dépêché deux hommes pour éliminer Kitty.

— Pourquoi Kitty ?

— Aucune idée. Il est en train de faire le ménage. Il croit qu'elle sait des choses ou alors il a peur que Suzze lui ait parlé. Bref, il préfère ne pas prendre de risque. La stratégie de la terre brûlée. Suzze et Kitty dans le même sac.

— Et toi, ajouta Win.

— Ouaip.

— Mais ton frère, que vient-il faire là-dedans ?

— Je ne sais pas.

— Il y a beaucoup de choses que nous ne savons pas.

— Pratiquement tout, répondit Myron. Autre question : si Brad est retourné au Pérou, que fait son passeport dans le mobile home ?

— La réponse la plus plausible ? Il n'est pas parti. Et si tel est le cas, que faut-il en conclure ?

— Que Kitty a menti.

— Kitty a menti, répéta Win. N'est-ce pas une chanson de Steely Dan ?

— *Katy* a menti. Et ce n'est pas une chanson, c'était le titre de l'album.

— Ah oui, c'est vrai. J'ai adoré cet album.

Myron s'efforça de déconnecter son cerveau, le temps de grappiller un peu de repos avant d'aller assiéger la forteresse. Il venait de fermer les yeux et de poser la tête contre le dossier lorsque l'avion amorça sa descente. Cinq minutes plus tard, ils étaient au sol. Il consulta sa montre. Trois quarts d'heure s'étaient écoulés depuis son arrivée à l'aéroport de Teterboro.

Eh oui, il y avait du bon à être riche.

29

LES STORES ÉTANT BAISSÉS, il était impossible de voir à l'intérieur de la cabine. La famille Finthorpe débarqua. Les pilotes garèrent l'appareil, éteignirent les lumières, descendirent à leur tour. Myron et Win n'avaient pas bougé. La nuit était tombée.

Myron appela l'hôpital depuis le téléphone satellite. Cette fois, il réussit à avoir le Dr Ellis.

— Votre père est sorti du bloc, mais ç'a été moins une. Son cœur s'est arrêté à deux reprises sur la table d'opération.

Les larmes montèrent à nouveau. Myron les ravala.

— Puis-je parler à ma mère ?

— Nous lui avons administré un sédatif et elle dort dans la chambre d'à côté. Votre neveu s'est endormi dans un fauteuil, lui aussi. La soirée a été longue.

— Merci.

Win émergea de la salle d'eau, habillé de noir de pied en cap.

— Il y a une tenue de rechange pour toi là-dedans, dit-il. Ils ont une douche également. Profites-en pour te rafraîchir. Notre équipe d'assistance arrive dans dix minutes.

La tête de douche n'était pas conçue pour les grandes tailles, mais la pression de l'eau se révéla étonnamment forte. Myron s'accroupit et passa neuf minutes sur les dix qui lui étaient allouées sous le jet, et une minute à se sécher et à enfiler les vêtements noirs. Win avait raison : il se sentait rafraîchi.

— La voiture est là, annonça Win. Mais d'abord…

Il tendit deux pistolets à Myron. Le plus gros était équipé d'un holster. Le plus petit se fixait à la cheville. Myron attacha les courroies. Win sortit le premier. Les marches de l'avion étaient glissantes. La pluie tambourinait sur le tarmac. Win s'abrita sous l'avion, tira les lunettes de vision nocturne de leur étui et les mit façon masque de plongée. Lentement, il tourna sur lui-même.

— La voie est libre.

Il remit les lunettes dans leur sacoche. Puis il leva son téléphone mobile. L'écran s'alluma. À distance, une voiture répondit par un appel de phares. Win se dirigea dans cette direction. Myron le suivit. L'aérodrome se composait en tout et pour tout d'une piste d'atterrissage et d'une bâtisse en béton. Une route coupait l'extrémité de la piste. Il n'y avait ni feu rouge ni même une barrière pour arrêter les voitures qui passaient ; il fallait deviner, pensa Myron, qu'un avion était à l'approche. Ou alors cela faisait partie du charme secret de l'île. On savait, purement et simplement, que quelqu'un était en train d'atterrir.

Il pleuvait à torrents. Un coup de tonnerre déchira le ciel. Arrivé à la voiture le premier, Win ouvrit la portière arrière. Myron se glissa à l'intérieur, derrière le siège du passager, et fut surpris de découvrir Billings et Blakely.

— C'est ça, notre équipe d'assistance ?

Win eut un grand sourire.

— Qui dit mieux ?

La voiture sentait comme une vieille pipe à eau.

— Cousin Win nous dit que vous voulez entrer chez Wire, fit le jumeau qui conduisait.

— Lequel des deux es-tu ? demanda Myron.

Il prit un air offusqué.

— Je suis Billings.

— Et moi, Blakely.

— D'accord, désolé.

— Blakely et moi passons tous nos étés sur cette île. À force, ça finit par lasser.

— Il n'y a pas assez de nanas, ajouta Blakely.

— Parfaitement.

Billings démarra. La route était déserte.

— L'année dernière, on a inventé de vilaines histoires sur les filles au pair les plus moches.

— Pour qu'on les vire, dit Blakely.

— Exactement.

— Et aucune maman ne veut s'occuper de ses rejetons.

— Ciel, non.

— Du coup, ils sont obligés de remplacer la fille au pair.

— Par une plus mignonne, souvent.

— Vous voyez l'astuce ?

Myron regarda Win. Qui se contenta de sourire.

— On va faire comme si, répondit-il.

— De toute façon, on s'ennuie sur cette île, déclara Blakely.

— C'est un trou paumé.

— Il n'y a rien.

340

— C'est à mourir d'ennui. Et on n'est même pas sûrs que Gabriel Wire habite dans cette villa.

— On ne l'a jamais vu.

— Mais on s'est déjà approchés de la maison.

— On l'a touchée.

Se retournant, Blakely sourit de toutes ses dents.

— Vous comprenez, on emmène les filles là-bas. On leur dit que la maison appartient à Gabriel Wire et qu'elle est bien gardée.

— Le danger est un aphrodisiaque.

— Parlez de danger à une fille, et sa culotte tombe toute seule ou presque, vous voyez le truc ?

Une fois de plus, Myron regarda Win. Qui souriait toujours.

— On va faire comme si, dit Myron à nouveau.

— On a mis du temps, reprit Billings. Qui ne tente rien... enfin, bref. On a fini par trouver le moyen d'accéder à la plage en contrebas de la maison de Wire.

— On ne se fait plus attraper.

— Depuis deux ans au moins.

— On va à la plage. Quelquefois, on emmène des filles.

— À votre époque, dit Billings en regardant Myron, on aurait appelé ça la sente des Amants ou quelque chose comme ça.

— Comme dans un vieux film.

— Exactement. Genre, on les invite à boire une limonade, puis on prend la sente des Amants, hein ?

— C'est cela même, répliqua Myron. Après la promenade en calèche.

— Voilà. Eh bien, cette plage à côté de la maison de Wire, c'est la même chose dans notre version à nous.

— Billings sait s'y prendre avec les dames, dit Blakely.

— Notre Blakely est trop modeste.

Ils s'esclaffèrent sans desserrer les mâchoires. Blakely sortit une cigarette roulée à la main et l'alluma. Il tira une bouffée, la passa à son frère.

— On y va aussi pour fumer des pétards, dit Billings.

— Des ouinjs.

— De l'herbe.

— Du chanvre.

— Des sticks.

— Un peu de ganja.

— De la marijuana, fit Myron, coupant court à l'inventaire. J'ai compris.

Les garçons pouffèrent de rire. Manifestement, ce n'était pas leur première cigarette de la soirée.

Win dit :

— Blakely et Billings vont nous montrer leur chemin secret.

— Où on emmène les filles.

— Nos chéries.

— Les petites mignonnes.

— Les belettes.

— Bonnes à croquer.

— Des morceaux de choix.

Myron regarda Win.

— Ils sont… euh, un peu jeunes pour participer à notre expédition.

— Nan, c'est cool, dit Billings. Ils ne nous feront pas de mal.

— On est des courageux.

— Surtout après un petit spliff.

— Une tige.

342

— Une petite Doña Juanita.

— Une touche de marie-jeanne.

— De la panaméenne.

Ils éclatèrent d'un rire hystérique, autant que faire se peut quand on a les mâchoires serrées. Encore une fois, Myron jeta un coup d'œil à Win, se demandant s'ils pouvaient se fier à deux allumés de bonne famille. En même temps, Win était passé maître dans l'art de pénétrer dans des lieux interdits, même les mieux gardés. Il avait un plan. Myron n'aurait qu'à le suivre.

Ils dépassèrent deux postes de garde au milieu de la route avec à peine un signe de la main. Les jumeaux et leur voiture qui empestait le pétard étaient visiblement bien connus dans l'île. Personne ne les importuna. Billings ou Blakely – Myron avait déjà oublié lequel – conduisait à la diable. Il boucla sa ceinture de sécurité. En plein jour, l'île paraissait isolée. La nuit, surtout sous une pluie battante, elle semblait totalement abandonnée.

Billings – ça lui était revenu – quitta la chaussée et bifurqua dans un chemin de terre. Le chemin mit les amortisseurs à l'épreuve et trouva qu'ils ne faisaient pas le poids. Myron, ballotté à l'arrière, vit qu'ils traversaient les bois avant d'arriver dans une clairière. La voiture s'arrêta au bord de la plage.

Blakely se retourna de nouveau pour lui offrir une taffe. Myron déclina d'un geste.

— Vous êtes sûr ? C'est de la bonne.

— De la bombe, ajouta Billings.

— Ça déboîte.

— J'ai compris, dit Myron. C'est un excellent produit.

Les jumeaux se rassirent, et il y eut un moment de silence.

— Chaque fois que je suis à la plage, dit Billings, je ramasse un grain de sable.

— Oh non, dit Blakely. Voilà que ça recommence.

— Non mais sérieusement. Réfléchissez un peu. Un grain de sable. Je ramasse un minuscule grain de sable et je pense à tous les grains de sable qu'il y a sur cette plage. Puis à tous les grains de sable qu'il y a sur l'île. Puis dans le monde entier. Et là, waouh !

Myron regarda Win.

— Le plus palpitant, c'est que notre planète est plus petite que ce grain de sable par rapport aux autres grains. Vous pouvez le concevoir, ça ? Notre système solaire est plus petit que ce grain de sable comparé au reste de l'univers.

— Tu as fumé combien de joints, aujourd'hui ? s'enquit Myron.

Billings ricana.

— Allez, venez. On va vous mettre sur le chemin de notre célèbre rock star.

— Je hais sa musique, ajouta Blakely.

— C'est de la merde.

— Des élucubrations nombrilistes.

— Des braillements prétentieux.

Ils descendirent de voiture. Myron allait ouvrir la portière quand Win posa la main sur son genou.

— Attends. Laisse-les aller devant. Il faut qu'on reste cachés.

— Tu leur fais confiance, à ces gamins ?

— Ils ont un rôle à jouer. Ne t'inquiète pas.

Une minute plus tard, Win hocha la tête pour signifier qu'ils pouvaient y aller. La pluie s'abattit sur eux avec une force redoublée. Les jumeaux s'étaient éloignés dans le sentier qui partait de la plage. Myron et Win suivirent, à une bonne cinquantaine de mètres de distance. La pluie leur brouillait la vue. Ils longèrent un chemin qui serpentait à travers une zone boisée et passablement vallonnée. Celui-ci finit par disparaître, si bien qu'ils furent obligés de se courber pour passer sous les branches et d'enjamber les rochers. De temps à autre, Myron entrevoyait la plage sur sa gauche à travers le feuillage. Finalement, Win tendit le bras pour l'arrêter.

Les jumeaux s'étaient volatilisés.

— Ils ont atteint la propriété de Wire, dit Win. À partir de maintenant, prudence.

Myron le laissa ouvrir la marche. Ils ralentirent le pas. L'échappée entre les arbres ressemblait à un trou noir. Myron épongea son visage mouillé. Se baissant, Win sortit les lunettes de vision nocturne. Il lui fit signe d'attendre et se fondit dans l'obscurité. Quelques instants plus tard, il reparut et, d'un geste, enjoignit à Myron d'avancer.

Myron émergea de la trouée et vit dans la clarté lunaire qu'ils se trouvaient sur la plage. À cinquante mètres de là, sur la gauche, Billings et Blakely étaient allongés sur de gros rochers. Couchés sur le dos, ils se repassaient un joint sans se soucier de la pluie. Les vagues se fracassaient contre les rochers. Win s'était tourné vers la droite. Myron suivit son regard et comprit ce qui semblait captiver son ami.

Nom d'un petit bonhomme.

Le château de Gabriel Wire était perché, solitaire, au-dessus de l'Atlantique. Néogothique victorien, briques rouges, pierre, tuiles et flèches façon Parlement britannique, l'édifice était à l'image de l'ego d'une rock star : démesuré ; rien à voir avec les logis d'une élégance discrète des autres habitants de l'île. La façade avait des allures de château fort, avec un portail dont l'arche rappelait en plus grandiose celle qui ornait la terrasse de Suzze et Lex.

Billings et Blakely les rejoignirent sans bruit. L'espace de quelques instants, tout le monde se borna à contempler le spectacle qui s'offrait à eux.

— On ne vous l'a pas dit ? fit Billings.

— Personnellement, dit Blakely, je trouve ça maladroit.

— Tape-à-l'œil.

— Gonflé aux stéroïdes.

— M'as-tu-vu.

— Surcompensatoire.

Les deux garçons pouffèrent. Puis, redevenu grave, Blakely dit :

— Mais bon sang, quel antre à belettes.

— Un nid d'amour.

— Un havre à herpès.

— Un palais pénien.

— Un piège à chattes.

Myron réprima un soupir. C'était comme fréquenter un dictionnaire de synonymes particulièrement énervant. Se tournant vers Win, il demanda quel était le plan.

— Suis-moi.

Pendant qu'ils se faufilaient sous les arbres, Win expliqua que Billings et Blakely allaient approcher la maison par-devant.

— Ce ne sera pas la première fois, même s'ils n'ont jamais réussi à pénétrer à l'intérieur. Ils ont déjà sonné.

Ils ont essayé les fenêtres. Un agent de sécurité finit par les chasser. Les garçons affirment qu'il n'y a qu'un seul vigile dans la maison la nuit, et un autre à l'entrée du chemin.

— Mais ils n'en sont pas certains.

— Et nous non plus.

Myron réfléchit deux secondes.

— Ils arrivent à s'approcher de la maison sans être vus. Ce qui veut dire qu'il n'y a probablement pas de détecteurs de mouvement.

— On trouve rarement des détecteurs de mouvement dans une grande propriété, dit Win. Il y a trop de bestioles qui les déclenchent. Il y aura sûrement des alarmes ou des carillons aux portes et aux fenêtres, mais ça ne devrait pas poser un problème.

Une alarme antivol, c'était bon pour dissuader un amateur ou un cambrioleur lambda, mais Myron savait que, pour Win et sa trousse d'outils, c'était un jeu d'enfant.

— Le seul gros risque alors, observa-t-il, c'est le nombre de vigiles à l'intérieur de la maison.

Win sourit. Ses yeux brillaient d'une étrange lueur.

— Qu'est-ce que la vie sans prise de risque ?

Toujours cachés par les arbres, ils étaient maintenant à une vingtaine de mètres de la maison. Win fit signe à Myron de se baisser. Désignant une porte latérale, il chuchota :

— L'entrée de service. On va passer par là.

Il sortit son téléphone portable et envoya un signal lumineux. Plus loin, Billings et Blakely escaladèrent la colline en direction du portail. Les rafales de vent cinglaient les jumeaux de plein fouet. Courbés en deux, ils poursuivirent leur ascension.

Win hocha la tête à l'adresse de Myron. Les deux hommes se mirent à plat ventre et rampèrent façon commandos vers l'entrée de service. Celle-ci semblait donner sur une cuisine ou une arrière-cuisine, mais tout était éteint à l'intérieur. La terre était gorgée d'eau, si bien que ramper dans la boue avait comme un petit côté escargot.

Arrivés à la porte de service, Myron et Win attendirent, immobiles. Tournant la tête, Myron posa le menton sur le sol détrempé. Il pouvait voir l'océan. Un éclair zébra le ciel, suivi d'un coup de tonnerre. Ils restèrent ainsi une minute, puis deux. Myron commençait à avoir des fourmis dans les membres.

Peu de temps après, cependant, à travers la pluie et le vent, il entendit un cri :

— Ta musique pue !

C'était Billings ou Blakely. Son jumeau lui vint en renfort :

— C'est atroce !

— Consternant !

— Horrible !

— Effroyable !

— Une vraie purge auditive !

— Un crime contre l'ouïe !

Win était déjà debout et attaquait la porte avec un fin tournevis. La serrure n'était pas un problème, mais il avait repéré un capteur magnétique. Il prit un morceau de papier d'aluminium et le glissa entre les deux capteurs pour qu'il fonctionne comme une gaine.

À travers la pluie, Myron distingua les silhouettes des jumeaux qui couraient vers l'eau. Un homme sortit derrière eux, un agent de sécurité, qui s'arrêta une fois que les jumeaux eurent atteint la plage. Il porta un objet à sa bouche – un genre de talkie-walkie, supposa Myron – et dit :

— C'est encore ces jumeaux à la masse.

Win ouvrit la porte. Myron se rua à l'intérieur et se retrouva dans une cuisine ultramoderne, avec un double fourneau géant au centre et des tuyaux argentés au plafond. Poêles et casseroles pendaient du plafond en un chaos artistique. Myron se rappela avoir lu quelque part que Gabriel Wire était un fin cordon-bleu. Ceci expliquait cela. Les ustensiles étincelaient : soit ils étaient neufs, soit peu utilisés, soit bien entretenus.

Pendant une bonne minute, ni Win ni Myron ne bougèrent. On n'entendait ni bruit de pas ni grésillement de talkie-walkie, rien. De loin, probablement du premier étage, leur parvinrent de vagues bribes de musique.

Win fit signe à Myron. Ils avaient déjà mis au point une stratégie post-effraction. Myron fouillerait la maison à la recherche de Gabriel Wire. Win s'occuperait de quiconque se dresserait sur son chemin. Myron régla son BlackBerry sur une fréquence radio et enfonça le Bluetooth dans son oreille. Win fit de même. Ainsi il serait en mesure de donner l'alerte en cas de danger… et vice versa.

Plié en deux, Myron poussa la porte et passa dans ce qui aurait pu être une salle de bal. Il n'y avait pas de lumière ; le seul éclairage provenait de deux écrans d'ordinateur. Il se serait attendu à quelque chose de plus luxueux ; question aménagement, la pièce ressemblait à la salle d'attente d'un dentiste. Les murs étaient peints en blanc. Le canapé et la causeuse étaient plus fonctionnels qu'élégants, de ceux qu'on achète dans une grande surface d'ameublement. Il y avait un classeur à tiroirs dans un coin, une imprimante, un fax.

L'imposant escalier était en bois massif... Balustrade sculptée et tapis rouge sang. Myron gravit les marches. La musique lui parvenait plus distinctement, à présent. Arrivé en haut, il s'engagea dans le long couloir. Le mur de droite était surchargé d'albums et de disques de platine de HorsePower. Sur la gauche, il y avait des photos de l'Inde et du Tibet... des lieux fréquentés par Gabriel Wire. Il était censé posséder une résidence de luxe dans un quartier chic de Bombay Sud et séjourner souvent, incognito, dans des monastères de la région du Kham, dans l'est du Tibet. Myron se posait des questions. Cette maison était par trop déprimante. D'accord, il faisait nuit et la météo n'était pas à la fête, mais était-ce possible que Gabriel Wire ait passé le plus clair de ces quinze dernières années cloîtré ici ? C'était peut-être ce qu'il voulait faire croire. Ou bien c'était vraiment un solitaire cinglé à la manière d'Howard Hughes. Ou bien il en avait eu assez d'être le célébrissime Gabriel Wire, toujours dans la lumière des projecteurs. Si ça se trouve, les rumeurs étaient vraies, et il sortait déguisé, pour pouvoir aller au Met à Manhattan ou s'asseoir dans les gradins de Fenway Park. Peut-être qu'il s'était demandé quand et comment sa vie avait déraillé – drogues, dettes de jeu, filles trop jeunes – et s'était rappelé quelle avait été sa motivation première, la source de son bonheur.

La musique.

Tout compte fait, cette décision de fuir les projecteurs n'était peut-être pas si folle que ça. Il pouvait s'agir d'un réflexe de survie. Comme tous ceux qui changent de vie, il avait dû toucher le fond... et peut-on tomber plus bas que lorsqu'on se sent responsable de la mort d'une adolescente de seize ans ?

Myron passa devant le dernier disque de platine sur le mur, un album intitulé *Les Aspects de Junon*, le tout premier de HorsePower. Comme tous les fans de rock, il avait entendu parler de la rencontre mythique entre Gabriel Wire et Lex Ryder. Lex se produisait dans une gargote de St. Kilda, dans les environs de Melbourne. C'était un samedi soir ; il chantait une ballade mélancolique sous les huées d'une foule bruyante et avinée. Dans cette foule se trouvait un jeune chanteur beau comme un dieu, Gabriel Wire. Plus tard, Wire devait avouer que, malgré le vacarme, il avait été séduit à la fois par les paroles et par la mélodie. Finalement, alors que la clameur devenait assourdissante, Gabriel Wire était monté sur scène et, plus pour venir en aide au pauvre bougre qu'autre chose, avait entrepris de faire un bœuf avec Lex, changeant les paroles dans la foulée, accélérant le tempo, trouvant quelqu'un d'autre pour la basse et la batterie. Lex s'était mis à hocher la tête. Il avait multiplié les riffs, passant de la guitare au clavier. Chacun semblait puiser l'inspiration chez l'autre. Le public s'était tu respectueusement, comme conscient de la portée de l'événement auquel il était en train d'assister.

HorsePower était né.

C'était là que tout avait commencé, dans ce bar sordide à l'autre bout du monde, il y avait plus d'un quart de siècle.

Tout à coup, Myron pensa à son père. Et il le vit non pas comme un homme fort et en bonne santé, mais étendu sur la moquette du sous-sol. Il eut envie de repartir en courant, de monter dans ce fichu avion et de foncer à l'hôpital, mais le plus important pour son père n'était-il pas qu'il revienne avec son petit frère ?

Comment son frère s'était-il retrouvé mêlé à l'histoire de Gabriel Wire avec Alista Snow ?

La réponse était simple et glaçante : Kitty.

Immanquablement – son mari avait disparu, et elle monnayait des faveurs sexuelles contre de la drogue –, la moutarde lui monta au nez. La musique était nettement plus audible, maintenant. Guitare acoustique et une voix qui chantait doucement.

La voix de Gabriel Wire.

L'effet était poignant. Myron s'arrêta, tendit l'oreille.

Mon unique amour, nous n'aurons plus d'hier,
Et je traverse seul une nuit sans fin…

Cela venait du fond du couloir. Du côté de l'escalier menant au deuxième étage.

Mes yeux voilés de larmes
Sentent à peine le froid qui mord,
Voient à peine la pluie qui tombe…

Il passa devant une porte ouverte, se risqua à regarder. Là encore, la pièce, tapissée de moquette grise, avait un aspect froid et fonctionnel. Aucun style, aucune fioriture, aucune note originale. Bizarre. Comparé à la façade spectaculaire, l'intérieur de la maison ressemblait à des bureaux pour cadres moyens. Ceci devait être une chambre d'amis ou alors une pièce réservée aux agents de sécurité. Mais tout de même.

Il poursuivit son chemin en direction de la voix qui se lamentait.

> *Souviens-toi de notre dernière fois,*
> *Nous parlions d'amour éternel,*
> *Nos regards enchaînés comme en transe,*
> *Plus rien n'existait quand je t'ai pris la main,*
> *Mais maintenant toi aussi tu es partie...*

Il y avait une dernière porte ouverte avant l'escalier. Myron jeta un rapide coup d'œil et se figea.

C'était une chambre d'enfant.

Un mobile de bébé avec sa ménagerie – canards, chevaux, girafes aux couleurs vives – était accroché au-dessus d'une bercelonnette. Une veilleuse papillon diffusait suffisamment de lumière pour permettre de distinguer le papier peint Winnie l'Ourson, les anciens dessins de Winnie, pas les plus récents, et dans un coin, une femme en tenue d'infirmière assoupie dans un fauteuil. Myron entra sur la pointe des pieds et regarda dans le berceau. Un nouveau-né. Son filleul, à tous les coups. C'était donc là que Lex s'était réfugié... Du moins, c'était là que se trouvait le fils de Suzze. Pourquoi ?

Myron aurait voulu prévenir Win, mais il n'osait pas chuchoter. Coupant le son du BlackBerry, il tapa sur le clavier muet : *Bébé à l'étage.*

Il n'avait plus rien à faire ici. Avec précaution, il ressortit dans le couloir. Le faible éclairage alternait avec de grands pans d'ombre. Face à lui, l'étroit escalier semblait mener aux chambres des domestiques sous les combles. Il n'y avait pas de tapis. Myron gravit les marches en bois aussi silencieusement qu'il le pouvait. La voix chantait toujours, de plus en plus proche :

> *À cet instant, mon soleil s'est éteint,*
> *Depuis la pluie ne cesse de tomber,*
> *Et le temps qui dure, qui dure,*
> *Le temps qui n'avance plus...*

Myron posa le pied sur la dernière marche. Dans une maison ordinaire, cet étage aurait été considéré comme un grenier. Ici l'espace avait été aménagé de façon à former une seule vaste pièce qui faisait toute la longueur de l'édifice. Là aussi, l'éclairage était tamisé, mais les trois écrans géants tout au fond répandaient une clarté irréelle. Les trois diffusaient un match de base-ball. Sans le son. C'était le *nec plus ultra* de la salle de jeux pour adulte. Dans la semi-pénombre, Myron aperçut un flipper HorsePower. Il y avait aussi un bar en acajou bien garni avec six tabourets et un miroir teinté. Et partout d'énormes poufs mous, de quoi organiser une orgie géante.

L'un de ces poufs trônait en face des trois écrans de télévision. Une tête en dépassait. À côté étaient posées plusieurs bouteilles. De l'alcool, sûrement.

> *Mais maintenant toi aussi tu es partie,*
> *Et dehors, sous la pluie, le temps s'est arrêté,*
> *Sans toi, le temps s'est...*

La musique s'interrompit comme si on avait arraché le fil de la prise. Myron vit l'homme dans le pouf se raidir... ou était-ce un effet d'optique ? Il hésita.

Devait-il l'interpeller, l'approcher doucement ou juste attendre ? En fait, il n'eut pas besoin de se décider.

L'homme dans le pouf se leva en titubant et se tourna vers lui. Sa silhouette se dessinait en ombre chinoise à la lueur des écrans. Plus par réflexe, Myron porta la main à l'arme dans son holster.

— Salut, Myron.

Ce n'était pas Gabriel Wire.

— Lex ?

Il chancelait, sans doute parce qu'il avait trop bu. S'il était surpris de voir Myron, il ne le montrait pas. Anesthésié par l'alcool, évidemment. Les mains tendues, Lex se dirigea vers Myron. Qui eut tout juste le temps de le rattraper tandis qu'il s'affalait dans ses bras. Il enfouit son visage dans l'épaule de Myron.

— C'est ma faute, répéta-t-il à travers ses larmes. Tout est ma faute.

Myron tenta de le réconforter, de le calmer. Cela prit un certain temps. Lex empestait le whisky. Myron le laissa pleurer tout son soûl. Le propulsant vers le bar, il le jucha sur un tabouret. Dans son oreillette, il entendit la voix de Win :

— J'ai été obligé de neutraliser l'agent de sécurité. En douceur, ne t'inquiète pas. Mais ce serait bien que tu accélères un peu le tempo.

Myron hocha la tête comme si Win pouvait le voir. Lex était bourré comme un coing. Myron résolut donc de faire l'impasse sur les préliminaires et d'aller droit au but.

— Pourquoi as-tu téléphoné à Suzze ?

— Hein ?

— Je n'ai pas le temps, Lex, alors s'il te plaît, écoute-moi bien. Hier matin, Suzze a reçu un coup de fil de ta part. Après quoi, elle s'est précipitée pour aller voir Kitty et le père d'Alista Snow. Puis elle est rentrée chez elle et a fait une overdose. Que lui as-tu dit ?

Il se remit à sangloter.

— C'est ma faute.

— Que lui as-tu dit, Lex ?

— J'ai suivi mon propre conseil.

— Quel conseil ?

— On en a parlé. Au Three Downing. Rappelle-toi.

Myron n'avait pas oublié.

— Pas de secrets pour la personne qu'on aime.

— C'est ça.

Lex vacilla sur son tabouret.

— J'ai dit la vérité à celle que j'aimais. Après tant d'années. J'aurais dû le faire beaucoup plus tôt, mais je pensais que quelque part, Suzze devait savoir. Tu vois ce que je veux dire ?

Myron ne voyait strictement rien.

— Au fond d'elle, tu comprends, je croyais qu'elle savait. Que ce n'était pas une coïncidence.

Bon Dieu, qu'il était difficile de parler à un type éméché.

— Qu'est-ce qui n'était pas une coïncidence, Lex ?

— Qu'on soit tombés amoureux. Comme si c'était écrit. Comme si elle avait toujours su la vérité. En son for intérieur. Et peut-être qu'elle savait. Inconsciemment. Ou peut-être qu'elle a eu le coup de foudre pour la musique, pas pour l'homme. De toute façon, les deux sont indissociables. Comment dissocier l'homme de sa musique, hein ?

— Que lui as-tu dit ?

— La vérité.

Lex se remit à pleurer.

356

— Et maintenant elle est morte. Je me suis trompé, Myron. La vérité ne nous a pas délivrés. La vérité était trop lourde à porter. Ça, je n'y avais pas pensé. La vérité, ça peut rapprocher, mais ça peut broyer aussi.

— Quelle vérité, Lex ?

Il sanglota de plus belle.

— Qu'as-tu dit à Suzze ?

— Peu importe. Elle est morte. Qu'est-ce que ça change, maintenant ?

Myron décida de passer à la vitesse supérieure.

— Tu te souviens de mon frère Brad ?

Lex s'arrêta de pleurer. Il avait l'air décontenancé.

— À mon avis, mon frère pourrait être dans le pétrin à cause de toute cette histoire.

— À cause de ce que j'ai dit à Suzze ?

— Oui. Peut-être. C'est pour ça que je suis là.

— À cause de ton frère ?

Il parut réfléchir.

— Je ne vois pas comment. Oh, attends une minute.

Lex s'interrompit, puis ajouta quelque chose qui figea Myron :

— Oui. J'imagine que même après tant d'années il pourrait y avoir des retombées sur ton frère.

— Comment ?

Lex secoua la tête.

— Ma Suzze…

— S'il te plaît, Lex, répète-moi ce que tu lui as dit.

Mais il ne fit que secouer la tête en sanglotant. Myron lui donna alors un petit coup d'aiguillon.

— Suzze était amoureuse de Gabriel Wire, n'est-ce pas ?

Lex renifla, s'essuya le nez avec sa manche.

— Comment le sais-tu ?

— Le tatouage.

Un silence.

— C'est Suzze qui l'a dessiné, tu sais.

— Je sais.

— C'étaient des caractères hébreux et gaéliques entrelacés en un sonnet d'amour. Suzze était une artiste.

— Ils étaient donc amants ?

Lex fronça les sourcils.

— Elle croyait que je n'étais pas au courant. C'était ça, son secret. Elle l'aimait.

Sa voix se chargea d'amertume.

— Tout le monde aime Gabriel Wire. Sais-tu quel âge elle avait, Suzze, quand elle a commencé à fricoter avec lui ?

— Seize ans.

Lex acquiesça d'un signe de la tête.

— Wire a toujours eu un faible pour les très jeunes filles. Pas les prépubères, non. Ce n'était pas son genre. Juste jeunes. Du coup, il a invité Suzze, Kitty et quelques-unes de leurs camarades à faire la fête avec nous. Entre gens célèbres. Rock stars et starlettes du tennis. Union conçue au paradis des people. Moi, je ne faisais pas vraiment attention à elles. On avait suffisamment de filles autour de nous pour risquer des ennuis avec la justice, tu vois ce que je veux dire ?

— Je vois, répondit Myron. Je suis tombé sur une photo prise pour l'album *Live Wire*. Gabriel avait le même tatouage que Suzze.

— Oh, ça ! fit Lex en ricanant. C'était un tatouage éphémère. Il voulait juste ajouter un nom connu à sa liste. Suzze était tellement mordue qu'elle est restée avec lui même après qu'il a eu tué Alista Snow.

Ouh là !

— Minute, l'interrompit Myron. Tu viens de me dire à l'instant que Gabriel a tué Alista Snow ?

— Tu ne savais pas ? Évidemment. Il lui a filé du roofies. Mais pas en quantité suffisante, le connard. Il l'a violée, et elle a flippé grave. Elle a menacé de le dénoncer. À la décharge de Wire – enfin, non, ce n'est pas une excuse –, lui aussi était raide déf. Il l'a poussée du balcon. Tout ça a été enregistré en vidéo.

— Comment ?

— La chambre était équipée d'une caméra de surveillance.

— Et qui détient cet enregistrement ?

Lex secoua la tête.

— Ça, je ne peux pas te le dire.

Mais Myron le savait déjà.

— Herman Ache.

Lex ne répondit pas. Ce n'était pas utile. Tout se tenait, bien sûr. C'était en gros le scénario que Myron avait imaginé.

— On devait plein de thunes à Ache, dit Lex. Surtout Gabriel… mais il considérait HorsePower comme une espèce de garantie sur créance. Il y avait un homme à lui qui nous suivait tout le temps. Pour protéger son investissement.

— Et c'est pour ça qu'Evan Crisp est toujours dans les parages ?

À la mention de ce nom, Lex frissonna au sens propre du terme.

— Il me fout les jetons, confia-t-il dans un murmure. J'ai même cru que c'était lui qui avait tué Suzze. Quand elle a su la vérité. Crisp nous avait prévenus. Trop d'argent en jeu. Tout gêneur serait éliminé.

— Comment peux-tu être si sûr que ce n'est pas lui ?

— Il m'a juré qu'il ne l'avait pas touchée.

Lex se redressa.

— Comment veux-tu que ce soit lui ? L'autre s'est pointée. La femme flic, je ne sais plus son nom.

— Loren Muse.

— C'est ça. D'après elle, rien ne prouve que c'est un meurtre. Tout porte à croire que c'est une overdose.

— Tu l'as déjà vue, cette vidéo de Wire tuant Alista Snow ?

— Il y a des années. Ache et Crisp nous ont fait asseoir et nous l'ont montrée. Wire assurait en pleurant que c'était un accident, qu'il n'avait pas voulu la pousser par-dessus la rambarde, mais franchement, ça change quoi ? Il a tué cette pauvre fille. Quarante-huit heures après – je n'invente rien –, il a appelé Suzze, et elle a rappliqué. Elle le croyait victime d'une campagne de presse. Comment peut-on être aussi aveugle… mais bon, elle n'avait que seize ans. Le reste du monde, il a quoi comme excuse, hein ? Puis il l'a plaquée. Tu sais comment ç'a commencé, Suzze et moi ?

Myron fit non de la tête.

— C'était dix ans après, au gala du muséum d'Histoire naturelle. Suzze m'a invité à danser, et je jure que la seule raison pour laquelle elle est venue me chercher, c'est parce qu'elle espérait que je l'aiderais à renouer avec Wire. Elle en pinçait toujours pour lui.

— Mais elle est tombée amoureuse de toi.

Lex sourit faiblement.

— C'est vrai. Amoureuse pour de bon. Nous étions deux âmes sœurs. Je sais que Suzze m'aimait. Et je l'aimais aussi. Je pensais que c'était suffisant. Mais en fait, quand on se pose et qu'on réfléchit deux minutes, Suzze était déjà amoureuse de moi. C'est ce que j'ai voulu dire tout à l'heure. En parlant du coup de foudre pour la musique. Elle a craqué pour sa belle façade, mais aussi pour la musique, les paroles, le sens. Comme dans *Cyrano de Bergerac*. Tu te rappelles ?

— Oui.

— Ils étaient tous en extase devant la façade. Le monde entier… On se laisse tous séduire par la beauté des apparences. Ce n'est pas un scoop, hein, Myron ? Nous sommes tous superficiels. On en voit souvent, des gars qui portent sur leur visage le fait d'être un sale con ? Gabriel Wire, c'était l'inverse. Il avait l'air tellement romantique, tellement poétique, tellement beau et sensible. La façade. Et en dessous, il n'y avait que de la pourriture.

— Lex ?

— Oui.

— Qu'as-tu dit à Suzze au téléphone ?

— La vérité.

— Tu lui as dit que Gabriel Wire avait tué Alista Snow ?

— Cela en faisait partie, oui.

— Et le reste ?

Il secoua la tête.

— J'ai dit la vérité à Suzze, et elle en est morte. Maintenant, il faut que je pense à mon fils.

— C'était quoi, le reste, Lex ?

— Je lui ai dit où était Gabriel Wire.

Myron déglutit.

— Et où est-il, Lex ?

Une chose étrange se produisit alors. Lex sécha ses larmes. Il sourit et jeta un coup d'œil sur le pouf devant les écrans de télévision. Myron sentit son sang se glacer.

Lex se taisait. Il se borna à contempler le pouf. Et Myron repensa à ce qu'il avait entendu en montant. Une voix qui chantait.

La voix de Gabriel Wire.

Se laissant glisser de son tabouret, il se dirigea vers le pouf. Il distingua une forme curieuse à côté, par terre peut-être. En se rapprochant, il comprit ce que c'était.

Une guitare.

Il fit volte-face. Lex souriait toujours.

— Je l'ai entendu, dit Myron.

— Entendu qui ?

— Wire. Je l'ai entendu chanter quand j'étais dans l'escalier.

— Non, répondit Lex, c'est moi que tu as entendu. Ç'a toujours été moi. C'est ce que j'ai dit à Suzze. Gabriel Wire est mort il y a quinze ans.

30

AU REZ-DE-CHAUSSÉE, Win ranima l'agent de sécurité.

L'homme écarquilla les yeux. Il était ligoté et bâillonné. Win lui sourit.

— Bonsoir. Je vais retirer le bâillon. Vous allez répondre à mes questions et ne pas appeler à l'aide. Si vous refusez, je vous tue. Suis-je clair ?

L'agent de sécurité hocha la tête.

— Question facile pour commencer, dit Win. Où est Evan Crisp ?

— On s'est effectivement rencontrés dans ce bar à Melbourne. Mais c'est la seule partie de notre histoire qui soit véridique.

Ils étaient à nouveau perchés sur les tabourets. Tout à coup, même Myron avait besoin d'un remontant. Il leur servit deux doigts de whisky Macallan. Lex fixa le fond de son verre comme s'il contenait une énigme.

— À l'époque, j'avais déjà sorti mon album solo. Il a fait un flop. J'envisageais donc de monter un groupe. J'étais dans ce bar quand Gabriel a poussé la porte. Il avait dix-huit ans. J'en avais vingt. Il avait laissé tomber l'école et avait été arrêté à deux reprises pour détention

363

de drogue et agression. Mais quand il est entré, toutes ces têtes qui tournaient… tu peux imaginer ça ?

Myron fit signe que oui, pour ne pas l'interrompre.

— Il ne savait pas chanter. Il ne jouait d'aucun instrument. Mais si un groupe rock est un spectacle, j'ai tout de suite su que j'allais lui filer le rôle principal. On a donc monté un bateau, comme quoi moi je chantais et lui était venu à ma rescousse. En fait, j'ai piqué la scène dans un film, *Eddie and the Cruisers*. Tu connais ?

À nouveau, Myron hocha la tête.

— Il m'arrive encore de rencontrer des gens qui jurent qu'ils étaient présents, ce soir-là. Je ne sais pas s'ils mentent pour se donner de l'importance ou s'ils y croient eux-mêmes. Les deux, probablement.

Myron songea à sa propre enfance. Tous ses copains affirmaient avoir vu Springsteen faire une apparition « surprise » au Stone Pony à Asbury Park. Myron avait des doutes. Il y était allé trois fois pour vérifier la rumeur, mais le Boss ne s'était jamais manifesté.

— Bref, nous avons formé HorsePower, mais c'est moi qui écrivais les chansons… paroles, musique, tout. Sur scène, on utilisait le play-back. J'ai appris à Gabriel les bases du chant mélodique, mais la plupart du temps je le doublais ou je préenregistrais sa partie en studio.

Lex s'arrêta, but une gorgée. Il paraissait perdu. Pour le remettre sur la voie, Myron demanda :

— Pourquoi ?

— Pourquoi quoi ?

— Pourquoi avais-tu besoin de lui comme accessoire ?

— Ne sois pas bête, rétorqua Lex. Il avait le physique. Je te l'ai dit : Gabriel, c'était la belle façade romantique. Je le considérais comme mon instrument le plus précieux. Et ça marchait. Il adorait jouer les superstars, se taper toutes les gamines qui lui tombaient sous la main, gagner de l'argent les doigts dans le nez. Moi aussi, j'étais heureux. Le monde entier écoutait ma musique.

— Mais tu n'as jamais eu la reconnaissance.

— Et alors ? Je m'en fichais. Tout ce qui m'intéressait, c'était la musique. Qu'on me prenne pour un faire-valoir, eh bien… les pigeons, c'étaient les autres, non ?

Possible.

— Moi, je savais, reprit Lex. Et ça me suffisait. En un sens, on était un véritable groupe rock. J'avais besoin de Gabriel. La beauté est déjà un don en soi, tu ne crois pas ? Les stylistes font porter leurs créations à de beaux mannequins. Ces mannequins ne jouent-ils pas un rôle ? Les grandes entreprises choisissent des gens séduisants pour les représenter. Ne font-ils pas partie du processus ? Voilà ce que Gabriel Wire était pour Horse-Power. C'est au fruit qu'on reconnaît l'arbre. Écoute mes morceaux solo avant ma rencontre avec Wire. La musique est tout aussi bonne. Mais tout le monde s'en fout. Tu te souviens de Milli Vanilli ?

Ce duo avait connu un immense succès en mimant la musique de quelqu'un d'autre ; ils avaient même remporté un Grammy de la meilleure révélation.

— Rappelle-toi le tollé général quand on a découvert la vérité.

— Ils ont été conspués, dit Myron.

— Les gens sont allés jusqu'à brûler leurs disques. Pourquoi ? La musique était la même, non ?

— Certes.

Lex se pencha et, sur le ton de la confidence :

— Tu sais pourquoi les fans en ont autant voulu à ces gars-là ?

Myron fit signe que non, histoire qu'il continue à parler.

— Parce que ces deux beaux gosses leur ont fait entrevoir la vérité : nous sommes tous superficiels. La musique de Milli Vanilli était plus que merdique… Or ils ont gagné un Grammy ! Les gens l'écoutaient seulement parce que Rob et Fab étaient beaux et branchés. Le scandale a fait plus qu'arracher la façade. Il a tendu un miroir au fan, qui s'est vu tel qu'il est : un gros couillon. On pardonne beaucoup de choses. Mais on ne pardonne pas à ceux qui révèlent notre propre sottise. Gabriel avait l'air rêveur et profond, alors qu'il était tout le contraire. On croyait qu'il ne donnait pas d'interviews parce qu'il était trop sérieux ; en fait, il n'en donnait pas parce qu'il était trop bête. Je sais bien qu'on se paie ma tête depuis des années. Quelque part, ça fait mal – c'est normal, non ? –, mais je me suis fait une raison. C'était la seule solution. Une fois que j'avais créé Gabriel Wire, je ne pouvais pas le faire disparaître sans disparaître avec.

Myron rumina ce qu'il venait d'entendre.

— C'est pour ça que tu me parlais de Cyrano, tout à l'heure. De Suzze qui était tombée amoureuse de la musique ou de l'homme.

— Oui.

— Il y a une chose que je ne comprends pas. Quand tu dis que Gabriel Wire est mort…

— Ce n'est pas une image. Quelqu'un l'a tué. Crisp, probablement.

— Pourquoi aurait-il fait ça ?

— Je n'en sais rien, mais j'ai ma petite idée. À la mort d'Alista Snow, Herman Ache a décidé de sauter sur l'occasion. S'il arrivait à tirer Wire de ce mauvais pas, non seulement il leur remboursait ses colossales dettes de jeu, mais en plus il leur devrait la vie.

— Ça, d'accord.

— Ils l'ont donc aidé à sauver sa peau. Ils ont intimidé les témoins. Ils ont acheté le père d'Alista Snow. Je ne sais pas exactement ce qui s'est passé ensuite. À mon avis, Wire a pété un câble. Il s'est mis à faire n'importe quoi. Ou peut-être qu'ils ont réalisé que nous n'avions pas vraiment besoin de lui. Je pouvais continuer à chanter tout seul. Peut-être qu'ils ont réfléchi et décidé qu'on serait mieux sans lui.

— Tout de même, je trouve ça drôlement hasardeux. Plus les concerts… D'accord, ils étaient rares, mais ils vous rapportaient gros.

— Mais tourner était hasardeux aussi. Gabriel voulait faire plus de scène, mais avec le temps chanter en play-back devenait compliqué, surtout avec tous ces scandales. Le jeu n'en valait pas la chandelle.

— Je ne vois toujours pas très bien. Pourquoi avoir liquidé Wire ? Et quand est-ce arrivé, au fait ?

— Quelques semaines après la mort d'Alista Snow. Au début, il a quitté le pays. Ça, c'était vrai. S'ils n'avaient pas réussi à le blanchir, je pense que Gabriel serait resté à l'étranger, façon Roman Polanski. Il est rentré quand les chefs d'accusation ont commencé à se déliter. Les témoins se la bouclaient. La vidéo de surveillance avait disparu. La dernière étape pour Gabriel a consisté à rencontrer Karl Snow et à lui remettre un gros paquet de fric. Après ça, les flics et les médias lui ont lâché la grappe.

367

— Et là-dessus, Crisp l'a tué.

Lex haussa les épaules. Cela n'avait aucun sens.

— Tout ça, tu l'as dit à Suzze au téléphone ?

— Pas tout, non. Je voulais le faire. Je savais que ça allait remonter à la surface, maintenant que Kitty était de retour. J'ai décidé de lui parler d'abord. J'en avais l'intention depuis des années, et comme on allait avoir un bébé… Fini, les mensonges et les secrets. Tu vois ce que je veux dire ?

— Oui. Mais quand tu es tombé sur ce post, « Pas le sien », tu savais bien que ce n'était pas vrai ?

— Ouais.

— Alors pourquoi tu es parti ?

— Je te l'ai dit au Three Downing. J'avais besoin de temps. Suzze ne m'avait pas parlé de ce post. Pourquoi ? Quand elle l'a vu, bon sang, j'ai compris tout de suite que ça n'allait pas. Réfléchis un peu. Elle est venue te voir, mais pas seulement pour que tu me retrouves. Elle voulait savoir qui avait posté ce message sur son mur.

Il pencha la tête sur le côté.

— Pourquoi, à ton avis ?

— Tu penses qu'elle avait toujours un faible pour Gabriel.

— Je ne pense pas. Je sais. Suzze ne t'en a même pas parlé car, imagine, aurais-tu fait toutes ces recherches pour l'aider à renouer avec un autre homme ?

— Tu te trompes. Elle t'aimait.

— Bien sûr qu'elle m'aimait.

Lex souriait, à présent.

— Parce que j'étais Wire. Tu piges ? Alors quand j'ai vu ce post, bonjour le choc. Il me fallait du temps pour remettre de l'ordre dans mes idées. Alors je suis venu ici pour faire de la musique. Puis, comme je te l'ai expliqué, j'ai appelé Suzze pour lui dire la vérité. J'ai commencé par lui annoncer que Wire était mort… mort depuis plus de quinze ans. Mais elle ne m'a pas cru. Elle voulait des preuves.

— Tu as vu le corps ?

— Non.

Myron écarta les bras.

— Mais alors, si ça se trouve, il est vivant. Il vit à l'étranger, déguisé ou dans une communauté au Tibet.

Lex en rit presque.

— Tu y as cru, à ces conneries ? Voyons, c'est nous qui avons fait courir ces bruits. Deux fois, nous avons demandé à des starlettes de dire qu'elles avaient passé du temps avec lui, et elles ont accepté juste pour se faire mousser. Non, Gabriel est bien mort.

— Comment le sais-tu ?

Il secoua la tête.

— C'est rigolo.

— Quoi ?

— C'est ce que Suzze n'arrêtait pas de demander : comment pouvais-je savoir avec certitude ?

— Et que lui répondais-tu ?

— J'ai dit qu'on avait un témoin. Quelqu'un qui a assisté au meurtre.

— Qui ça ?

Mais, avant même que Lex ouvre la bouche, Myron avait compris. Qui Suzze avait-elle appelé juste après avoir parlé à Lex ? Qui avait posté un message laissant présager que la vérité allait éclater au grand jour ? Et enfin – en poussant le raisonnement plus loin –, qui faisait le lien entre son frère et toute cette affaire ?

— Kitty, déclara Lex. Kitty était là quand Gabriel Wire a été tué.

Alors que l'agent de sécurité était toujours ligoté – et avec les voix de Myron et de Lex dans son oreille –, Win alla jeter un œil sur les ordinateurs dans la grande pièce. Il s'expliquait plus facilement maintenant le décor minimaliste. Lex venait ici pour utiliser le studio d'enregistrement. Crisp ou ses hommes de confiance devaient à l'occasion y passer la nuit. Mais autrement, la maison était inhabitée. Cela se sentait. Ce vigile-là était un homme de main, un vieil employé d'Ache. Il savait tenir sa langue. Mais même lui ne connaissait pas tous les tenants et aboutissants. Les membres de la sécurité changeaient tous les mois. Personne n'ignorait que les étages leur étaient interdits. Ainsi cet agent n'avait évidemment jamais vu Gabriel Wire, mais il ne se posait pas de questions. Il devait penser que Wire passait son temps à voyager. On lui avait dit que le chanteur était un solitaire paranoïaque. Qu'il n'avait pas le droit de l'approcher. Et il avait obéi aux ordres.

Win s'était étonné du peu de moyens de surveillance, mais à présent il comprenait mieux. « Wire » vivait sur une île avec très peu d'habitants, dont la plupart tenaient également à préserver leur intimité. Même en cas d'imprévu, même si quelqu'un parvenait à pénétrer dans la maison, où était le problème ? Ils ne trouveraient pas trace de Gabriel Wire, et alors ? Ache, Crisp et Ryder avaient concocté suffisamment d'histoires sur ses voyages secrets et ses déguisements pour justifier son absence.

C'était drôlement ingénieux.

Win n'était pas expert en informatique, mais il s'y connaissait un peu. Avec de la persuasion, le vigile l'aida pour le reste. Il tomba sur les listes de passagers du ferry. Il consulta les autres fichiers créés par Crisp. Ce dernier n'était pas assez fou pour laisser quelque chose de compromettant, qui puisse servir de pièce à conviction dans un tribunal, mais Win ne se souciait guère des tribunaux.

Lorsqu'il eut terminé, il donna trois coups de fil. Le premier était pour son pilote.

— Vous êtes prêt ?

Le pilote répondit par l'affirmative.

— Décollez maintenant. Je vous ferai signe quand vous pourrez atterrir.

Ensuite Win téléphona à Esperanza.

— Du nouveau pour M. Bolitar ?

Le père de Myron avait toujours insisté pour que Win l'appelle Al, mais il n'arrivait pas à s'y résoudre.

— On vient de le retransporter au bloc en urgence, dit Esperanza. Ça ne s'annonce pas bien.

Le troisième appel fut à destination du pénitencier fédéral à Lewisburg, Pennsylvanie.

Une fois qu'il eut raccroché, Win écouta la conversation entre Myron et Lex Ryder. Il réfléchissait aux options qui se présentaient à lui. À vrai dire, il n'y en avait qu'une. Ils étaient allés trop loin. Ils avaient atteint le point de non-retour, et il n'y avait qu'un moyen de s'en sortir.

La radio du vigile grésilla. Une voix se fit entendre à travers la friture :

— Billy ?

C'était la voix de Crisp.

Win sourit. Cela voulait dire que Crisp n'était pas loin. Le spectacle allait bientôt commencer. Durant sa visite en prison, Frank Ache avait prédit la confrontation. Win lui avait promis en plaisantant qu'il l'enregistrerait, mais bon, Frank devrait se contenter d'un compte rendu oral.

Il apporta la radio au vigile. À son approche, ce dernier se mit à geindre. Win comprit. Il sortit son arme, la colla sur le front de l'homme. Précaution inutile, au fond. Ce type avait déjà essayé de jouer les durs. Pas longtemps.

— Vous devez sûrement avoir un code pour alerter Crisp en cas de problème. Si jamais vous l'employez, vous me supplierez de presser la détente. Vous m'entendez ?

L'agent de sécurité fit signe que oui avec empressement.

Win rapprocha la radio de son oreille, appuya sur le bouton.

— Billy, j'écoute.

— Où en est-on ?

— Tout est calme.

— Le problème de tout à l'heure a été réglé ?

— Oui, comme je l'ai dit, c'étaient les jumeaux. Ils ont décampé quand je suis sorti.

— J'ai la confirmation comme quoi ils sont repartis avec leur voiture, dit Crisp. Et avec notre locataire, ça se passe comment ?

— Il est toujours en haut ; il travaille sur sa nouvelle chanson.

— Parfait. J'arrive. Billy ?

— Oui.

— Pas la peine de lui dire que je viens.

Crisp coupa la communication. Il n'allait pas tarder. C'était le moment de se préparer.

— Kitty ? répéta Myron.

Lex Ryder hocha la tête.

— Elle a été témoin du meurtre ?

— Je l'ai su il y a quelques jours seulement, dit Lex. Elle m'a appelé pour essayer de me taper. « Je sais ce que tu as fait à Gabriel », m'a-t-elle dit. J'ai cru qu'elle me faisait marcher. « Tu sais que dalle », ai-je répondu. Et j'ai raccroché. Je n'en ai pas parlé, je pensais qu'elle allait repartir. Le lendemain, elle a posté ce message avec le tatouage. Comme un avertissement. Je l'ai donc rappelée et je lui ai donné rendez-vous au Three Downing. Quand je l'ai vue… nom d'un chien, elle était vraiment mal, complètement déchirée. J'aurais pu lui filer du fric, mais bon, vu comment elle était devenue accro, on ne pouvait plus lui faire confiance. Buzz a fini par appeler Crisp pour le prévenir. Là-dessus, tu as débarqué au club. J'ai dit à Kitty de se casser et de ne plus revenir. Elle m'a avoué que c'était comme ça depuis seize ans… depuis que Wire s'était fait descendre devant ses yeux.

Finalement, se dit Myron, Kitty n'était pas parano. Elle détenait un secret qui risquait de coûter des millions de dollars à Herman Ache. D'où les deux bras cassés qui lui avaient filé le train jusqu'au mobile home de Kitty. Ache s'était rendu compte que Myron était susceptible de le conduire jusqu'à Kitty. Ses ordres avaient été clairs : les éliminer l'un et l'autre.

Mais pourquoi n'avoir pas fait appel à Crisp ? L'explication était évidente : Crisp était occupé ailleurs.

Suivre Myron restait une entreprise périlleuse. Autant recourir à une main-d'œuvre meilleur marché.

La voix de Win résonna dans l'oreillette :

— Vous avez fini, là-haut ?

— Plus ou moins.

— Crisp est en route.

— Tu as un plan ?

— Oui.

— Tu as besoin de mon aide ?

— J'ai besoin que tu restes où tu es.

— Win ?

— Oui ?

— Crisp sait peut-être ce qui est arrivé à mon frère.

— C'est possible.

— Ne le tue pas.

— Ma foi, répliqua Win, ce ne sera pas pour tout de suite.

31

DEUX HEURES PLUS TARD, ils étaient de retour sur le petit aérodrome de l'île où les attendait le Boeing Business Jet de Win. Moa les accueillit en uniforme rouge ajusté d'hôtesse de l'air que complétait une petite toque à la Jackie O.

— Bienvenue à bord, dit-elle. Attention à la marche, bienvenue à bord, attention à la marche.

Lex gravit pesamment la passerelle en premier. Il commençait à dessoûler, et visiblement, cela ne lui réussissait guère. L'infirmière suivit, avec son fils dans les bras. Restaient Myron, Win et un Evan Crisp encore flageolant. Crisp avait les mains attachées dans le dos avec des liens de serrage en plastique. Win savait que certaines personnes étaient capables de s'en dégager. Peu de gens, en revanche, pouvaient se défaire de plusieurs paires de liens, surtout si les plus épais leur entravaient les avant-bras et le torse. Il avait sorti son arme également. Crisp avait péché par manque de prudence. Win n'avait pas l'intention de suivre son exemple.

Myron se tourna vers lui.

— Un moment, dit Win.

Moa reparut à la porte et hocha la tête.

— OK, allons-y.

Myron ouvrit la marche, traînant à moitié Crisp derrière lui. Win le poussait dans le dos. Myron l'avait déjà porté tout seul, sur l'épaule comme un pompier, mais là Crisp commençait à reprendre ses esprits.

Win avait acheté son luxueux jet à un rappeur jadis populaire qui, comme bon nombre avant lui, avait caracolé en tête des hits avant de finir en question de quiz musical et de devoir liquider ses acquisitions dispendieuses. La cabine principale était équipée de fauteuils inclinables surdimensionnés, d'une épaisse moquette rouge, d'un écran géant 3D, et abondamment garnie de boiseries. L'appareil comprenait par ailleurs une salle à manger séparée, plus une chambre à l'arrière. Lex, le bébé et l'infirmière furent parqués dans la salle à manger. Myron et Win ne voulaient pas d'eux dans le même espace que Crisp.

Ils poussèrent Crisp dans un siège. Win lui passa des entraves. Crisp n'arrivait pas à ouvrir les yeux, assommé par le tranquillisant. Win avait utilisé une solution d'étorphine, un sédatif normalement réservé aux éléphants et potentiellement létal pour l'homme. Au cinéma, les sédatifs agissent instantanément. Dans la vraie vie, il n'y a aucune garantie.

Tout compte fait, Crisp n'était pas indestructible. Personne ne l'est. Comme Herman Ache l'avait souligné avec tact, aucun homme – même pas Myron ou Win – n'était imperméable aux balles. Le fait est que les meilleurs, quand ils tombent, tombent facilement. On lâche une bombe sur votre maison… tout expert en combat à mains nues que vous êtes, vous êtes mort.

De la bouche de Billy le vigile, Win avait appris le chemin que Crisp empruntait pour se rendre chez Wire. Il avait trouvé l'endroit idéal. Il avait deux armes sur lui, l'une avec des balles réelles et l'autre avec de l'étorphine. Il n'avait pas attendu. Sous la menace du vrai pistolet, il avait injecté l'étorphine à Crisp et reculé de quelques pas, le temps que l'autre tourne de l'œil.

Win et Myron prirent place deux rangs plus loin, l'un à côté de l'autre. En véritable professionnelle qu'elle était, Moa leur fit la démonstration complète des consignes de sécurité : comment boucler la ceinture, comment enfiler son masque à oxygène avant d'aider les autres, comment gonfler le gilet de sauvetage. Win l'observait avec son fameux sourire canaille.

— Montre encore une fois comment on souffle dans le tuyau, lui dit-il.

Win.

Ils décollèrent avec l'aisance et la précision d'une chorégraphie orchestrée par Motown. Myron appela Esperanza. En apprenant que son père était de retour sur le billard, il ferma les yeux et s'efforça de se concentrer sur sa respiration. S'en tenir aux faits bruts. Papa bénéficiait des meilleurs soins possibles. Si Myron voulait se rendre utile, il n'y avait qu'un moyen : retrouver Brad.

— Vous avez quelque chose sur le refuge Abeona ? demanda-t-il à Esperanza.

— Rien du tout. À croire que ça n'existe pas.

Myron raccrocha. Win et lui passèrent en revue ce qu'ils savaient déjà pour essayer d'en tirer une explication.

— Lex m'a fourni la réponse dès le départ, dit Myron. Tous les couples ont des secrets.

— Ce n'est pas vraiment le scoop du siècle.

— Avons-nous des secrets, Win ?

— Non. Mais nous ne couchons pas ensemble non plus.

— Tu penses que les secrets sont liés au fait de coucher avec quelqu'un ?

— Pas toi ?

— J'ai toujours pensé que ça débouchait sur une plus grande intimité.

— Pouah, fit Win.

— Pouah ?

— Tu es trop naïf.

— Comment ça ?

— N'avons-nous pas ici même la preuve du contraire ? Les couples qui ont des rapports amoureux, comme Lex et Suzze… ce sont ceux-là qui ont des secrets.

Ce qui n'était pas faux.

— Et maintenant, que fait-on ?

— Tu verras.

— Je croyais qu'on n'avait pas de secrets.

Crisp remua. Il ouvrit un œil, puis l'autre. Il ne réagit pas. Il chercha à évaluer la situation, à comprendre exactement où il était et à décider de la conduite à tenir. Se retournant, il regarda Myron et Win.

— Savez-vous ce qu'Herman Ache va vous faire ? demanda-t-il.

Puis :

— Vous n'êtes pas stupides à ce point-là.

Win arqua un sourcil.

— Vous croyez ?

— Vous n'êtes pas si coriaces que ça, les gars.

— On n'arrête pas de nous le dire.

— Herman vous tuera. Il tuera toute votre famille. Il fera en sorte que les dernières paroles de vos proches soient pour vous maudire et pour souhaiter la mort.

— Mon Dieu, rétorqua Win, Herman a le sens du mélodrame, dites-moi. Heureusement, j'ai un plan. Gagnant-gagnant pour tout le monde, vous y compris.

Crisp ne répondit pas.

— On va rendre une petite visite à ce cher Herman. On va s'asseoir tous les quatre, peut-être autour d'un bon cappuccino. On met tout sur la table. Dans un esprit de coopération. Et on conclut un accord, bénéfique pour toutes les parties en présence.

— Ce qui veut dire ?

— L'armistice. Vous avez déjà entendu ce mot-là ?

— Moi oui, riposta Crisp. Herman, j'en suis moins sûr.

Exactement ce que pensait Myron. Mais Win ne parut pas s'en émouvoir.

— Herman est un amour, vous verrez. En attendant, qu'est-il arrivé au frère de Myron ?

Crisp fronça les sourcils.

— Le type qui a épousé Kitty ?

— Oui.

— Comment voulez-vous que je le sache ?

Win soupira.

— L'esprit de coopération. On met tout sur la table, rappelez-vous.

— Je suis sérieux. Nous ne savions même pas que Kitty était dans les parages jusqu'à ce qu'elle contacte Lex. Je n'ai pas la moindre idée de ce qu'est devenu son mari.

Myron réfléchit. Crisp pouvait mentir, certes – c'était même très vraisemblable –, mais d'un autre côté ses propos corroboraient ce que leur avait dit Lex.

Débouclant sa ceinture, Win s'approcha de Crisp, lui tendit le téléphone satellite.

— Je veux que vous appeliez Herman Ache. Dites-lui que nous le retrouverons chez lui, à Livingston, dans l'heure qui suit.

Crisp prit un air sceptique.

— C'est une plaisanterie ?

— Je suis un joyeux drille, c'est vrai. Mais non, ce n'est pas une plaisanterie.

— Il ne vous laissera pas entrer, si vous êtes armés.

— Aucun problème. Nous n'avons pas besoin d'armes. Si on touche à un seul de nos cheveux, le monde entier saura la vérité sur Gabriel Wire. Bye-bye, le pactole. Par ailleurs, nous transférons Lex Ryder – votre vache à lait, si vous préférez – dans un lieu sécurisé. Vous suivez ?

— La coopération, dit Crisp. On met tout sur la table.

— J'adore quand on se comprend à demi-mot.

Crisp composa le numéro. Pendant toute la durée de l'appel, Win resta planté au-dessus de lui. À l'autre bout de la ligne, Herman Ache n'avait pas l'air enchanté de ce qu'il entendait, au début tout au moins, mais Crisp lui exposa la proposition de Win. Pour finir, Ache accepta de les recevoir.

— Magnifique, dit Win.

Myron regarda le sourire de Crisp, puis leva les yeux sur Win.

— Je crois que je n'aime pas trop rester dans le noir.

— Tu n'as pas confiance en moi ? demanda Win.

— Tu connais la réponse.

— Oui. Et je gère.

— Tu n'es pas infaillible, Win.

— Exact. Mais je ne suis pas non plus ton éternel second.

— Tu risques de nous mettre dans une mauvaise posture.

— Non, Myron, ça, c'est toi qui l'as fait. En acceptant d'aider Suzze et tous les autres avant elle, tu nous as mis exactement dans la situation où nous sommes maintenant. Moi, j'essaie juste de trouver une porte de sortie.

— Aïe.

— La vérité fait mal, mon vieux pote.

Et comment.

— S'il n'y a rien d'autre…

Win consulta sa montre et sourit à son hôtesse de l'air préférée.

— Nous avons encore une demi-heure devant nous. Toi, tu restes ici et tu surveilles notre prisonnier. Je vais dans la chambre m'occuper un peu de Moa.

32

BIG CYNDI LES ACCUEILLIT À L'AÉROPORT du comté d'Essex à Caldwell, New Jersey. Elle installa Lex, l'infirmière et le bébé dans un SUV pour les conduire chez Zorra, le travesti ex-agent du Mossad, chargé de les mettre en un lieu sûr dont personne – pas même Myron ou Win – ne connaîtrait l'adresse. Ainsi, expliqua Win, si jamais son plan échouait, s'ils tombaient entre les mains d'Herman Ache et se faisaient torturer, ils ne seraient pas en mesure de lui révéler la cachette de Lex.

— Me voilà rassuré, dit Myron.

Une voiture les attendait à l'aéroport. Normalement, Win recourait aux services d'un chauffeur, mais cette fois il ne tenait pas à mettre quelqu'un d'autre en danger. Crisp était complètement réveillé, maintenant. Ils le poussèrent sur la banquette arrière et resserrèrent ses liens, en en ajoutant un au passage autour des jambes. Myron s'assit sur le siège du passager. Win prit le volant.

Herman Ache habitait dans un manoir à Livingston ; quelques kilomètres seulement le séparaient de la maison où Myron avait passé son enfance. À l'époque, la demeure appartenait à un célèbre parrain de la Mafia et l'aire de jeux bruissait de toutes sortes de rumeurs sur son compte. Un gamin disait que, si on pénétrait dans la propriété, on se faisait tirer dessus par de vrais gangsters. Un autre affirmait qu'il y avait un crématorium derrière la maison, où le chef mafieux brûlait ses victimes.

Cette dernière rumeur était du reste fondée.

Les piliers du portail étaient ornés de têtes de lion en bronze. Win remonta la longue allée jusqu'à la première terrasse. À partir de là, ils devraient poursuivre à pied. Myron vit trois malabars aux costumes mal coupés s'approcher de la voiture. Celui du milieu, le chef, était particulièrement maousse.

Win sortit ses deux pistolets et les plaça dans la boîte à gants.

— Laisse tes armes ici, dit-il. On va nous fouiller.

Myron le regarda.

— Tu as un plan, sûr ?

— Oui.

— Ça ne t'ennuie pas de me mettre au parfum ?

— C'est déjà fait. Nous allons causer tous les quatre. Nous conduire en hommes civilisés. Nous obtiendrons les informations nécessaires au sujet de ton frère. Nous nous engagerons à ne pas nuire à leurs intérêts s'ils ne nous cherchent pas noise. Qu'est-ce qui te gêne là-dedans ?

— Le fait que tu comptes sur un psychopathe comme Herman Ache pour se conduire en homme civilisé.

— Sa principale préoccupation, ce sont ses affaires et un semblant de respectabilité. S'il nous fait disparaître, les deux en pâtiront.

Le plus costaud des gorilles – il devait faire dans les un mètre quatre-vingt-quinze pour cent cinquante kilos – tapota sur la vitre de Win avec sa chevalière. Win baissa la vitre.

— Vous désirez ?

— Rien, j'ai tout ce qu'il me faut ici.

Maousse le toisa comme s'il l'avait trouvé dans une décharge.

— C'est donc vous, le fameux Win.

Win le gratifia d'un sourire éclatant.

— Vous ne m'avez pas l'air si terrible que ça, ajouta le gorille.

— Je pourrais vous proposer plusieurs dictons au choix – il n'est pire eau que l'eau qui dort, tout ce qui branle ne tombe pas –, mais j'ai bien peur que ça ne vous passe au-dessus de la tête.

— Vous vous croyez drôle ?

— À l'évidence, on n'est pas du même avis.

Maousse plissa son front de Néandertalien.

— Vous êtes armé ?

— Non, dit Win en se frappant la poitrine. Moi, Win. Et vous, armé ?

— Hein ?

Soupir.

— Non, nous ne sommes pas armés.

— Nous allons vous fouiller. De près.

Win lui adressa un clin d'œil.

— J'y compte bien, mon grand.

Maousse fit un pas en arrière.

— Descendez, bordel, avant que je vous troue la peau. Magnez-vous.

L'homophobie. Cela ne ratait jamais.

D'ordinaire, Myron se joignait à Win lors de ces joutes intrépides, mais là, il se sentait complètement dépassé. Win laissa les clés sur le tableau de bord. Tous deux descendirent. Maousse leur indiqua l'endroit où ils devaient attendre. Ses comparses ouvrirent les portières arrière et, à l'aide de lames de rasoir, coupèrent les liens qui entravaient Evan Crisp. Crisp se frotta les poignets et vint se poster face à Win. Les deux hommes se mesurèrent du regard.

— Cette fois, tu ne me prendras pas en traître, lâcha Crisp.

Win lui sourit.

— On parie ?

— J'aimerais bien, mais on n'a pas trop le temps. Alors je vais demander à mes gars de tenir ton copain pendant que je t'en mets une. Un prêté pour un rendu.

— M. Ache a donné des ordres précis, intervint Maousse. On n'abîme pas la camelote tant qu'il ne leur a pas parlé. Suivez-moi.

Il ouvrit la marche. Myron et Win lui emboîtèrent le pas, avec Crisp et les deux gorilles sur leurs talons. Devant eux, Myron distingua la masse sombre de la demeure seigneuriale qu'un vieux mafieux avait décrite comme du « classique transylvanien ». Cela lui correspondait bien. Nom d'un chien, se dit Myron, c'était la nuit des grands manoirs sinistres. Tout en marchant, il eut l'impression d'entendre les voix des morts lui souffler des avertissements.

Maousse les fit entrer par la porte de service dans une sorte de vestibule. Il leur fit franchir un portique de détection, après quoi il les passa au détecteur manuel pour plus de sécurité. Myron s'efforça de garder son calme, tout en se demandant où Win pourrait bien avoir caché une arme. Car jamais il ne se serait fourré dans un guêpier pareil sans munitions. Maousse reposa le détecteur à métaux et soumit Myron à une rude fouille corporelle. Puis il s'approcha de Win, et là il prit son temps.

— De près, comme promis, dit Win. Vous avez une boîte à pourboires ?

— Vous êtes un rigolo, vous.

Maousse ouvrit un placard et en sortit deux survêtements gris.

— Déshabillez-vous entièrement. Puis mettez ça.

— Est-ce cent pour cent coton ? s'enquit Win. Parce que j'ai la peau sensible, sans parler de ma préférence pour la haute couture.

— Vous êtes un rigolo, répéta l'homme.

— D'ailleurs, le gris ne me va absolument pas au teint. Ça me donne une mine de déterré.

Mais à présent même Win avait l'air quelque peu tendu. Ses reparties avaient un côté sifflotement dans le noir. Les deux autres gorilles ricanèrent et sortirent leurs armes. Myron regarda Win. Win haussa les épaules. Ils n'avaient plus vraiment le choix. Tous deux se dévêtirent en ne gardant que leurs sous-vêtements. On les obligea à les ôter aussi. Fort heureusement, la… euh, l'inspection fut brève. Les plaisanteries douteuses de Win les avaient découragés d'insister.

Maousse leur tendit les survêtements.

— Enfilez ça.

Ils s'exécutèrent en silence.

— M. Ache vous attend dans la bibliothèque.

Crisp les précéda, l'ombre d'un sourire aux lèvres. Maousse et ses boys restèrent dans l'entrée. Pas étonnant. Le cas Gabriel Wire devait être top secret. À part

Ache, Crisp et peut-être un avocat sous contrat, personne n'était au courant.

— Si tu veux, je me charge des pourparlers, proposa Myron.

— OK.

— Tu as raison. Herman Ache n'ira pas à l'encontre de ses intérêts. Nous tenons sa poule aux œufs d'or.

— C'est entendu.

Ils trouvèrent Ache dans la bibliothèque, un verre de brandy à la main, à côté d'un bar en forme de globe terrestre à l'ancienne. Le même que celui de Win. En fait, tout le décor semblait avoir été conçu par Win. Les murs étaient tapissés de livres, sur trois niveaux, avec une échelle coulissante pour pouvoir atteindre les étagères du haut. Les fauteuils club étaient couleur lie-de-vin. Il y avait aussi un tapis d'Orient, et le plafond était lambrissé.

Ce soir-là, le postiche argenté d'Herman Ache brillait d'un éclat particulier. Il portait un polo avec le logo d'un club de golf sur la poitrine.

Herman pointa le doigt sur Win.

— Je vous avais dit de lâcher l'affaire.

Win hocha la tête.

— Exact.

Sur ce, il plongea la main dans la ceinture de son survêtement, sortit un pistolet et lui tira une balle dans la tête, pile entre les deux yeux. Herman Ache s'écroula comme une masse. Myron ne put retenir une exclamation. Mais Win braquait déjà son arme sur Evan Crisp.

— S'il vous plaît, dit-il. Si je l'avais voulu, vous seriez mort aussi. Ne me forcez pas la main.

Crisp se figea.

Myron ouvrait de grands yeux. Herman Ache était mort. Pas de doute là-dessus.

— Win ?

Win gardait son œil exercé sur Crisp.

— Fouille-le, Myron.

Comme dans un brouillard, Myron obtempéra. Crisp n'était pas armé. Win lui ordonna de s'agenouiller et de mettre les mains derrière la tête. Pendant tout ce temps, il le tint en respect avec son pistolet.

— Win ?

— On n'avait pas le choix, Myron. M. Crisp avait raison. Herman aurait liquidé tous ceux qui nous sont chers.

— Et tout ce discours à propos de ses intérêts ? Et l'armistice ?

— Ç'aurait pu marcher quelque temps, mais pas à long terme. Tu t'en doutes bien. Dès l'instant où nous avons découvert que Wire était mort, c'était lui ou nous. Jamais il ne nous aurait laissés vivre, avec cette épée de Damoclès au-dessus de sa tête.

— Mais tuer Herman Ache…

Myron secoua la tête, comme pour recouvrer ses esprits.

— … même toi, tu ne pourras pas t'en tirer comme ça.

— Ne t'inquiète pas pour ça maintenant.

Crisp restait à genoux telle une statue, les mains sur la nuque.

— Qu'est-ce qu'on fait ? demanda Myron.

— Peut-être, répondit Win, que je vais expédier notre ami, M. Crisp, ici présent. Au point où nous en sommes…

Crisp ferma les yeux.

— Win ? fit Myron.

— Pas de problème, dit Win, gardant son arme pointée sur la tête de Crisp. M. Crisp est un simple contractuel. Rien ne vous rattache à Herman Ache, n'est-ce pas ?

Crisp finit par sortir de son silence.

— Non.

— Eh bien, tu vois.

Win regarda Myron.

— Vas-y. Demande-lui.

Myron se posta face à Evan Crisp. Leurs yeux se rencontrèrent.

— Comment avez-vous fait ça ?

— Fait quoi ?

— Comment avez-vous tué Suzze ?

— Je ne l'ai pas tuée.

— Alors là, dit Win, nous mentons tous les deux.

— Quoi ? fit Crisp.

— Vous mentez en disant que vous n'avez pas tué Suzze. Et moi, je mentais en promettant de vous épargner.

Quelque part dans la maison, un carillon sonna l'heure. Sur le parquet, Herman Ache continuait à se vider de son sang ; la flaque formait un cercle presque parfait autour de sa tête.

— Moi, je pense, reprit Win, que vous n'étiez pas un simple contractuel sur ce coup-là, mais un associé à part entière. Au fond, ça n'a pas grande importance. Vous êtes quelqu'un de très dangereux. Vous n'appréciez pas que je vous aie damé le pion. À votre place, je n'apprécierais pas non plus. Donc, vous le savez déjà. Je ne peux pas vous laisser survivre un jour de plus, vous offrir une chance de prendre votre revanche.

Crisp tourna la tête, cherchant le regard de Win, comme si ça pouvait aider. Myron sentait la peur en lui. On a beau être un caïd, un dur à cuire, quand on regarde la mort en face, on a une seule pensée qui vient à l'esprit : je ne veux pas mourir. Le monde se réduit à sa plus simple expression. Survivre. On ne prie pas dans les gourbis parce qu'on s'apprête à rencontrer son Créateur. On prie parce qu'on ne veut pas mourir.

Crisp cherchait une issue de secours. Win attendait, il semblait même y prendre plaisir. Il avait acculé sa proie, et maintenant il jouait avec elle.

— À l'aide ! hurla Crisp. Ils ont tué Herman !

— Oh, je vous en prie, fit Win avec un air de profond ennui. Cela ne servira à rien.

Crisp parut décontenancé, mais Myron venait de comprendre. Win n'avait pu se procurer cette arme qu'avec l'aide de quelqu'un d'ici.

Maousse.

Maousse avait glissé le pistolet dans le survêtement de Win.

Il leva le canon à la hauteur du front de Crisp.

— Une dernière parole ?

Les yeux de Crisp couraient partout comme deux petits animaux effrayés. Il se tourna vers Myron, espérant trouver grâce auprès de lui. Et, dans une ultime tentative désespérée :

— J'ai sauvé la vie de votre filleul.

Même Win parut retenir son souffle. Myron se baissa de façon à regarder Crisp bien en face.

— De quoi parlez-vous ?

— Tout marchait comme sur des roulettes. On gagnait beaucoup d'argent, et, franchement, on ne faisait de mal à personne. Et voilà que Lex pique une crise existentielle et gâche tout en parlant à Suzze. Non, mais qu'est-ce qui lui a pris, après tant d'années, d'ouvrir son clapet ? Imaginez un peu la réaction d'Herman.

— Du coup, il a fait appel à vous pour la réduire au silence, dit Myron.

Crisp acquiesça.

— Je suis allé à Jersey City. J'ai attendu dans le parking et je l'ai chopée à sa descente de voiture. J'ai collé mon flingue sur son ventre et je l'ai obligée à prendre les escaliers. Parce qu'il n'y a pas de caméras de surveillance, là-dedans. Ç'a pris du temps. Quand on est arrivés chez elle, je lui ai dit de choisir entre une overdose d'héroïne ou bien une balle dans la tête. Je voulais faire passer ça pour un accident ou un suicide. C'était possible avec une arme, mais la came, c'était plus facile. Compte tenu de son passé, les flics n'y verraient que du feu.

— Mais Suzze a refusé de se piquer.

— Exact. Elle a voulu négocier.

Myron voyait presque la scène. Suzze, sans ciller, face au canon du pistolet. Il avait eu raison. Elle ne se serait pas tuée comme ça. Elle n'aurait pas obéi à un ordre pareil, même sous la menace d'une arme.

— Négocier quoi ?

Crisp risqua un coup d'œil en direction de Win. Il savait que Win ne bluffait pas, mais pour survivre, un homme est prêt à se raccrocher à n'importe quoi. Ces aveux étaient sa dernière chance, l'ultime occasion de prouver son humanité.

Myron se rappela l'homme à l'accent espagnol qui avait composé le 911.

— Suzze a choisi l'overdose d'héroïne, à condition que vous appeliez les secours.

Crisp acquiesça.

Comment ne l'avait-il pas compris plus tôt ? Personne n'aurait pu forcer Suzze à prendre de l'héroïne. Elle aussi se serait débattue pour survivre. Sauf à une condition.

— Suzze a accepté, dit Myron, à condition que vous laissiez une chance à son enfant.

— On a conclu un marché. J'allais téléphoner pendant qu'elle se piquait.

Le cœur de Myron se remit à saigner. Il imaginait Suzze réalisant que, s'il lui tirait dans la tête, son fils mourrait avec elle. Alors oui, elle s'était débattue, pas pour elle-même, mais pour sauver son enfant. Elle avait trouvé une solution. Le risque était grand. Si jamais elle mourait sur le coup, l'enfant ne survivrait pas. Mais au moins, cela lui laissait une chance. Elle devait connaître les effets d'une surdose d'héroïne, l'arrêt progressif des fonctions vitales, le facteur temps.

— Et vous avez tenu votre promesse ?

— Oui.

Myron posa alors l'inévitable question :

— Pourquoi ?

Haussant les épaules, Crisp répondit :

— Et pourquoi pas ? Je n'avais aucune raison de tuer un enfant innocent, si je n'y étais pas forcé.

L'éthique de l'assassin. Myron avait maintenant les réponses qu'il était venu chercher ici. Toutes sauf une.

— Parlez-moi de mon frère.

— Je vous l'ai déjà dit. Je ne suis au courant de rien.

— Mais vous en aviez après Kitty.

— Évidemment. On essayait de la localiser depuis qu'elle était rentrée et qu'elle s'était mise à faire des vagues. Mais concernant votre frère, je ne sais rien. Je le jure.

Soudain, Win pressa la détente et abattit Evan Crisp d'une balle dans la tête. Pris de court, Myron fit un bond en arrière. Le sang goutta sur le tapis d'Orient. Win examina rapidement le corps. Une seconde balle n'était pas nécessaire. Evan Crisp, comme Herman Ache, était bien mort.

— Eux ou nous, dit Win.

Myron le regarda fixement.

— Et maintenant ?

— Maintenant, répondit Win, tu retournes auprès de ton père.

— Et toi ?

— Ne t'inquiète pas pour moi. Tu risques de ne pas me voir pendant quelque temps. Mais ça va aller.

— Comment ça, ne pas te voir pendant quelque temps ? Tu ne vas pas porter le chapeau tout seul.

— Si.

— Mais moi aussi, j'étais là.

— Non. Je m'en suis occupé. Prends la voiture. Je trouverai un moyen de communiquer, mais on ne se reverra pas tout de suite.

Myron aurait voulu protester, mais il savait que c'était peine perdue, qu'il ne ferait que retarder l'inéluctable.

— Alors dans combien de temps ?

— Je ne sais pas. On n'avait pas le choix. Ces deux-là ne nous auraient jamais laissés en vie. Mets-toi ça dans le crâne.

Myron comprenait mieux maintenant pourquoi Win ne lui avait rien dit. Il aurait cherché une autre solution, alors qu'en vérité il n'y en avait pas. En allant voir Frank Ache en prison, Win avait promis de lui renvoyer l'ascenseur. Il avait tenu parole. Et fait d'une pierre deux coups.

— Vas-y, dit Win. C'est fini, maintenant.

— Non, ce n'est pas fini. Il faut que je retrouve Brad.

— Crisp n'a pas menti. Même si ton frère a des ennuis, ça n'a rien à voir avec toute cette histoire.

— Je sais.

Finalement, il avait peut-être toutes les réponses.

— Vas-y, répéta Win.

Myron le serra dans ses bras. Ils s'étreignirent longuement, soudés l'un à l'autre. Les mots étaient superflus. Mais il se souvint des paroles de Win, après que Suzze était venue le trouver à l'agence. On croit que les bonnes choses durent éternellement. On croit qu'on restera toujours jeune, que les gens qu'on aime seront toujours là. En étreignant son ami, Myron sut que rien ne serait plus comme avant. Quelque chose dans leur relation avait changé. Quelque chose était irrémédiablement perdu.

De retour dans le vestibule, Myron se rhabilla. Maousse était là. Pas les deux autres. Il ignorait ce qu'ils étaient devenus et, franchement, il s'en fichait. Maousse lui adressa un signe de la tête. Myron s'approcha de lui.

— J'ai un dernier service à vous demander.

Sa requête eut l'air de surprendre. L'homme répondit cependant :

— Donnez-moi une minute.

Il passa dans la pièce d'à côté et revint, rapportant ce que Myron lui avait demandé. Myron le remercia, sortit et alla récupérer la voiture.

C'était presque fini.

Il avait rejoint la grande route lorsqu'il reçut un appel d'Esperanza.

— Votre père s'est réveillé, annonça-t-elle. Il veut vous voir.

— Dites-lui que je l'aime.

— Vous arrivez bientôt ?

— Non, pas tout de suite. D'abord, je dois faire ce qu'il m'a demandé.

Myron raccrocha et se mit à pleurer.

33

CHRISTINE SHIPPEE LE REÇUT dans le hall du centre de désintoxication de Coddington.

— Vous avez l'air d'un mort vivant, observa-t-elle. Et avec ce que je vois ici tous les jours, ce n'est pas peu dire.

— Il faut que je parle à Kitty.

— Je vous l'ai dit au téléphone. Ce n'est pas possible. Vous me l'avez confiée, maintenant elle est sous ma responsabilité.

— J'ai besoin de renseignements.

— Dur.

— Et, sans vouloir faire dans le mélo, ça pourrait être une question de vie ou de mort.

— Corrigez-moi si je me trompe, répliqua Christine, mais vous avez bien sollicité mon aide, non ?

— Oui.

— Et vous connaissiez le règlement en l'amenant chez nous.

— Je voulais qu'elle se fasse soigner. Elle en a besoin, vous le savez aussi bien que moi. Mais mon père est peut-être en train de mourir, et il compte sur moi pour découvrir certaines choses.

— Et vous pensez que Kitty peut vous aider ?

— Oui.

— Elle est dans un sale état. Vous connaissez le protocole de notre établissement. Les deux premiers jours sont un véritable enfer. Sa seule obsession, c'est de se faire un shoot. Rien d'autre ne l'intéresse.

— Je sais.

Christine leva les yeux au ciel.

— Vous avez dix minutes.

Elle le fit entrer et le précéda dans le couloir. On n'entendait pas le moindre bruit. Comme lisant dans ses pensées, Christine expliqua :

— Toutes les chambres sont entièrement insonorisées.

Arrivé à la porte de Kitty, Myron dit :

— Autre chose.

Elle le regarda.

— Je dois lui parler seul à seule.

— Non.

— C'est une conversation privée.

— Je serai muette comme une tombe.

— Le problème est d'ordre juridique. Si vous entendez quelque chose et si un jour vous êtes appelée à témoigner, je ne voudrais pas que vous mentiez sous serment.

— Mon Dieu ! Qu'avez-vous donc à lui demander ?

Myron ne répondit pas.

— Elle pourrait flipper, ajouta Christine. Et devenir violente.

— Je suis un grand garçon.

Elle réfléchit, puis soupira et déverrouilla la porte.

— Allez-y. Débrouillez-vous.

Myron entra. Allongée sur le lit, à moitié assoupie peut-être, Kitty gémissait doucement. Il referma la porte, s'approcha, alluma une lampe. Elle était trempée de sueur. La lumière lui fit cligner des yeux.

— Myron ?

— Il est temps de cesser de mentir.

— J'ai besoin d'un fixe, Myron. Tu n'as pas idée de ce que c'est.

— Tu as vu quelqu'un tuer Gabriel Wire.

— Quelqu'un ?

L'air perplexe, elle sembla se raviser soudain et dit :

— C'est vrai. J'étais venue apporter un message de la part de Suzze. Elle l'aimait encore. Elle avait gardé sa clé. Je suis passée par l'entrée de service. J'ai entendu un coup de feu et je me suis cachée.

— C'est pour ça que tu as pris la tangente avec mon frère. Tu t'es enfuie parce que tu craignais pour ta vie. Brad avait le cul entre deux chaises. Tu as donc inventé un bobard de plus… pour le couper définitivement de moi. Tu lui as dit que je t'avais draguée.

— S'il te plaît, implora-t-elle, se raccrochant fébrilement à lui. Myron, il me faut absolument un fixe. Un tout dernier… après ça, ils pourront me soigner. Je te le promets.

Il tenta de la ramener à leur discussion. Le temps pressait.

— Peu importe ce que tu as pu dire à Suzze. J'imagine que tu as confirmé ce qu'elle venait d'apprendre par Lex… que Wire a été tué il y a plus de quinze ans. Tu as posté ce message, « Pas le sien », pour te venger et pour faire comprendre à Lex qu'il avait intérêt à t'écouter.

— J'avais juste besoin de quelques dollars. J'étais désespérée.

— Mais oui, bien sûr. Et Suzze l'a payé de sa vie.

Kitty fondit en larmes.

— Mais tout cela n'a plus d'importance. Aujourd'hui, il n'y a qu'une chose qui m'intéresse.

Elle baissa résolument les paupières.

— Je ne parlerai pas.

— Ouvre les yeux, Kitty.

— Non.

— Ouvre les yeux.

Elle entrouvrit un œil, hésitante, comme un enfant… et aussitôt, ses deux yeux s'élargirent démesurément. Myron agita l'héroïne dans son sachet transparent, le sachet que lui avait remis Maoussc. Kitty voulut l'attraper, mais il retira la main juste à temps. Elle hurla, se cramponna à lui. Il la repoussa.

— Dis-moi la vérité et je te donnerai la poudre.

— Promis ?

— Promis.

Elle se remit à pleurer.

— Brad me manque tellement…

— Je sais. C'est bien pour ça que tu as replongé, hein ? Tu ne te voyais pas vivre sans lui. Comme dit Mickey, il y a des couples qui ne supportent pas la séparation.

Les yeux noyés de larmes, songeant au petit garçon de cinq ans qui s'égosillait au Yankee Stadium, Myron demanda :

— Brad est mort, n'est-ce pas ?

Elle retomba sur le lit, fixant le plafond sans le voir.

— Comment est-il mort, Kitty ?

Kitty restait allongée sur le dos, le regard figé, comme en transe. Lorsqu'elle finit par répondre, ce fut d'une voix monocorde, lointaine :

— Mickey et lui allaient à un match de basket à San Diego. Sur l'autoroute, un SUV a perdu le contrôle et traversé le terre-plein. Brad a été tué sur le coup… sous les yeux de son fils. Mickey a passé trois semaines à l'hôpital.

Et voilà. Myron s'était préparé – il s'attendait à quelque chose de ce genre –, mais l'entendre confirmer tout haut lui coupa les jambes. Il s'écroula dans le fauteuil à l'autre bout de la pièce. Son petit frère était mort. Pour finir, cela n'avait rien à voir avec Herman Ache, Gabriel Wire ni même Kitty. C'était juste un accident de la circulation.

Il n'était pas certain d'arriver à tenir le coup.

Il regarda Kitty. Immobile, elle avait momentanément cessé de trembler.

— Pourquoi ne nous avoir rien dit ?

— Tu sais pourquoi.

Il croyait savoir, en effet. Kitty s'était inspirée de l'exemple de Gabriel Wire. Elle l'avait vu mort, mais, surtout, elle avait vu Lex et les autres faire comme s'il était toujours en vie.

D'où l'idée de cacher la disparition de Brad.

— Tu aurais tout fait pour me prendre Mickey.

Myron secoua la tête.

— Quand ton frère est mort…

Elle s'arrêta, déglutit avec effort.

— … j'étais comme une marionnette dont on aurait soudain tranché les fils. Je me suis effondrée.

— Tu aurais pu me contacter.

— Non. Je savais très bien ce qui allait arriver, si je t'en parlais. Tu serais venu à Los Angeles. Tu m'aurais trouvée à cran… exactement comme hier. Ne mens pas,

Myron. Pas maintenant. Tu aurais fait ce que tu pensais être le mieux. Tu te serais adressé au juge des tutelles. Tu aurais affirmé – comme hier – que j'étais une junkie irresponsable, incapable d'élever Mickey. Tu m'aurais pris mon fils. Ne dis pas le contraire.

Il ne protesta pas.

— La solution était donc de faire croire que Brad était toujours en vie ?

— Ç'a marché, non ?

— Et tant pis pour Mickey et ses besoins.

— Il avait besoin de sa mère. Comment fais-tu pour ne pas le voir, ça ?

Il se souvint de Mickey disant qu'elle était une maman super.

— Et nous alors ? La famille de Brad ?

— Quelle famille ? Sa famille, c'est Mickey et moi. Ça fait quinze ans que vous ne faites plus partie de sa vie.

— À qui la faute ?

— Oui, Myron. À qui la faute ?

Il ne répondit pas. Pour lui, c'était elle, la coupable. Pour elle, c'était lui. Et son père… comment avait-il décrit ça ? Nous sommes façonnés d'une certaine manière. Brad, avait dit papa, n'était pas fait pour se fixer et mener une vie casanière.

Mais il fondait cette croyance sur le mensonge de Myron.

— Je sais bien que tu ne me crois pas. Tu penses que je l'ai piégé pour l'obliger à partir avec moi. C'est peut-être vrai. Mais c'était le bon choix. Brad a été heureux. Nous étions tous heureux.

Myron revit les photos, les sourires jusqu'aux oreilles. Il avait cru que c'était une façade, un simulacre de bonheur. Mais non. Là-dessus, Kitty avait raison.

— Eh bien, oui, c'était ça, mon plan. Attendre de l'annoncer, le temps que je m'en sorte.

Myron se borna à secouer la tête.

— Tu voudrais des excuses, reprit Kitty, mais je n'ai pas l'intention de m'excuser. Parfois, on fait ce qu'il faut, et ça tourne mal. Et parfois… regarde Suzze. Elle a voulu saboter ma carrière en mélangeant les pilules contraceptives, grâce à quoi j'ai eu Mickey. Tu comprends ça ? Tout est chaos. Ce n'est pas une question de bien ou de mal. On s'accroche à ce qu'on aime le plus. J'ai perdu l'amour de ma vie dans un accident stupide. Est-ce juste ? Est-ce rationnel ? Peut-être que si tu avais été plus gentil, Myron… Si tu avais été plus tolérant avec nous, peut-être que je serais venue à toi.

Mais elle ne l'avait pas fait, ni alors ni maintenant. L'effet boule de neige, une fois de plus. Il aurait pu les aider, à l'époque. À moins qu'ils ne soient partis de toute façon. Si seulement Kitty avait eu confiance en lui, s'il n'avait pas pété un plomb en apprenant sa grossesse, elle aurait pu venir le trouver, au lieu de s'adresser à Lex. Et Suzze serait peut-être toujours en vie. Ainsi que Brad, qui sait.

Cela faisait beaucoup de « si ».

— J'ai encore une question, fit-il. Tu as eu l'occasion de dire la vérité à Brad ?

— À propos du fait que tu m'avais draguée ? Oui. J'ai dit que j'avais menti. Il ne m'en a pas voulu.

Myron déglutit. Il avait les nerfs à vif. D'une voix étranglée, il demanda :

— Est-ce qu'il m'a pardonné ?

— Oui, Myron. Il t'a pardonné.

— Mais il ne m'a jamais recontacté.

— Tu ne comprends pas notre mode de vie, rétorqua Kitty, les yeux rivés sur le sachet dans sa main. Nous étions des nomades. On était heureux comme ça. C'était l'affaire de sa vie, sa passion, sa vocation. Il aurait fini par t'appeler. Sauf que…

Elle ferma les yeux.

Il était temps d'aller voir son père. Incertain, Myron regarda le sachet d'héroïne.

— Tu ne me crois pas, déclara Kitty. Quand je dis que Brad t'a pardonné.

Myron se taisait.

— Tu as bien trouvé le passeport de Mickey, non ?

Cette question le prit au dépourvu.

— Oui, dans le mobile home.

— Regarde-le de plus près.

— Le passeport ?

— Oui.

— Pourquoi ?

Les yeux clos, Kitty s'était murée dans le silence. Myron contempla une dernière fois le sachet de poudre. Il lui avait fait une promesse qu'il répugnait à tenir. Mais, pendant qu'il hésitait, Kitty se chargea de résoudre le dilemme.

Elle secoua la tête et lui dit de partir.

De retour à St. Barnabas, Myron poussa lentement la porte de la chambre de son père.

Malgré l'obscurité, il vit qu'il était en train de dormir. Maman était assise à côté de son lit. Elle aperçut le visage de Myron et comprit. Un petit cri lui échappa ; elle plaqua sa main sur sa bouche pour l'étouffer. Myron lui fit un signe de la tête. Se levant, elle sortit dans le couloir.

— Raconte-moi.

Maman encaissa le coup. Elle chancela, pleura, se reprit. Et retourna dans la chambre, Myron sur ses talons.

Papa avait les yeux fermés. Son souffle était rauque et irrégulier. Des tubes lui sortaient de partout. Maman se rassit près du lit. Sa main, agitée par la maladie de Parkinson, prit la sienne.

— Alors, dit-elle tout bas à Myron. Nous sommes d'accord ?

Il ne répondit pas.

Quelques minutes plus tard, les yeux de son père papillotèrent. En regardant cet homme qu'il chérissait comme aucun autre au monde, Myron sentit monter les larmes. Papa le dévisagea d'un air implorant, éperdu presque, comme un enfant.

Et il réussit à articuler un seul mot :

— Brad…

Myron ravala les larmes et se prépara à mentir, mais maman posa la main sur son bras. Leurs regards se croisèrent.

— Brad, répéta papa, un peu plus fébrile.

Sans quitter son fils des yeux, maman secoua la tête. Et il comprit. Tout compte fait, elle ne voulait pas que Myron mente à son père. C'eût été une véritable trahison.

Se retournant vers l'homme dont elle partageait la vie depuis quarante-trois ans, elle lui serra la main avec force.

Papa se mit à pleurer.

— Ça ira, Al, fit maman doucement. Ça ira.

Épilogue

Los Angeles, Californie

S'appuyant sur une canne, papa marchait en tête.

Il avait perdu dix kilos depuis son opération à cœur ouvert. Myron aurait préféré lui faire gravir la colline dans un fauteuil roulant, mais Al Bolitar n'avait rien voulu entendre. Il tenait à se rendre à pied sur le lieu de l'ultime repos de son fils.

Maman était là aussi. Ainsi que Mickey. Il avait emprunté un costume à Myron. Un costume, à dire vrai, qui ne lui allait pas vraiment. Myron fermait la marche, pour s'assurer que personne n'était à la traîne.

Le soleil tapait impitoyablement. Plissant les paupières, Myron leva la tête. Ses yeux larmoyaient. Il s'était passé tant de choses depuis que Suzze était venue lui demander son aide.

Son aide. Quelle blague, quand on y repensait.

Le mari d'Esperanza avait non seulement réclamé le divorce, mais également, comme il l'avait annoncé, la garde exclusive d'Hector. Il lui reprochait entre autres de travailler trop tard, négligeant ses devoirs de mère.

Paniquée, Esperanza avait demandé à Myron s'il pouvait lui racheter ses parts, mais l'idée de faire tourner MB Reps sans elle et sans Win était bien trop déprimante. Pour finir, après moult délibérations, ils avaient décidé de vendre. La grosse agence qui les avait rachetés avait profité de la fusion pour se défaire de l'appellation MB.

Big Cyndi avait choisi de se servir de ses indemnités de départ pour faire un break et écrire ses Mémoires truffés de révélations croustillantes. Le monde attend.

Win était toujours en cavale. En six semaines, Myron n'avait reçu qu'un mail, laconique :

Tu es dans mon cœur.
Mais j'ai Moa et la Tien dans mon pantalon.

Du pur Win.

Terese, sa fiancée, ne pouvait toujours pas quitter l'Angola, et avec tous ces brusques changements dans sa vie, Myron n'était pas près d'aller la rejoindre.

En arrivant au cimetière, il rattrapa Mickey.

— Ça va ?

— Oui.

Mickey accéléra le pas pour le distancer. Cela lui arrivait souvent. La minute d'après, tout le monde fit halte.

La sépulture de Brad ne comportait pas encore de pierre tombale. Il n'y avait qu'un écriteau.

Pendant un long moment, personne ne parla. Ils restaient là tous les quatre, le regard perdu dans le lointain. Sur l'autoroute voisine, les voitures filaient sans se préoccuper de la famille en deuil à quelques mètres de là. Tout à coup, papa se mit à réciter le Kaddish – la prière des morts en hébreu – de mémoire. Ils n'étaient pas religieux, loin de là, mais il y a des choses qu'on fait par tradition, rituellement, parce que c'est comme ça.

— *Yitgaddal vèitqaddash sh'meh rabba...*

Myron risqua un coup d'œil en direction de Mickey. Il avait été complice du mensonge autour de la mort de son père, pour tenter de préserver un semblant de vie de famille. À présent, debout devant la tombe, le garçon demeurait stoïque. La tête haute et les yeux secs. C'était peut-être le seul moyen de survivre quand les coups vous pleuvaient dessus. De retour de sa cure de désintoxication, Kitty avait faussé compagnie à son fils, en quête d'un shoot. Ils l'avaient retrouvée, comateuse, dans un motel sordide et traînée de force à Coddington, où elle était soignée à nouveau. Mais la mort de Brad l'avait brisée, et Myron ne savait vraiment pas si les dommages étaient réparables.

Lorsqu'il avait suggéré la première fois qu'on lui confie la garde de Mickey, son neveu s'était naturellement rebiffé. Personne d'autre que sa mère n'aurait sa tutelle et, si Myron persistait, il fuguerait ou demanderait l'émancipation. Comme les parents de Myron repartaient en Floride et que l'année scolaire reprenait le lundi, ils étaient finalement parvenus à un accord. Mickey avait accepté de vivre dans la maison de Livingston sous la responsabilité officieuse de Myron. Il étudierait au lycée de Livingston, que son père et son oncle avaient fréquenté avant lui. En échange, Myron s'était engagé à lui fiche la paix et à veiller à ce que Kitty, en dépit de tout, conserve son autorité parentale.

C'était une trêve précaire et malaisée.

Mains jointes et tête baissée, le père de Myron acheva la longue prière par les mots :

— *Alenou vè'al kol Israël, vè'imrou amen.*

Maman et Myron se joignirent à ce dernier amen. Mickey garda le silence. Personne ne bougea. En contemplant le tas de terre retournée, Myron essaya d'imaginer son petit frère là-dessous et n'y parvint pas.

La dernière fois qu'il avait vu Brad, par une soirée de neige, seize ans plus tôt, il lui avait cassé le nez, lui, le frère aîné qui l'avait toujours protégé.

Kitty avait raison. Brad était assis entre deux chaises. Devait-il abandonner ses études et partir à l'aventure ? En l'apprenant, papa avait chargé Myron d'aller parler à son jeune frère.

— Vas-y. Et demande pardon pour ce que tu as dit sur elle.

Myron avait protesté : Kitty avait menti au sujet de la pilule, elle était connue pour ses frasques… Bref, toutes les horreurs dont il savait maintenant qu'elles n'étaient pas fondées. Son père y avait vu clair, même à l'époque.

— Tu veux qu'il se coupe de nous pour toujours ? Va, présente tes excuses et ramène-les tous les deux à la maison.

Mais, quand Myron était arrivé, Kitty, qui ne pensait qu'à prendre la fuite, avait inventé de toutes pièces l'histoire selon laquelle il l'avait draguée. Brad avait vu rouge. En l'écoutant fulminer, Myron s'était dit qu'il ne s'était pas trompé sur le compte de Kitty. Et dire que son frère, cet imbécile, s'était amouraché d'elle ! Il avait aussitôt contre-attaqué, accusant Kitty des pires vilenies. Il avait alors crié les tout derniers mots qu'il devait adresser à son frère :

— Et tu préfères croire cette morue mythomane plutôt que ton propre frère ?

Brad lui avait envoyé son poing au visage. Myron avait esquivé le coup et, lui-même fou de rage, l'avait frappé à son tour. Aujourd'hui encore, sur la tombe de son frère, il entendait le craquement mou, sinistre, de ses jointures lorsqu'elles étaient entrées en contact avec le nez de Brad.

L'ultime image qu'il avait gardée de lui était Brad à terre, l'air choqué, pendant que Kitty essayait d'arrêter le sang qui coulait de son nez.

En rentrant chez lui, Myron n'avait pas eu le cœur d'avouer à son père ce qui s'était passé. Même le fait de répéter le mensonge éhonté de Kitty risquait de lui donner de la crédibilité. Il avait donc choisi de mentir lui aussi.

— Je me suis excusé, mais Brad n'a pas voulu m'écouter. Tu devrais lui parler, papa. Toi, il t'écoutera.

— S'il a réagi comme ça, c'est que son choix était déjà fait, avait répondu son père. Nous devrions peut-être le laisser partir, qu'il trouve lui-même sa voie.

Après une autre minute de silence, Al Bolitar déclara :

— Cela ne devrait pas arriver.

Il s'interrompit, regarda le ciel.

— Jamais un père ne devrait avoir à dire le Kaddish pour son fils.

Sur ce, il prit le chemin du retour.

Après avoir mis papa et maman dans l'avion de Miami, Myron et Mickey embarquèrent à bord du vol à destination de Newark. Pas un mot ne fut échangé durant le trajet. À leur arrivée, ils allèrent récupérer la voiture de Myron sur le parking longue durée et s'engagèrent sur le Garden State Parkway. Les vingt premières minutes, ni l'un ni l'autre ne parla. Mais, voyant qu'ils avaient dépassé la sortie Livingston, Mickey sortit de son silence.

— Où est-ce qu'on va ?

— Tu verras.

Dix minutes plus tard, ils se garaient devant une galerie marchande. Myron sourit à son neveu. Mickey regarda par la vitre, puis se tourna vers lui.

— Tu m'emmènes manger une glace ?

— Allez, viens.

— C'est une blague, hein ?

Lorsqu'ils entrèrent au SnowCap, Kimberly, tout sourires, se propulsa dans son fauteuil à leur rencontre.

— Tiens, vous êtes revenu ! Que puis-je vous offrir ?

— Je vous laisse mon neveu... Servez-lui votre fondant SnowCap. Il faut que je voie votre père.

— Bien sûr. Il est dans l'arrière-boutique.

Occupé à compulser les factures, Karl Snow lui jeta un regard par-dessus ses lunettes.

— Vous aviez promis de ne plus remettre les pieds chez nous.

— Désolé.

— Alors, qu'est-ce que vous venez faire ici ?

— Vous m'avez menti. Vous m'avez fait le coup du pragmatisme. Votre fille était morte, rien ne pouvait la ramener. Il n'y avait aucune chance de faire condamner Gabriel Wire. Vous avez donc empoché le prix du silence pour faire soigner Kimberly. Tout ça, vous l'avez exposé de façon parfaitement rationnelle... sauf que je n'étais absolument pas convaincu. Surtout depuis que j'ai vu comment vous étiez avec Kimberly. Et puis j'ai pensé à l'ordre.

— Quel ordre ?

— Lex Ryder appelle Suzze et lui révèle que Gabriel Wire est mort. Suzze est sous le choc. À moitié sceptique, elle va voir Kitty pour se faire confirmer que Lex dit la vérité. Jusque-là, c'est bon.

410

Myron inclina la tête.

— Mais alors, pourquoi tout de suite après Kitty – seul et unique témoin du meurtre de Gabriel – se rend-elle chez vous ?

Karl Snow ne dit rien. Il n'avait pas besoin de répondre. Myron avait compris. Lex croyait que Wire avait été tué par Ache et Crisp, mais cela n'avait aucun sens. Horse-Power leur rapportait beaucoup trop d'argent.

— Gabriel Wire était riche, il avait des relations… La mort d'Alista risquait de rester impunie. Vous en étiez conscient. Vous saviez qu'il ne serait pas poursuivi pour ce qu'il avait fait à votre fille. Vous avez donc décidé d'agir. C'est drôle, quand on y pense.

— Qu'est-ce qui est drôle ?

— Le monde entier croit que vous avez vendu votre fille.

— Et alors ? rétorqua Karl Snow. Vous imaginez que je m'en soucie ? de ce que croit le monde ?

— Sans doute pas.

— Je vous l'ai déjà dit. Parfois, il faut savoir aimer son enfant en secret. Et il faut le pleurer en secret.

Et parfois, il faut se faire justice en secret.

— Vous allez le dire ? demanda Snow.

— Non.

Il n'avait pas l'air soulagé. Il devait penser la même chose que Myron. L'effet boule de neige. S'il n'avait pas pris sur lui de châtier Gabriel Wire, Kitty ne se serait pas enfuie. Le frère de Myron serait peut-être encore en vie. Suzze T. aussi. Mais ce raisonnement avait ses limites. Le propre père de Myron avait exprimé la révolte du parent qui survit à son enfant. La fille de Snow avait été assassinée. Comment savoir qui avait tort et qui avait raison ?

Myron se leva. Une fois à la porte, il se retourna pour dire au revoir, mais Karl Snow gardait obstinément le nez sur ses factures. Dans la grande salle, Mickey était en train de régler son sort au fondant SnowCap. Kimberly s'était rapprochée dans son fauteuil pour l'encourager. Baissant la voix, elle murmura quelque chose qui le fit exploser de rire.

Myron revit encore une fois son poing s'écrasant sur le nez de son frère. Une seule chose le réconfortait. Le passeport. Suivant le conseil de Kitty, il l'avait examiné plus attentivement. D'abord les tampons, les nombreux pays où ils avaient séjourné. Mais ce n'était pas ça que Kitty voulait lui montrer. C'était la première page, la page de l'état civil. Il la parcourut, relut le nom complet de Mickey. Son vrai prénom. Myron avait cru que Mickey était un diminutif de Michael. Eh bien, non.

Le vrai prénom de Mickey était Myron.

Kimberly avait dû dire autre chose de drôle, de tellement drôle que Mickey posa la cuillère, se renversa sur la chaise et rit – d'un rire franc et spontané – pour la première fois depuis qu'il le connaissait. Myron sentit sa gorge se nouer. Ce rire familier, c'était le rire de Brad… Comme si, jaillissant d'un souvenir lointain, d'un moment magique que les deux frères avaient jadis vécu ensemble, il avait traversé les ans pour resurgir ici, chez ce marchand de glaces, dans le cœur de son fils.

Myron écouta et, tout en sachant que l'écho finirait par s'éteindre, il espéra que quelque part ce rire-là continuerait à résonner éternellement.

Remerciements

C'est le moment de remercier toute la bande… une bande éminemment éclectique ! Par ordre alphabétique : Christine Ball, Éliane Benisti, David Berkeley (la garde rapprochée), Anne Armstrong-Coben, Yvonne Craig, Diane Discepolo, Missy Higgins, Ben Sevier, Brian Tart, Lisa Erbach Vance et Jon Wood.

Ceci est une œuvre de fiction. Ce qui veut dire que j'ai tout inventé. Alors, inutile de vous demander si mon personnage s'inspire d'Untel, ou si vous avez réellement quelqu'un comme lui dans votre ville ou l'école de votre gamin : la réponse est non.

Pour ceux qui ont apprécié de faire la connaissance du neveu de Myron, l'histoire de Mickey Bolitar – et, par extension, celle de Myron – se poursuivra dans mon nouveau roman pour jeunes adultes, *À découvert*, à paraître en octobre 2012. Vous pouvez en lire un extrait dans les pages qui suivent. Mise en garde : cet extrait pourrait contenir des éléments susceptibles de déflorer l'intrigue de *Sous haute tension*. Ne le lisez pas avant d'avoir terminé ce livre.

Et, comme toujours, merci à vous.

Découvrez dès maintenant
le premier chapitre de

Ne t'éloigne pas
le nouveau roman de
HARLAN COBEN

aux Éditions Belfond

HARLAN COBEN

NE T'ÉLOIGNE PAS

*Traduit de l'américain
par Roxane Azimi*

belfond

Titre original :
STAY CLOSE
publié par Dutton, un membre de Penguin Group (USA)
Inc., New York

ISBN 978-2-7144-5073-9

Belfond | un département **place des éditeurs**

place
des
éditeurs

Celui-ci est pour tante Diane et oncle Nomran Reiter.
Et tant Ilene et oncle Marty Kronberg.
Avec toute mon affection et ma gratitude.

1

QUELQUEFOIS, DURANT CETTE FRACTION DE SECONDE où Ray Levine prenait des photos et où le monde s'évanouissait dans l'éclair de son flash, il voyait le sang. Il savait bien sûr que c'était juste une image mentale mais, tout comme en ce moment, la vision était si nette qu'il devait abaisser son appareil pour scruter longuement le sol. Cet épisode terrible – l'instant où la vie de Ray avait basculé, où, de quelqu'un avec des projets et un avenir, il était devenu un loser grand format –, cet épisode, donc, ne le hantait jamais dans ses rêves ni quand il se trouvait seul dans le noir. Les visions d'horreur attendaient qu'il soit bien réveillé, entouré de gens, pris par ce que d'aucuns nommeraient ironiquement son travail.

Dieu merci, les visions s'estompèrent pendant qu'il mitraillait non-stop le garçon dont on fêtait la bar-mitsvah.

— Regarde par ici, Ira ! cria Ray derrière son objectif. Qui est-ce qui t'habille ? C'est vrai que Jen et Angelina se crêpent toujours le chignon à cause de toi ?

Quelqu'un lui donna un coup de pied dans le tibia. Quelqu'un d'autre le bouscula. Ray continuait à mitrailler.

— Et l'after, Ira, ça se passe où ? Qui est l'heureuse élue à qui tu réserves la première danse ?

Ira Edelstein fronça les sourcils, dissimulant son visage à l'objectif. Imperturbable, Ray se propulsa en avant, le prenant sous toutes les coutures.

— Dégage ! lui hurla-t-on.

On le poussa de plus belle. Ray s'efforça de reprendre son équilibre.

Clic, clic, clic.

— Maudit paparazzi ! glapit Ira. Je pourrais pas avoir un moment de répit ?

Ray leva les yeux au ciel. Il ne recula pas. Derrière l'objectif, la vision sanglante revint. Il essaya de la chasser, elle persista. Il gardait le doigt sur le déclencheur. Le héros de la bar-mitsvah bougeait au ralenti à présent.

— Parasites ! brailla-t-il.

Ray se demanda s'il était possible de tomber plus bas.

Un nouveau coup au tibia lui fournit la réponse : non et non.

Le « garde du corps » d'Ira – un malabar au crâne rasé dénommé Fester – écarta Ray de son avant-bras large comme un fût de chêne. Ray le regarda, l'air de dire : « Qu'est-ce qui te prend ? » et Fester articula silencieusement : « Pardon. »

Fester était son employeur et patron de Star d'un jour – paparazzi à louer, ce qui voulait dire ce que ça voulait dire. Ray ne filait pas les stars dans l'espoir de voler une photo compromettante qu'il pourrait revendre à un tabloïd, non. C'était pire que ça : il était là pour offrir son quart d'heure de célébrité à quiconque était prêt à en payer le prix. En clair, des clients avec un ego surdimensionné et probablement des problèmes d'érection embauchaient des paparazzi pour les suivre partout, prendre des photos souvenirs et vivre, conformément à la brochure, « des moments fabuleux dans la peau d'une star, avec votre paparazzi personnel ».

Ray aurait certes pu dégringoler encore plus bas, mais pas sans l'intervention expresse de Dieu.

Les Edelstein avaient choisi le « mégapack VIP » : deux heures avec trois paparazzi, un garde du corps, un perchman, tous collés aux basques de la « star », le mitraillant comme s'il était Charlie Sheen se faufilant en catimini dans un couvent. Le mégapack VIP comprenait également un DVD-souvenir et votre trombine en couverture d'un faux magazine people avec gros titres à l'avenant.

Le prix du mégapack VIP ?

Quatre mille dollars.

Et, pour répondre à la question qui s'imposait : oui, Ray se détestait.

Ira joua des coudes pour s'engouffrer dans la salle de bal. Abaissant son appareil, Ray regarda ses deux confrères paparazzi. S'ils n'avaient pas le « L » de loser tatoué sur le front, c'était juste pour éviter la redondance.

Ray consulta sa montre.

— Zut, lâcha-t-il.

— Quoi ?

— Encore un quart d'heure à tirer.

Les confrères – tout juste capables d'écrire leurs noms dans le sable avec le doigt – grognèrent. Un quart d'heure. Autrement dit, il fallait entrer dans la salle pour couvrir l'ouverture des festivités. Ray avait horreur de ça.

La bar-mitsvah avait lieu au *Manoir de Wingfield*, une salle de banquet tellement surchargée qu'un peu plus tôt dans le temps elle aurait pu passer pour la réplique d'un palais de Saddam Hussein. Il y avait des lustres, des miroirs, du faux ivoire, des boiseries sculptées et une profusion de dorures étincelantes.

L'image du sang revint. Il cilla pour l'évacuer.

La soirée était habillée. Les hommes avaient l'air riches et harassés. Les femmes, soignées et artificiellement embellies. Ray se fraya un passage dans la foule, en jean, blazer gris froissé et baskets Chuck Taylor. Quelques-uns des convives le dévisagèrent comme s'il venait de vomir sur leurs fourchettes à salade.

Il y avait là un orchestre de dix-huit musiciens, plus un « animateur » censé mettre de l'ambiance. Imaginez une émission de jeux ringarde à la télé. Imaginez Kermit la grenouille. L'animateur se saisit du micro et, d'une voix de présentateur sur un ring de boxe, déclama :

— Bienvenue, mesdames et messieurs, pour la première fois depuis qu'il a reçu la Torah et qu'il est devenu un homme, je vous demande d'accueillir comme il se doit le seul, l'unique… Ira Edelstein !

Ira parut avec deux… Ray ne savait pas très bien quel terme employer, le plus adéquat étant peut-être « call-girls de luxe ». Deux bombes escortèrent le petit Ira dans la salle, les yeux à la hauteur de leur décolleté. Ray arma l'appareil et avança en secouant la tête. Ce gosse avait treize ans. À cet âge-là, avec des créatures pareilles collées à lui, il allait mettre une semaine à débander.

Ah, la jeunesse.

La salle croula sous les applaudissements. Royal, Ira salua la foule.

— Ira ! lui cria Ray. Ce sont tes nouvelles déesses ? Est-ce vrai que tu vas peut-être en ajouter une troisième à ton harem ?

— Je vous en prie, geignit Ira, blasé. J'ai droit à ma vie privée !

Ray réprima un haut-le-cœur.

— Mais ton public veut savoir.

Fester, le garde du corps aux lunettes noires, posa une grosse paluche sur Ray pour permettre à Ira de passer. Ray prit des photos, persuadé que la magie du flash allait opérer. L'orchestre explosa... Depuis quand mariages et bar-mitsvah rivalisaient-ils en nombre de décibels avec un concert de rock en plein air ? Ira dansa lascivement avec les call-girls. Puis ses copains de treize ans envahirent la piste, bondissant telles des échasses sauteuses. Ray « rusa » pour contourner Fester, reprit des photos, jeta un œil à sa montre.

Plus qu'une minute.

— Bâtard de paparazzi !

Nouveau coup au tibia de la part d'un petit con qui passait par là.

— Bordel, ça fait mal !

Le petit con se hâta de disparaître. Note : penser à se munir de protège-tibias. Il implora Fester du regard. Celui-ci mit fin à son supplice en lui faisant signe de le suivre dans un coin. Mais le vacarme était tel qu'ils durent retourner dans l'entrée pour s'entendre parler.

Fester pointa son énorme pouce en direction de la salle de bal.

— La lecture de la haftarah, il s'en est bien tiré, le gamin, tu ne trouves pas ?

Ray se borna à le dévisager.

— J'ai un boulot pour toi demain, dit Fester.

— Cool. Qu'est-ce que c'est ?

Fester évitait de le regarder, et Ray n'aimait pas ça.

— Aïe.

— C'est George Queller.

— Doux Jésus.

— Eh oui. Pareil que d'habitude.

Ray soupira. George Queller cherchait à impressionner ses nouvelles conquêtes en les accablant et, pour finir, en les terrorisant de ses attentions. Il louait les services de Star d'un Jour pour les accompagner, lui et sa dulcinée – le mois dernier, par exemple, ce fut une prénommée Nancy –, tandis qu'ils pénétraient dans un petit bistrot romantique. Une fois la mignonne bien à l'abri à l'intérieur, on lui présentait une carte – ce n'est pas une plaisanterie – customisée sur laquelle on pouvait lire : « Le tout premier rendez-vous de George et Nancy » avec l'adresse, le jour, le mois et l'année imprimés dessous. À la sortie du restaurant, le paparazzi de location était là, mitraillant le couple et clamant que George avait annulé un week-end aux îles Turks-et-Caïcos avec Jessica Alba pour les beaux yeux de Nancy (présentement tétanisée).

George considérait ces manœuvres comme un prélude à un radieux avenir à deux. Nancy et consorts considéraient ces manœuvres comme un prélude à un bâillon sur la bouche et un entrepôt désaffecté.

Il n'y avait jamais de second rendez-vous.

Fester finit par ôter ses lunettes noires.

— Je veux que tu sois le chef, sur ce coup-là.

— Chef paparazzi. Attends que j'appelle ma mère pour qu'elle puisse frimer devant ses copines de mah-jong.

Fester s'esclaffa.

— Je t'aime, tu sais.

— Ça y est, on a fini ?

— Ça y est.

Ray rangea soigneusement son appareil après avoir démonté l'objectif et mit la sacoche en bandoulière. Il clopina vers la sortie… non pas suite aux coups dans les tibias, mais à cause du morceau de shrapnel logé dans sa hanche. Le shrapnel qui commençait à descendre. Non, c'était trop simple. Le shrapnel était une excuse. À un moment de sa misérable existence, Ray avait joui d'un potentiel quasi illimité. À l'école de journalisme de Columbia – où un prof lui avait trouvé un « talent presque surnaturel », pour ce qu'il en faisait aujourd'hui –, il s'était spécialisé dans le reportage photo. Mais cette vie-là n'était pas pour lui. Il y a des gens qui attirent la poisse. Des gens, quelles que soient les opportunités qui s'offrent à eux, qui trouvent le moyen de tout gâcher.

Ray Levine était de ceux-là.

Dehors il faisait nuit. Ray se demandait s'il allait rentrer se coucher directement ou bien faire un saut dans un troquet élégamment nommé *Le Tétanos*. Un véritable dilemme.

Il repensa au cadavre.

Les visions s'enchaînaient, de plus en plus rapides et brutales. Normal, vu que c'était le jour anniversaire où tout s'était arrêté, où les rêves d'une vie réussie s'étaient disloqués comme… ma foi, un peu comme ces images qui le harcelaient.

Il fronça les sourcils. Alors, Ray, on verse dans le mélo ?

Il avait espéré que le travail inepte d'aujourd'hui lui changerait les idées. Mais ça n'avait pas marché. Il se rappela sa propre bar-mitsvah, le moment où, sur la chaire, son père s'était penché pour chuchoter à son oreille. Son père sentait l'Old Spice. Il avait posé la main sur sa tête et, les larmes aux yeux, dit simplement : « Je t'aime tellement. »

Ray chassa ce souvenir. La pensée du cadavre était bien moins douloureuse.

Les voituriers avaient voulu le faire payer – pas de cadeaux, même entre professionnels –, du coup il avait trouvé une place trois pâtés de maisons plus loin, dans une rue latérale. Il tourna et la vit, sa poubelle roulante, une Honda Civic, douze ans d'âge, avec un pare-chocs arraché et une vitre rafistolée avec du Scotch. Ray se frotta le menton. Mal rasé. Mal rasé, quarante ans, une poubelle en guise de voiture, un appartement en sous-sol lequel, entièrement rénové, pourrait prétendre à l'appellation de trou à rats, aucune perspective, abus de boisson. Il pleurerait bien sur son sort, mais encore fallait-il que ça l'intéresse.

Il venait juste de sortir ses clés de voiture quand il reçut un coup violent à l'arrière de la tête.

Mais qu'est-ce qui… ?

Il tomba sur un genou. Tout devint noir. Un frémissement lui courut le long de la nuque. Ray se sentait désorienté. Il essaya de secouer la tête, histoire de recouvrer ses esprits.

Un nouveau coup atterrit près de sa tempe.

Quelque chose à l'intérieur de son crâne explosa dans un éclair aveuglant. Ray s'étala par terre. Il avait dû perdre connaissance – il n'en était pas certain – quand soudain il sentit qu'on le tirait par l'épaule droite. L'espace d'un instant, il resta affalé, n'ayant ni l'envie ni la force de résister. Sa tête endolorie lui tournait. La partie primitive de son cerveau, la zone purement animale, s'était mise en mode survie. Fuir plutôt que punir, lui soufflait-elle. Roule-toi en boule, protège-toi.

On tira plus violemment, manquant lui déboîter l'épaule. Puis la pression se relâcha, et ce fut là qu'il comprit. Et rouvrit les yeux d'un seul coup.

On était en train de lui voler son apparcil.

C'était un Leica classique doté d'une fonction d'envoi numérique récemment mise à jour. Il sentit son bras se lever, la bretelle glisser vers le haut. Une seconde de plus, et son appareil photo allait se volatiliser.

Ray ne possédait pas grand-chose. Son Leica était l'unique bien auquel il tenait réellement. C'était son gagne-pain, mais aussi le seul lien avec le Ray d'autrefois, la vie d'avant le cadavre, et si l'autre croyait qu'il allait se laisser faire…

Trop tard.

Il se dit qu'il aurait peut-être une opportunité, si jamais l'agresseur s'en prenait aux quatorze dollars que contenait son portefeuille, mais il ne voulait pas courir de risque.

Encore flageolant, Ray cria :

— Non !

Il voulut se jeter sur son agresseur, heurta quelque chose – les jambes peut-être – et essaya de refermer ses bras autour. L'obstacle n'offrait pas vraiment de prise, mais l'impact avait suffi.

L'autre tomba. Ray aussi, à plat ventre. Entendant un bruit mat, il pria pour n'avoir pas fracassé son propre appareil. Il parvint à ouvrir les yeux en plissant les paupières et vit la sacoche à quelques pas de lui. Il se traîna dans sa direction quand soudain son sang se glaça.

Il venait d'apercevoir une batte de base-ball sur le trottoir.

Et, surtout, une main gantée qui la ramassait.

Ray voulut lever les yeux, en vain. Il repensa à la colonie de vacances que son père dirigeait quand il était petit. Son père – tout le monde l'appelait tonton Barry – organisait des courses de relais où il fallait brandir le ballon de basket au-dessus de sa tête, tournoyer sur soi-même sans le quitter des yeux, puis, complètement étourdi, traverser le terrain en dribblant et mettre le ballon dans le panier. Le problème, c'était que, en proie au tournis, on s'écroulait d'un côté tandis que le ballon partait de l'autre. C'était pareil maintenant : il avait l'impression de dégringoler vers la gauche alors que le reste du monde basculait à droite.

Le voleur d'appareil photo leva la batte de base-ball et fit un pas vers lui.

— À l'aide ! hurla Ray.

Personne ne vint.

La panique fut rapidement suivie d'un réflexe de survie. Fuir. Il tenta de se mettre debout, mais non, aucune chance de ce côté-là. Il était déjà sonné. Un coup de plus…

— À l'aide !

L'agresseur se rapprocha. Ray n'avait pas le choix. Toujours à plat ventre, il s'éloigna en rampant comme un crabe estourbi. En voilà une superidée ! De quoi

430

échapper à coup sûr à cette saleté de batte. L'enfant de salaud était déjà presque sur lui. Il n'y avait aucune porte de sortie.

L'épaule de Ray se cogna à quelque chose ; il comprit que c'était sa voiture.

Au-dessus de lui, la batte s'éleva en l'air. Encore une seconde, deux peut-être, et il aurait le crâne broyé. Il n'avait qu'une seule chance, et il la saisit.

Se pressant contre le trottoir, Ray s'aplatit au maximum et se glissa sous sa voiture.

— Au secours ! cria-t-il à nouveau.

Puis, à l'adresse de son agresseur :

— Prends l'appareil et tire-toi !

L'autre obéit instantanément. Ray entendit le bruit de ses pas décroître dans la ruelle. Formidable. Il entreprit de s'extirper de sous la voiture. Sa tête protesta, mais il y parvint. Il s'assit sur le bitume, adossé à la portière côté passager. Il n'aurait pas su dire combien de temps il resta là. Peut-être même qu'il avait tourné de l'œil.

Lorsqu'il en eut la force, Ray lâcha un juron, monta dans la voiture et mit le moteur en marche.

Bizarre, se dit-il. Le jour anniversaire du bain de sang... et voilà que lui-même manque se noyer dans le sien. La coïncidence faillit le faire sourire. Son sourire s'effaça tandis qu'il démarrait.

Une simple coïncidence, c'est ça. Pas de quoi en faire un fromage. La nuit sanglante, c'était il y a dix-sept ans, même pas un jubilé à proprement parler. Ray avait déjà été agressé auparavant. L'année dernière, alors qu'il sortait fin saoul d'une boîte de strip-tease à deux heures du matin, on lui avait piqué son portefeuille avec sept dollars dedans et la carte de fidélité d'une chaîne de pharmacies discount.

N'empêche.

Il trouva une place devant la rangée de maisons mitoyennes correspondant à ce qu'il appelait son chez-lui. La maison où il logeait appartenait à Amir Baloch, un immigré pakistanais qui vivait là avec sa femme et sa bruyante progéniture.

Admettons une seconde, rien qu'une fraction de seconde, que ce ne soit pas une coïncidence.

Ray descendit de voiture. Sa tête l'élançait. Et ce serait pire demain. Il passa devant les poubelles, emprunta les marches qui menaient au sous-sol, glissa la clé dans la serrure. Il fouillait son cerveau endolori à la recherche du moindre rapport – le plus petit lien, le plus ténu, le plus obscur – entre cette tragique nuit dix-sept ans plus tôt et l'agression de ce soir.

En vain.

Ce soir, ç'avait été un vol, pur et simple. On assomme le gars avec une batte de base-ball, on lui arrache l'appareil photo et on disparaît. Sauf que… ne lui vole-rait-on pas son portefeuille aussi, à moins que ce ne soit le type qui l'avait dépouillé à la sortie de la boîte de strip-tease et qui savait que Ray était fauché ? Si ça se trouve, elle était là, la coïncidence. Jour anniversaire ou pas. C'était peut-être l'enfoiré qui l'avait agressé deux ans plus tôt.

Nom d'un chien, il divaguait, là. Où diable était le Vicodin ?

Il alluma la télévision et alla dans la salle de bains. Lorsqu'il ouvrit l'armoire à pharmacie, une dizaine de flacons et autres contenants dégringolèrent dans le lavabo. Il fourragea dans le tas et finit par repêcher la fiole de Vicodin. Du moins il espérait que c'était du Vicodin. Il avait acheté ces comprimés au marché noir à un gars qui prétendait les faire venir du Canada. C'étaient peut-être des vitamines de croissance, allez savoir.

Aux infos régionales, il était question d'un incendie : on interrogeait les voisins qui, évidemment, avaient toujours quelque chose d'intéressant à dire sur le sujet. Son portable sonna. Le numéro de Fester s'afficha à l'écran.

— Quoi de neuf ? fit Ray en s'effondrant sur le canapé.

— Tu as l'air K.-O.

— Je me suis fait agresser juste en sortant de la bar-mitsvah.

— C'est sérieux ?

— Oui. J'ai pris un coup de batte de base-ball sur la tête.

— On t'a piqué quelque chose ?

— L'appareil photo.

— Attends, tu as perdu les photos d'aujourd'hui ?

Mais non, il ne faut pas t'inquiéter, dit Ray. Ça ira, je t'assure.

— Au fond de moi, je suis mort d'inquiétude. Je te parle photos pour masquer mon angoisse.

— Je les ai, répondit Ray.

— Comment ?

Il avait trop mal au crâne pour s'expliquer, et puis il était dans le gaz à cause du Vicodin.

— T'occupe. Elles sont en sécurité.

Quelques années plus tôt, lors de son bref passage chez les « vrais » paparazzi, Ray avait pris des photos délicieusement compromettantes d'un célèbre acteur gay en train de tromper son petit ami avec – horreur ! – une femme. Le garde du corps de la star lui avait arraché

433

l'appareil photo et détruit la carte mémoire. Depuis, Ray avait équipé son appareil d'une touche « envoi » – comme on en trouve sur les smartphones – qui expédiait automatiquement par mail les photos stockées sur la carte mémoire toutes les dix minutes.

— C'est pour ça que j'appelle, dit Fester. Il me les faut fissa. Choisis-en cinq et envoie-les-moi ce soir. Le papa d'Ira veut notre nouveau cube presse-papiers.

À la télé, caméra panoramique sur la présentatrice météo, une fille canon moulée dans un pull rouge. Un piège à audimat, quoi. Les yeux de Ray se fermaient quand la petite mignonne en termina avec la photo satellite et rendit l'antenne au présentateur du journal coiffé à outrance.

— Ray ?

— Cinq photos pour le cube presse-papiers.

— C'est ça.

— Un cube a six faces, dit Ray.

— Waouh, dis donc, la bosse des maths ! La sixième face est pour le nom, la date et l'étoile de David.

— Compris.

— J'en ai besoin vite.

— OK.

— Tout baigne alors. Sauf que, sans appareil photo, tu ne pourras pas faire George Queller demain. Pas de souci. Je trouverai quelqu'un d'autre.

— Merci, je vais pouvoir dormir sur mes deux oreilles.

— Tu es un drôle de type, Ray. Balance-moi les photos. Et ensuite, repose-toi.

— Je suis subjugué par ta sollicitude, Fester.

Les deux hommes raccrochèrent. Ray retomba sur le canapé. Le médicament faisait son effet à merveille. Il

434

sourit presque. À la télé, le présentateur outrageusement coiffé prit sa voix la plus grave pour annoncer :

— On nous signale la disparition d'un résident local,
Carlton Flynn...

Ray ouvrit un œil. Un jeune type, genre ado attardé,
brun aux pointes décolorées, avec un anneau à l'oreille,
apparut à l'écran. Il faisait mine d'envoyer des baisers
à la caméra. La légende disait : « Porté disparu », alors
qu'il aurait été plus exact de spécifier « Trouduc ». Ray
fronça les sourcils. Quelque chose le préoccupait
vaguement, mais il était incapable d'y réfléchir maintenant. Dormir, il ne pensait qu'à ça, mais s'il n'expédiait
pas les cinq photos, Fester allait rappeler, et, franchement, il n'avait pas besoin de ça. Au prix d'un immense
effort, il parvint à se remettre debout. Il tituba jusqu'à
la table de cuisine, alluma son ordinateur portable et
vérifia que les photos avaient bel et bien été transférées
sur son disque dur.

Elles y étaient.

Quelque chose le tracassait, sans qu'il sache quoi.
Peut-être que ça n'avait rien à voir. À moins que ce ne
soit important. Ou alors, plus vraisemblablement, le
coup de batte avait détaché de minuscules fragments de
sa boîte crânienne qui, maintenant, lui gratouillaient
littéralement la cervelle.

Les photos de la bar-mitsvah s'affichèrent dans
l'ordre inversé : la dernière venait en premier. Ray
parcourut rapidement les onglets. Une scène de danse,
une photo de famille, une de la Torah, une avec le
rabbin, une avec la grand-mère d'Ira en train de
l'embrasser sur la joue.

Cela en faisait cinq. Il les mit en pièces jointes à
l'adresse mail de Fester et cliqua. Envoyé.

Ray se sentait tellement vanné qu'il n'était même pas sûr d'avoir la force de décoller de la chaise et d'arriver jusqu'au lit. Il se demandait s'il n'allait pas poser la tête sur la table de cuisine pour piquer un somme quand il se souvint des autres photos de sa carte mémoire, prises plus tôt dans la journée, avant la bar-mitsvah.

Une tristesse infinie le submergea.

Il était retourné dans ce maudit parc pour prendre des photos. Débile, mais il faisait ça tous les ans. Il n'aurait su dire pourquoi. Ou peut-être que si, et c'était encore pire. L'objectif de l'appareil lui donnait de la distance, une perspective, une impression de sécurité. Ceci expliquait peut-être cela. Le fait de revoir ce lieu cauchemardesque sous cet angle curieusement rassurant allait peut-être changer ce qui, évidemment, ne pourrait jamais l'être.

En contemplant les clichés pris plus tôt dans la journée, Ray se rappela autre chose.

Le gars aux pointes décolorées, avec l'anneau à l'oreille.

Deux minutes plus tard, il trouva ce qu'il cherchait. Et son sang se glaça dans ses veines.

L'agresseur n'en voulait pas à son appareil. Il voulait une photo.

Celle-ci, précisément.

Composé par Facompo
à Lisieux, Calvados

Imprimé en Espagne par
LIBERDUPLEX
en mars 2013

POCKET - 12, avenue d'Italie - 75627 Paris cedex 13

Dépôt légal : mars 2013
S23675/01